abc LA COLLECTION

Excellence

Le BREVET brillamment

Maths 3^e

Carole Feugère
Gilles Mora

Nathan

Réalisation éditoriale : Roseline Messager
Édition : Gwenn Alvarez, Fanny Morquin, Cindy Savin
Conception graphique intérieur : Élise Launay
Couverture : Élise Launay
Compositeur : Facompo
Fabrication : Kévin Magar

Crédit photographique : Shutterstock

ISBN : 978-2-09-157132-4

Mode d'emploi

Un ouvrage efficace pour réviser et aller plus loin

COURS

- Des **rappels de cours clairs et structurés**, pour mémoriser l'essentiel des connaissances à savoir.
- Des **encadrés et des annotations en marge**, pour vous aider à comprendre certains points difficiles.

EXERCICES ET SUJETS

- **Nombreux et variés,** les exercices proposés couvrent l'ensemble des thèmes abordés dans le chapitre.
- Des **points de méthode** et des **conseils de résolution** enrichissent les énoncés.
- Différentes rubriques permettent un **entraînement progressif** :
  - QCM, pour une auto-évaluation simple des connaissances ;
  - Exercices d'entraînement ;
  - Problèmes ;
  - Vers le Brevet ;
  - Exercices d'approfondissement.
- Le **minutage** est donné pour chaque exercice, ainsi que le **niveau de difficulté** :
  - pas d'étoile : exercice de base ;
  - ★ : exercice de réflexion et de synthèse ;
  - ★★ : exercice présentant quelques difficultés.

CORRIGÉS

- Les corrigés sont entièrement rédigés, **très détaillés,** et présentent toutes les étapes du raisonnement et des calculs.
- Ils sont accompagnés de commentaires, de remarques, de conseils, de compléments… **pour être « au top »** en mathématiques.

COURS

EXERCICES ET SUJETS

CORRIGÉS

Connectez-vous à abcbrevet.com

SOMMAIRE

RÉVISE OÙ TU VEUX, QUAND TU VEUX

L'appli Nathan live, c'est un environnement **sécurisé** pour accéder gratuitement **sans inscription**, sans publicité et d'un **simple scan** aux **contenus numériques** de ton ouvrage.

1. Télécharge l'appli gratuitement sur les stores
2. Lance l'appli et scanne les pages de ton ouvrage pour faire apparaître les ressources quand tu vois ce picto

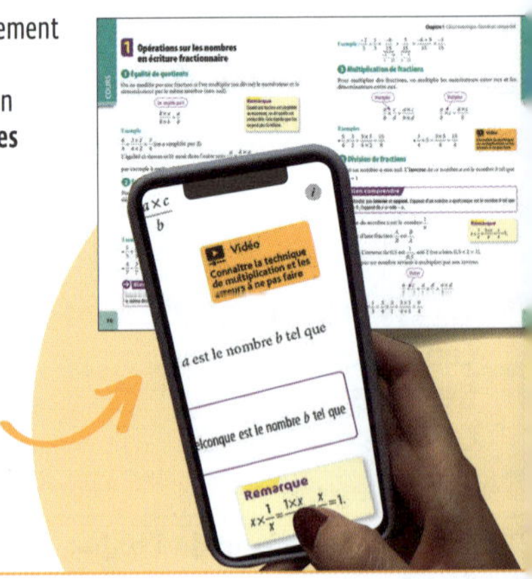

1 L'épreuve de Mathématiques

Les mathématiques sont évaluées au sein d'une épreuve d'une durée totale de 2 heures.

■ **100 points** sont dédiés aux mathématiques : 90 points sont distribués entre les différents exercices et 10 points sont réservés à la présentation de la copie et à la qualité de la rédaction.

2 Structure de l'épreuve

■ La durée de l'épreuve n'est pas segmentée, c'est à vous de vous organiser en essayant de répartir votre temps en fonction des excercices du sujet.

■ Le sujet est composé d'exercices qui peuvent être traités de manière indépendante. Il comporte obligatoirement au moins un exercice d'algorithmique ou de programmation.

■ Les exercices peuvent prendre différentes formes : exercice à prise d'initiative, questionnaire à choix multiples. Ils peuvent s'appuyer sur des situations issues de la vie courante ou d'autres disciplines.

3 Acquisitions évaluées

■ Maîtrise des compétences et connaissances du programme.

■ Utilisation des différents langages (symbolique, algébrique, schématique, graphique) pour observer, raisonner, argumenter et communiquer.

■ Exploitation des données chiffrées et/ou expérimentales.

■ Analyse et compréhension des informations en utilisant les raisonnements, méthodes et modèles étudiés.

■ Application des principes élémentaires de l'algorithmique et du codage à la résolution d'un problème simple.

QUELQUES CONSEILS

De l'organisation…

- **Prenez le temps de lire l'intégralité du sujet** avant de commencer.
- **Commencez** par les exercices avec lesquels vous êtes le plus à l'aise. En effet, vous pouvez traiter les exercices dans l'ordre de votre choix.
- **Utilisez les feuilles de brouillon.** Il est recommandé de faire certains calculs au brouillon, de tracer les figures ou les constructions de manière à apprécier la place nécessaire à la réalisation sur la copie. Pour les questionnaires à choix multiples où l'on ne demande pas de justification par exemple, il est vivement recommandé de faire le raisonnement permettant de choisir sa réponse sur le brouillon.
- **Gérez correctement votre temps.** Prévoyez de garder un peu de temps pour la relecture.

Pour la rédaction

- **Faites attention à l'orthographe.** Les fautes d'orthographe perturbent et indisposent le correcteur.
- **Évitez les ratures** qui nuisent à la lisibilité, et évitez les « pâtés » de blanc correcteur.
- **Évitez le « je »** ou le « nous » dans la rédaction.
- **Énoncez clairement les théorèmes utilisés.** Écrivez les mesures données par l'énoncé sur la figure si elle est fournie dans l'énoncé, ou bien faites-en une sur votre brouillon.
- N'oubliez pas d'**énoncer les hypothèses** qui permettent d'appliquer un théorème : pour le théorème de Thalès, il faut citer les droites parallèles…
- **Soulignez ou encadrez le résultat**, et vérifiez qu'il correspond bien à la question posée.

CHAPITRE 1

Calcul numérique. Grandeurs composées

DE QUOI S'AGIT-IL ?

Calculer avec des fractions, développer une expression, supprimer des parenthèses sont autant de techniques qu'il est indispensable de savoir manipuler pour prendre un bon départ en activité numérique.

1 Opérations sur les nombres en écriture fractionnaire

1 Égalité de quotients

On ne modifie pas une fraction si l'on multiplie (ou divise) le numérateur et l[e] dénominateur par le même nombre (non nul).

On simplifie par k

$$\frac{\cancel{k}\times a}{\cancel{k}\times b}=\frac{a}{b}$$

Remarque
Quand une fraction est simplifiée au maximum, on dit qu'elle est irréductible. Cela signifie que l'on ne peut plus la réduire.

Exemple

$\frac{6}{8}=\frac{3\times \cancel{2}}{4\times \cancel{2}}=\frac{3}{4}$ (on a simplifié par 2).

L'égalité ci-dessus se lit aussi dans l'autre sens : $\frac{a}{b}=\frac{k\times a}{k\times b}$. Dans ce cas, elle ser[t] par exemple à mettre des fractions au même dénominateur.

2 Somme et différence de fractions

Pour additionner ou soustraire des fractions, il faut qu'elles soient au mêm[e] dénominateur.

Additionner

$$\frac{a}{d}+\frac{b}{d}=\frac{a+b}{d}$$

Soustraire

$$\frac{a}{d}-\frac{b}{d}=\frac{a-b}{d}$$

Vidéo
Savoir additionner et soustraire des fractions avec le même dénominateur ou pas

Exemples

- $\frac{5}{3}+\frac{2}{3}=\frac{5+2}{3}=\frac{7}{3}$
- $\frac{4}{7}-\frac{3}{7}=\frac{4-3}{7}=\frac{1}{7}$

Remarque
On ajoute les numérateurs et on conserve le même dénominateur.

→ Bien comprendre

Quand les fractions ont des dénominateurs différents, on transforme leur écriture afin qu'elles aien[t] le même dénominateur.

Exemple : $\frac{-2}{5}+\frac{1}{3}=\underbrace{\frac{-6}{15}}_{\frac{-2}{5}=\frac{-6}{15}}+\underbrace{\frac{5}{15}}_{\frac{1}{3}=\frac{5}{15}}=\frac{-6+5}{15}=\frac{-1}{15}$.

3 Multiplication de fractions

Pour multiplier des fractions, on multiplie les numérateurs entre eux et les dénominateurs entre eux.

Multiplier
$$\frac{a}{b}\times\frac{c}{d}=\frac{a\times c}{b\times d}$$

Multiplier
$$\frac{a}{b}\times c=\frac{a\times c}{b}$$

Vidéo
Connaître la technique de la multiplication et les erreurs à ne pas faire

Exemples

- $\frac{5}{4}\times\frac{3}{2}=\frac{5\times3}{4\times2}=\frac{15}{8}$
- $\frac{3}{4}\times5=\frac{3\times5}{4}=\frac{15}{4}$

4 Division de fractions

- Soit un nombre a non nul. L'**inverse** de ce nombre a est le nombre b tel que $a\times b=1$.

Bien comprendre

Ne confondez pas **inverse** et **opposé**. L'opposé d'un nombre a quelconque est le nombre b tel que $a+b=0$; l'opposé de a se note $-a$.

L'inverse du nombre x est le nombre $\frac{1}{x}$.

L'inverse d'une fraction $\frac{A}{B}$ est $\frac{B}{A}$.

Remarque
$x\times\frac{1}{x}=\frac{1\times x}{x}=\frac{x}{x}=1.$

Exemple : L'inverse de 0,5 est $\frac{1}{0{,}5}$, soit 2 (on a bien $0{,}5\times2=1$).

- Diviser par un nombre revient à multiplier par son inverse.

Diviser
$$\frac{a}{b}\div\frac{c}{d}=\frac{a}{b}\times\frac{d}{c}=\frac{a\times d}{b\times c}$$

Exemple : $\frac{3}{4}\div\frac{1}{3}=\frac{3}{4}\times\frac{3}{1}=\frac{3\times3}{4\times1}=\frac{9}{4}$.

2 Puissances

1 Généralités

Soit a un nombre non nul et n un entier naturel non nul.

- On appelle « a puissance n » le nombre noté a^n tel que :

$$a^n = \underbrace{a \times a \times \ldots \times a}_{n \text{ fois}} \qquad \text{où } n \text{ est l'exposant.}$$

- $a^0 = 1$; $a^1 = a$; $a^{-1} = \dfrac{1}{a}$ et $a^{-n} = \dfrac{1}{a^n}$.

2 Cas particulier : les puissances de 10

$$10^n = \underbrace{10 \times 10 \times \ldots \times 10}_{n \text{ facteurs } 10} = 1\,\underbrace{00\ldots0}_{n \text{ zéros}} \text{ et } 10^{-n} = \frac{1}{10^n} = \underbrace{0{,}0\ldots01}_{n \text{ zéros}}$$

3 Les préfixes de nano à giga

Préfixe	giga	mega	kilo	hecto	deca	unité	deci	centi	milli	micro	nano
Notation	G	M	k	h	da		d	c	m	µ	n
Puissance de 10	10^9	10^6	10^3	10^2	10^1		10^{-1}	10^{-2}	10^{-3}	10^{-6}	10^{-9}
Écriture	1 000 000 000	1 000 000	1 000	100	10		0,1	0,01	0,001	0,000 001	0,000 000 001

4 La notation scientifique

On appelle **écriture scientifique** d'un nombre la notation de la forme :

$$a \times 10^n$$

$1 \leqslant a < 10$; n : entier relatif

Vidéo
Savoir écrire des grandes ou des petites valeurs sous la forme d'une notation scientifique

3 Racines carrées

• Soit a un nombre positif. La **racine carrée de a** est le nombre positif dont le carré vaut a. On le note $\sqrt{a}$.

Exemples : $\sqrt{49} = 7$ et $\sqrt{81} = 9$.

• Un carré parfait est un nombre dont la racine carrée est un entier.

Exemples : 576 est un carré parfait car $\sqrt{576} = 24$.

En revanche, 7 n'est pas un carré parfait car $\sqrt{7} \simeq 2,646$.

• Listes des premiers carrés parfaits :

Nombres	1	2	3	4	5	6	7	8	9	10	11	12
Carrés	1	4	9	16	25	36	49	64	81	100	121	144

Remarques

Il y a deux nombres dont le carré vaut 4 : 2 et −2. Mais la racine carrée de 4 est le nombre positif dont le carré vaut 4 : c'est 2. Ainsi, $\sqrt{4} = 2$.

Vidéo

Comprendre la définition de la racine carrée

4 Grandeurs composées

1 Définitions

• En sciences, certaines grandeurs peuvent se mesurer. On les appelle des **grandeurs simples**.

Exemples : Les longueurs (en mètres…), les durées (en secondes, heures, jours…).

• D'autres grandeurs sont définies à partir de ces grandeurs simples : ce sont les **grandeurs composées**.

Exemples : L'aire d'un rectangle, la vitesse…

2 Grandeurs produit et quotient

• Une **grandeur produit** est le produit de deux grandeurs (simples, de même nature ou non).

Exemple : L'énergie E est donnée par la formule :

$$E = P \times t$$

E : en wattheures (Wh) ; P : puissance en watts (W) ; t : temps d'utilisation en heures (h)

- Une **grandeur quotient** est le rapport de deux grandeurs (de même nature ou non).

> **Vidéo**
> Savoir calculer une vitesse moyenne et comprendre la formule $v = \frac{d}{t}$

Exemples : La vitesse moyenne v est définie par :

$$v = \frac{d}{t}$$

- v : en kilomètres-heure ($km \cdot h^{-1}$ ou km/h)
- d : distance parcourue en kilomètres (km)
- t : temps de parcours en heures (h)

> **Bien comprendre**
> L'utilisation d'une grandeur produit ou d'une grandeur quotient nécessite une attention toute particulière au niveau des unités de grandeur proposées dans les formules.

5 Aires et volumes des figures et solides de référence

1 Les aires

- **Le triangle**

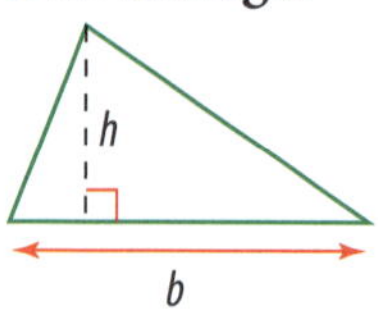

$$\mathscr{A} = \frac{b \times h}{2}$$

- **Le disque**

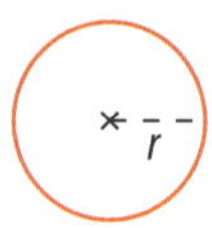

$$\mathscr{A} = \pi r^2$$

> **Remarque**
> Une aire est un produit de deux longueurs.

- **Le parallélogramme**

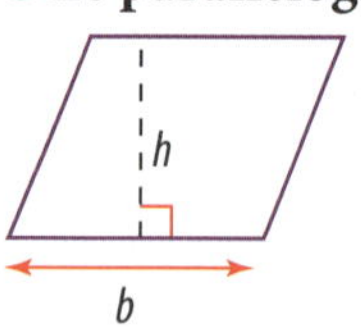

$$\mathscr{A} = b \times h$$

- **Le trapèze**

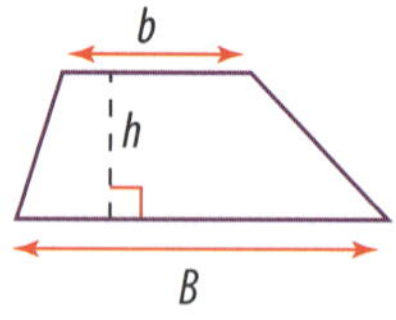

$$\mathscr{A} = \frac{(b + B) \times h}{2}$$

2 Les volumes

- **Le cube**

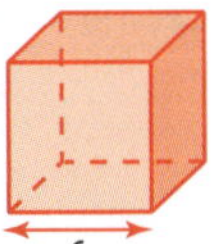

$\mathcal{V} = c^3$

- **Le parallélépipède rectangle** (ou pavé droit)

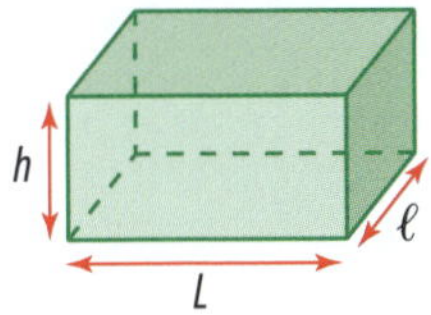

$\mathcal{V} = \ell \times L \times h$

- **Le prisme droit**

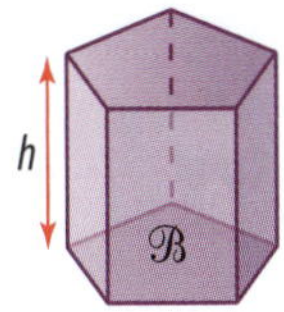

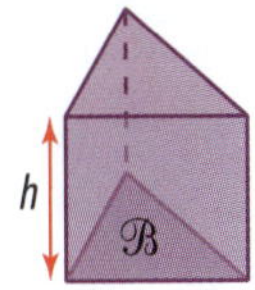

$\mathcal{V}$ = Surface de $\mathcal{B} \times h$

- **La pyramide**

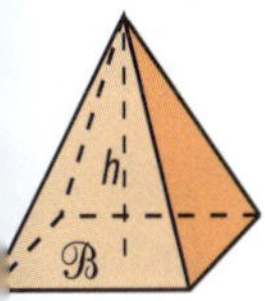

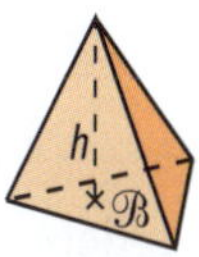

$\mathcal{V} = \dfrac{1}{3} \times \text{Surface de } B \times h$

- **Le cône (de révolution)**

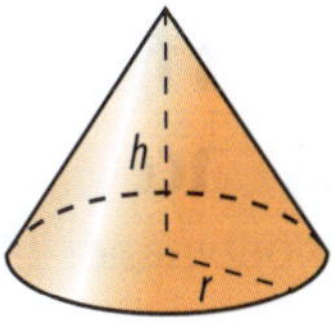

$\mathcal{V} = \dfrac{1}{3} \times \pi r^2 \times h$

> **Remarque**
> Le volume du cône est aussi égal à :
> $\mathcal{V} = \dfrac{1}{3} \times \text{base} \times \text{hauteur}$
> car la base est un disque d'aire πr^2.

- **Le cylindre**

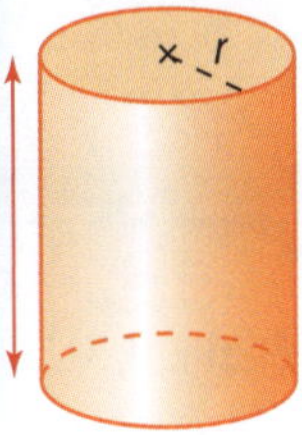

$\mathcal{V} = \pi r^2 h$

- **La boule**

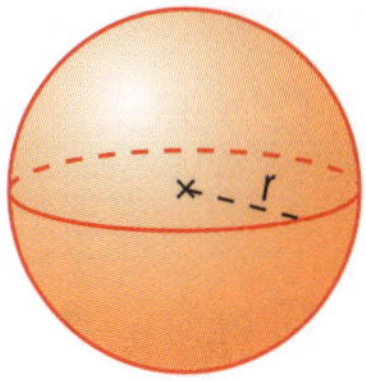

$\mathcal{V} = \dfrac{4}{3}\pi r^3$

Surface $= 4\pi r^2$

> **Remarque**
> Un volume est un produit de trois longueurs.

QCM

1 Des choix à faire

➔ Corrigé p. 2

Cochez la (ou les) réponse(s) correcte(s).

1. L'inverse de $\frac{-2}{5}$ est :

a) ☐ $\frac{2}{5}$ **b)** ☐ $\frac{5}{2}$ **c)** ☐ $\frac{-5}{2}$

2. Diviser par 5 revient à multiplier par :

a) ☐ $\frac{1}{5}$ **b)** ☐ 5 **c)** ☐ $-\frac{1}{5}$

3. $\frac{2}{3} - \frac{1}{3} \times 6$ est égal à :

a) ☐ 2 **b)** ☐ $-\frac{4}{3}$ **c)** ☐ 0

4. Le robinet d'une baignoire de contenance 145 L a un débit de 20 L/min. Pour remplir la baignoire, il faut :

a) ☐ 7 min 25 s **b)** ☐ 7 min 15 s **c)** ☐ plus de 8 min

5. Si on multiplie par 2 le côté d'un cube, son volume est multiplié par :

a) ☐ 2 **b)** ☐ 6 **c)** ☐ 8

6. Le volume d'une boule de rayon 2 est :

a) ☐ $\frac{32\pi}{3}$ **b)** ☐ $\approx 33{,}5$ **c)** ☐ 16π

7. 2^{-1} est :

a) ☐ un nombre négatif **b)** ☐ égal à –2 **c)** ☐ égal à 0,5

8. $5{,}72 \times 10^{-4}$ est :

a) ☐ une écriture scientifique **b)** ☐ un nombre positif **c)** ☐ > 1

9. Ce nombre est positif :

a) ☐ $(-2)^7$ **b)** ☐ $(-3{,}5)^6$ **c)** ☐ $(-4)^0$

2 Vrai ou Faux ?

➲ Corrigé p. 27

Cochez la bonne réponse.

1. Quand $x = \frac{4}{7}$, $\frac{1}{x} + 1 = \frac{11}{7}$. ☐ V ☐ F

2. Quand $x = -2$, $(x + 6)(x - 2)$ est nul. ☐ V ☐ F

3. $2{,}65 = 2 + \frac{65}{10}$. ☐ V ☐ F

4. 30 m/s = 108 km/h. ☐ V ☐ F

5. Pour télécharger un fichier de 2,5 Mo, à la vitesse de 120 ko/s, un ordinateur met moins de 21 secondes. (1 Mo = 1 024 ko) ☐ V ☐ F

6. L'aire d'une sphère de rayon r est $\frac{4}{3}\pi r^2$. ☐ V ☐ F

7. Le volume d'une demi-boule de rayon 5 est environ 262. ☐ V ☐ F

8. $10^{-3} < 0$. ☐ V ☐ F

9. $0{,}000\,4 = 4 \times 10^{-3}$. ☐ V ☐ F

Exercices d'entraînement

3 Calcul mental

10 min ➲ Corrigé p. 28

Cet exercice est fait pour être traité sans la calculatrice.

1. Complétez (avec une fraction ou un nombre entier) :

- $5 - 7 + 2 = ...$
- $-3 \times 8 + 2 = ...$
- $4 - 8 \times 7 = ...$
- $2{,}6 - 3{,}5 = ...$
- $0{,}3 \times 5 + 2 = ...$
- $2 - 5 \times 8{,}2 = ...$
- $1{,}3 + 0{,}8 - 6 = ...$
- $5 \times \frac{3}{2} - 1 = \ldots$
- $\frac{1}{2} + \frac{1}{3} = ...$
- $2 - \frac{3}{7} = ...$
- $8 + \frac{3}{5} - 1 = ...$
- $\frac{3}{5} \times \frac{25}{3} = ...$

2. À quelle vitesse en km/h correspond une vitesse de 5 m/s ?

3. Vous donnerez les valeurs exactes.

a) Quelle est l'aire d'un disque de rayon 4 ?

b) Quel est le volume d'une boule de rayon 2 ?

c) Quel est le volume d'un cube de côté 2 ?

d) Quel est le volume d'un cône de hauteur 3 et de rayon 5 ?

4. Sans calculer, déterminez le signe de chaque nombre : > 0 ou < 0.

• $(-4)^5$ • 4^{-3} • -4^3 • $\left(\frac{1}{4}\right)^{-2}$ • $(-4)^{-3}$

5. Sachant que $5^3 = 125$, déterminez la valeur exacte ou fractionnaire de :

• $(-5)^3 = ...$ • $5^{-3} = ...$ • $\frac{1}{5^3} = ... = ...$ • $(-5)^{-3} = ...$ • $-5^3 = ...$

4 Calculs avec des fractions

20 min Corrigé p. 29

Calculez sous la forme d'une fraction simplifiée ou d'un nombre entier :

• $A = \frac{1}{4} + \frac{1}{3} - \frac{1}{2}$ • $B = 4 - 2 \times \left(\frac{2}{5}\right)^2$ • $C = \frac{5 - 2 \times \frac{3}{4}}{5}$

• $D = \left(\frac{3}{4} - \frac{5}{6}\right) \div \frac{2}{3}$ • $E = \frac{1 + \frac{1}{3}}{\frac{4}{9}}$ • $F = \left(\frac{2}{5} - \frac{1}{2} \times \frac{6}{5}\right) \times \frac{-1}{3}$

Méthode

1. On effectue en premier les calculs contenus dans les parenthèses s'il y en a.

2. On effectue les multiplications et les divisions, car elles sont prioritaires sur les autres opérations. On applique les règles de calculs sur les fractions (addition, soustraction, multiplication et division).

3. Les calculs doivent être faits les uns après les autres, de gauche à droite.

4. On s'assure que le résultat final est bien écrit sous forme irréductible ou sous la forme d'un nombre entier.

5 Chacun sa vitesse

15 min Corrigé p. 30

Complétez les données manquantes du tableau :

	Distance parcourue	Temps de parcours	Vitesse
Lièvre	… m	8 s	72 km/h
Escargot	2,04 km	17 j	… m/h
Avion de chasse	2 718 km	…h … min	604 m/s

6 Des écritures et des puissances

10 min Corrigé p. 31

1. Écrivez sous forme décimale les nombres proposés :

- 5^{-1} • 7×2^{-2} • $2{,}7 \times 10^{-4}$ • $9{,}814 \times 10^{6}$

2. Donnez l'écriture scientifique des nombres proposés :

- 1 002 • −0,000 53 • 4 • 143×10^{-5}

3. Écrivez sous forme du produit d'un entier par une puissance de 10 :

- 0,000 321 • 0,94

7 Savoir jongler… avec des formules

10 min Corrigé p. 32

Complétez les données manquantes relatives à une sphère de rayon *r* par des valeurs exactes.

Rayon *r*	0,6 m		7 cm
Aire $\mathcal{A}$		$900\,\pi$ dm²	
Volume $\mathcal{V}$			

8 On continue

15 min Corrigé p. 32

Calculez $A = a + \frac{b}{c}$ sous la forme d'une fraction dans les deux cas suivants.

1. Pour $a = 5$, $b = -3$ et $c = \frac{2}{5}$.

2. Pour $a = \frac{-1}{4}$, $b = \frac{2}{3}$ et $c = -\frac{4}{7}$.

9 Un exercice … puissant

15 min Corrigé p. 33

On donne la formule :

$$\text{Énergie électrique consommée} = \text{puissance} \times \text{temps}$$

$$E \text{ (en Wh, wattheures)} = P \text{ (en W)} \times t \text{ (en h)}$$

1. Quelle quantité d'énergie consomme un aspirateur de puissance 2 000 W fonctionnant pendant 45 minutes ?

2. Une centrale vapeur en fonctionnement pendant 1 h 15 a consommé 2 750 Wh. Quelle est sa puissance ?

3. Chauffer un bol de lait dans un micro-ondes à une puissance de 900 W nécessite 25 Wh. Pendant combien de temps le lait chauffe-t-il ?

10 Plusieurs écritures pour le même nombre

15 min ➔ Corrigé p. 33

Voici une liste de nombres :

$$\frac{29}{16}-\left(\frac{3}{16}+4\times\frac{1}{8}\right);\ \frac{-\frac{29}{14}+1}{\frac{-29}{14}+2};\ \frac{2}{3}+\frac{11}{24};\ 1+\frac{125}{1\,000};\ 10+\left(\frac{17}{2}-3{,}5\right);\ \frac{3}{2}+1+\frac{5^3}{10}.$$

1. Retrouvez dans la liste précédente toutes les différentes écritures du nombre $\frac{9}{8}$ puis celles de 15.

2. Parmi ces écritures, indiquez celle qui permet de montrer que $\frac{9}{8}$ est un nombre plus grand que 1.

11 Tout ça pour une paire de parenthèses…

15 min ➔ Corrigé p. 34

- $A = 5 - 2^3 + 12 \times 2^{-2}$
- $B = (5 - 2)^3 + 12 \times 2^{-2}$
- $C = (5 - 2^3 + 12) \times 2^{-2}$
- $D = 5 - (2^3 + 12) \times 2^{-2}$
- $E = 5 - (2^3 + 12 \times 2^{-2})$

12 À vue d'œil…

15 min ➔ Corrigé p. 35

Calculez le volume exact de ces trois solides. Que remarquez-vous ?

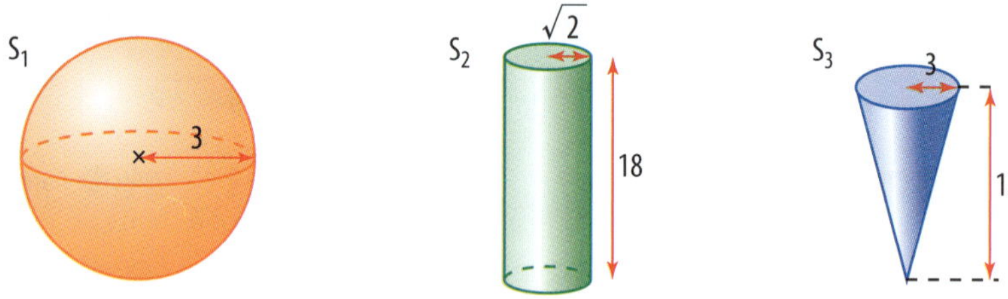

13 Un petit problème avec des fractions

10 min ➔ Corrigé p. 36

Thierry part en voiture d'une ville A pour rejoindre une ville B. Il parcourt dans un premier temps $\frac{1}{3}$ du trajet. Puis, après une pause, il parcourt $\frac{5}{6}$ du reste de son trajet.

Il lui reste encore à parcourir 15 km pour relier la ville B.

Quelle est la distance entre les deux villes ?

Problèmes

14 Les carrés

★ 25 min ➔ Corrigé p. 37

Les questions suivantes sont indépendantes (les figures ne sont pas à l'échelle). On notera C_1 le petit carré et C_2 le grand carré.

1. Déterminez l'aire de la figure 1 formée par les deux carrés ci-dessous.

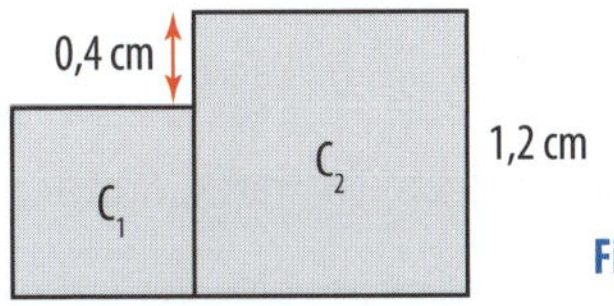

Figure 1

2. Déterminez l'aire exacte de la figure 2 formée par les deux carrés ci-dessous.

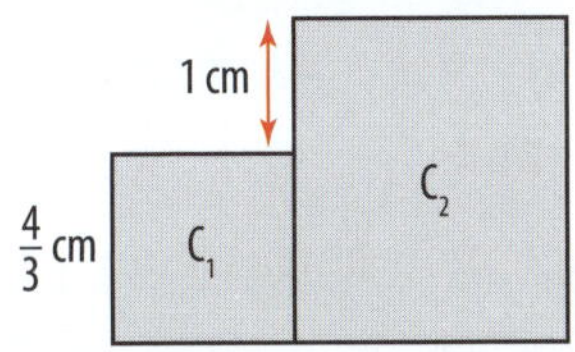

Figure 2

3. Déterminez la longueur du côté d'un carré dont l'aire est égale à la somme des aires des deux carrés ci-dessous.

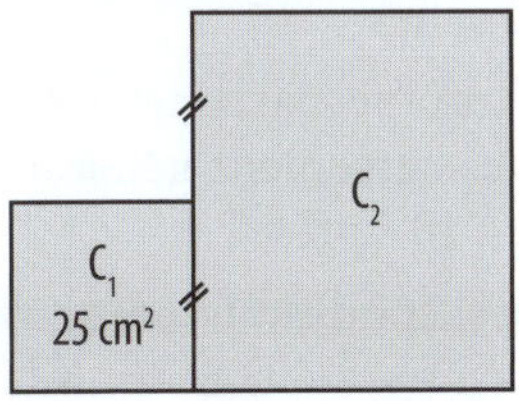

Figure 3

15 Pour bricoler, il faut savoir calculer !

10 min ➔ Corrigé p. 38

Pour faire sa terrasse, Jacques a besoin de 2,15 m^3 de sable. Il possède une remorque supportant au maximum 750 kg.

Le sable ayant une masse volumique de 1 600 kg/m^3, combien de trajets (allers-retours) devra faire Jacques pour ramener son sable de la carrière ?

➔ Comment résoudre ce problème

On procède en deux étapes : d'abord on calcule la masse de sable dont Jacques a besoin. Puis on détermine le nombre de remorques correspondantes.

16 Drôle d'aire…

15 min ➔ Corrigé p. 3

Une surface est constituée d'un parallélogramme 𝒫, d'un triangle 𝒯 et d'un demi-disque 𝒟 comme sur la figure ci-contre. Quelle est son aire ?

(On donnera une valeur arrondie à 0,1 cm^3 près.)

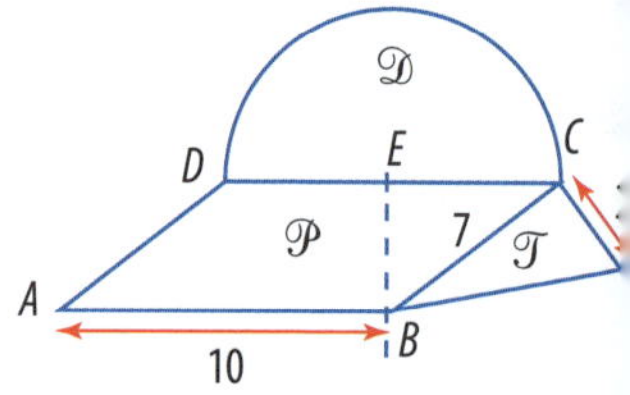

17 Histoires d'atomes

★ 5 min ➔ Corrigé p. 3

1. La masse d'un atome de fer est $9{,}4 \times 10^{-23}$ g. Combien y a-t-il d'atomes de fe dans un clou de 2 g ?

2. Sachant qu'il y a environ $9{,}5 \times 10^{23}$ atomes de cuivre dans 1 g de cuivre, quell est la masse d'un atome de cuivre ?

18 La course de chiens de traîneaux

★★ 20 min ➔ Corrigé p. 3

Antoine s'entraîne avec un attelage de 6 chiens pour préparer une grand course de chiens de traîneaux.

1. Lors de son dernier entraînement, sa vitesse moyenne était de 21,4 km/h su une durée d'1 h 42 min. Quelle distance a-t-il parcouru ?

2. La course se déroule en deux manches.

a) Durant la première manche, Antoine parcourt les 19,2 km du parcour en 49 min et 14 s. Il est second au classement général. Quelle est sa vitess moyenne sur cette étape (arrondie à 10^{-1} près) ?

b) Durant la seconde manche, les conditions étant optimales, le mushe (meneur de chiens) a fait son parcours de 33,8 km à la vitesse moyenne d 26,4 km/h.

Antoine remporte-t-il la course sachant que son concurrent principal a boucl les deux manches en 2 h 07 min 15 s ?

Vers le brevet

19 En musique

15 min ➔ Corrigé p. 4

On admet qu'un morceau de musique représente 3 Mo de mémoire (1 M = 1 méga-octet).

. Combien de morceaux de musique peut-on télécharger sur une clé USB ’une capacité de stockage de 256 Mo ?

. La vitesse de téléchargement d’un morceau de musique sur le site est de 0 Mo/s (méga-octets par seconde). Combien de morceaux peut-on télécharger n deux minutes ?

. Sur un autre site, une vidéo de 4 930 Mo est téléchargée en 5 min et 40 s. Quelle est la vitesse de téléchargement (en Mo/s) ?

20 Pour éviter les chocs

10 min Corrigé p. 40

ʼour amortir les chocs contre les autres embarca-ions ou le quai, on équipe les péniches de « boudins » le protection.

Calculez le volume exact en cm³ d’un « boudin » le protection, puis arrondissez à l’unité près.

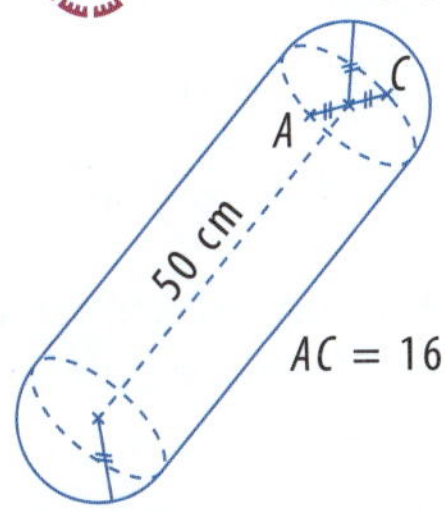

$AC = 16$ cm

21 Sous le soleil

★ 5 min Corrigé p. 41

Voici les distances (en km) qui séparent le Soleil de trois planètes du système solaire.

- Vénus : 105×10^6
- Mars : $2\,250 \times 10^5$
- Terre : $1{,}5 \times 10^8$

Parmi ces trois planètes, quelle est la plus éloignée du Soleil ?

Comment résoudre ce problème

Il s’agit de transformer ces trois nombres pour qu’ils aient la même écriture afin de pouvoir les comparer, et de déterminer ainsi lequel est le plus grand.

22 Trois écritures pour un même nombre

★ 10 min Corrigé p. 41

On donne l’expression numérique $A = 2 \times 10^2 + 10^1 + 10^{-1} + 2 \times 10^{-2}$.

1. Donnez l’écriture décimale de A.
2. Donnez l’écriture scientifique de A.
3. Écrivez A comme un produit d’un nombre entier par une puissance de 10.

23 Il va y avoir du sport !

15 min Corrigé p. 4

Un professeur d'éducation physique et sportive fait courir ses élèves autou d'un stade rectangulaire mesurant 90 m de long et 60 m de large.

1. Calculez, en mètres, la longueur d'un tour de stade.

2. Pour effectuer 15 tours en 24 minutes à vitesse constante, combien de temp un élève doit-il mettre pour faire un tour ?

On donnera la réponse en minutes et secondes.

3. Un élève parcourt 6 tours en 9 minutes. Calculez sa vitesse en m/min, pui en km/h.

24 La chimie s'en mêle

25 min Corrigé p. 42

En travaux pratiques de chimie, les élèves utilisent des récipients, appelés erlenmeyers, comme celui schématisé ci-contre.

Le récipient est rempli d'eau jusqu'au niveau maximum indiqué sur le schéma par une flèche.

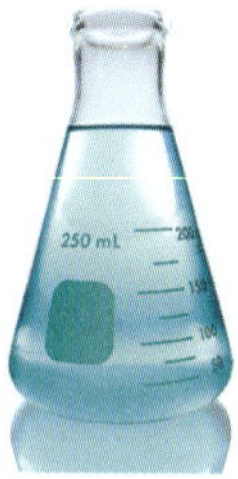

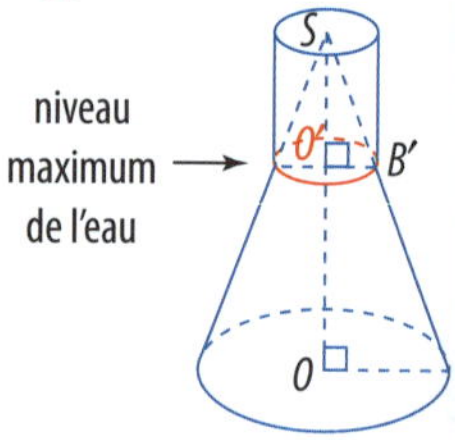

On note :

• C_1 : le grand cône de sommet S et de base le disque de centre O et de rayon OB ;

• C_2 : le petit cône de sommet S et de base le disque de centre O' et de rayon $O'B'$.

On donne : $SO = 12$ cm et $OB = 4$ cm.

1. Le volume $\mathcal{V}$ d'un cône de révolution de rayon R et de hauteur h est donné par la formule : $\mathcal{V} = \frac{1}{3} \times \pi \times R \times h^2$.

Calculez la valeur exacte du volume du cône C_1.

2. Le cône C_2 est une réduction du cône C_1. On donne $SO' = 3$ cm.

a) Quel est le coefficient de cette réduction ?

b) Prouvez que la valeur exacte du volume du cône C_2 est égale à π cm^3.

3. a) En déduire que la valeur exacte du volume d'eau contenu dans le récipient, en cm^3, est $63\,\pi$.

b) Donnez la valeur approchée de ce volume d'eau arrondie au cm^3 près.

4. Ce volume d'eau est-il supérieur à 0,2 litre ? Expliquez pourquoi.

Exercices d'approfondissement

25 Pas si évident…

★★ 15 min ➔ Corrigé p. 43

Sur une droite graduée, on a représenté les nombres $-\dfrac{2}{11}$ et $\dfrac{2}{5}$.

Quel nombre se trouve à la place du point d'interrogation ?

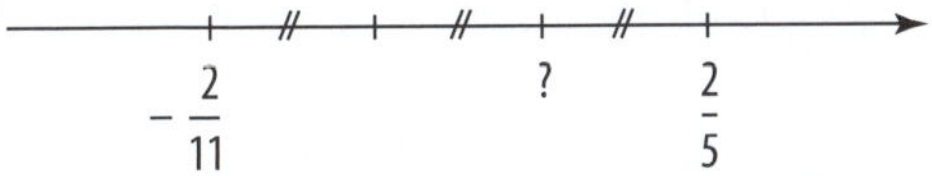

26 Joli bijou

★★ 10 min ➔ Corrigé p. 43

Un bijoutier expose dans sa vitrine un collier ayant la forme d'un parallélépipède de 42 cm de long, de 4 mm de large et de 1,5 mm d'épaisseur.

Quel est le prix de ce collier ?

Données

- masse volumique de l'or : $M_v = 19\,300$ kg/m^3 ;
- poids d'une once d'or = 31,10 g ;
- prix d'une once d'or = 653 €.

QCM

1 **1.** L'inverse de $\frac{-2}{5}$ est $\frac{1}{\frac{-2}{5}} = \frac{5}{-2}$, soit $\frac{-5}{2}$.

Réponse : **c)** $\frac{-5}{2}$.

L'astuce du prof
On obtient l'inverse d'une fraction en permutant le numérateur avec le dénominateur.

2. Diviser par 5 revient à multiplier par l'inverse de 5, soit par $\frac{1}{5}$.

Réponse : **a)** $\frac{1}{5}$.

3. $\frac{2}{3} - \frac{1}{3} \times 6 = \frac{2}{3} - \frac{1 \times 6}{3} = \frac{2-6}{3} = \frac{-4}{3}$.

Réponse : **b)** $-\frac{4}{3}$.

Rappel
Commencez par effectuer la multiplication. Elle est prioritaire sur l'addition.

4. Débit $= \frac{\text{volume}}{\text{temps}}$

• Le temps t pour remplir la baignoire de 145 L avec un débit de 20 L/min vérifie : $20 = \frac{145}{t}$.

Par produit en croix, on déduit : $20\,t = 145$.

Soit $t = \frac{145}{20} = 7{,}25\,\text{min}$.

• 7,25 min = 7 min + 0,25 min = 7 min + 0,25 × 60 s = 7 min 15 s.

Réponse : **b)** 7 min 15 s.

Piège à éviter
Il faut convertir la partie décimale du résultat en secondes.

5. Quand on multiplie par 2 les longueurs d'une figure, son volume est multiplié par $2^3 = 8$.

Réponse : **c)** 8.

Rappel
Dans un agrandissement ou une réduction de rapport k, les longueurs sont multipliées par k et les volumes par k^3.

6. Le volume $\mathcal{V}$ d'une boule de rayon 2 est :

$\mathcal{V} = \frac{4}{3} \times \pi \times 2^3 = \frac{4}{3} \times \pi \times 8 = \frac{32}{3}\pi$ (valeur exacte)

$\mathcal{V} \approx 33{,}5$ (valeur approchée)

Réponses : **a)** $\frac{32}{3}\pi$ et **b)** $\approx 33{,}5$.

. $2^{-1}=\frac{1}{2^1}=\frac{1}{2}=0{,}5.$

> **Piège à éviter**
> 2^{-1} est un nombre positif.

Réponse : **c)** égal à 0,5.

. $5{,}72\times 10^{-4}$ est le produit d'un nombre compris entre 1 et 10 par une puis-ance de 10 : c'est une écriture scientifique.

)e plus, $5{,}72\times 10^{-4}=0{,}000\,572<1$.

Réponses : **a)** une écriture scientifique et **b)** un nombre positif.

. • $(-2)^7$ est la puissance impaire (7) d'un nombre négatif : c'est donc un ombre négatif.

$(-3{,}5)^6$ est la puissance paire (6) d'un nombre négatif : c'est donc un nombre ositif.

Tout nombre non nul élevé à la puissance 0 vaut 1 qui est positif. Ainsi, $-4)^0=1$.

Réponses : **b)** $(-3{,}5)^6$ et **c)** $(-4)^0$.

2 **1. Faux** ➜ On remplace x par $\frac{4}{7}$ dans le premier membre. On obtient :

$\frac{}{4}+1=1\times\frac{7}{4}+1=\frac{7}{4}+\frac{4}{4}=\frac{11}{4}.$

. Faux ➜ On remplace x par -2. On obtient :

$-2+6)(-2-2)=4\times(-4)=-16\neq 0.$

> **Méthode**
> Dans un produit, commencez par simplifier (réduire) les facteurs avant d'effectuer le calcul (lorsque cela est possible).

. Faux ➜ $2+\frac{65}{10}=2+6{,}5=8{,}5\neq 2{,}65.$

. Vrai ➜ 30 m/s $= 30\times 3\,600$ m/h
$= 108\,000$ m/h
$= 108$ km/h.

> **L'astuce du prof**
> Pour convertir une vitesse de m/s en km/h, on la multiplie par 3,6.

. Faux ➜ 2,5 Mo = 2,5 × 1 024 ko = 2 560 ko.

.e temps de téléchargement correspondant est :

$2560\div 120\approx 21{,}3\text{s}>21\text{s}.$

> **Aide**
> 1 Mo = 1 024 ko.

. Faux ➜ Le volume d'une sphère de rayon r est $\frac{4}{3}\pi r^3$.

. Vrai ➜ Un cube de côté c est constitué de 6 faces carrées de côté c. La surface atérale du cube est alors $6\times c^2$.

8. Faux ➜ $10^{-3} = \frac{1}{10^3} = \frac{1}{1\,000} = 0{,}001$. C'est un nombre positif.

9. Faux ➜ $0{,}000\,4 = 4 \times 10^{-4}$.

Exercices d'entraînement

3

1. • $5 - 7 + 2 = \boxed{0}$ • $-3 \times 8 + 2 = \boxed{-22}$ • $4 - 8 \times 7 = \boxed{-52}$

• $2{,}6 - 3{,}5 = \boxed{-0{,}9}$ • $0{,}3 \times 5 + 2 = \boxed{3{,}5}$ • $2 - 5 \times 8{,}2 = \boxed{-39}$

• $1{,}3 + 0{,}8 - 6 = \boxed{-3{,}9}$ • $5 \times \frac{3}{2} - 1 = \boxed{\frac{13}{2}}$ • $\frac{1}{2} + \frac{1}{3} = \boxed{\frac{5}{6}}$

• $2 - \frac{3}{7} = \boxed{\frac{11}{7}}$ • $8 + \frac{3}{5} - 1 = \boxed{\frac{38}{5}}$ • $\frac{3}{5} \times \frac{25}{3} = \boxed{5}$

2. 5 m/s $= 5 \times 60$ m/min $= 300$ m/min
$= 300 \times 60$ m/h $= 18\,000$ m/h $= \boxed{18 \text{ km/h}}$

L'astuce du prof
Pour convertir une vitesse de m/s à km/h, multipliez par 3,6.

3. a) L'aire $\mathcal{A}$ d'un disque de rayon r est πr^2.
Avec $r = 4$, $\mathcal{A} = \pi r^2 = \pi \times 4^2 = \boxed{16\pi}$.

b) Le volume $\mathcal{V}$ d'une boule de rayon r est $\frac{4}{3}\pi r^3$.

Avec $r = 2$, on calcule $\mathcal{V} = \frac{4}{3}\pi \times 2^3 = \frac{4}{3}\pi \times 2 \times 2 \times 2 = \frac{4}{3}\pi \times 8 = \boxed{32\frac{\pi}{3}}$.

c) Le volume $\mathcal{V}$ d'un cube de côté c est c^3.
Avec $c = 4$, on obtient $\mathcal{V} = 4^3 = 4 \times 4 \times 4 = 16 \times 4 = \boxed{64}$.

d) Le volume $\mathcal{V}$ d'un cône de hauteur h et de rayon r est $\frac{1}{3}\pi r^2 h$.

Pensez-y !
Simplifiez le 3 du $\frac{4}{3}$ avec le 6 de la hauteur.

Avec $h = 6$ et $r = 2$, on obtient $\mathcal{V} = \frac{1}{3}\pi \times 2^2 \times 6 = \frac{1}{\cancel{3}}\pi \times 4 \times \cancel{3} \times 2 = \boxed{8\pi}$.

4. • $\boxed{(-4)^5 < 0}$: un nombre négatif (–4) élevé à une puissance impaire (5) est négatif.

• $\boxed{4^{-3} > 0}$: un nombre positif (4) élevé à une puissance quelconque (ici –3) est positif.

• $\boxed{-4^3 < 0}$: $-4^3 = -(4^3)$, l'opposé d'un nombre positif (4^3 est positif) est négatif.

• $\boxed{\left(\frac{1}{4}\right)^{-2} > 0}$: un nombre positif $\left(\frac{1}{4}\right)$ élevé à une puissance quelconque (ici –2) est positif.

• $\boxed{(-4)^{-3} < 0}$: un nombre négatif (–4) élevé à une puissance impaire (–3) est négatif.

3. • $(-5)^3 = (-5) \times (-5) \times (-5) = -5^3 = \boxed{-125}$

• $5^{-3} = \frac{1}{5^3} = \boxed{\frac{1}{125}}$

• $\frac{1}{5^3} = \boxed{\frac{1}{125}}$

• $(-5)^{-3} = \frac{1}{(-5)^3} = \frac{1}{-125} = \boxed{-\frac{1}{125}}$

• $-5^3 = -(5^3) = -(125) = \boxed{-125}$

Méthode
Il s'agit d'exprimer tous les calculs en fonction de 5^3.

4 • $A = \frac{1}{4} + \frac{1}{3} - \frac{1}{2}$

$= \frac{3}{12} + \frac{4}{12} - \frac{6}{12}$

$\boxed{A = \frac{1}{12}}$ (fraction simplifiée)

L'astuce du prof
Cherchez le plus petit multiple commun à 4, 3 et 2. C'est 12.

• $B = 4 - 2 \times \left(\frac{2}{5}\right)^2$

$= 4 - 2 \times \frac{2^2}{5^2}$

$B = 4 - \frac{2 \times 4}{25} = \frac{4 \times 25}{1 \times 25} - \frac{8}{25}$

$= \frac{100}{25} - \frac{8}{25}$

$\boxed{B = \frac{92}{25}}$ (fraction simplifiée)

Rappel
$\left(\frac{a}{b}\right)^2 = \frac{a^2}{b^2}$.

CORRIGÉS

CORRIGÉS

- $C = \dfrac{5 - 2 \times \dfrac{3}{4}}{5}$

$= \dfrac{5 - \dfrac{2 \times 3}{2 \times 2}}{5}$

$= \dfrac{5 - \dfrac{3}{2}}{5}$

$= \dfrac{\dfrac{10}{2} - \dfrac{3}{2}}{5} = \dfrac{\dfrac{7}{2}}{5}$

$= \dfrac{7}{2} \times \dfrac{1}{5} = \dfrac{7 \times 1}{2 \times 5}$

$C = \dfrac{7}{10}$ (fraction simplifiée)

- $D = \left(\dfrac{3}{4} - \dfrac{5}{6}\right) \div \dfrac{2}{3}$

$= \left(\dfrac{9}{12} - \dfrac{10}{12}\right) \div \dfrac{2}{3}$

$= \dfrac{-1}{12} \div \dfrac{2}{3}$

$= \dfrac{-1 \times 3}{3 \times 4 \times 2}$

$D = \dfrac{-1}{8}$ (fraction simplifiée)

- $E = \dfrac{1 + \dfrac{1}{3}}{\dfrac{4}{9}}$

$= \dfrac{\dfrac{3}{3} + \dfrac{1}{3}}{\dfrac{4}{9}} = \dfrac{\dfrac{4}{3}}{\dfrac{4}{9}}$

$= \dfrac{4}{3} \times \dfrac{9}{4}$

$= \dfrac{4 \times 3 \times 3}{3 \times 4}$

$E = 3$ (nombre entier)

- $F = \left(\dfrac{2}{5} - \dfrac{1}{2} \times \dfrac{6}{5}\right) \times \dfrac{-1}{3}$

$= \left(\dfrac{2}{5} - \dfrac{1 \times 2 \times 3}{2 \times 5}\right) \times \dfrac{-1}{3}$

$= \left(\dfrac{2}{5} - \dfrac{3}{5}\right) \times \dfrac{-1}{3}$

$= \dfrac{-1}{5} \times \dfrac{-1}{3}$

$= \dfrac{-1 \times (-1)}{5 \times 3}$

$F = \dfrac{1}{15}$ (fraction simplifiée)

5 • Un lièvre court à la vitesse de 72 km/h.

Il parcourt 72 km en une heure, soit 7 200 m en une heure.

De plus, 1 h = 60 min = 60 × 60 s = 3 600 s.

En une seconde, ce lièvre parcourt $7200 \div 3600 = 2$ m.

En 8 secondes, ce lièvre parcourt $8 \times 2 = \boxed{6\text{ m}}$.

• Un escargot parcourt 2,04 km en 17 jours.

2,04 km = 2 040 m

17 jours = 17×24 h = 408 h.

La vitesse de cet escargot en m/h est : $\dfrac{2040}{408} = \boxed{5\text{ m/h}}$.

Piège à éviter

Attention aux unités !

La vitesse donnée est en m/s, donc d est en m et t en s.

• Un avion de chasse vole à la vitesse de 604 m/s.

2 718 km = 2 718 000 m.

Le temps t de parcours correspondant en secondes vérifie : $604 = \dfrac{2718000}{t}$.

Soit $604 \times t = 2\,718\,000$ ou $t = \dfrac{2\,718\,000}{604} = 4\,500$,

$t = 4500\text{ s} = \dfrac{4500}{60}\text{ min} = 75\text{ min} = 60\text{ min} + 15\text{ min} = \boxed{1\text{ h }15\text{ min}}$.

Méthode

• Convertissez le temps calculé t, qui est en s, en h.

• Puis calculez la partie décimale en min.

6 **1.** • $5^{-1} = \dfrac{1}{5^1} = \dfrac{1}{5} = \boxed{0{,}2}$

• $7 \times 2^{-2} = 7 \times \dfrac{1}{2^2} = 7 \times \dfrac{1}{2 \times 2} = 7 \times \dfrac{1}{4} = \dfrac{7}{4} = \boxed{1{,}75}$

• $2{,}7 \times 10^{-4} = 2{,}7 \times 0{,}000\,1 = \boxed{0{,}000\,27}$

• $9{,}814 \times 10^6 = 9{,}814 \times 1\,000\,000 = \boxed{9\,814\,000}$

2. • $1\,002 = 1{,}002 \times 1\,000 = \boxed{1{,}002 \times 10^3}$

• $-0{,}000\,53 = -5{,}3 \times 0{,}000\,1 = \boxed{-5{,}3 \times 10^{-4}}$

• $4 = 4 \times 1 = \boxed{4 \times 10^0}$

• $143 \times 10^{-5} = 1{,}43 \times 10^2 \times 10^{-5}$

$= 1{,}43 \times 10^{2+(-5)} = \boxed{1{,}43 \times 10^{-3}}$

Méthode

Commencez par écrire 143 en écriture scientifique.

3. • $0{,}000\,321 = 321 \times 0{,}000\,001 = \boxed{321 \times 10^{-6}}$

• $0{,}94 = 94 \times 0{,}01 = \boxed{94 \times 10^{-2}}$

7 • Une sphère S_1 a pour rayon $r = 0{,}6$ m. Son aire exacte est :
$\mathcal{A}_1 = 4\pi r^2 = 4 \times \pi \times 0{,}6^2 = 1{,}44\pi \text{ m}^2$.

Son volume exact est $\mathcal{V}_1 = \frac{4}{3}\pi r^3 = \frac{4}{3} \times \pi \times 0{,}6^3 = \boxed{0{,}288\pi \text{ m}^3}$.

• Une sphère S_2 a pour aire $\mathcal{A}_2 = 900\pi \text{ dm}^2$.

Déterminons son rayon r.

De $\mathcal{A}_2 = 4\pi r^2$, il vient : $4\pi r^2 = 900\pi$.

Soit $4r^2 = 900$.

$$r^2 = \frac{900}{4} = 225$$

$$r = \sqrt{225} \text{ ou } r = -\sqrt{225}$$

$r = 15$ ou $r = -15$.

> **Rappel**
> Un nombre et son opposé ont même carré.

La solution négative n'est pas acceptable, car un rayon est une grandeur positive. On conclut $r = 15$ dm.

Le volume exact de S_2 est : $\mathcal{V}_2 = \frac{4}{3}\pi r^3 = \frac{4}{3} \times \pi \times 15^3 = \boxed{4\,500\pi \text{ dm}^3}$.

• Une sphère S_3 a pour rayon $r = 7$ cm.

Son aire exacte est $\mathcal{A}_3 = 4\pi r^2 = 4 \times \pi \times 7^2 = 196\pi \text{ cm}^2$.

Son volume exact est $\mathcal{V}_3 = \frac{4}{3}\pi r^3 = \frac{4}{3} \times \pi \times 7^3 = \boxed{\frac{1\,372}{3}\pi \text{ cm}^3}$.

8 **1.** Pour $a = 5$, $b = -3$ et $c = \frac{2}{5}$, on obtient :

$$A - 5 + \frac{-3}{\frac{2}{5}} = 5 - 3 \times \frac{5}{2} = 5 - \frac{15}{2} = \frac{10}{2} - \frac{15}{2} = -\frac{5}{2}$$

$\boxed{A = -\frac{5}{2}}$ (fraction simplifiée)

2. Pour $a = \frac{-1}{4}$, $b = \frac{2}{3}$ et $c = -\frac{4}{7}$, on obtient :

$$A = \frac{-1}{4} + \frac{\frac{2}{3}}{-\frac{4}{7}} = \frac{-1}{4} + \frac{2}{3} \times \left(-\frac{7}{4}\right)$$

$= \frac{-1}{4} - \frac{\cancel{2}\times 7}{3\times\cancel{2}\times 2} = \frac{-1}{4} - \frac{7}{6} = \frac{-3}{12} - \frac{14}{12} = -\frac{17}{12}$

$\boxed{A = -\frac{17}{12}}$ (fraction simplifiée)

9 **1.** Calculons l'énergie E consommée par l'aspirateur avec $P = 2\,000$ W et $t = 45$ min $= 45 \div 60$ h $= 0{,}75$ h :

$E = P \times t = 2\,000 \times 0{,}75 = \boxed{1\,500 \text{ Wh}}$.

2. La puissance P de la centrale vapeur, sachant que $t = 1$ h 15 min $= 1 + \frac{15}{60}$ h $= 1{,}25$ h et $E = 2\,750$ Wh, vérifie : $2\,750 = P \times 1{,}25$.

$P = 2\,750 \div 1{,}25 = \boxed{2\,200 \text{ W}}$.

3. Le temps de chauffage t du lait dans le micro-ondes de puissance $P = 900$ W nécessitant une énergie $E = 25$ Wh vérifie : $25 = 900 \times t$. D'où :

$t = \frac{25}{900}\text{ h} = \frac{1}{36}\text{ h} = \frac{1}{36} \times 60\text{ min} = \frac{60}{36}\text{ min} = \frac{5}{3}\text{ min}$

$= \frac{3}{3}\text{ min} + \frac{2}{3}\text{ min} = 1\text{ min} + \frac{2}{3}\text{ min} = 1\text{ min} + \frac{2}{3} \times 60\text{ s} = \boxed{1\text{ min }40\text{ s}}$.

Remarque
L'énergie est une grandeur produit.

Piège à éviter
Calculez t sous forme décimale en utilisant la relation : $1\text{ min} = \frac{1}{60}$ s.

Méthode
La valeur de t obtenue est en heures. Convertissez-la en heures, minutes et secondes.

10 **1.** On écrit les nombres plus simplement :

$\frac{29}{16} - \left(\frac{3}{16} + 4 \times \frac{1}{8}\right)$

$= \frac{29}{16} - \left(\frac{3}{16} + \frac{\cancel{4}\times 1}{\cancel{4}\times 2}\right) = \frac{29}{16} - \left(\frac{3}{16} + \frac{1}{2}\right)$

$= \frac{29}{16} - \left(\frac{3}{16} + \frac{8}{16}\right) = \frac{29}{16} - \frac{11}{16} = \frac{18}{16} = \boxed{\frac{9}{8}}$

$\frac{-\frac{29}{14} + 1}{\frac{-29}{14} + 2} = \frac{-\frac{29}{14} + \frac{14}{14}}{-\frac{29}{14} + \frac{28}{14}} = \frac{-\frac{15}{14}}{\frac{-1}{14}} = -\frac{15}{\cancel{14}} \times \frac{\cancel{14}}{-1} = \frac{15 \times 14}{14 \times 1} = \boxed{15}$

Remarque
Il faut évidemment retrouver l'un des deux résultats : $\frac{9}{8}$ ou 15.

- $\frac{2}{3}+\frac{11}{24}=\frac{16}{24}+\frac{11}{24}=\frac{27}{24}=\frac{\cancel{3}\times 9}{\cancel{3}\times 8}=\boxed{\frac{9}{8}}$
- $1+\frac{125}{1\,000}=1+\frac{\cancel{125}\times 1}{\cancel{125}\times 8}=1+\frac{1}{8}=\frac{8}{8}+\frac{1}{8}=\boxed{\frac{9}{8}}$
- $10+\left(\frac{17}{2}-3{,}5\right)=10+(8{,}5-3{,}5)=10+5=\boxed{15}$
- $\frac{3}{2}+1+\frac{5^3}{10}=\frac{3}{2}+\frac{2}{2}+\frac{125}{10}=\frac{5}{2}+\frac{125}{10}=\frac{25}{10}+\frac{125}{10}=\frac{50}{10}=\boxed{15}$

On a donc :

- $\frac{9}{8}=\frac{29}{16}-\left(\frac{3}{16}+4\times\frac{1}{8}\right)=\frac{2}{3}+\frac{11}{24}=1+\frac{125}{1\,000}$
- $15=\frac{\frac{-29}{14}+1}{\frac{-29}{14}+2}=10+\left(\frac{17}{2}-3{,}5\right)=\frac{3}{2}+1+\frac{5^3}{10}$

2. L'écriture qui permet de montrer que $\frac{9}{8}$ est un nombre plus grand que 1 est $\boxed{1+\frac{125}{1\,000}}$.

Conseil
Pour simplifier la fraction $\frac{125}{1000}$, vous pouvez procéder par simplifications successives.

L'astuce du prof
Ici, il est plus simple de travailler avec des nombres décimaux.

Rappel
Un nombre est plus grand que 1 si on peut l'écrire $1 + A$ avec $A > 0$.

11 • $A = 5 - 2^3 + 12 \times 2^{-2}$

$A = 5 - 2^3 + 12 \times 2^{-2}$

$= 5-8+12\times\frac{1}{2^2} = 5-8+12\times\frac{1}{4}$

$= 5-8+3\times\cancel{4}\times\frac{1}{\cancel{4}}$

$= 5-8+3$

$\boxed{A = 0}$

Rappel
$2^{-2}=\frac{1}{2^2}=\frac{1}{2\times 2}=\frac{1}{4}$.

• $B = (5-2)^3 + 12 \times 2^{-2}$

$= 3^3 + 12\times 2^{-2} = 3^3 + 12\times\frac{1}{2^2} = 27+\frac{12}{4}$

$= 27 + 3$

$\boxed{B = 30}$

Méthode
Calculez d'abord $(5 - 2)^3$.

$C = (5 - 2^3 + 12) \times 2^{-2}$

$= (5 - 8 + 12) \times 2^{-2}$

$= (5 - 8 + 12) \times \dfrac{1}{4}$

$= 9 \times \dfrac{1}{4}$

$\boxed{C = \dfrac{9}{4}}$

Méthode

Effectuez d'abord les calculs dans les parenthèses. Puis respectez les priorités opératoires : puissances, multiplications/divisions, et enfin additions/soustractions.

$D = 5 - (2^3 + 12) \times 2^{-2}$

$= 5 - (8 + 12) \times 2^{-2}$

$= 5 - 20 \times 2^{-2} = 5 - 20 \times \dfrac{1}{4}$

$= 5 - 20 \times \dfrac{1}{4} = 5 - 5 \times 4 \times \dfrac{1}{4}$

$= 5 - 5$

$\boxed{D = 0}$

$E = 5 - (2^3 + 12 \times 2^{-2})$

$= 5 - \left(8 + 12 \times \dfrac{1}{4}\right)$

$= 5 - \left(8 + 3 \times 4 \times \dfrac{1}{4}\right)$

$= 5 - (8 + 3)$

$= 5 - 11$

$\boxed{E = -6}$

2 • Le volume $\mathcal{V}_1$ de la boule S_1 de rayon 3 est :

$\mathcal{V}_1 = \dfrac{4}{3} \times \pi \times 3^3 = \dfrac{4}{3} \times \pi \times 27 = \dfrac{108}{3}\pi = \boxed{36\pi}$.

Méthode

Pour déterminer la valeur exacte, calculez seulement $\dfrac{4}{3} \times 3^3$.

Le volume $\mathcal{V}_2$ du cylindre S_2 de hauteur 18 et de rayon $\sqrt{2}$ est :

$\mathcal{V}_2 = \pi \times (\sqrt{2})^2 \times 18 = \pi \times 2 \times 18 = \boxed{36\pi}$.

• Le volume $\mathcal{V}_3$ du cône S_3 de hauteur 12 et de rayon 3 est :

$$\mathcal{V}_3 = \frac{1}{3} \times \pi \times 3^2 \times 12 = \frac{1}{3} \times \pi \times 9 \times 12 = \boxed{36\pi}.$$

• On remarque que **les trois solides ont le même volume**.

13 • On calcule ce qui reste du parcours au moment de la pause :

$$1 - \frac{1}{3} = \frac{2}{3}.$$

Il reste donc $\frac{2}{3}$ du trajet.

• On calcule ce qu'a parcouru Thierry après la pause :

$$\frac{5}{6} \times \frac{2}{3} = \frac{5 \times 2}{6 \times 3} = \frac{5 \times \cancel{2}}{3 \times \cancel{2} \times 3} = \frac{5}{9}.$$

• On calcule ce qu'il a parcouru en tout :

$$\frac{1}{3} + \frac{5}{9} = \frac{3}{9} + \frac{5}{9} = \frac{8}{9}.$$

Il a parcouru $\frac{8}{9}$ du trajet.

Méthode

Procédez par étape en précisant à chaque fois ce que vous calculez. Ne faites pas des calculs sans savoir ce que vous faites !

• On calcule ce qu'il lui reste à parcourir :

$$1 - \frac{8}{9} = \frac{9}{9} - \frac{5}{6} = \frac{1}{9}.$$

Il doit encore parcourir $\frac{1}{9}$ du trajet.

• On calcule le nombre de kilomètres qui séparent les deux villes : $\frac{1}{9}$ de l distance entre les deux villes représente 15 km.

$9 \times 15 = 135.$

$\frac{9}{9}$ représentent 135 km.

135 km séparent les deux villes.

CORRIGÉS

CORRIGÉS

Problèmes

14 **1.** L'aire $\mathcal{A}$ de la figure F_1 se décompose en $\mathcal{A}$ = Aire (C_1) + Aire (C_2)

C_1 est un carré de côté 1,2 – 0,4 = 0,8 cm.

C_2 est un carré de côté 1,2 cm.

$\mathcal{A} = 0{,}8^2 + 1{,}2^2$

$\mathcal{A} = 2{,}08 \text{ cm}^2$

2. L'aire $\mathcal{A}$ de la figure F_2 se décompose en $\mathcal{A}$ = Aire (C_1) + Aire (C_2)

C_1 est un carré de côté $\frac{4}{3}$ cm.

C_2 est un carré de côté $\frac{4}{3} + 1 = \frac{4}{3} + \frac{3}{3} = \frac{7}{3}$ cm.

$$\mathcal{A} = \left(\frac{4}{3}\right)^2 + \left(\frac{7}{3}\right)^2$$

$$\mathcal{A} = \frac{4}{3} \times \frac{4}{3} + \frac{7}{3} \times \frac{7}{3}$$

$$\mathcal{A} = \frac{16}{9} + \frac{49}{9}$$

$$\mathcal{A} = \frac{65}{9} \text{ cm}^2$$

Piège à éviter
Effectuez vos calculs avec des valeurs exactes, et pas des valeurs approchées !

3. L'aire $\mathcal{A}$ de la figure F_3 se décompose en $\mathcal{A}$ = Aire (C_1) + Aire (C_2)

C_1 est un carré d'aire 25 cm². Son côté mesure donc $\sqrt{25} = 5$ cm.

C_2 est un carré de côté 2 × 5 = 10 cm. Son aire est donc 10 × 10 = 100 cm².

On cherche le côté x d'un carré tel que :

x^2 = Aire (C_1) + Aire (C_2)

$x^2 = 25 + 100$

$x^2 = 125$

On en déduit $x = \sqrt{125}$.

Gagnez des points
Le codage de la figure indique que le côté de C_2 est le double de celui de C_1.

Remarque
La calculatrice affiche aussi $x = 5\sqrt{3}$. C'est une autre écriture de $\sqrt{125}$.

15 On utilise la formule : masse volumique $= \dfrac{\text{masse}}{\text{volume}}$.

• La masse m associée à un volume de 2,15 m^3 de sable vérifie :

$1\,600 = \dfrac{m}{2{,}15}$.

Soit $m = 1\,600 \times 2{,}15 = 3\,440$ kg.

• De plus, $\dfrac{3\,440}{750} \approx 4{,}6$.

Jacques devra faire 5 allers-retours pour ramener le sable de la carrière.

Remarque
4 voyages ne suffisent pas. Quant au 5ᵉ, il ne sera pas complet !

16 On décompose l'aire des trois surfaces.

• L'aire $\mathcal{A}_{\mathcal{D}}$ du demi-disque de centre E et de rayon EC est :

$\mathcal{A}_{\mathcal{D}} = \dfrac{1}{2} \times (\pi r^2) = \dfrac{1}{2} \times \pi \times EC^2 = \dfrac{1}{2} \times \pi \times 5^2 \approx 39{,}3 \text{ cm}^2$.

• L'aire $\mathcal{A}_{\mathcal{T}}$ du triangle rectangle BCF est :

$\mathcal{A}_{\mathcal{T}} = \dfrac{\text{base} \times \text{hauteur}}{2} = \dfrac{BC \times CF}{2} = \dfrac{7 \times 3}{2} = 10{,}5 \text{ cm}^2$.

• L'aire $\mathcal{A}_3$ du parallélogramme $ABCD$ est :

$\mathcal{A}_3 = \text{base} \times \text{hauteur}$.

Il faut calculer la hauteur h du parallélogramme qui correspond à la longueur EB.

Dans le triangle EBC rectangle en E, d'après le théorème de Pythagore, on écrit :

$BC^2 = BE^2 + CE^2$

$7^2 = 5^2 + CE^2$

$49 = 25 + CE^2$

$CE^2 = 49 - 25 = 24$

$CE = \sqrt{24} = 2\sqrt{6}$

Par suite : $\mathcal{A}_{\mathcal{P}} = 10 \times 2\sqrt{6} \approx 49 \text{ cm}^2$.

• Finalement, la surface a pour aire :

$\mathcal{A}_{\mathcal{D}} + \mathcal{A}_{\mathcal{T}} + \mathcal{A}_{\mathcal{P}} \approx 39{,}3 + 10{,}5 + 49 = \boxed{98{,}8 \text{ cm}^2}$.

Méthode
Quand on connaît deux longueurs sur trois dans un triangle rectangle, on peut utiliser le théorème de Pythagore pour calculer la longueur manquante.

17 **1.** Le nombre d'atomes de fer contenus dans un clou de 2 g est :

$\dfrac{2}{9{,}4 \times 10^{-23}} \approx \boxed{2{,}127 \times 10^{22}}$.

Méthode
Nombre d'atomes de fer $= \dfrac{\text{masse de fer}}{\text{masse d'un atome de fer}}$

CORRIGÉS

2. Un atome de cuivre a une masse de :

$$\frac{1}{9{,}5 \times 10^{23}} \approx \boxed{1{,}0526 \times 10^{-24}\ \text{g}}.$$

18 **1.** La distance d parcourue par Antoine à la vitesse moyenne $v = 21{,}4$ km/h en un temps $t = 1$ h 42 minutes est $d = v \times t$.

$$t = 1\ \text{h}\ 42\ \text{min} = 1\ \text{h} + \frac{42}{60}\ \text{h} = \left(\frac{60}{60} + \frac{42}{60}\right)\text{h} = \frac{102}{60}\ \text{h} = \frac{17}{10}\ \text{h} = 1{,}7\ \text{h}$$

$$d = v \times t = 21{,}4 \times 1{,}7 = 36{,}38\ \text{km}$$

Antoine a parcouru 36,38 km.

2. a) La vitesse moyenne v d'Antoine sur la première étape vérifie $v = \dfrac{d}{t}$ avec $d = 19{,}2$ km ;

et $t = 49\ \text{min}\ 14\ \text{s} = \dfrac{49}{60}\ \text{h} + \dfrac{14}{3\,600}\ \text{h} = \left(\dfrac{49 \times 60 + 14}{3\,600}\right)\text{h} = \dfrac{2\,954}{3\,600}\ \text{h} = \dfrac{1\,477}{1\,800}\ \text{h}.$

D'où $v = 19{,}2 \div \dfrac{1\,477}{1\,800} = 19{,}2 \times \dfrac{1\,800}{1\,477}$

$v \approx 23{,}4$ km/h.

Sur la première manche, **la vitesse moyenne d'Antoine est de 23,4 km/h.**

> **Méthode**
> Il faut convertir t en heures sachant que $1\ \text{min} = \dfrac{1}{60}\text{h}$ et $1\ \text{s} = \dfrac{1}{3\,600}\text{h}$.

b) • Le temps de parcours t (en h) de la seconde manche vérifie $t = \dfrac{d}{v}$ avec $d = 33{,}8$ km et $v = 26{,}4$ km/h.

$$t = \frac{33{,}8}{26{,}4}\ \text{h}$$

$$t \approx 1{,}2803\ \text{h} = 1\ \text{h} + 0{,}2803\ \text{h}$$

> **Méthode**
> Il faut convertir l'ecriture décimale de t en heures, minutes et secondes.

$0{,}2803\ \text{h} = 0{,}2806 \times 60\ \text{min} = 16{,}818\ \text{min} = 16\ \text{min} + 0{,}818\ \text{min}$

$0{,}818\ \text{min} = 0{,}818 \times 60\ \text{s} \approx 49\ \text{s}$

Finalement, Antoine boucle la seconde étape en 1 h 16 min 49 s.

• Antoine a fait la course en un temps total de :

49 min 14 s + 1 h 16 min 49 s = 1 h 65 min 63 s = 2 h 5 min 63 s = 2 h 6 min 3 s.

Son concurrent principal a fait le parcours en 2 h 07 min 15 s.

En conclusion, Antoine a remporté la course !

> **Gagnez des points !**
> N'oubliez pas de conclure quant à la victoire du musher.

Vers le brevet

19 **1.** On cherche combien de morceaux de musique de 3 Mo peuvent être stockés sur une clé USB de 256 Mo.

Piège à éviter
Le nombre de morceaux à télécharger est un entier.

$256 \div 3 \approx 85{,}3$.

Une clé peut donc contenir 85 morceaux de musique.

2. 2 min = 2 × 60 = 120 s.
La vitesse de téléchargement étant de 10 Mo/s, en 2 minutes, on télécharge 10 × 120 = 1 200 Mo de musique.

Un morceau occupant 3 Mo, cela correspond à 1 200 ÷ 3 = **400 morceaux de musique.**

3. 5 min 40 s = (5 × 60 + 40) s = 340 s

Le téléchargement de 4 930 Mo en 340 s correspond à une vitesse de téléchargement associée v telle que :

$v = 4\,930 \div 340 = \boxed{14{,}5 \text{ Mo/s}}$

Rappel
Vitesse de téléchargement $= \dfrac{\text{capacité téléchargée}}{\text{temps de téléchargement}}$

20 Le volume $\mathcal{V}$ d'un « boudin » de protection est celui de deux demi-boules (donc d'une boule complète) de rayon R = AC ÷ 2 = 16 ÷ 2 cm = 8 cm, et d'un cylindre de même rayon R = 8 cm et de hauteur h = 50 cm.

Piège à éviter
L'énoncé donne le diamètre des boules, alors qu'on a besoin du rayon R.

$$\mathcal{V} = \frac{4}{3}\pi \times 8^3 + \pi \times 8^2 \times 50$$

$$\mathcal{V} = \frac{4}{3}\pi \times 512 + \pi \times 64 \times 50$$

$$\mathcal{V} = \frac{2\,048\pi}{3} + 3\,200\pi$$

$$\mathcal{V} = \frac{2\,048\pi}{3} + \frac{9\,600\pi}{3}$$

$\boxed{\mathcal{V} = \dfrac{11\,648\pi}{3}}$. C'est le volume exact en cm³.

$\boxed{\mathcal{V} \approx 12\,198 \text{ cm}^3}$. C'est le volume arrondi au cm³ près.

21 Pour comparer ces trois distances, on les met sous leur écriture scientifique.

• Pour Vénus : $105 \times 10^6 = 1{,}05 \times 10^2 \times 10^6 = 1{,}05 \times 10^{2+6} = 1{,}05 \times 10^8$

• Pour Mars : $2\ 250 \times 10^5 = 2{,}25 \times 10^3 \times 10^5 = 2{,}25 \times 10^{3+5} = 2{,}25 \times 10^8$

• Pour la Terre : $1{,}5 \times 10^8$ est déjà sous écriture scientifique.

La planète la plus éloignée du Soleil est celle dont la distance au Soleil est la plus grande.

Parmi les trois nombres, $1{,}05 \times 10^8$; $2{,}25 \times 10^8$ et $1{,}5 \times 10^8$, le plus grand est $2{,}25 \times 10^8$. Ainsi, **la planète la plus éloignée du Soleil est Mars** avec $2{,}25 \times 10^8$ km.

22 **1.** $A = 2 \times 10^2 + 10^1 + 10^{-1} + 2 \times 10^{-2}$

$= 2 \times 100 + 10 + 0{,}1 + 2 \times 0{,}01$

$= 200 + 10 + 0{,}1 + 0{,}02$

$\boxed{A = 210{,}12}$ (écriture décimale)

> **Méthode**
> Écrivez chaque puissance de 10 sous forme décimale.

2. $A = 210{,}12 = 2{,}101\ 2 \times 100$

$\boxed{A = 2{,}101\ 2 \times 10^2}$ (écriture scientifique)

3. $A = 210{,}12 = 21\ 012 \times 0{,}01$

$\boxed{A = 21\ 012 \times 10^{-2}}$ (produit d'un entier par une puissance de 10)

23 **1.** Le périmètre $\mathcal{P}$ du stade est :

$\mathcal{P} = 2 \times (90 + 60) = \boxed{300 \text{ m}}$.

> **Rappel**
> Le périmètre d'un rectangle de longueur L et largeur l est $2 \times (L + l)$.

2. L'élève parcourt 15 tours en 24 minutes.

Il parcourt donc 1 tour en $\frac{24}{15}$ min = 1,6 min.

1,6 minute correspond à 1 minute et 0,6 minute, soit $0{,}6 \times 60 = 36$ s.

L'élève parcourt un tour en 1 min 36 s.

3. • L'élève parcourt 6 tours, soit $6 \times 300 = 1\ 800$ m en 9 minutes. Sa vitesse correspondante v en m/min est :

$v = \frac{1\ 800}{9} = 200$ m/min

• Convertissons v en km/h :

$\boxed{v = 200 \text{ m/min}}$

L'élève parcourt 200 m en 1 minute, soit 0,2 km en 1 minute.

> **Rappel**
> 1 km = 1 000 m.

De plus, 1 heure = 60 minutes.
L'élève parcourt donc 0,2 × 60 = 12 km en 1 heure.
La vitesse de l'élève est 12 km/h.

24 **1.** Le volume $\mathscr{V}_1$ du cône C_1 de rayon $R = OB = 4$ cm et de hauteur $h = SO = 12$ cm est :

$$\mathscr{V}_1 = \frac{1}{3} \times \pi \times 4^2 \times 12$$

$\boxed{\mathscr{V}_1 = 64\pi \text{ cm}^2}$ (valeur exacte).

> **Rappel**
> Le volume d'un cône est :
> $\frac{1}{3} \times \pi \times R^2 \times h.$

2. a) Le cône C_2 est une réduction du cône C_1 de coefficient :

$$\frac{\text{longueur réduite}}{\text{longueur initiale}} = \frac{SO'}{SO} = \frac{3}{12} = \boxed{\frac{1}{4}}.$$

b) On en déduit la valeur exacte du volume $\mathscr{V}_2$ du cône C_2 :

$$\mathscr{V}_2 = \left(\frac{1}{4}\right)^3 \times \mathscr{V}_1$$

$$\mathscr{V}_2 = \left(\frac{1}{4}\right)^3 \times 64\pi = \frac{1}{64} \times 64\pi$$

$\boxed{\mathscr{V}_2 = \pi \text{ cm}^3}$.

> **Rappel**
> Dans un agrandissement ou une réduction de rapport k, les volumes sont multipliés par k^3.

3. a) Le récipient est constitué du cône C_1, « amputé » du cône C_2. Le volume $\mathscr{V}$ d'eau contenu dans le récipient vaut alors :

$\mathscr{V} = \mathscr{V}_1 - \mathscr{V}_2 = 64\pi - \pi = \boxed{63\pi}$ (valeur exacte).

On trouve bien le résultat annoncé.

b) La valeur approchée correspondante est :

$\mathscr{V} = 63\pi \approx \boxed{198 \text{ cm}^3}$.

4. Pour comparer $\mathscr{V}$ à 0,2 L, on convertit le résultat en litres : 198 cm³ = 0,198 dm³ = 0,198 L.

0,198 L < 0,2 L.

En conclusion, **le volume d'eau $\mathscr{V}$ est inférieur à 0,2 L.**

> **Rappel**
> • Conversion des volumes :

m³			dm³			cm³		

> • 1 dm³ = 1 L.

Exercices d'approfondissement

25 On calcule d'abord la distance qu'il y a entre les deux nombres $\left(-\frac{2}{11} \text{ et } \frac{2}{5}\right)$.

De $-\frac{2}{11}$ à 0, il y a une distance de $\frac{2}{11}$ et de 0 à $\frac{2}{5}$, il y a une distance de $\frac{2}{5}$.

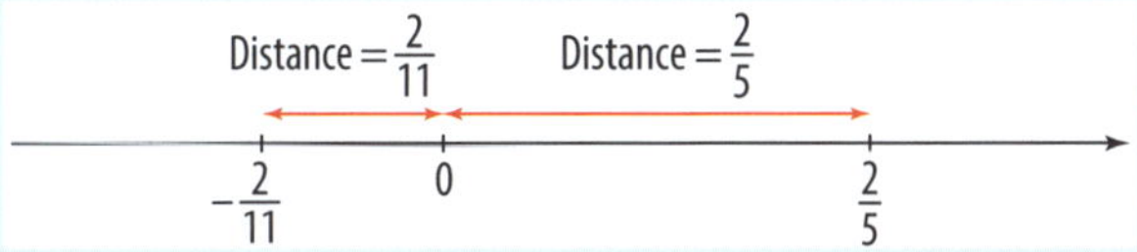

La distance entre les deux nombres est donc :

$\frac{2}{11} + \frac{2}{5} = \frac{10}{55} + \frac{22}{55} = \frac{32}{55}$

Le nombre cherché se situe aux $\frac{2}{3}$ de la distance entre $-\frac{2}{11}$ et $\frac{2}{5}$ à partir de $-\frac{2}{11}$.

$-\frac{2}{11} + \frac{2}{3} \times \frac{32}{55} = -\frac{2}{11} + \frac{64}{165} = \frac{-2 \times 15}{11 \times 15} + \frac{64}{165} = \frac{34}{165}$.

Le nombre qui se trouve à la place du point d'interrogation est $\frac{34}{165}$.

> **Rappel**
> La distance entre deux nombres est la différence entre le plus grand et le plus petit.
> Ici, $\frac{2}{5} - \frac{-2}{11} = \frac{2}{5} + \frac{2}{11}$.

> **Conseil**
> Pour comprendre le problème, vous pouvez, dans un premier temps, remplacer les nombres $-\frac{2}{11}$ et $\frac{2}{5}$ par – 4 et 5 par exemple, et, dans un second temps, refaire le dessin.

26 • Calculons le volume $\mathcal{V}$ du collier.

Le collier est un parallélépipède de longueur $L = 42$ cm, de largeur $\ell = 4$ mm = 0,4 cm et d'épaisseur $h = 1,5$ mm = 0,15 cm.

$\mathcal{V} = L \times \ell \times h = 42 \times 0,4 \times 0,15 = 2,52$ cm^3.

• Déterminons la masse m du collier.

On utilise la formule $m = M_v \times \mathcal{V}$

avec $M_v = 19\,300$ kg/m^3 et $\mathcal{V} = 2,52$ cm$^3 = 2,52 \times 10^{-6}$ m^3 :

$m = 19\,300 \times 10^{-6} = 0,048\,636$ kg.

• Calculons la quantité d'once d'or du collier.

$m = 0,048\,636$ kg $= 48,636$ g.

Sachant qu'une once d'or pèse 31,10 g, le collier contient :

$48,636 \div 31,10 \approx 1,564$ once d'or.

• On peut finalement calculer le prix du collier.

Une once d'or coûtant 653 €, le collier coûte $1,564 \times 653 \approx$ **1 021,29 €**.

> **Piège à éviter**
> Vérifiez les unités dans chaque formule !

CHAPITRE 2

Nombres et arithmétique

DE QUOI S'AGIT-IL ?

En mathématiques, les nombres sont classés en différents ensembles selon leurs caractéristiques.
En arithmétique, on travaille avec les entiers naturels : on décompose notamment les nombres en produit de facteurs premiers, ce qui est utile par exemple pour rendre des fractions irréductibles.

1 Nombres

1 Différents types de nombres

- Les **entiers naturels** sont les nombres entiers positifs.
- Les **entiers relatifs** regroupent tous les nombres entiers.
- Les **nombres décimaux** s'écrivent avec une partie finie après la virgule.

Exemples : 1,53 ; – 9,533 ; 3.

- Les **nombres rationnels** sont les nombres pouvant s'écrire comme un quotient de deux entiers.

Exemples : $\frac{7}{11}$; 3,56.

- Les **nombres irrationnels** sont les nombres qui ne sont pas rationnels.

Exemples : π ; $\sqrt{3}$.

Bien comprendre

- Tout nombre entier est aussi un nombre décimal. Tout nombre décimal est aussi un nombre rationnel.
- Ces différents ensembles de nombres sont imbriqués les uns dans les autres.

2 Fraction décimale

On appelle fraction décimale une fraction ayant pour dénominateur une puissance de 10.

Exemples : $\frac{7}{10}$; $3{,}19 = \frac{319}{100}$.

2 Arithmétique

Dans ce paragraphe, on travaille avec des **entiers naturels**.

1 Diviseurs et multiples

Vidéo
Déterminer les diviseurs d'un nombre

- On dit que ***b* est un diviseur de *a*** ou que ***a* est un multiple de *b*** lorsqu'il existe un entier naturel n tel que $a = n \times b$ (ou lorsque $a \div b = n$).

Exemple : $51 = 3 \times 17$ ou $51 \div 17 = 3$. Ainsi, 17 est un diviseur de 51 ; 51 est un multiple de 17.

- Pour trouver des diviseurs, on utilise :

– les critères de divisibilité ;

Un nombre est divisible par …	si …	Exemple
2	il se termine par 0, 2, 4, 6 ou 8 ; autrement dit s'il est pair.	2 012 se termine par 2
3	la somme de ses chiffres est un multiple de 3.	105 car $1 + 0 + 5 = 6 = 2 \times 3$
5	il se termine par 0 ou 5.	765 se termine par 5
9	la somme des chiffres qui le composent est un multiple de 9.	783 car $7 + 8 + 3 = 18 = 2 \times 9$
10	il se termine par 0.	430 se termine par 0

– les tables de multiplication ;

Exemple : 56 admet pour diviseurs 7 et 8, car $7 \times 8 = 56$.

– la calculatrice.

Exemple : 663 admet pour diviseur 13, car $663 \div 13 = 51$.

2 Nombres premiers

Vidéo
Déterminer les nombres premiers compris entre 20 et 50

- On appelle **nombre premier** un nombre qui admet exactement deux diviseurs distincts : 1 et lui-même. Par convention, 0 et 1 ne sont pas des nombres premiers.

Exemples :

7 est un nombre premier, car il admet pour seuls diviseurs 1 et 7.

15 n'est pas un nombre premier, car ses diviseurs sont {1 ; 3 ; 5 ; 15}.

Vidéo
Décomposer un nombre en un produit de facteurs premiers

- Tout entier naturel supérieur ou égal à 2 se décompose en produit de facteurs premiers, et cela de manière unique.

Exemple : $360 = 2 \times 2 \times 2 \times 3 \times 3 \times 5 = 2^3 \times 3^2 \times 5$ (les nombres 2, 3 et 5 sont des nombres premiers).

→ Bien comprendre

On décompose tout nombre supérieur à 2 en produit de facteurs premiers, en utilisant d'abord les critères de divisibilité (par 2, 3, 5), puis en utilisant sa calculatrice (par 7, 11, 13…).

QCM

1 Des choix à faire

➔ Corrigé p. 54

Cochez la (ou les) réponse(s) correcte(s).

1. Ce nombre est décimal :

a) ☐ $\frac{322}{250}$ **b)** ☐ π **c)** ☐ $-\frac{5}{3}$

2. 14 est un diviseur de :

a) ☐ 7 **b)** ☐ 126 **c)** ☐ 301

3. Un multiple de 18 est :

a) ☐ 1 **b)** ☐ 6 **c)** ☐ 54

4. Ce nombre est premier :

a) ☐ 113 **b)** ☐ 519 **c)** ☐ 889

5. Ce nombre est un carré parfait :

a) ☐ 361 **b)** ☐ 676 **c)** ☐ 999

6. Cette fraction est irréductible :

a) ☐ $\frac{77}{91}$ **b)** ☐ $\frac{78}{35}$ **c)** ☐ $\frac{490}{99}$

2 Vrai ou Faux ?

➔ Corrigé p. 55

Cochez la bonne réponse.

1. Tout nombre rationnel est décimal. ☐ V ☐ F

2. 5,429 875 611 est un nombre rationnel. ☐ V ☐ F

3. Le nombre 32 admet exactement 6 diviseurs. ☐ V ☐ F

4. Le nombre 84 admet 12 diviseurs. ☐ V ☐ F

5. Il y a 12 nombres premiers inférieurs à 40. ☐ V ☐ F

6. Tout nombre premier est impair. ☐ V ☐ F

7. La fraction $\frac{28}{91}$ est irréductible. ☐ V ☐ F

Exercices d'entraînement

3 Calcul mental

15 min Corrigé p. 55

Cet exercice est fait pour être traité sans la calculatrice.

1. Rendez irréductibles les fractions suivantes :

• $\frac{55}{35}$ • $-\frac{14}{49}$ • $\frac{33}{36}$ • $\frac{52}{20}$

2. Effectuez la division euclidienne de :

• 62 par 7 • 53 par 4 • 96 par 8

3. Donnez la liste des nombres premiers inférieurs à 30.

4. Donnez la valeur exacte de $\sqrt{64}$, $\sqrt{144}$, $\sqrt{10\,000}$.

5. Décomposez en produit de facteurs premiers 32 ; 58 ; 60 ; 63.

6. Combien le nombre 18 compte-t-il de diviseurs ?

4 Critères de divisibilité

5 min Corrigé p. 56

On donne une liste de cinq nombres : 135 – 203 – 537 – 732 – 820.
Parmi ceux-ci, indiquez ceux qui sont divisibles par 2, 3, 5, 9.

5 Reconnaître un nombre

10 min Corrigé p. 57

Dans cette liste, identifiez les nombres rationnels non décimaux.

• $-\frac{9}{4}$ • $\frac{17}{3}$ • $\frac{\pi}{4}$ • 5,789 53 • $\sqrt{\frac{20}{5}}$ • $-\frac{1}{11}$.

6 Fraction décimale

10 min Corrigé p. 57

Écrivez sous forme de fraction décimale les nombres :

• 4,29 • $\frac{7}{5}$ • 6,281 • $\frac{3}{40}$

7 Racines

10 min Corrigé p. 57

1. Sans utiliser votre calculatrice, donnez un encadrement par deux entiers consécutifs de $\sqrt{52}$ et $\sqrt{130}$.

2. À l'aide de votre calculatrice :

a) Calculez la valeur exacte ou approchée au millième près de :

• $\sqrt{324}$ • $\sqrt{97}$ • $\sqrt{525}$ • $\sqrt{240{,}25}$ • $\sqrt{1\,021}$

b) Encadrez par deux entiers consécutifs $\sqrt{723}$.

c) Donnez un encadrement d'amplitude 10^{-2} de $\sqrt{135}$ et $\sqrt{2\,339}$.

8 Nombres premiers… ou pas…

15 min Corrigé p. 58

Déterminez dans la liste qui suit le(s) nombre(s) premier(s) :

93 – 119 – 133 – 2 815 – 4 913.

9 Décomposition de nombres

15 min Corrigé p. 58

Décomposez en produit de facteurs premiers les nombres :

• 390 • 4 725 • 7 650.

Méthode

1. Dans une colonne à gauche, on écrit le nombre de départ.

2. Dans une colonne à droite, on détermine un diviseur premier grâce aux critères de divisibilité (par 2, 3, 5) ou avec la calculatrice (par 7, 11, 13…).

3. On place le quotient obtenu (nombre de départ divisé par le diviseur) dans la colonne de gauche.

4. On recommence le procédé jusqu'à obtenir 1 pour résultat des divisions successives.

5. Reste à écrire le nombre de départ comme produit de tous les facteurs premiers se trouvant dans la colonne de droite.

10 Fractions irréductibles

15 min Corrigé p. 59

Rendez irréductibles les fractions :

• $\dfrac{84}{60}$ • $\dfrac{504}{612}$ • $\dfrac{6660}{3420}$

Méthode

On décompose en produit de facteurs premiers le numérateur et le dénominateur du quotient. Puis on simplifie la fraction en repérant les facteurs communs du numérateur et du dénominateur.

11 C'est faux !

10 min Corrigé p. 60

Louise affirme que si a et b sont deux multiples de 7, alors leur somme est un multiple de 14. Montrez que cette affirmation est fausse en fournissant un contre-exemple.

Problèmes

12 Soyez généreux

20 min Corrigé p. 60

Une association a récolté 1 370 conserves de légumes et 822 conserves de viande. Elle souhaite utiliser toutes les conserves pour les répartir en un maximum de colis identiques.

1. Combien de colis seront ainsi préparés ?
2. Quelle sera la composition d'un colis ?

Comment résoudre ce problème

1. On traduit les données de l'énoncé de façon à déterminer un diviseur commun aux deux nombres.
2. On justifie qu'on cherche un diviseur le plus grand possible.
3. On décompose 1 370 et 822 en produits de facteurs premiers.
4. On en déduit la liste des diviseurs de ces deux nombres et notamment le diviseur commun le plus grand.
5. On répond aux questions de l'énoncé.

13 Les nombres parfaits

10 min Corrigé p. 61

Un nombre est parfait quand il est égal à la somme de ses diviseurs, autres que lui-même.

Les nombres 294 et 496 sont-ils des nombres parfaits ?

14 On brade

15 min Corrigé p. 61

Pour écouler un stock de vêtements, un commerçant décide de vendre ses 120 pantalons et 144 tee-shirts en les vendant par lots tous identiques (c'est-à-dire contenant le même nombre de pantalons et de tee-shirts) et sans qu'il lui reste de pantalons ou de tee-shirts.

1. Dans ces conditions, peut-il faire 10 lots ? Expliquez.
2. Justifiez qu'il peut faire 6 lots. Indiquer alors la composition de chacun de ces lots.
3. Déterminez les valeurs de a et b telles que :

$$120 = 2^a \times 3 \times 5 \qquad \text{et} \qquad 144 = 2^b \times 32$$

4. À partir de la question précédente, déterminez le plus grand nombre de loto qu'il peut faire et indiquez la composition de chacun d'eux.

Vers le brevet

15 Fraction en décomposition

15 min Corrigé p. 62

1. Sans calcul, expliquez pourquoi on peut simplifier la fraction $\frac{4\,114}{7\,650}$.

2. Décomposez les nombres 4 114 et 7 650 en produits de facteurs premiers.

3. Rendez irréductible la fraction $\frac{4\,114}{7\,650}$ en précisant par quel nombre vous simplifiez.

16 Le nombre *M*

15 min Corrigé p. 62

On pose $M = \frac{2\,205}{252} - \frac{3}{16}$.

1. En utilisant la décomposition en produit de facteurs premiers, écrivez la fraction $\frac{2205}{252}$ sous forme irréductible.

2. Écrivez en détaillant les calculs le nombre M sous la forme d'une fraction irréductible.

3. Le nombre M est-il rationnel ? décimal ? Justifiez.

17 Opérer sur les fractions

20 min Corrigé p. 63

1. Donnez la liste des nombres premiers inférieurs à 15.

2. En utilisant la décomposition en produit de facteurs premiers, donnez sous forme de fraction irréductible :

- $A = \frac{18}{45} \times \frac{130}{16} \times \frac{28}{55}$
- $B = \frac{1}{90} + \frac{1}{130}$

Exercices d'approfondissement

18 Un PGCD sans calcul

10 min Corrigé p. 63

Soit $a = 2^3 \times 3^4 \times 5 \times 7^2$ et $b = 2^7 \times 3^2 \times 7 \times 11^3$.

Sans calculer a et b, déterminez le plus grand diviseur commun aux nombres a et b.

19 Filles et garçons

20 min Corrigé p. 64

Le collège Louise Michel compte 84 filles et 60 garçons en classe de troisième. Le principal a besoin de constituer des groupes d'élèves mixtes tous identiques (tous formés des mêmes nombres de garçons et de filles). En combien de groupes peut-on répartir ainsi les élèves de 3e ? Quelle sera dans chaque cas la constitution d'un groupe ?

On présentera les résultats dans un tableau.

20 PPCM et PGCD

25 min Corrigé p. 64

1. a) Donnez tous les diviseurs de 9 et de 12.

b) Quel est le plus grand diviseur commun de 9 et 12 ? On note ce nombre PGCD(9 ; 12).

c) Quel est le plus petit multiple commun de 9 et 12 ? On note ce nombre PPCM(9 ; 12).

2. Vérifiez que PGCD(9 ; 12) × PPCM(9 ; 12) est égal au produit de 9 et 12.

3. On admet que l'égalité précédente peut être généralisée c'est-à-dire :

> Pour tous nombres entiers positifs a et b : PGCD(a ; b) × PPCM(a ; b) = $a \times b$.

Les diviseurs de 216 sont : 1, 2, 3, 4, 6, 8, 9, 12, 18, 24, 27, 36, 54, 72, 108, 216.

Les diviseurs de 126 sont : 1, 2, 3, 6, 7, 9, 14, 18, 21, 42, 63, 126.

a) En utilisant les listes précédentes, déterminez PGCD(126 ; 216).

b) En utilisant l'égalité encadrée, montrez que PPCM(126 ; 216) = 1 512.

4. En utilisant la question précédente, répondez aux questions suivantes :

a) Un artisan doit découper dans une tôle rectangulaire de longueur 2,16 mètres et de largeur 1,26 mètres des carrés dont le côté est un nombre entier de centimètres le plus grand possible et sans perdre de tôle lors du découpage. Calculez la longueur de leur côté et leur nombre.

b) Deux lampes clignotent. L'une s'éclaire toutes les 126 secondes et l'autre toutes les 216 secondes. Elles se sont éclairées ensemble à minuit. À quelle heure vont-elles s'éclairer en même temps la prochaine fois ?

CORRIGÉS

QCM

1 **1.** • $\frac{322}{250} = 1{,}288$ (3 chiffres après la virgule).

• π est un nombre irrationnel, donc non décimal.

• $-\frac{5}{3} = -1{,}666\ldots$ Ce nombre a une partie « après la virgule » infinie. Il n'est pas décimal.

Réponse : **a)** $\frac{322}{250}$.

2. • 14 n'est pas un diviseur de 7, mais un multiple de 7 car $7 \times 2 = 14$.

• $126 \div 14 = 9$ (ou $14 \times 9 = 126$) : 14 est un diviseur de 7.

• $301 \div 14 = 21{,}5$. 14 n'est pas un diviseur de 301.

Rappel

14 est un diviseur de a s'il existe un entier naturel n tel que $a = 14 \times n$ (soit lorsque $a \div 14 = n$).

Réponse : **b)** 126.

3. Le seul nombre multiple de 18 est 54 car $3 \times 18 = 54$. 1 et 6 sont des diviseurs de 18.

L'astuce du prof

Cherchez si 18 est « dans la table de » 1, 6 et 54.

Réponse : **c)** 54.

4. • 113 admet pour seuls diviseurs 1 et 113. C'est un nombre premier.

• La somme des chiffres de 519 est $5 + 1 + 9 = 15$ (multiple de 3). Donc 3 est un diviseur de 519, et 519 n'est pas un nombre premier.

• $889 \div 7 = 127$. Donc 7 est un diviseur de 889 et 889 n'est pas un nombre premier.

Réponse : **a)** 113.

5. • $\sqrt{361} = 19$. Soit $361 = 19^2$, donc 361 est un carré parfait.

• $\sqrt{676} = 26$. Soit $676 = 26^2$, donc 676 est un carré parfait.

• $\sqrt{999} \approx 31{,}61$. Donc 999 n'est pas un carré parfait.

Réponses : **a)** 361 et **b)** 676

6. • $\frac{77}{91} = \frac{\cancel{7} \times 11}{\cancel{7} \times 13} = \frac{11}{13}$.

- $\dfrac{78}{35} = \dfrac{2\times3\times13}{5\times7}$
- $\dfrac{490}{99} = \dfrac{2\times5\times7\times7}{3\times3\times11}$

Réponses : **b)** $\dfrac{78}{35}$ et **c)** $\dfrac{490}{99}$.

L'astuce du prof
En l'absence de facteur commun au numérateur et au dénominateur, la fraction est irréductible.

2 **1. Faux** → Par exemple, $\dfrac{1}{3}=0{,}333...$ est un nombre rationnel, car il peut s'écrire comme le quotient de deux entiers. Par contre, sa partie « après la virgule » est infinie.

Remarque
En revanche, il est vrai que tout nombre décimal est rationnel.

2. Vrai → $5{,}429875611 = \dfrac{5429875611}{1000000000}$
Ce nombre peut s'écrire comme quotient de deux entiers.

3. Vrai → Les diviseurs de 32 sont {1 ; 2 ; 4 ; 8 ; 16 ; 32}. Il y en a bien 6.

4. Vrai → $84 = 1 \times 84 = 2 \times 42 = 3 \times 28 = 4 \times 21$
$= 6 \times 14 = 7 \times 12$

84 admet pour diviseurs :
{1 ; 2 ; 3 ; 4 ; 6 ; 7 ; 12 ; 14 ; 21 ; 28 ; 42 ; 84}, soit un total de 12 diviseurs.

L'astuce du prof
Si un nombre est égal à $a \times b$, alors a et b sont tous les deux des diviseurs de ce nombre.

5. Vrai → Les nombres premiers inférieurs à 40 sont : {2 ; 3 ; 5 ; 7 ; 11 ; 13 ; 17 ; 19 ; 23 ; 29 ; 31 ; 37}, soit 12 au total.

6. Faux → 2 est le seul nombre premier pair.

7. Faux → $28 = 2 \times 2 \times 7$ et $91 = 7 \times 13$.
Les nombres 28 et 91 ont le facteur premier 7 en commun, le quotient $\dfrac{28}{91}$ n'est donc pas irréductible. $\dfrac{28}{91} = \dfrac{4}{13}$.

Exercices d'entraînement

3 **1.**
- $\dfrac{55}{35} = \dfrac{\cancel{5}\times11}{\cancel{5}\times7} = \boxed{\dfrac{11}{7}}$
- $-\dfrac{14}{49} = -\dfrac{2\times\cancel{7}}{7\times\cancel{7}} = \boxed{-\dfrac{2}{7}}$
- $\dfrac{33}{36} = \dfrac{\cancel{3}\times11}{\cancel{3}\times12} = \boxed{\dfrac{11}{12}}$

• $\frac{52}{20} = \frac{\cancel{2} \times 26}{\cancel{2} \times 10} = \frac{26}{10} = \frac{\cancel{2} \times 13}{\cancel{2} \times 5} = \boxed{\frac{13}{5}}$

L'astuce du prof
Simplifiez la fraction en deux fois : par 2, puis encore par 2.

2. • $62 = 56 + 6 = \boxed{7 \times 8 + 6}$

• $53 = 40 + 13 = 4 \times 10 + (4 \times 3 + 1)$
$= (4 \times 10 + 4 \times 3) + 1 = 4 \times (10 + 3) + 1$
$= \boxed{4 \times 13 + 1}$

L'astuce du prof
Pour faciliter la division, mettez de côté 40, soit 4 × 10.

• $96 = 80 + 16 = 8 \times 10 + 8 \times 2$
$= 8 \times (10 + 2)$
$= \boxed{8 \times 12 + 0}$

3. Les nombres premiers inférieurs à 30 sont :
{2 ; 3 ; 5 ; 7 ; 11 ; 13 ; 17 ; 19 ; 23 ; 29}

4. • $\sqrt{64} = \sqrt{8^2} = \boxed{8}$

• $\sqrt{144} = \sqrt{12^2} = \boxed{12}$

• $\sqrt{10\,000} = \sqrt{100^2} = \boxed{100}$

5. • $32 = 2 \times 16 = 2 \times 2 \times 8 = 2 \times 2 \times 2 \times 4$
$= 2 \times 2 \times 2 \times 2 \times 2 = \boxed{2^5}$

Méthode
Décomposez chaque nombre en produit de facteurs. Si un facteur n'est pas premier, décomposez-le à nouveau.

• $58 = \boxed{2 \times 29}$

• $60 = 6 \times 10 = 2 \times 3 \times 2 \times 5 = \boxed{2 \times 2 \times 3 \times 5}$

• $63 = 9 \times 7 = \boxed{3 \times 3 \times 7}$

6. 18 admet pour diviseurs : {1 ; 2 ; 3 ; 6 ; 9 ; 18}, soit **6 diviseurs**.

4 • Un nombre est divisible par 2 quand il est pair. C'est le cas de 732 et 820.

Rappel
Un nombre pair est un nombre se terminant par 0, 2, 4, 6 ou 8.

• Un nombre est divisible par 3 quand la somme des chiffres qui le composent est un multiple de 3.
C'est le cas pour 135 (car 1 + 3 + 5 = 9) ; 537 (car 5 + 3 + 7 = 15 et 1 + 5 = 6) ; 732 (car 7 + 3 + 2 = 12 et 1 + 2 = 3).

• Un nombre est divisible par 5 quand il se termine par 0 ou 5. 820 est donc divisible par 5.

• Un nombre est divisible par 9 quand la somme des chiffres qui le composent est un multiple de 9. Le seul vérifiant cette condition est 135 (car 1 + 3 + 5 = 9).

Remarque
On trouve les nombres divisibles par 9 dans la liste de ceux qui sont divisibles par 3, 9 étant un multiple de 3.

5 • $-\frac{9}{4}=-2{,}25$. C'est un nombre décimal.

Rappel
Un nombre décimal a une partie après la virgule qui « s'arrête ».

• $\boxed{\frac{17}{3}}=5{,}6666\ldots$ Ce nombre est bien un rationnel, car c'est un quotient de deux entiers et il n'est pas décimal.

• $\frac{\pi}{4}$ est un nombre irrationnel, car il ne peut pas s'écrire comme quotient de deux entiers.

Piège à éviter
Ce n'est pas parce qu'un nombre s'écrit avec un quotient que c'est un rationnel.

• 5,789 53 est un nombre décimal.

• $\sqrt{\frac{20}{5}}=\sqrt{\frac{\cancel{5}\times 4}{\cancel{5}}}=\sqrt{4}=\sqrt{2^2}=2$

Gagnez des points !
Pensez à simplifier le quotient.

C'est un entier.

• $\boxed{-\frac{1}{11}}=-0{,}090909\ldots$ C'est un nombre rationnel non décimal.

6 • $4{,}29=4{,}29\times\frac{100}{100}=\frac{4{,}29\times 100}{100}=\boxed{\frac{429}{100}}$

• $\frac{7}{5}=\frac{7}{5}\times\frac{2}{2}=\frac{7\times 2}{10}=\boxed{\frac{14}{10}}$

• $6{,}281=6{,}281\times\frac{1\,000}{1\,000}=\frac{6{,}281\times 1\,000}{1\,000}=\boxed{\frac{6\,281}{1\,000}}$

• $\frac{3}{40}=\frac{3}{40}\times\frac{25}{25}=\frac{3\times 25}{1\,000}=\boxed{\frac{75}{1\,000}}$

Rappel
On ne change pas la valeur d'une fraction en la multipliant au numérateur et au dénominateur par le même nombre.

7 **1.** On encadre 52 par les carrés parfaits immédiatement supérieur et inférieur, soit 49 et 64.

$49<52<64$

$7^2<52<8^2$

$\sqrt{7^2}<\sqrt{52}<\sqrt{8^2}$

$\boxed{7<\sqrt{52}<8}$

L'astuce du prof
Il est indispensable de connaître les valeurs des premiers carrés parfaits.

• On encadre 130 par les carrés parfaits immédiatement supérieur et inférieur, soit 121 et 144.

$121<130<144$

$11^2<130<12^2$

$\sqrt{11^2}<\sqrt{130}<\sqrt{12^2}$

$\boxed{11<\sqrt{130}<12}$

2. a) • $\sqrt{324} = \boxed{18}$ • $\sqrt{97} \approx \boxed{9{,}849}$

• $\sqrt{525} \approx \boxed{22{,}913}$ • $\sqrt{240{,}25} = \boxed{15{,}5}$

• $\sqrt{1\,021} \approx \boxed{31{,}953}$

b) $\boxed{26 < \sqrt{723} < 27}$

c) • $\boxed{11{,}61 < \sqrt{135} < 11{,}62}$

• $\boxed{48{,}36 < \sqrt{2\,339} < 48{,}37}$

Piège à éviter

Pour arrondir une valeur au millième, examinez le 4e chiffre après la virgule. S'il est entre 0 et 4, arrondissez au millième inférieur ; s'il est entre 5 et 9, arrondissez au millième supérieur.

8 **Il n'y a aucun nombre premier dans cette liste.**

• La somme des chiffres de 93 vaut 9 + 3 = 12 (multiple de 3). Donc 93 admet 3 pour diviseur. 93 n'est pas un nombre premier.

• 119 est un multiple de 7. En effet, 119 = 7 × 17 : il n'est pas premier.

• 133 est un multiple de 7. En effet, 133 = 7 × 19. Donc 133 n'est pas un nombre premier.

• La terminaison en 5 de 2 815 indique que 5 est un diviseur de ce nombre, qui n'est donc pas premier.

• 4 913 est un multiple de 17. En effet, 4 913 = 17 × 289 : il n'est pas premier.

9 •

390	5
78	2
39	3
13	13
1	

$390 = 5 \times 2 \times 3 \times 13 = \boxed{2 \times 3 \times 5 \times 13}$

Méthode

Écrivez le produit de nombres premiers en les classant du plus petit au plus grand.

•

4 725	5
945	5
189	3
63	3
21	3
7	7
1	

$$\begin{aligned} 4\,725 &= 5 \times 5 \times 3 \times 3 \times 3 \times 7 \\ &= 3 \times 3 \times 3 \times 5 \times 5 \times 7 \\ &= \boxed{3^3 \times 5^2 \times 7} \end{aligned}$$

L'astuce du prof

Utilisez les puissances pour regrouper les multiplications d'un même nombre.

• $\begin{array}{r|l} 7\,650 & 2 \\ 3\,825 & 5 \\ 765 & 5 \\ 153 & 3 \\ 51 & 3 \\ 17 & 17 \\ 1 & \end{array}$

$7\,650 = 2 \times 5 \times 5 \times 3 \times 3 \times 17 = 2 \times 3 \times 3 \times 5 \times 5 \times 17 = \boxed{2 \times 3^2 \times 5^2 \times 17}$

10 • $\begin{array}{r|l} 84 & 2 \\ 42 & 2 \\ 21 & 3 \\ 7 & 7 \\ 1 & \end{array}$ $\qquad$ $\begin{array}{r|l} 60 & 2 \\ 30 & 2 \\ 15 & 3 \\ 5 & 5 \\ 1 & \end{array}$

$84 = 2 \times 2 \times 3 \times 7 \qquad 60 = 2 \times 2 \times 3 \times 5$

$$\frac{84}{60} = \frac{\cancel{2} \times \cancel{2} \times \cancel{3} \times 7}{\cancel{2} \times \cancel{2} \times \cancel{3} \times 5} = \boxed{\frac{7}{5}}$$

• $\begin{array}{r|l} 504 & 2 \\ 252 & 2 \\ 126 & 2 \\ 63 & 3 \\ 21 & 3 \\ 7 & 7 \\ 1 & \end{array}$ $\qquad$ $\begin{array}{r|l} 612 & 2 \\ 306 & 2 \\ 153 & 3 \\ 51 & 3 \\ 17 & 17 \\ 1 & \end{array}$

$504 = 2 \times 2 \times 2 \times 3 \times 3 \times 7 \qquad 612 = 2 \times 2 \times 3 \times 3 \times 17$

$$\frac{504}{612} = \frac{\cancel{2} \times \cancel{2} \times 2 \times \cancel{3} \times \cancel{3} \times 7}{\cancel{2} \times \cancel{2} \times \cancel{3} \times \cancel{3} \times 17} = \frac{2 \times 7}{17} = \boxed{\frac{14}{17}}$$

• $\begin{array}{r|l} 6\,660 & 2 \\ 3\,330 & 2 \\ 1\,665 & 5 \\ 333 & 3 \\ 111 & 3 \\ 37 & 37 \\ 1 & \end{array}$ $\qquad$ $\begin{array}{r|l} 3\,420 & 2 \\ 1\,710 & 2 \\ 855 & 5 \\ 171 & 3 \\ 57 & 3 \\ 19 & 19 \\ 1 & \end{array}$

$6\,660 = 2 \times 2 \times 5 \times 3 \times 3 \times 37 = 2 \times 2 \times 3 \times 3 \times 5 \times 37$

$3\,420 = 2 \times 2 \times 5 \times 3 \times 3 \times 19 = 2 \times 2 \times 3 \times 3 \times 5 \times 19$

$$\frac{6\,660}{3\,420} = \frac{\cancel{2} \times \cancel{2} \times \cancel{3} \times \cancel{3} \times \cancel{5} \times 37}{\cancel{2} \times \cancel{2} \times \cancel{3} \times \cancel{3} \times \cancel{5} \times 19} = \boxed{\frac{37}{19}}$$

11 Prenons par exemple les nombres $a = 21$ et $b = 28$.

Ce sont tous deux des multiples de 7 car $21 = 7 \times 3$ et $28 = 7 \times 4$.

Leur somme vaut : $21 + 28 = 49$.

49 n'est pas un multiple de 14 car $49 \div 14 = 3{,}5$ (ce n'est pas un nombre entier).

En conclusion si a et b sont deux multiples de 7, leur somme n'est pas un multiple de 14 : l'affirmation de Louise est fausse.

Rappel
Un nombre a est un multiple de k si :
• $a = k \times n$ avec n nombre entier ;
ou • a est « dans la table de k »
ou • $a \div k$ est un nombre entier.

Remarque
En revanche, la somme de deux multiples de 7 est un multiple de 7.

Problèmes

12 **1.** • Chaque colis contient le même nombre de conserves de légumes et de viande : le nombre de colis est donc un diviseur commun de 1 370 et 822. L'association souhaitant préparer ainsi le maximum de colis, on en déduit que ce diviseur commun doit être le plus grand possible.

Méthode
Procédez en deux étapes : justifiez d'abord que le nombre de colis est un diviseur commun de 1 370 et 822, et ensuite que c'est le plus grand.

Le nombre de colis cherché est alors le plus grand des diviseurs communs à 1 370 et 822.

• Décomposons en produit de facteurs premiers 1 370 et 822 :

1 370	2
685	5
137	137
1	

822	2
411	3
137	137
1	

$1\,370 = 2 \times 5 \times 137$ $\quad$ $822 = 2 \times 3 \times 137$

Conseil
Quand on a la décomposition en produit de facteurs premiers d'un nombre, on obtient la liste des diviseurs par combinaison de toutes les multiplications des facteurs premiers.

• Les diviseurs de 1 370 sont : {1 ; 2 ; 5 ; 10 ; 137 ; 274 ; 685 ; 1 370}.

Les diviseurs de 822 sont : {1 ; 2 ; 3 ; 6 ; 137 ; 274 ; 411 ; 822}.

Les diviseurs communs à 1 370 et 822 sont : {1 ; 2 ; 137 ; 274}.

Le plus grand des diviseurs communs à 1 370 et 822 est 274.

• **L'association peut préparer 274 colis.**

2. On calcule la composition d'un colis : $\dfrac{1\,370}{274} = 5$ et $\dfrac{822}{274} = 3$.

Un colis contiendra 5 conserves de légumes et 3 conserves de viande.

13 • 294 a pour diviseurs : {1 ; 2 ; 3 ; 6 ; 7 ; 14 ; 21 ; 42 ; 49 ; 98 ; 147 ; 294}.
La somme de ses diviseurs sauf lui-même vaut :
$1 + 2 + 3 + 6 + 7 + 14 + 21 + 42 + 49 + 98 + 147 = 390 \neq 294$
Donc **294 n'est pas un nombre parfait.**

• 496 a pour diviseurs : {1 ; 2 ; 4 ; 8 ; 16 ; 31 ; 62 ; 124 ; 248 ; 496}.
La somme de ses diviseurs sauf lui-même vaut :
$1 + 2 + 4 + 8 + 16 + 31 + 62 + 124 + 248 = 496$.
Donc **496 est un nombre parfait.**

Méthode
Pour trouver la liste des diviseurs d'un nombre, écrivez-le de toutes les façons possibles comme produit de deux entiers.

14 **1.** $120 \div 10 = 12$ et $144 \div 10 = 14{,}4$.
Comme 14,4 n'est pas un nombre entier, le commerçant ne peut pas faire 10 lots composés de son stock de 120 pantalons et 144 tee-shirts.

Remarque
C'est le nombre de tee-shirts, qui n'est pas un multiple de 10, qui pose problème ici.

2. $120 \div 6 = 20$ et $144 \div 6 = 24$.
Le commerçant peut donc faire 6 lots composés de 20 pantalons et 24 tee-shirts.

Pensez-y !
6 est un diviseur commun à 6 et 144.

3. • À la calculatrice, on cherche a tel que :
$120 = 2^a \times 3 \times 5$.
On trouve $a = 3$.

• À la calculatrice, on cherche b tel que :
$144 = 2^b \times 3^2$.
On trouve $b = 4$.

L'astuce du prof
• Pour a : $2^a = \dfrac{120}{3 \times 5} = 8$. Or $2^3 = 8$.
D'où a = 3.
• Pour b : $2^b = \dfrac{144}{3^2} = 16$. Or $2^4 = 16$.
D'où b = 4.

4. • Le nombre de lots fait par le commerçant doit être un diviseur commun à 120 et 144.
On cherche ici le plus grand nombre de lots que peut composer le commerçant : c'est le plus grand diviseur commun aux nombres 120 et 144.
D'après la question **3.** :
$120 = 2^3 \times 3 \times 5 = \underline{2 \times 2 \times 2 \times 3} \times 5$ et $144 = 2^4 \times 3^2$
$= 2 \times \underline{2 \times 2 \times 2 \times 3} \times 3$.
Le plus grand diviseur commun à 120 et 144 est :
$2 \times 2 \times 2 \times 3 = 24$.

L'astuce du prof
Soulignez les diviseurs communs aux deux nombres pour mettre en évidence le plus grand.

Le commerçant pourra constituer avec son stock de 120 pantalons et 144 tee-shirts un maximum de 24 lots
• $120 \div 24 = 5$ et $144 \div 24 = 6$.
Chaque lot sera alors composé de 5 pantalons et 6 tee-shirts.

CORRIGÉS

Vers le brevet

15 **1.** Les nombres 4 114 et 7 650 sont tous deux pairs (ils se terminent par 4 et 0) : ils sont donc tous deux divisibles par 2. La fraction $\frac{4\,114}{7\,650}$ peut donc être simplifiée.

À savoir

Quand on veut justifier qu'une fraction est simplifiable sans calcul, on utilise les critères de divisibilité.

2.

4 114	2
2 057	11
187	11
17	17
1	

7 650	2
3 825	5
765	5
153	3
51	3
17	17
1	

$4\,114 = \boxed{2 \times 11 \times 11 \times 17}$

$7\,650 = \boxed{2 \times 5 \times 5 \times 3 \times 3 \times 17}$

3. $\frac{4\,114}{7\,650} = \frac{\cancel{2}\times 11\times 11\times \cancel{17}}{\cancel{2}\times 5\times 5\times 3\times 3\times \cancel{17}}$

On simplifie le quotient au numérateur et au dénominateur par 2 × 17.

$\frac{4\,114}{7\,650} = \frac{11\times 11}{5\times 5\times 3\times 3} = \boxed{\frac{121}{225}}$

Conseil

Simplifiez le quotient par le produit des facteurs communs du numérateur et du dénominateur.

16 **1.** $2\,205 = 5 \times 441 = 5 \times 9 \times 49 = 5 \times 9 \times 7 \times 7 = 3^2 \times 5 \times 7^2$

$252 = 2 \times 126 = 2 \times 2 \times 63 = 2 \times 2 \times 7 \times 9 = 2 \times 2 \times 7 \times 3 \times 3 = 2^2 \times 3^2 \times 7$

$\frac{2205}{252} = \frac{\cancel{3^2} \times 5 \times 7^{\cancel{2}}}{2^2 \times \cancel{3^2} \times \cancel{7}} = \frac{5\times 7}{2^2} = \boxed{\frac{35}{4}}$

2. $M = \frac{2205}{252} - \frac{3}{16}$

$M = \frac{35}{4} - \frac{3}{16} = \frac{35}{4} \times \frac{4}{4} - \frac{3}{16} = \frac{140}{16} - \frac{3}{16} = \boxed{\frac{137}{16}}$

3. À la calculatrice, on obtient $M = \frac{137}{16} = 8{,}5625$.

Gagnez des points !

La calculatrice permet de conclure quant à la nature du nombre *M*.

M est un nombre à partie décimale finie (avec 4 chiffres après la virgule).

***M* est un nombre décimal, donc rationnel.**

17 **1.** Les nombres premiers inférieurs à 15 sont : **{2 ; 3 ; 5 ; 7 ; 11 ; 13}**.

2. • $A = \frac{18}{45} \times \frac{130}{16} \times \frac{28}{55}$

$= \frac{\not{2} \times \not{3} \times \not{3}}{\not{3} \times \not{3} \times \not{5}} \times \frac{\not{2} \times \not{5} \times 13}{\not{2} \times \not{2} \times \not{2} \times \not{2}} \times \frac{\not{2} \times \not{2} \times 7}{5 \times 11}$

$= \frac{7 \times 13}{5 \times 11} = \boxed{\frac{91}{55}}$

• $B = \frac{1}{90} + \frac{1}{130}$

$= \frac{1}{2 \times 3 \times 3 \times 5} + \frac{1}{2 \times 5 \times 13} = \frac{1}{2 \times 3 \times 3 \times 5} \times \frac{13}{13} + \frac{1}{2 \times 5 \times 13} \times \frac{3 \times 3}{3 \times 3}$

$= \frac{1 \times 13}{2 \times 3^2 \times 5 \times 13} + \frac{1 \times 3 \times 3}{2 \times 3^2 \times 5 \times 13}$

$= \frac{13 + 9}{2 \times 3^2 \times 5 \times 13}$

$= \frac{22}{2 \times 3^2 \times 5 \times 13}$

$= \frac{\not{2} \times 11}{\not{2} \times 3^2 \times 5 \times 13}$

$= \frac{11}{3^2 \times 5 \times 13}$

$= \boxed{\frac{11}{585}}$

Gagnez des points !
Pour additionner deux fractions, cherchez un dénominateur commun, le plus petit possible, ici : $2 \times 3^2 \times 5 \times 13$.

Exercices d'approfondissement

18 a et b sont tous deux décomposés en produits de nombres premiers (nombres admettant pour seuls diviseurs 1 et eux-mêmes).

$a = 2^3 \times 3^4 \times 5 \times 7^2$ et $b = 2^7 \times 3^2 \times 7 \times 11^3$.

On cherche dans a et b le plus grand multiple commun, puissance par puissance.

• Avec les puissances de 2 : la plus grande puissance commune entre 2^3 et 2^7 est 2^3.

• Avec les puissances de 3 : la plus grande puissance commune entre 3^4 et 3
est 3^2.

• 5 n'est pas un facteur commun à a et b, de même que 11.

• Avec les puissances de 7 : la plus grande puissance commune entre 7^2 et 7
est 7.

Finalement, **le plus grand diviseur commun de a et b est le produit $2^3 \times 3^2 \times 7$ soit 504.**

19 Le nombre de groupes possibles avec 84 filles et 60 garçons est un diviseur commun aux nombres 84 et 60. Aussi, on cherche la liste des diviseurs de ces nombres.

Diviseurs de 84 : {1 ; 2 ; 3 ; 4 ; 6 ; 7 ; 12 ; 14 ; 21 ; 28 ; 42 ; 84}.

Diviseurs de 60 : {1 ; 2 ; 3 ; 4 ; 5 ; 6 ; 10 ; 12 ; 15 ; 20 ; 30 ; 60}.

Les diviseurs communs à 84 et 60 sont {1 ; 2 ; 3 ; 4 ; 6 ; 12}.

Les élèves de 3e peuvent donc être répartis en 1, 2, 3, 4, 6 ou 12 groupes.

Nombre de groupes	Filles	Garçons
1	84	60
2	$\frac{84}{2}=42$	$\frac{60}{2}=30$
3	$\frac{84}{3}=28$	$\frac{60}{3}=20$
4	$\frac{84}{4}=21$	$\frac{60}{4}=15$
6	$\frac{84}{6}=14$	$\frac{60}{6}=10$
12	$\frac{84}{12}=7$	$\frac{60}{12}=5$

20 **1. a)** $9 = 1 \times 9 = 3 \times 3$.

Les diviseurs de 9 sont {1 ; 3 ; 9}.

$12 = 1 \times 12 = 2 \times 6 = 3 \times 4$.

Les diviseurs de 12 sont {1 ; 2 ; 3 ; 4 ; 6 ; 12}.

b) Dans les deux listes précédentes, les nombres communs sont : 1 et 3.

Le plus grand nombre commun est 3.

Le plus grand diviseur commun de 9 et 12 est 3 : PGCD (9 ; 12) = 3.

c) Les premiers multiples de 9 sont : 9 ; 18 ; 27 ; 36 ; 45 ; 54 ; 63 ; 72…

Les premiers multiples de 12 sont : 12 ; 24 ; 36 ; 48 ; 60 ; 72 ;…

Le plus petit multiple commun à 9 et 12 est 36 : PPCM (9 ; 12) = 36.

L'astuce du prof

Les multiples de a sont : a, $2a$, $3a$, $4a$,…

Remarque

Les multiples communs à 9 et 12 sont des multiples de 36 :36 ; 72 ; 108,…

2. Calculons :

PGCD (9 ; 12) × PPCM (9 ; 12) = 3 × 36 = 108.

9 × 12 = 108.

En conclusion : PGCD (9 ; 12) × PPCM (9 ; 12) = 9 ×12.

3. a) D'après les listes proposées des diviseurs de 216 et 126, les diviseurs communs sont 1 ; 2 ; 3 ; 6 ; 9 et 18. Le plus grand est 18.

D'où PGCD (126 ; 216) = 18.

L'astuce du prof

Pour trouver les diviseurs de 12 par exemple, on cherche toutes les façons de l'écrire comme le produit de deux nombres.

b) La propriété encadrée s'écrit ici :

PGCD (126 ; 216) × PPCM (126 ; 216) = 126 × 216

18 × PPCM (126 ; 216) = 27 216.

D'où PPCM (126 ; 216) = $\frac{27\ 216}{18}$ = 1 512.

On retrouve le résultat annoncé :
PPCM (126 ; 216) = 1 512.

Gagnez des points !

On aurait aussi pu écrire la liste des multiples de 126 et 216 (comme dans la question 1) mais ça aurait été beaucoup plus long.

4. a) • La tôle rectangulaire mesure 2,16 m = 216 cm de long et 1,26 m = 126 cm de large.

Pour découper des carrés dans cette tôle et utiliser toute la tôle, on cherche un diviseur commun à la longueur et la largeur, et on souhaite également que ces carrés soient le plus grand possible.

Méthode

On convertit les longueurs en cm pour faire le lien avec les nombres 216 et 126 utilisés dans les questions précédentes.

Aussi on est ramené au calcul du PGCD de 126 et 216. D'après la question **4. a)** c'est 18.

L'artisan découpera alors des carrés de 18 cm de côté.

• Sur la longueur, l'artisan coupera $\frac{216}{18}$ = 12 carrés.

Sur la largeur, l'artisan coupera $\frac{126}{18}$ = 7 carrés.

Dans sa plaque de tôle, l'artisan découpera 12 × 7 = 84 carrés.

CORRIGÉS

b) • Les deux lampes s'éclairent en même temps à chaque fois que le temps écoulé est un multiple de 216 s et 126 s. La première fois après minuit que cela se produit correspond alors au temps en secondes écoulé le plus petit, aussi multiple commun de 216 et 126.

Gagnez des points !
Expliquez le lien entre le problème posé et les résultats précédents.

Aussi on est ramené au calcul du PPCM de 126 et 216. D'après la question **4. b)** c'est 1 512.

1 512 s après minuit, les deux lampes clignoteront à nouveau simultanément pour la première fois.

• 1 512 s = 25 × 60 s + 12 s.

1 512 s = 25 min + 12 s.

Ainsi à 0 h 25 min 12 s, les deux lampes clignotent à nouveau en même temps.

Remarque
Cela revient à effectuer la division euclidienne de 1512 par 60.

CHAPITRE 3

Calcul littéral (développement, factorisation)

DE QUOI S'AGIT-IL ?

Le calcul littéral est un calcul qui s'effectue avec des lettres. La lettre symbolise alors un nombre qu'on appelle « inconnue ».
Développer, factoriser sont des techniques permettant d'écrire des expressions littérales sous des formes différentes.

COURS

1 Principales règles pour le calcul littéral

1 Suppression de parenthèses dans une somme

Parenthèses précédées d'un signe +	Parenthèses précédées d'un signe –
$a + (b - c + d) = a + b - c + d$	$a - (b - c + d) = a - b + c - d$
On conserve les signes.	*On change les signes.*

Exemples

- $x + (3 - y) = x + 3 - y$
- $5 - (x - y) = 5 - x + y$

2 Développer un produit (en utilisant la distributivité)

Développer, c'est transformer un produit en une somme (une différence).

On développe

$k\ (a + b) = ka + kb$

Produit — Somme

On développe

$k\ (a - b) = ka - kb$

Produit — Différence

Exemple

- $6(x + 3) = 6 \times x + 6 \times 3 = 6x + 18$

Bien comprendre

On développe des produits (des multiplications). Une fois le développement terminé, on vérifie que l'on obtient une somme (une différence).

On développe

$(a + b)(c + d) = ac + ad + bc + bd$

Produit — Somme

Vidéo
Développer avec la double distributivité

3 Factoriser

Factoriser, c'est transformer une somme (une différence) en un produit.

On factorise

$ka + kb = k\ (a + b)$

Somme — Produit

On factorise

$ka - kb = k(a - b)$

Différence — Produit

Remarque
k est un facteur commun.
On factorise par *k*.

Exemples

Cas où le facteur commun est une constante :

- $\underbrace{5x + 5y}_{\text{Somme}} = 5 \times x + 5 \times y = \underbrace{5(x + y)}_{\text{Produit}}$

(Facteur commun : 5)

Cas où le facteur commun est littéral :

- $\underbrace{5x^2 + 3x}_{\text{Somme}} = x \times 5x + x \times 3 = \underbrace{x(5x + 3)}_{\text{Produit}}$

(Facteur commun : x)

Vidéo
Factoriser avec un facteur commun

Bien comprendre

On factorise des sommes (ou des différences). Une fois la factorisation terminée, on vérifie que l'on obtient un produit.

2 L'identité « différence de deux carrés »

1 Produit de la somme par la différence

$$(a + b)(a - b) = \underbrace{a^2}_{\text{carré de } a} - \underbrace{b^2}_{\text{carré de } b}$$

Exemple

$(3x - 5)(3x + 5) = (3x)^2 - 5^2$
$= 9x^2 - 25.$

Remarque
On peut inverser l'ordre des facteurs : $(a + b)(a - b) = (a - b)(a + b)$.

2 Factorisation de $a^2 - b^2$

$$\underbrace{a^2}_{\text{carré de } a} - \underbrace{b^2}_{\text{carré de } b} = (a + b)(a - b)$$

Vidéo
Factoriser avec $a^2 - b^2$

Exemple

$16x^2 - 36 = (4x)^2 - 6^2$
$= (4x - 6)(4x + 6).$

Remarque
Cette identité remarquable permet de factoriser une différence de deux carrés.

QCM

1 Des choix à faire

➔ Corrigé p. 76

Cochez la (ou les) réponse(s) correcte(s).

1. $\frac{x}{3}$ est égal à :

a) ☐ $x + \frac{1}{3}$ **b)** ☐ $\frac{1}{3}x$ **c)** ☐ $\frac{3}{x}$

2. $\frac{1}{3}x + x$ est égal à :

a) ☐ $\frac{2}{3}x$ **b)** ☐ $\frac{4x}{3}$ **c)** ☐ $\frac{x+1}{3}$

3. $(5x + 9)(5x - 9)$ est égal à :

a) ☐ $25x^2 + 81$ **b)** ☐ $5x^2 - 81$ **c)** ☐ $25x^2 - 81$

4. $9x^2 - 9$ est égal à :

a) ☐ $3(x - 3)(x + 3)$ **b)** ☐ $(x - 3)(x + 3)$ **c)** ☐ $(3x - 3)(3x + 3)$

5. $(-4x + 1)(2x - 3)$ est égal à :

a) ☐ $-8x^2 - 3$ **b)** ☐ $-8x^2 + 14x - 3$ **c)** ☐ $8x^2 + 14x - 3$

2 Vrai ou Faux ?

➔ Corrigé p. 77

Cochez la bonne réponse.

1. $(5x + 2)(2 - 3x) + 16$ est une somme. ☐ V ☐ F

2. $-5x + 2$ est le développement de $\frac{1}{2}(4 - 10x)$. ☐ V ☐ F

3. $-2x$ est un nombre négatif. ☐ V ☐ F

4. L'inverse de l'opposé de x est égal à l'opposé de l'inverse de x. ☐ V ☐ F

5. $x^2 - 9$ se factorise en $(x - 3)(x + 3)$. ☐ V ☐ F

6. $(2x + 5)(2x - 5) = (5 + 2x)(5 - 2x)$. ☐ V ☐ F

Exercices d'entraînement

3 Le calcul mental

3 min ➲ Corrigé p. 77

Complétez :

- $2 \times x \times (-5) = ...$
- $-2 \times 3x \times 7 = ...$
- $2 \times x \times 5^2 = ...$
- $2 \times 2x \times 4 + 6^2 = ...$
- $5x - 2 \times 2x \times 4 = ...$
- $-6x - 2 \times 5x = ...$
- $3x \times 6x + (2x)^2 = ...$
- $5x - 2 \times 0{,}25x = ...$
- $x - 3 \times x \times 0{,}5 = ...$

4 Identifier une opération

5 min ➲ Corrigé p. 78

Indiquez, pour chacun des nombres suivants, s'ils sont écrits sous la forme d'une somme, d'une différence, d'un produit, d'un quotient.

- $3(x + 6)$
- $(x + 4)(x - 8) + 6$
- $\dfrac{x + 6}{2x - 6}$
- $\dfrac{x + 3}{5} + 3$
- $(2x + 3)(1 - x)$
- $(x + 3)(2x + 6) - (3x - 7)$

Méthode

C'est la dernière opération à effectuer qui détermine le nom du calcul.

5 On s'entraîne sur des développements

20 min ➲ Corrigé p. 78

Développez les expressions suivantes.

- $A = (2x + 3)(x - 5)$
- $B = (5x - 1)(2x - 3)$
- $C = 5(2x + 6) - 3(1 - 5x)$
- $D = (1 - 4x)(2x + 1) - 5(x + 3)$
- $E = (2x - 1)(x + 6) - (1 - x)(x + 6)$
- $F = (x - 1)(2x + 3)(x + 4)$

6 On s'entraîne sur des factorisations

15 min ➲ Corrigé p. 79

Factorisez les expressions suivantes.

- $A = 2\,(2x + 3) - x(2x + 3)$
- $B = 5x^2 + 3x$
- $C = (x + 6)(2x - 1) + 7(2x - 1)$
- $D = x^2 + x(x + 1)$
- $E = (2x + 3)(1 - x) - (1 - x)(4x + 3)$
- $F = (2x - 5)^2 + 3(2x - 5)$

Méthode

1. On reconnaît une somme ou une différence. On peut, par exemple, encadrer les termes de part et d'autre du signe + (ou −).

2. Dans chaque cadre, on repère un facteur commun que l'on fait apparaître en le soulignant.

3. On factorise par ce facteur en le mettant « devant », puis on ouvre un crochet (ou une parenthèse).

4. On se pose ensuite la question suivante :

Par quoi doit-on multiplier ce facteur commun pour obtenir le premier terme de la somme (ou de la différence), c'est-à-dire le premier cadre ?
On répète cette question autant de fois qu'il y a de termes (cadres) dans la somme ou dans la différence.

5. On s'assure à la fin que l'on obtient bien un produit.

7 Plus de surface ou pas ?

10 min Corrigé p. 80

La longueur d'un rectangle est $2x$ cm. Sa largeur est x cm avec $x > 1$.

On augmente la longueur de ce rectangle de 2 cm et on diminue sa largeur de 1 cm.

Son aire a-t-elle diminué ou augmenté ? Justifiez.

8 Les identités pour développer

25 min Corrigé p. 80

Méthode

En mathématiques, on utilise trois égalités remarquables :
n° 1 : $(a-b)(a+b) = a^2 - b^2$
n° 2 : $(a+b)^2 = a^2 + 2ab + b^2$
n° 3 : $(a-b)^2 = a^2 - 2ab + b^2$

1. On repère dans l'expression le produit remarquable à développer qui est de la forme $(a+b)^2$, $(a-b)^2$ ou $(a+b)(a-b)$.

2. On écrit l'identité remarquable à développer en identifiant a et b. La forme développée est alors $a^2 + 2ab + b^2$ ou $a^2 - 2ab + b^2$ ou encore $a^2 - b^2$.

3. On applique les règles de priorités opératoires habituelles pour terminer le calcul.

Développez, en utilisant les égalités remarquables :

- $A = (4x - 1)^2$
- $B = (2 + 4x)^2$
- $C = (5 - 2x)^2$
- $D = (2x - 6)(2x + 6)$
- $E = 4 - (2x + 1)^2$
- $F = (2x + 6)^2 - (x - 1)^2$

Problèmes

9 Autour d'une expression numérique

★ 15 min ➔ Corrigé p. 81

Voici une expression numérique :

$E = (3x - 2)(x + 4) - 2(x^2 + 5x - 4)$

1. Calculez E pour $x = 2$, puis pour $x = -3$.

2. Voici un tableau qui donne les valeurs de E pour quelques valeurs de x :

Valeurs de x	0	5	– 4	7	10
Valeurs de E	0	25	16	49	100

Sans calcul, conjecturez la valeur de E lorsque $x = 6$, puis lorsque $x = \frac{2}{3}$.

Conjecturez une expression de E en fonction de x.

3. Démontrez cette conjecture pour tous les nombres x.

Comment résoudre ce problème

En effectuant le calcul de E pour différentes valeurs de x, on trouve un « lien » entre le nombre de départ x et le nombre trouvé. On appelle cela émettre une conjecture. Il s'agit ensuite de montrer que ce « lien » existe pour toutes les valeurs de x. C'est pour cela que l'on doit effectuer un calcul littéral (avec des lettres) afin de démontrer le résultat conjecturé.

10 Avec un programme de calcul

★ 15 min ➔ Corrigé p. 82

Voici un programme de calcul.

- Choisir un nombre entier.
- Élever au carré l'entier qui est juste après et l'entier qui est juste avant.
- Calculer la différence de ces deux carrés.
- Retrancher 3 fois le nombre de départ à cette différence.
- Écrire le résultat.

1. Lorsque le nombre de départ choisi est 3, quel est le résultat final ?

2. Quel nombre obtient-on quand on choisit pour départ le nombre 10 ?

3. Quelle conjecture peut-on faire ? Prouvez-la.

11 L'IMC

20 min ➔ Corrigé p. 8.

Les médecins de l'Organisation mondiale de la santé ont inventé un outi simple et fiable qui permet de mesurer la corpulence d'une personne. C'es l'indice de masse corporelle, ou IMC. Le résultat d'un calcul à partir du poid et de la taille permet d'évaluer, grâce à des études statistiques, les zones à risque, notamment de maladies cardiovasculaires. Cet indice se calcule er divisant le poids, en kg, par le carré de la taille, en m.

1. En notant I l'IMC, p le poids en kg et t la taille en m, donnez la formule permettant de calculer l'IMC à partir de p et t.

2. Vérifiez que l'IMC d'une personne ayant un poids de 80 kg et mesurant 1,80 m est d'environ 24,7.

3. Une personne ayant un IMC compris entre 25 et 30 est considérée en surpoids Calculez la valeur de p pour une personne mesurant 1,60 ayant un IMC de 25

4. 4,9 % de la population a un IMC inférieur à 18,5 (on considère ces personnes en dénutrition).

Calculez le nombre de personnes concernées en France (population française : 66 millions).

Vers le brevet

12 Celsius vs Fahrenheit

25 min ➔ Corrigé p. 83

Il existe différentes unités de mesure de la température : en France on utilise le degré Celsius (°C), aux États-Unis on utilise le degré Fahrenheit (°F). Si D est la température en degré Celsius et F celle en degré Fahrenheit, on a la relation :

$$F = 1{,}8 \times D + 32$$

1. En utilisant quatre instructions proposées, complétez le programme permettant de calculer F à partir de D.

PROGRAMME
•....................................
•....................................
•....................................
•....................................

INSTRUCTIONS
Entrer une température en °F
Entrer une température en °C
Afficher la température en °F
Afficher la température en °C
Multiplier par 32
Ajouter 32
Multiplier par 1,8
Ajouter 1,8

2. On choisit 25 comme valeur de départ. Quelle valeur est écrite à la fin du programme ? Interpréter ce résultat en termes de conversion.

3. La température extérieure en °C est nulle. Qu'indiquerait un thermomètre en degrés Fahrenheit ?

4. Qu'indiquerait un thermomètre en degrés Celsius si on le plonge dans une casserole d'eau portée à 212 °F ? Que se passe-t-il ?

13 Point par point

15 min ➔ Corrigé p. 84

On construit les motifs suivants à partir de triangles équilatéraux.

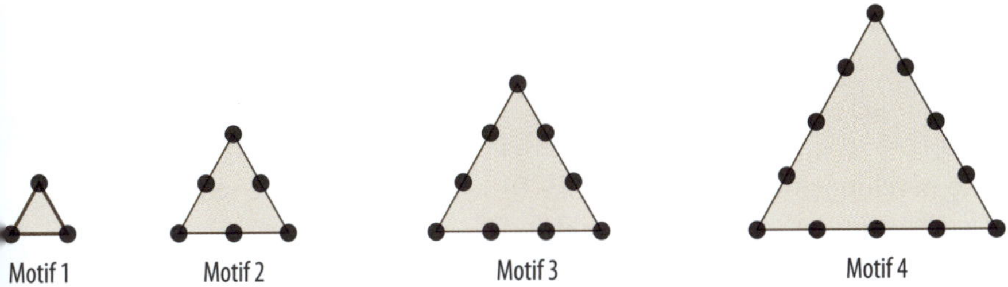

1. Donnez le nombre de points utilisés pour construire le motif 5.
2. Clément a utilisé 153 points pour réaliser un motif de ce type. Quel est le numéro de son motif ?
3. On considère le motif n. Exprimez en fonction de n le nombre de points utilisés pour réaliser ce motif.
4. On note p le nombre de points sur un côté du triangle équilatéral. Par exemple, pour le motif 3, on a $p = 4$. Exprimez en fonction de p le nombre de points utilisés pour réaliser le motif complet avec un triangle équilatéral qui compte p points sur ses côtés.

Exercice d'approfondissement

14 À la recherche d'un nombre

★★ 15 min ➔ Corrigé p. 85

Trois nombres positifs x, y et z vérifient l'égalité $x^2 + y^2 = z^2$. De plus, on sait que le carré de la somme des nombres x et y est égal à 41 et le carré de leur différence est égal à 9.

Quelle est la valeur de z ?

QCM

1 **1.** $\frac{x}{3} = \frac{1}{3} \times \frac{x}{1} = \frac{1}{3} \times x = \frac{1}{3}x.$

Réponse : **b)** $\frac{1}{3}x$.

2. $\frac{1}{3}x + x = \frac{1}{3}x + \frac{3}{3}x = \frac{1x + 3x}{3} = \frac{4x}{3}$.

Réponse : **b)** $\frac{4x}{3}$.

On pouvait aussi factoriser (avec le facteur commun x) :

$$\frac{1}{3}x + x = x\left(\frac{1}{3} + 1\right) = x \times \frac{4}{3} = \frac{4}{3}x = \frac{4x}{3}.$$

3. Le développement de $(5x + 9)(5x - 9)$ se fait avec l'égalité remarquable $(a + b)(a - b) = a^2 - b^2$ avec $a = 5x$ et $b = 9$.

$$(5x+9)(5x-9) = \underbrace{(5x)^2}_{\text{carré de } 5x} - \underbrace{9^2}_{\text{carré de } 9}$$

$$= 25x^2 - 81.$$

Réponse : **c)** $25x^2 - 81$.

4. $9x^2 - 9$ est une différence de deux carrés.
En effet, $9x^2 = (3x)^2$ et $9 = 3^2$.
On utilise l'égalité remarquable
$a^2 - b^2 = (a - b)(a + b)$ avec $a = 3x$ et $b = 3$.

$$9x^2 - 9 = \underbrace{(3x)^2}_{\text{carré de } 3x} - \underbrace{3^2}_{\text{carré de } 3}$$

$$= (3x - 3)(3x + 3).$$

Remarque
Ici, il s'agit de factoriser l'expression proposée.

Réponse : **c)** $(3x - 3)(3x + 3)$.

5.
$$\begin{aligned}(-4x + 1)(2x - 3) &= -4x \times 2x + 4x \times 3 + 1 \times 2x - 1 \times 3\\ &= -8x^2 + 12x + 2x - 3\\ &= -8x^2 + 14x - 3\end{aligned}$$

Réponse : **b)** $-8x^2 + 14x - 3$.

2 **1. Vrai** → L'expression $(5x + 2)(2 - 3x) + 16$ est une somme de deux termes. Le premier est $(5x + 2)(2 - 3x)$ (qui est d'ailleurs lui-même un produit) et le second, 16.

2. Vrai → Le développement de $\frac{1}{2}(4 - 10x)$ est :

$$\frac{1}{2}(4 - 10x) = \frac{1}{2} \times 4 - \frac{1}{2} \times 10x = 2 - 5x.$$

> **L'astuce du prof**
> Multiplier un nombre par $\frac{1}{2}$, c'est prendre la moitié de ce nombre.

3. Faux → $-2x$ n'est pas forcément un nombre négatif. En effet, pour $x = -3$, on obtient $-2x = -2 \times (-3) = 6$ qui est un nombre positif.

En fait, pour les valeurs positives de x, $-2x$ est négatif. En revanche, pour les valeurs négatives de x, $-2x$ est positif.

4. Vrai → L'opposé de x est $-x$ et l'inverse de x est $\frac{1}{x}$. On en déduit que :

- l'opposé de x est $-x$, donc l'inverse de l'opposé de x est $\frac{1}{-x}$, soit $-\frac{1}{x}$;
- l'inverse de x est $\frac{1}{x}$, donc l'opposé de l'inverse de x est $-\frac{1}{x}$.

5. Vrai → $x^2 - 9$ est une différence de deux carrés, car $x^2 - 9 = (x)^2 - (3)^2$. On utilise donc l'égalité remarquable $a^2 - b^2 = (a - b)(a + b)$ pour factoriser avec $a = x$ et $b = 3$.

On obtient $x^2 - 9 = (x - 3)(x + 3)$.

6. Faux → On développe séparément les deux calculs en utilisant l'égalité remarquable $(a - b)(a + b) = a^2 - b^2$.

- $(2x + 5)(2x - 5) = (2x)^2 - 5^2 = 4x^2 - 25$.
- $(5 + 2x)(5 - 2x) = 5^2 - (2x)^2 = 25 - 4x^2$.

On ne trouve pas le même résultat.

> **Remarque**
> $4x^2 - 25$ et $25 - 4x^2$ sont des nombres opposés.

Exercices d'entraînement

3
- $2 \times x \times (-5) =$ $-10x$
- $-2 \times 3x \times 7 =$ $-42x$
- $2 \times x \times 5^2 =$ $50x$
- $2 \times 2x \times 4 + 6^2 =$ $16x + 36$
- $5x - 2 \times 2x \times 4 =$ $-11x$
- $-6x - 2 \times 5x =$ $-16x$
- $3x \times 6x + (2x)^2 =$ $22x^2$
- $5x - 2 \times 0{,}25x =$ $4{,}5x$
- $x - 3 \times x \times 0{,}5 =$ $-0{,}5x$

CORRIGÉS

4 • $3(x + 6)$ est un **produit** de deux facteurs : 3 et $(x + 6)$.

• $(x + 4)(x - 8) + 6$ est une **somme** de deux termes : $(x + 4)(x - 8)$ et 6.

Remarque

Les termes d'une somme peuvent être des produits. Ici, $(x + 4)(x - 8)$ est un produit.

• $\dfrac{x+6}{2x-6}$ est un **quotient**.

• $\dfrac{x+3}{5} + 3$ est une **somme** de deux termes : $\dfrac{x+3}{5}$ et 3.

• $(2x + 3)(1 - x)$ est un **produit** de deux facteurs : $(2x + 3)$ et $(1 - x)$.

• $(x + 3)(2x + 6) - (3x - 7)$ est une **différence** de deux termes : $(x + 3)(2x + 6)$ et $(3x - 7)$.

5 • $A = (2x + 3)(x - 5)$

$= 2x \times x - 2x \times 5 + 3\times x - 3 \times 5$

$= 2x^2 - 10x + 3x - 15$

$A = 2x^2 - 7x - 15$

Méthode

Quand vous développez, occupez-vous d'abord du signe du produit, puis écrivez le résultat.

• $B = (5x - 1)(2x - 3)$

$= 5x \times 2x - 5x \times 3 - 1 \times 2x + 1 \times 3$

$= 10x^2 - 15x - 2x + 3$

$B = 10x^2 - 17x + 3$

Conseil

N'oubliez pas de réduire l'écriture et d'ordonner le résultat (d'abord « les x^2 », puis « les x », puis les constantes).

• $C = 5\,(2x + 6\,) - 3(1 - 5x)$

$= 5 \times 2x + 5 \times 6 - 3 \times 1 + 3 \times 5x$

$= 10x + 30 - 3 + 15x$

$C = 25x + 27$

• $D = (1 - 4x)(2x + 1) - 5\,(x + 3)$

$= 1 \times 2x + 1 \times 1 - 4x \times 2x - 4x \times 1 - 5 \times x - 5 \times 3$

$= 2x + 1 - 8x^2 - 4x - 5x - 15$

$D = -\,8x^2 - 7x - 14$

$E = (2x - 1)(x + 6) - (1 - x)(x + 6)$
$= (2x \times x + 2x \times 6 - 1 \times x - 1 \times 6) - (1 \times x + 1 \times 6 - x \times x - x \times 6)$
$= (2x^2 + 12x - x - 6) - (x + 6 - x^2 - 6x)$
$= 2x^2 + 12x - x - 6 - x - 6 + x^2 + 6x$

$E = 3x^2 + 16x - 12$

Conseil
Il y a un signe – devant le second produit, il faut mettre des parenthèses et utiliser la règle : « quand une parenthèse est précédée d'un signe –, on change les signes ».

$F = (x - 1)(2x + 3)\ (x + 4)$
$= (x \times 2x + x \times 3 - 1 \times 2x - 1 \times 3)(x + 4)$
$= 2x^2 + 3x - 2x - 3)(x + 4)$
$= (2x^2 + x - 3)(x + 4)$
$F = 2x^2 \times x + 2x^2 \times 4 + x \times x + x \times 4 - 3 \times x - 3 \times 4$
$= 2x^3 + 8x^2 + x^2 + 4x - 3x - 12$

$F = 2x^3 + 9x^2 + x - 12$

Rappel
$x^2 \times x = x^3$.

6 • $A = 2(\underline{2x + 3}) - x(\underline{2x + 3})$

$A = (\underline{2x + 3})(2 - x)$

L'astuce du prof
Quand vous repérez un facteur commun, soulignez-le !

• $B = 5x^2 + 3x = 5\underline{x} \times x + 3 \times \underline{x}$

$B = x(5x + 3)$

Gagnez des points !
Vérifiez toujours que l'on obtient bien une forme factorisée (c'est-à-dire un produit).

• $C = (x + 6\ )(\underline{2x - 1}) + 7(\underline{2x - 1})$
$= (\underline{2x - 1})[(x + 6) + 7]$

$C = (\underline{2x - 1})(x + 13)$

• $D = \underline{x}^2 + \underline{x}(x + 1)$
$= \underline{x} \times x + \underline{x}(x + 1)$
$= \underline{x}[x + (x + 1)]$

$D = x(2x + 1)$

• $E = (2x + 3)(\underline{1 - x}) - (\underline{1 - x})(4x + 3)$
$= (\underline{1 - x})[(2x + 3) - (4x + 3)]$
$= (1 - x)(2x + \cancel{3} - 4x - \cancel{3})$

$E = (1 - x)(-2x)$

• $F = (\underline{2x - 5})^2 + 3(\underline{2x - 5})$
$= (\underline{2x - 5})[(2x - 5) + 3]$

$F = (2x - 5)(2x - 2)$

7 • L'aire d'un rectangle de longueur $2x$ et de largeur x est : $2x \times x = 2x^2$ cm²

• La longueur du rectangle augmentée de 2 cm est $2x + 2$ et la largeur diminuée de 1 cm est $x - 1$.

L'aire de ce nouveau rectangle est donc : $(2x + 2)(x - 1)$.

$(2x + 2)(x - 1) = 2x^2 - 2x + 2x - 2 = 2x^2 - 2$.

Ainsi, **l'aire de ce nouveau rectangle est plus petite de 2 cm².**

Méthode

Pour comparer les deux surfaces, on est amené à développer l'expression obtenue afin de la comparer avec la valeur initiale de l'aire du rectangle.

8 • $A = (4x - 1)^2$

$$= \underbrace{(4x)^2}_{\text{carré de } 4x} - \underbrace{2 \times 4x \times 1}_{\text{double produit de } 4x \text{ par } 1} + \underbrace{1^2}_{\text{carré de } 1}$$

$A = 16x^2 - 8x + 1$

Méthode
Utilisez l'égalité
$(a - b)^2 = a^2 - 2ab + b^2$
avec $a = 4$ et $b = 1$.

• $B = (2 + 4x)^2$

$$= \underbrace{2^2}_{\text{carré de } 2} + \underbrace{2 \times 2 \times 4x}_{\text{double produit de } 2 \text{ par } 4x} + \underbrace{(4x)^2}_{\text{carré de } 4x}$$

$= 4 + 16x + 16x^2 =$ $16x^2 + 16x + 4$

Méthode
Utilisez l'égalité
$(a + b)^2 = a^2 + 2ab + b^2$
avec $a = 2$ et $b = 4x$.

• $C = (5 - 2x)^2$

$$= \underbrace{5^2}_{\text{carré de } 5} - \underbrace{2 \times 5 \times 2x}_{\text{double produit de } 5 \text{ par } 2x} + \underbrace{(2x)^2}_{\text{carré de } 2x}$$

$= 25 - 20x + 4x^2 =$ $4x^2 - 20x + 25$

Méthode
Utilisez l'égalité
$(a - b)^2 = a^2 - 2ab + b^2$
avec $a = 5$ et $b = 2x$.

• $D = (2x - 6)(2x + 6)$

$$= \underbrace{(2x)^2}_{\text{carré de } 2x} - \underbrace{6^2}_{\text{carré de } 6} = 4x^2 - 36$$

Méthode
Utilisez l'égalité
$(a - b)(a + b) = a^2 - b^2$
avec $a = 2x$ et $b = 6$.

• $E = 4 - \underbrace{(2x + 1)^2}_{(a+b)^2}$

$$= 4 - (\underbrace{(2x)^2}_{\text{carré de } 2} + \underbrace{2 \times 2x \times 1}_{\text{double produit de } 2x \text{ par } 1} + \underbrace{1^2}_{\text{carré de } 1})$$

Rappel
La parenthèse est précédée d'un signe –, on change les signes.

$= 4 - (4x^2 + 4x + 1)$

$= 4 - 4x^2 - 4x - 1 = \boxed{-4x^2 - 4x + 3}$

$$F = \underbrace{(2x+6)^2}_{(a+b)^2} - \underbrace{(x-1)^2}_{(a-b)^2}$$

$= ((2x)^2 + 2 \times 2x \times 6 + 6^2) - (x^2 - 2 \times x \times 1 + 1^2)$

$= (4x^2 + 24x + 36) - (x^2 - 2x + 1)$

$= 4x^2 + 24x + 36 - x^2 + 2x - 1 = \boxed{3x^2 + 26x + 35}$

Conseil

Développez d'abord les deux parenthèses, puis faites attention au signe – devant la 2e parenthèse.

Problèmes

9 **1. • Calcul de E pour $x = 2$**

$E = (3 \times 2 - 2)(2 + 4) - 2(2^2 + 5 \times 2 - 4)$

$= (6 - 2) \times 6 - 2(4 + 10 - 4)$

$E = 24 - 2 \times 10 = 24 - 20 = \boxed{4}$

Conseil

Surtout, ne développez pas. Calculez les valeurs dans chacune des parenthèses.

Calcul de E pour $x = -3$

$E = (3 \times (-3) - 2)(-3 + 4) - 2((-3)^2 + 5 \times (-3) - 4)$

$= (-9 - 2) \times 1 - 2\,(9 - 15 - 4) = -11 - 2 \times (-10) = -11 + 20 = \boxed{9}$

2. On récapitule les résultats trouvés ainsi que les résultats donnés dans un tableau :

Valeurs de x	0	5	–4	7	10	2	–3
Valeurs de E	0	25	16	49	100	4	9

On remarque que les nombres de la deuxième ligne sont les carrés de ceux de la première. En effet, $0^2 = 0$, $5^2 = 25$, $(-4)^2 = 16$…

On en déduit que si $x = 6$, alors $E = 36$ et si $x = \frac{2}{3}$, alors $E = \left(\frac{2}{3}\right)^2 = \frac{2^2}{3^2} = \frac{4}{9}$.

On conjecture donc que pour n'importe quelle valeur de x, $E = x^2$ (expression de E en fonction de x).

→ À savoir

Une conjecture est une hypothèse, un résultat que l'on déduit à partir de plusieurs cas particuliers. Pour la démontrer, il faut étudier le cas général (avec un calcul littéral par exemple).
Attention, une conjecture peut parfois être fausse.

3. Pour démontrer cette conjecture, on doit faire un calcul littéral. Pour cela on cherche l'écriture développée de E :

$E = (3x - 2)(x + 4) - 2(x^2 + 5x - 4)$

$= 3x \times x + 3x \times 4 - 2 \times x - 2 \times 4 - 2 \times x^2 - 2 \times 5x + 2 \times 4$

$= 3x^2 + 12x - 2x - 8 - 2x^2 - 10x + 8 = x^2.$

On vient de montrer que, **pour n'importe quelle valeur de x, E est égal à x^2.**

10 **1.** • Choisir un entier : 3.

• Élever au carré l'entier qui est juste après et l'entier qui est juste avant : $4^2 = 16$ et $2^2 = 4$.

• Calculer la différence de ces deux carrés : $16 - 4 = 12$.

• Retrancher trois fois le nombre de départ : $12 - 3 \times 3 = 3$.

• Écrire le résultat : $\boxed{3}$.

2. • Choisir un entier : 10.

• Élever au carré l'entier qui est juste après et l'entier qui est juste avant : $11^2 = 121$ et $9^2 = 81$.

• Calculer la différence de ces deux carrés : $121 - 81 = 40$.

• Retrancher trois fois le nombre de départ : $40 - 3 \times 10 = 10$.

• Écrire le résultat : $\boxed{10}$.

3. On conjecture que le nombre de départ et le nombre à l'arrivée sont identiques.

> **Méthode**
> Choisissez x comme nombre de départ et exprimez en fonction de x les différents résultats.

• Choisir un entier : x.

• Élever au carré l'entier qui est juste après et l'entier qui est juste avant :

$(x + 1)^2 = (x + 1)(x + 1) = x \times x + x \times 1 + 1 \times x + 1 \times 1 = x^2 + x + x + 1 = x^2 + 2x + 1$

et $(x - 1)^2 = (x - 1)(x - 1) = x \times x - x \times 1 - 1 \times x + 1 \times 1 = x^2 - x - x + 1 = x^2 - 2x +$

• Calculer la différence de ces deux carrés :

$(x^2 + 2x + 1) - (x^2 - 2x + 1) = \cancel{x^2} + 2x + \cancel{1} - \cancel{x^2} + 2x - \cancel{1} = 4x.$

• Retrancher trois fois le nombre de départ : $4x - 3 \times x = x$.

• Écrire le résultat : x. **Le résultat final est bien égal au nombre de départ : x**

11 **1.** L'IMC se calcule en divisant le poids, en kg, par le carré de la taille en m :

$\boxed{I = \dfrac{p}{t^2}}$.

2. Lorsque $p = 80$ et $t = 1{,}8$, on obtient : $I = \dfrac{80}{1{,}8^2} \simeq \boxed{24{,}7}$.

3. On cherche p tel que $25 = \dfrac{p}{1{,}6^2}$ soit $25 = \dfrac{p}{2{,}56}$.

Donc $p = 25 \times 2{,}56 = 64$.

Pour une personne de 1,60 m ayant un IMC de 25, **son poids est de 64 kg**.

> **Pensez-y !**
> Utilisez le produit en croix pour déterminer *p*.

4. 4,9 % de 66 = 0,049 × 66 = 3,234.

En France, **3,234 millions de personnes sont concernées par la dénutrition**.

Vers le brevet

12 **1.** En utilisant quatre des instructions proposées, il s'agit d'écrire le programme de calcul permettant d'obtenir la température en degrés Fahrenheit (notée F) à partir de la donnée de la température en degrés Celsius (notée D).

$F = 1{,}8 \times D + 32$.

- Entrer une température en °C
- Multiplier par 1,8
- Ajouter 32
- Afficher la température en °F

> **Piège à éviter**
> Seulement 4 instructions sont à utiliser.

2. On choisit 25 comme valeur de départ ;

25 × 1,8 = 45 ;

45 + 32 = 77.

La valeur écrite à la fin du programme est 77.

En termes de conversion, cela signifie que 25 °C correspondent à 77 °F.

> **Remarque**
> Le °F est l'unité de mesure de la température utilisée aux États-Unis par exemple.

3. L'eau qui gèle est à la température en °C de D = 0.

La température correspondante en °F est F = 0 × 1,8 + 32 = 32.

L'eau qui gèle est à une température de 32 °F.

4. L'eau est à une température de 212 °F, soit F = 212.

On cherche alors D telle que :

1,8 × D + 32 = 212 — on isole d'abord 1,8 D en soustrayant 32

1,8 D = 212 − 32

1,8 D = 180 — On isole D en divisant par 1,8

$D = \dfrac{180}{1{,}8} = 100$.

> **Méthode**
> Il s'agit ici de résoudre une équation du premier degré dans laquelle vous devez isoler l'inconnue D.

L'eau de la casserole est à 100 °C : elle est en ébullition.

CORRIGÉS

13 **1.** Le motif 5 est constitué de 6 points par côté.

Pour le motif 5, on utilise :

- 1 point par sommet, soit 3 points pour les 3 sommets ;
- 4 points par côté du triangle (hors sommets), soit $3 \times 4 = 12$ points.

Pour le motif 5 : $3 + 12 = 15$ points sont nécessaires.

L'astuce du prof
Pour bien comprendre cet exercice, commencez par observer attentivement les constructions des triangles et le nombre de points.
On peut aussi vérifier sur un croquis !

2. Louise utilise 153 points.

Elle utilise 3 points pour les trois sommets et $153 - 3 = 150$ points pour les trois côtés du triangles équilatéral (hors sommets) donc $\frac{150}{3} = 50$ points par côté.

Par analogie avec les autres motifs, Louise a donc construit le motif 51.

3. On considère le motif n.

On utilise :

- 1 point par sommet, soit 3 points pour les 3 sommets ;
- $(n - 1)$ points par côté du triangle (hors sommets), soit $3 \times (n - 1) = 3n - 3$ points

Pour le motif n : $3 + 3n - 3 = 3n$ points sont nécessaires.

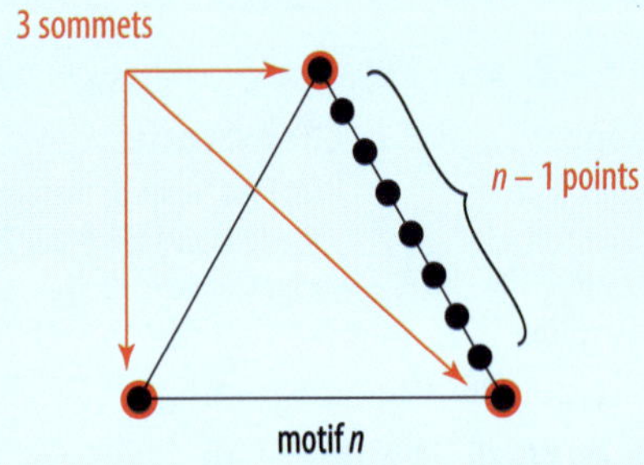

L'astuce du prof
Vous pouvez vérifier que votre formule est correcte :
- motif 1, on utilise $3 \times 1 = 3$ points.
- motif 2, on utilise $3 \times 2 = 6$ points.

4. Soit p le nombre de points sur le côté d'un triangle équilatéral.

On utilise :

- 1 point par sommet, soit 3 points pour les 3 sommets ;
- $(p - 2)$ points par côté du triangle (hors sommets), soit $3 \times (p - 2) = 3p - 6$ points pour les trois côtés.

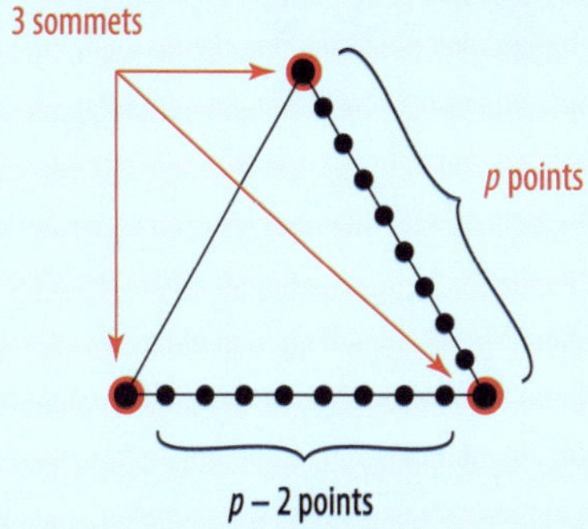

L'astuce du prof

Aidez-vous d'un croquis pour la généralisation à p points.

Piège à éviter

Le nombre de points sur chaque côté n'est pas le même que le numéro du motif.

Pour un motif n, il y a $(n + 1)$ points sur chaque côté du triangle.

Ou bien un triangle sur lequel il y a p points sur chaque côté est un motif $p - 1$.

Pour le motif comptant p points sur un côté du triangle équilatéral :
$3 + 3p - 6 = 3p - 3$ points sont nécessaires.

Exercice d'approfondissement

14 Le carré de la somme des nombres x et y est $(x + y)^2$. Or ce nombre est égal à 41, donc $(x + y)^2 = 41$. Le carré de la différence des nombres x et y est $(x - y)^2$. Or ce nombre est égal à 9, donc $(x - y)^2 = 9$.

On en déduit le système $\begin{cases}(x+y)^2 = 41 \\ (x-y)^2 = 9\end{cases}$

En développant, on obtient $\begin{cases}x^2 + 2xy + y^2 = 41 \\ x^2 - 2xy + y^2 = 9\end{cases}$

En ajoutant membre à membre ces deux équations, on obtient :
$x^2 + 2xy + y^2 + x^2 - 2xy + y^2 = 41 + 9$, soit $2x^2 + 2y^2 = 50$.

En divisant par 2, on a $x^2 + y^2 = 25$. Or, on cherche le nombre z tel que $x^2 + y^2 = z^2$, d'où z est solution de l'équation $z^2 = 25$.

Cette équation a deux solutions : 5 et 5. Mais le nombre z cherché est positif (voir énoncé), donc $\boxed{z = 5}$.

Remarque

Il y a deux nombres dont le carré vaut 25 : $\sqrt{5} = 5$ et $-\sqrt{25} = -5$.

CHAPITRE 4

Équations

DE QUOI S'AGIT-IL ?

Les équations se retrouvent dans toutes les branches des mathématiques. Elles sont essentielles dans la résolution de nombreux problèmes. Les techniques de résolution varient selon leur nature.

COURS

1 Définition et propriétés

1 Définition

Une **équation à une inconnue** est une égalité dans laquelle se trouve un nombre inconnu. Ce nombre est souvent désigné par la lettre x.

Bien comprendre

Résoudre une équation, c'est trouver toutes les valeurs possibles que peut prendre l'inconnue pour que l'égalité soit vérifiée. Ces valeurs sont les **solutions** de l'équation.

2 Propriétés

- On ne change pas une égalité lorsqu'on ajoute le même nombre à chacun des deux membres.

$$\textbf{SI } a = b \textbf{ ALORS } \underbrace{a + c}_{\text{On ajoute } c} = \underbrace{b + c}_{\text{On ajoute } c}$$

$$\textbf{SI } a = b \textbf{ ALORS } \underbrace{a - c}_{\text{On retranche } c} = \underbrace{b - c}_{\text{On retranche } c}$$

Remarque
Ces différentes propriétés permettent de résoudre les équations.

- On ne change pas une égalité lorsqu'on multiplie (ou divise) par le même nombre (non nul) chacun des deux membres.

$$\textbf{SI } a = b \textbf{ ALORS } \underbrace{a \times c}_{\text{On multiplie par } c} = \underbrace{b \times c}_{\text{On multiplie par } c}$$

$$\textbf{SI } a = b \textbf{ ALORS } \frac{a}{\underbrace{c}_{\text{On divise par } c}} = \frac{b}{\underbrace{c}_{\text{On divise par } c}}$$

Remarque
c doit absolument être différent de 0 (la division par 0 n'existe pas).

Exemple

$2x + 3 = 5$

$2x + 3 - 3 = 5 - 3$ On retranche 3 à chacun des deux membres.

$2x = 2$

$\frac{2x}{2} = \frac{2}{2}$ On divise par 2 chaque membre.

$x = 1$ La solution de cette équation est 1.

COURS

2 Les différentes équations

1 Les deux équations de base

- L'équation $x + a = b$ a pour solution $x = b - a$.
- L'équation $ax = b$ a pour solution $x = \frac{b}{a}$.

Vidéo
Résoudre une équation du premier degré

Bien comprendre

Ces deux équations sont des équations du premier degré. Elles permettent notamment de résoudre les équations du type $ax + b = cx + d$.

2 Équations $x^2 = a$

Trois cas possibles :

Si $a > 0$: l'équation a deux solutions car il y a deux nombres dont le carré est a : $\sqrt{a}$ et $-\sqrt{a}$;

Si $a < 0$: l'équation n'a pas de solution car le carré d'un nombre (qu'il soit positif ou négatif) est toujours positif ;

Si $a = 0$: l'équation a une solution : 0.

Vidéo
Résoudre une équation $x^2 = a$

Exemple :

L'équation $x^2 = 4$ a deux solutions (car $4 > 0$) : $\sqrt{4} = 2$ et $-\sqrt{4} = -2$.

3 Équation produit nul

Comme son nom l'indique, l'équation produit nul est une équation dont le premier membre est un produit et le second membre est nul.

$$\underbrace{(ax + b)(cx + d)}_{\text{Produit de 2 facteurs}} = \underbrace{0}_{\text{Nul}}$$

Règle
Un produit de facteurs est nul si et seulement si l'un au moins de ses facteurs est nul.

Exemple : $(3x - 5)(4 - x) = 0$

$3x - 5 = 0$ ou $4 - x = 0$

$x = \frac{5}{3}$ ou $x = 4$.

Cette équation a deux solutions : $\frac{5}{3}$ et 4.

Remarque
On est amené à résoudre deux équations du premier degré pour trouver les solutions de cette équation.

Vidéo
Résoudre une équation produit nul

QCM

1 Des choix à faire

➔ Corrigé p. 96

Cochez la (ou les) réponse(s) correcte(s).

1. 0 est solution de l'équation :

a) ☐ $(3x + 4)(x - 5) = 0$ **b)** ☐ $2x(2x + 1) = 0$ **c)** ☐ $3x = 3$

2. –1 est solution de l'équation :

a) ☐ $4x + 1 = 3(2x + 2)$ **b)** ☐ $x^2 = -1$ **c)** ☐ $(3x + 3)(x - 5) = 0$

3. $5x = 0$ a pour solution :

a) ☐ –5 **b)** ☐ 0 **c)** ☐ 5

4. L'équation $\frac{3}{x} = 1$ a pour solution :

a) ☐ $\frac{1}{3}$ **b)** ☐ 3 **c)** ☐ –3

5. L'équation $\frac{2}{3}x = 0$ a pour solution :

a) ☐ $\frac{3}{2}$ **b)** ☐ $\frac{2}{3}$ **c)** ☐ 0

2 Vrai ou Faux ?

➔ Corrigé p. 97

Cochez la bonne réponse.

1. L'équation $3x + 1 = 2(x + 6)$ a pour solution 11. ☐ V ☐ F

2. L'équation $-x - 4 = 4$ a pour solution 0. ☐ V ☐ F

3. L'équation $\frac{x}{3}(x + 1) = 0$ a deux solutions. ☐ V ☐ F

4. $2(3x + 5) + 6(4x + 3) = 0$ est une équation produit nul. ☐ V ☐ F

5. Si $\frac{x}{3} + 1 = 0$, alors $x = \frac{1}{3}$. ☐ V ☐ F

6. 3 est une solution de l'équation $x^2 - 4x + 3 = 0$. ☐ V ☐ F

Exercices d'entraînement

3 Du calcul mental

3 min Corrigé p. 98

Complétez :

- $5 + x = 0$
  $x = ...$
- $4 - x = 0$
  $x = ...$
- $2x = 0$
  $x = ...$
- $5x = 1$
  $x = ...$
- $-8x = 16$
  $x = ...$
- $2x + 4 = 0$
  $x = ...$
- $3x + 4 = 7$
  $x = ...$
- $5 - 2x = 9$
  $x = ...$
- $4x + 2 = 3x$
  $x = ...$
- $7 - x = x$
  $x = ...$
- $3x + 1 = 2x + 1$
  $x = ...$
- $5 - 4x = 2x + 4$
  $x = ...$

4 Avec des équations du premier degré

20 min Corrigé p. 98

Résolvez les équations suivantes :

- $5x + 2 = 2x + 6$
- $2(3x + 3) = -2(x - 7)$
- $-3(4x + 3) = 2x + 6$
- $x + 3 = 2x + 1$
- $2x - 3 = -5x + 1$
- $\dfrac{3 - 4x}{5} = 2x + 1$

Méthode

1. On reconnaît une équation du premier degré.
2. Si l'équation comporte des produits, on développe.
Si elle est sous la forme d'une égalité de quotients, on peut effectuer les produits en croix.
3. On regroupe les « termes en *x* » dans le membre de gauche et les termes sans *x* dans le membre de droite.
4. Quand l'équation est sous la forme $ax = b$, on divise les deux membres par *a* pour obtenir la solution.
5. On écrit la solution de l'équation à l'aide d'une phrase.

5 Il faut la reconnaître avant de la résoudre

20 min Corrigé p. 99

Pour chacune des équations suivantes, indiquez quel est son type (n° 1 : premier degré, n° 2 : équation produit nul), puis résolvez-la.

- $(2x + 3)(x - 5) = 0$
- $2x = 0$
- $-2(3 - 2x) - (2x + 6) = 0$
- $3x + 2(x + 1) = 0$
- $(2x - 9)(4 - 5x) = 0$
- $3(1 - 4x) = 6$

6 Une aide précieuse pour résoudre une équation

5 min Corrigé p. 100

Les deux questions suivantes sont liées.

1. Développez $(3x - 5)(x + 3)$.

2. Résolvez l'équation $3x^2 + 4x - 15 = 0$.

7 Une histoire de baguettes

15 min Corrigé p. 101

Un boulanger vend les deux tiers de ses baguettes le matin. L'après-midi, il en vend encore 90. Le soir, il lui reste 20 baguettes.

Combien avait-il cuit de baguettes pour la journée ?

Méthode

1. On choisit une inconnue. Il s'agit souvent du nombre cherché.

2. On met le problème en équation. On traduit mathématiquement de deux façons différentes une même quantité. Cela permet d'obtenir une égalité.

3. On résout l'équation.

4. On termine en écrivant une phrase de conclusion.

8 L'équipe de France de rugby

10 min Corrigé p. 101

Au rugby, un essai transformé permet d'augmenter le score de l'équipe de 7 points, un essai non transformé augmente le score de 5 points et une pénalité augmente le score de 3 points.

Si, par exemple, au cours d'un match, l'équipe de France marque 4 essais transformés, 2 essais non transformés et 3 pénalités, le nombre de points marqués par la France est : $4 \times 7 + 2 \times 5 + 3 \times 3 = 47$.

Lors d'un match, l'équipe de France a marqué 6 essais et 3 pénalités. Le résultat final est de 49 à 20 pour l'équipe de France.

On note x le nombre d'essais transformés.

1. Exprimez en fonction de x le nombre d'essais non transformés par l'équipe de France.

2. En résolvant une équation, déterminez le nombre d'essais transformés et le nombre d'essais non transformés de l'équipe de France au cours de ce match.

Problèmes

9 Recherche d'un nombre

15 min Corrigé p. 102

Voici un programme de calcul.

- Choisir un nombre.
- Ajouter 1, puis élever la somme au carré.
- Ajouter 4 fois le nombre de départ.
- Écrire le résultat.

Déterminez le nombre que l'on doit choisir pour obtenir le carré de ce nombre comme résultat.

10 Une équation bien compliquée...

15 min Corrigé p. 102

On considère l'équation (E) : $\frac{105-6x}{3}=x^2$.

1. a) Calculez $\frac{105-6\times(-7)}{3}$ puis $(-7)^2$.

b) Que peut-on en déduire pour l'équation (E) ?

2. a) Développez $(3x-15)(x+7)$.

b) Expliquez pourquoi résoudre l'équation $\frac{105-6x}{3}=x^2$ revient à résoudre l'équation $(3x-15)(x+7)=0$.

3. Déterminez les solutions de (E).

11 Autour d'une autre équation

20 min Corrigé p. 103

On considère l'équation (E) : $\frac{2x^2-3}{5}=x$

1. Calculez $\frac{2\times 3^2-3}{5}$. Que peut-on en déduire pour l'équation (E) ?

2. a) Développez $(x-3)(2x+1)$.

b) Expliquez pourquoi résoudre l'équation $\frac{2x^2-3}{5}=x$ revient à résoudre l'équation $(x-3)(2x+1)=0$.

3. Déterminez les solutions de (E).

12 La facture

20 min ➔ Corrigé p. 104

Carole souhaite commander du fioul pour sa chaudière.

Le prix d'un litre de fioul est de 0,75 € et le transport est facturé 100 €.

1. On note n le nombre de litres commandé par Carole.

a) Exprimez en fonction de n le prix payé par Carole.

b) Le montant de la facture est 1 675 €. Quel est le nombre de litres livré ?

2. Carole souhaite négocier une remise sur le prix au litre de fioul car elle décide finalement de commander 3 000 litres. Le transport est toujours facturé 100 €.

On note x le montant de la remise obtenue par Carole sur un litre de fioul.

a) Montrez que le prix payé par Carole est donné par : $2\ 350 - 3\ 000x$.

b) La facture s'élève à 2 170 €. Quel prix au litre a obtenu Carole sur sa commande ?

13 Histoire de rectangles

25 min ➔ Corrigé p. 105

La figure ci-dessous est réalisée avec des rectangles. Les longueurs sont données en cm.

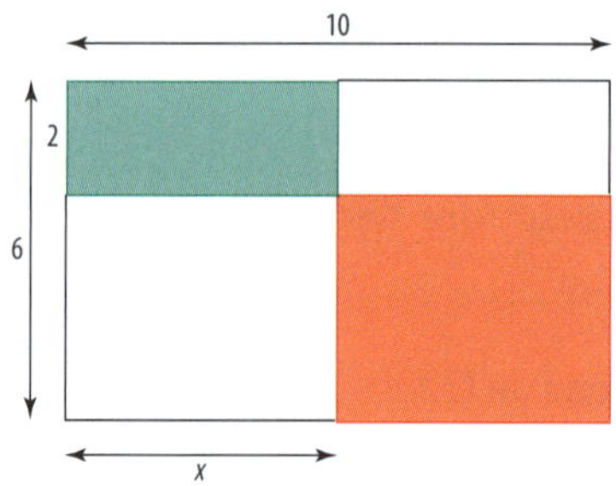

1. Complétez le tableau suivant :

Valeur de x (en cm)	Aire du rectangle vert (en cm^2)	Aire du rectangle rouge (en cm^2)
3		
		18
	5	

2. a) Exprimez en fonction de x, l'aire du rectangle vert, puis celle du rectangle rouge.

b) Pour quelle valeur de x, les aires des deux rectangles sont-elles égales ?

Vers le brevet

14 On construit et on cherche

15 min Corrigé p. 107

$[AB]$ est un segment de longueur 10 et M est un point de $[AB]$.

Du même côté du segment $[AB]$, on trace le triangle équilatéral MBH et le rectangle $AMFD$ de telle façon que $AD = 2 \times AM$.

On pose $AM = x$.

1. Dans cette question, $x = 2$.

a) Réalisez une figure.

b) Déterminez le périmètre du triangle MHB et le périmètre du rectangle $AMFD$.

2. Déterminez la valeur exacte de x pour que le périmètre du triangle MBH soit égal à celui du rectangle $AMFD$.

15 Un soupçon de géométrie

★★ 15 min Corrigé p. 108

$ABCD$ est un carré de côté 6 cm. E est un point du segment $[AB]$; on pose $EB = x$.

1. Exprimez en fonction de x la longueur AE puis l'aire du triangle ADE.

2. Déterminez x pour que l'aire du carré $ABCD$ soit le triple de l'aire du triangle ADE.

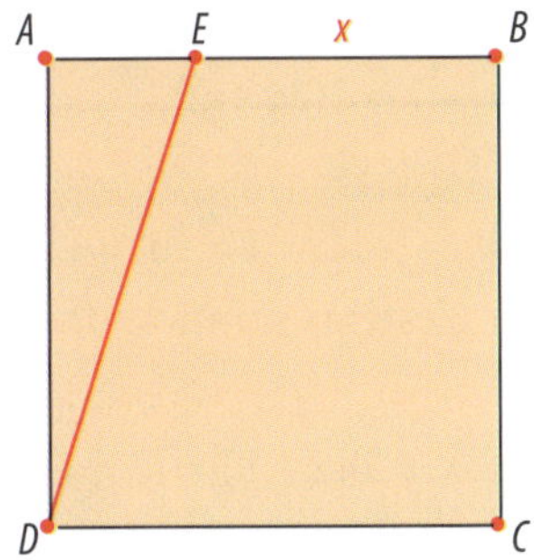

Exercice d'approfondissement

16 Comment les retrouver ?

★★ 15 min Corrigé p. 108

Recherchez trois entiers consécutifs positifs dont la somme des carrés vaut 302.

QCM

1 **1.** On remplace x par 0 dans le premier membre de l'équation (et on regarde si on obtient le second membre).

- $(3x + 4)(x - 5) = (3 \times 0 + 4)(0 - 5) = 4 \times (-5) = -20 \neq 0$.

0 n'est pas solution de $(3x + 4)(x - 5) = 0$.

- $2x(2x + 1) = 2 \times 0(2 \times 0 + 1) = 0 \times 1 = 0$.

0 est solution de $2x(2x + 1) = 0$.

- $3x = 3 \times 0 = 0 \neq 3$.

0 n'est pas solution de $3x = 3$.

L'astuce du prof
Il est inutile de résoudre les équations proposées pour savoir si 0 est solution.

Réponse : **b)** $2x(x + 1) = 0$.

2. Pour $x = -1$,

- $4x + 1 = 4 \times (-1) + 1 = -4 + 1 = -3$

et $3(2x + 2) = 3(2 \times (-1) + 2) = 3 \times (-2 + 2) = 3 \times 0 = 0$.

On ne trouve pas le même résultat ($-3 \neq 0$), donc -1 n'est pas solution de $4x + 1 = 3(2x + 2)$.

- $x^2 = (-1)^2 = 1 \neq -1$

-1 n'est pas solution de $x^2 = -1$.

Rappel
N'oubliez pas les parenthèses autour de (-1), car c'est (-1) qui doit être au carré.

- $(3x + 3)(x - 5) = (3 \times (-1) + 3)((-1) - 5) = (-3 + 3)(-6) = 0$.

-1 est solution de l'équation $(3x + 3)(x - 5) = 0$.

Réponse : **c)** $(3x + 3)(x - 5) = 0$.

3. $5x = 0$

En divisant par 5 chacun des deux membres, on obtient :

$$\frac{5x}{5} = \frac{0}{5}$$

$x = 0$

La solution est 0.

Réponse : **b)** 0.

4. L'équation $\frac{3}{x} = 1$ s'écrit $\frac{3}{x} = \frac{1}{1}$ et par produit en croix, on obtient $x = 3$.

Réponse : **b)** 3.

5. L'équation $\frac{2}{3}x = 0$ a pour solution $x = 0 \div \frac{2}{3} = 0$.

L'astuce du prof
On cherche le nombre qui, multiplié par $\frac{2}{3}$, donne 0. C'est 0 !

Réponse : **c)** 0.

2 **1. Vrai** ➜ On remplace x par 11 dans chacun des membres de l'équation.

- $3x + 1 = 3 \times 11 + 1 = 34$
- $2(x + 6) = 2(11 + 6) = 2 \times 17 = 34$

11 est bien solution de l'équation.

Remarque
Vous pouvez aussi résoudre cette équation.

2. Faux ➜ En remplaçant x par 0 dans le premier membre, on obtient $-0 - 4 = -4 \neq 4$. Donc 0 n'est pas solution de l'équation.

3. Vrai ➜ $\frac{x}{3}(x + 1) = 0$ est une équation produit nul.

Un produit de deux facteurs est nul si et seulement si un des deux facteurs est nul :

$\frac{x}{3} = 0$ ou $x + 1 = 0$

$x = 0$ ou $x = -1$

L'équation a donc bien deux solutions : 0 et –1.

Rappel
Une équation produit nul est une équation du type $A \times B = 0$.

4. Faux ➜ $2(3x + 5) + 6(4x + 3)$ n'est pas un produit mais la somme de deux termes : $2(3x + 5)$ et $6(4x + 3)$. Il ne s'agit donc pas d'une équation produit nul.

5. Faux ➜ Quand $x = \frac{1}{3}$:

$$\frac{x}{3} + 1 = \frac{\frac{1}{3}}{3} + 1 = \frac{1}{3} \div 3 + 1 = \frac{1}{3} \times \frac{1}{3} + 1 = \frac{1}{9} + 1$$

$$= \frac{1}{9} + \frac{9}{9} = \frac{10}{9} \neq 0$$

Remarque
La solution de cette équation est –3.

6. Vrai ➜ Pour $x = 3$, $x^2 - 4x + 3 = 3^2 - 4 \times 3 + 3 = 9 - 12 + 3 = 0$.

On en déduit que 3 est solution de l'équation.

CORRIGÉS

Exercices d'entraînement

3

- $5 + x = 0$

  $x = -5$

- $4 - x = 0$

  $x = 4$

- $2x = 0$

  $x = 0$

- $5x = 1$

  $x = \frac{1}{5}$

- $-8x = 16$

  $x = -2$

- $2x + 4 = 0$

  $x = -2$

- $3x + 4 = 7$

  $x = 1$

- $5 - 2x = 9$

  $x = -2$

- $4x + 2 = 3x$

  $x = -2$

- $7 - x = x$

  $x = \frac{7}{2}$

- $3x + 1 = 2x + 1$

  $x = 0$

- $5 - 4x = 2x + 4$

  $x = \frac{1}{6}$

4

- $5x + 2 = 2x + 6$

$$5x - 2x = 6 - 2$$
$$3x = 4$$
$$x = \frac{4}{3}$$

La solution de l'équation est $\frac{4}{3}$.

- $-3(4x + 3) = 2x + 6$

$$-3 \times 4x - 3 \times 3 = 2x + 6$$
$$-12x - 9 = 2x + 6$$
$$-12x - 2x = 6 + 9$$
$$-14x = 15$$
$$x = -\frac{15}{14}$$

La solution de l'équation est $-\frac{15}{14}$.

- $2(3x + 3) = -2(x - 7)$

$$2 \times 3x + 2 \times 3 = -2 \times x + 2 \times 7$$
$$6x + 6 = -2x + 14$$
$$6x + 2x = 14 - 6$$
$$8x = 8$$
$$x = \frac{8}{8} = 1$$

La solution de l'équation est 1.

Rappel
On se ramène toujours à une équation du type $ax = b$.

- $x + 3 = 2x + 1$

$$x - 2x = 1 - 3$$
$$-x = -2$$
$$x = 2$$

La solution de l'équation est 2.

$2x - 3 = -5x + 1$

$2x + 5x = 1 + 3$

$7x = 4$

$\boxed{x = \frac{4}{7}}$

La solution de l'équation est $\frac{4}{7}$.

$\frac{3 - 4x}{5} = 2x + 1$

$3 - 4x = 10x + 5$

$-4x - 10x = 5 - 3$

$-14x = 2$

$x = \frac{2}{-14}$

$\boxed{x = -\frac{1}{7}}$

La solution de l'équation est $-\frac{1}{7}$.

Conseil

Pour les équations du type $\frac{A}{B} = \frac{C}{D}$, vous pouvez effectuer des produits en croix.

5

À savoir

Avant de résoudre une équation, il est important de savoir quelle est sa forme. En fonction de cela, on peut adopter la bonne méthode de résolution. Il y a trois types d'équation à reconnaître : équation du premier degré, équation produit nul et équation du type « $x^2 = a$ ».

• $\underbrace{(2x + 3)(x - 5)}_{\text{Produit}} = \underbrace{0}_{\text{Nul}}$

est une équation de type n° 2 : produit nul.

$2x + 3 = 0$ ou $x - 5 = 0$

$2x + 3 = 0$ ou $x = 5$

$\boxed{x = \frac{-3}{2}}$ ou $\boxed{x = 5}$

L'équation a deux solutions : $-\frac{3}{2}$ et 5.

Méthode

Un produit de deux facteurs est nul si et seulement si l'un au moins des deux facteurs est nul.

Méthode

Isolez le carré en écrivant l'équation sous la forme $x^2 = a$.

• $2x = 0$ est une équation de type 1 : premier degré.

$2x = 0$

$\frac{2x}{2} = \frac{0}{2}$

$\boxed{x = 0}$

L'équation a une solution : 0.

CORRIGÉS

• $-2(3-2x)-(2x+6)=0$ est une équation de type n° 1 : premier degré.

$$
\begin{aligned}
-2(3-2x)-(2x+6)&=0\\
-6+4x-2x-6&=0\\
2x-12&=0\\
2x&=12\\
x&=\frac{12}{2}\\
\boxed{x=6}
\end{aligned}
$$

Méthode

Développez les produits et ramenez-vous à une équation du type $ax=b$.

La solution de l'équation est 6.

• $3x+2\,(x+1)=0$ est une équation de type n° 1 : premier degré.

$$
\begin{aligned}
3x+2\,(x+1)&=0\\
3x+2x+2&=0\\
5x+2&=0\\
5x&=-2\\
\boxed{x=\frac{-2}{5}}
\end{aligned}
$$

La solution de l'équation est $\frac{-2}{5}$.

• $(2x-9)(4-5x)=0$ est une équation du type n° 2 : équation produit nul.

$2x-9=0$ ou $4-5x=0$

$2x=0$ ou $-5x=-4$

$x=\frac{9}{2}$ ou $x=\frac{-4}{-5}$

$\boxed{x=\frac{9}{2}}$ ou $\boxed{x=\frac{4}{5}}$

Les solutions de l'équation sont $\frac{4}{5}$ et $\frac{9}{2}$.

• $3(1-4x)=6$ est une équation du type n° 1 : premier degré.

$$
\begin{aligned}
3(1-4x)&=6\\
3-12x&=6\\
-12x&=6-3\\
-12x&=3\\
x&=\frac{3}{-12}=\boxed{-\frac{1}{4}}
\end{aligned}
$$

La solution de l'équation est $-\frac{1}{4}$.

6 **1.** $(3x-5)(x+3)=3x\times x+3x\times 3-5\times x-5\times 3$

$=3x^2+9x-5x-15$

$=\boxed{3x^2+4x-15}$ (forme développée)

L'astuce du prof

Les questions étant dépendantes, il faut absolument trouver le lien entre elles.

2. On remarque que le développement précédent correspond au premier membre de l'équation.

On en déduit que résoudre l'équation $3x^2 + 4x - 15 = 0$ revient à résoudre l'équation $(3x - 5)(x + 3) = 0$.

$3x - 5 = 0$ ou $x + 3 = 0$

$3x = 5$ ou $x = -3$

$x = \frac{5}{3}$ ou $x = -3$

Les solutions de l'équation sont $\frac{5}{3}$ et -3.

Remarque

La première question permet de transformer l'équation en une équation produit nul.

Remarque

L'équation $3x^2 + 4x - 15 = 0$ est une équation que l'on ne peut pas résoudre directement.

CORRIGÉS

7 **1. Choix de l'inconnue**

Soit x le nombre de baguettes fabriquées.

2. Mise en équation

Le boulanger vend les $\frac{2}{3}$ de ses baguettes le matin, soit $\frac{2}{3}x$: il lui en reste

$x - \frac{2}{3}x = \frac{3}{3}x - \frac{2}{3}x = \frac{1}{3}x.$

L'après-midi, il en vend 90. Il lui en reste $\frac{1}{3}x - 90$.

Or, il lui reste 20 baguettes le soir. On en déduit l'équation :

$$\frac{1}{3}x - 90 = 20$$

3. Résolution de l'équation

$\frac{1}{3}x - 90 = 20$

$\frac{1}{3}x = 20 + 90$

$\frac{1}{3}x = 110$

$x = 110 \times 3$

$x = 330$

Méthode

Il s'agit d'une équation du premier degré, on se ramène à une équation du type $ax = b$.

4. Conclusion

Le boulanger avait fabriqué 330 baguettes pour la journée.

8 **1.** Si x est le nombre d'essais transformés, alors **$(6 - x)$ est le nombre d'essais non transformés.**

2. La France a marqué 49 points.

Par conséquent, $\underbrace{7\times x}_{\text{Nombre de points avec essais transformés}} + \underbrace{5(6-x)}_{\text{Nombre de points avec essais non transformés}} + \underbrace{3\times 3}_{\text{Nombre de points de pénalités}} = 49$

$$7x + 5(6 - x) + 3 \times 3 = 49$$
$$7x + 30 - 5x + 9 = 49$$
$$2x + 39 = 49$$
$$2x = 49 - 39$$
$$x = \frac{10}{2}$$
$$x = 5$$

La France a marqué 5 essais transformés et 1 essai non transformé.

Problèmes

9 • Choisir un nombre : soit x ce nombre.

• Ajouter 1, puis élever la somme au carré : $(x + 1)^2$.

• Ajouter 4 fois le nombre de départ : $(x + 1)^2 + 4x$.

• Écrire le résultat : $(x + 1)^2 + 4x$.

Le résultat en fonction de x est $(x + 1)^2 + 4x$.

Le résultat doit être le carré du nombre initial, soit x^2.

On obtient donc l'équation :

$$(x + 1)^2 + 4x = x^2$$
$$(x + 1)^2 + 4x = x^2$$
$$x^2 + 2x + 1 + 4x = x^2$$
$$x^2 - x^2 + 6x = -1$$
$$x = \frac{-1}{6}$$

Conseil
Développez pour résoudre l'équation.

Le nombre que l'on doit choisir pour obtenir son carré comme résultat est $\frac{-1}{6}$.

10 **1. a)** $\frac{105-6\times(-7)}{3} = \frac{105+42}{3} = \frac{147}{3} = \boxed{49}$ et $(-7)^2 = \boxed{49}$.

b) On en déduit que –7 est solution de l'équation.

2. a) $(3x - 15)(x + 7) = 3x^2 + 21x - 15x - 105 = \boxed{3x^2 + 6x - 105}$.

b) En mutipliant par 3, on obtient $105 - 6x = 3 \times x^2$ soit $3x^2 + 6x - 105 = 0$, ce qui revient, en utilisant le résultat précédent, à : $(3x - 15)(x + 7) = 0$.

3. Il s'agit d'une équation produit nul. Un produit de deux facteurs est nul si et seulement si l'un au moins des facteurs est nul :

$$3x - 15 = 0 \quad \text{ou} \quad x + 7 = 0$$
$$3x = 15 \quad \text{ou} \quad x = -7$$
$$\boxed{x = 5} \quad \text{ou} \quad \boxed{x = -7}$$

Cette équation a deux solutions : 5 et –7.

11 **1.** $\dfrac{2 \times 3^2 - 3}{5} = \dfrac{2 \times 9 - 3}{5} = \dfrac{15}{5} = 3$

Pour $x = 3$, l'égalité est vérifiée, on en déduit que 3 est solution de l'équation (E).

Rappel
Une solution d'une équation est un nombre qui vérifie l'égalité.

2. a) $(x - 3)(2x + 1) = x \times 2x + x \times 1 - 3 \times 2x - 3 \times 1$
$= 2x^2 + x - 6x - 3$
$= \boxed{2x^2 - 5x - 3}$ (forme développée)

b) Par produit en croix, l'équation $\dfrac{2x^2 - 3}{5} = x$ s'écrit $2x^2 - 3 = 5 \times x$, soit $2x^2 - 5x - 3 = 0$.

On retrouve le développement précédent. On en déduit que résoudre $\dfrac{2x^2 - 3}{5} = x$ revient à résoudre $(x - 3)(2x + 1) = 0$.

L'astuce du prof
Quand il y a des quotients, pensez aux produits en croix.

3. Il s'agit d'une équation produit nul :

$$x - 3 = 0 \quad \text{ou} \quad 2x + 1 = 0$$
$$x = 3 \quad \text{ou} \quad 2x = -1$$
$$\boxed{x = 3} \quad \text{ou} \quad \boxed{x = \frac{-1}{2}}$$

Les solutions de l'équation (E) sont 3 et $\dfrac{-1}{2}$.

CORRIGÉS

12 **1. a)** Soit n le nombre de litres de fioul commandé par Carole.

Le prix payé P correspondant s'écrit :

P = (prix d'un litre de fioul) × (quantité de fioul commandée) + transport

$P = 0{,}75 \times n + 100$

b) On cherche le volume n de fioul livré correspondant à une facture de 1 675 €. Il vérifie :

$0{,}75n + 100 = 1\,675$ C'est une équation du premier degré

$0{,}75n = 1\,675 - 100$

$0{,}75n = 1\,575$

$$n = \frac{1\,575}{0{,}75}$$

$n = 2\,100$.

Une facture de 1 675 € correspond à une livraison de 2 100 L de fioul.

2. a) Carole commande 3 000 litres de fioul.

Le montant P de sa facture s'écrit comme :

P = (prix d'un litre de fioul avec remise) × (quantité de fioul commandée) + transport

$P = (0{,}75 - x) \times 3\,000 + 100$

$P = 0{,}75 \times 3\,000 - x \times 3\,000 + 100$

$P = 2\,250 - 3\,000x + 100$

$P = 2\,350 - 3\,000x$

C'est l'expression annoncée.

Gagnez des points
x correspond à la remise en euros sur un litre de fioul. Un litre de fioul coûte alors $(0{,}75 - x)$ €.

b) La facture s'élève à 2 170 €.

$2\,350 - 3\,000x = 2\,170$

$-3\,000x = 2\,170 - 2\,350$

$-3\,000x = -180$

$$x = \frac{-180}{-3\,000}$$

$x = 0{,}06$

Carole a obtenu une remise de 0,06 € par litre de fioul.

Elle paie donc le litre de fioul :

$0{,}75 - 0{,}06 = 0{,}69$ €, soit 69 centimes le litre.

Piège à éviter
Une fois que vous avez résolu l'équation, le travail n'est pas fini. Calculer le prix d'un litre de fioul car c'est la question posée par l'énoncé.

13 **1.**

Valeur de x (en cm)	Aire du rectangle vert (en cm^2)	Aire du rectangle rouge (en cm^2)
3	6	28
5,5	11	18
2,5	5	30

a) $x = 3$

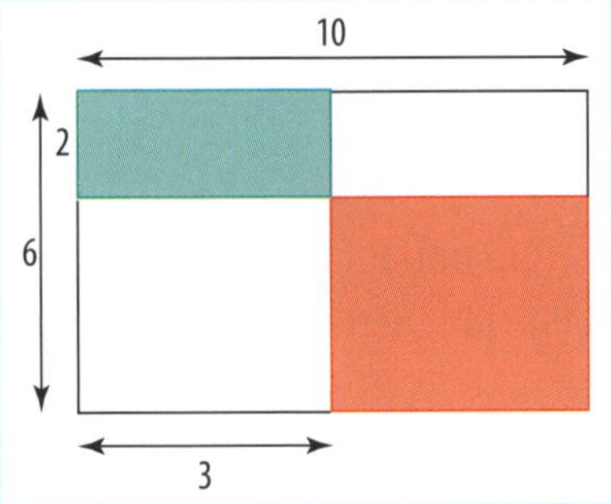

L'astuce du prof

Faites un croquis (qui n'a pas besoin d'être à l'échelle) sur lequel vous reportez les données connues.

L'aire du rectangle vert est : $2 \times 3 = 6$

L'aire du triangle rouge est : $= (6 - 2) \times (10 - 3) = 4 \times 7 = 28$

b) • L'aire du triangle rouge vaut 18.

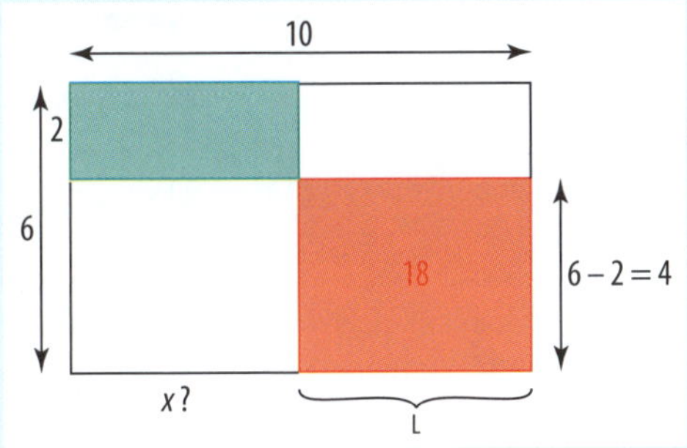

Déterminons les dimensions du rectangle rouge.

Sa largeur vaut $6 - 2 = 4$.

Sa longueur L est telle que : largeur × longueur = 18

$4 \times L = 18$

$L = \frac{18}{4} = 4,5.$

Méthode

Aire d'un rectangle = L × l

Vous connaissez l'aire et la largeur.

Par un quotient, vous déduisez L.

• Sachant que L = 4,5, on déduit : $x = 10 - L = 10 - 4{,}5 = 5{,}5$.

• Le rectangle vert a pour dimensions 2 et x, soit ici 2 et 5,5.
Son aire vaut alors : $2 \times 5{,}5 = 11$.

c) • L'aire du rectangle vert vaut 5. Déterminons ses dimensions.

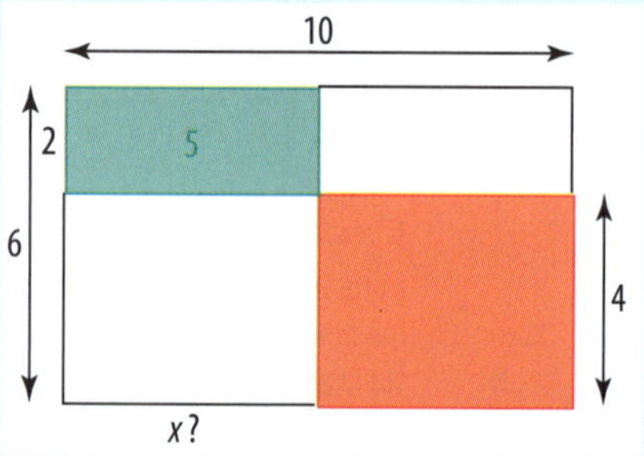

Sa largeur est 2. Sa longueur est x.
L'aire du rectangle vert s'écrit alors : largeur × longueur = 5

$2 \times x = 5$

$x = \frac{5}{2} = 2{,}5.$

On obtient donc $x = 2{,}5$.

• Le rectangle vert est de largeur 4 et de longueur $L = 10 - x = 10 - 2{,}5 = 7{,}5$.
Son aire vaut donc : $4 \times 7{,}5 = 30$.

2. a) • Le rectangle vert est de largeur 2 et de longueur x.
Son aire s'écrit $A_{vert} = 2 \times x = 2x$.

• Le rectangle rouge est de largeur 4 et de longueur $(10 - x)$.
Son aire s'écrit $A_{rouge} = 4 \times (10 - x) = 4 \times 40 - 4 \times x = 40 - 4x$.

b) Les aires des deux rectangles sont égales quand :

$2x = 40 - 4x$

$2x + 4x = 40$

$6x = 40$

$x = \frac{40}{6}$

$$x = \frac{20}{3}$$

Piège à éviter

$\frac{20}{3}$ est la solution de l'équation.

$\frac{20}{3} \approx 6{,}67$. Mais 6,67 n'est qu'une valeur approchée et n'est pas solution de l'équation.
On donne la valeur exacte de la solution d'une équation, pas de valeur approchée.

Vers le brevet

14 **1. a)**

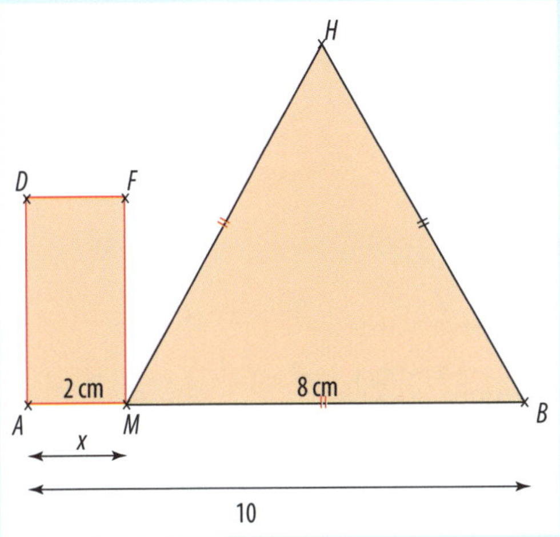

Remarque
N'oubliez pas que le rectangle et le triangle doivent se situer du même côté du segment [*AB*].

b) Lorsque $x = 2$, le périmètre du rectangle *AMFD* est :
$2 \times AM + 2 \times AD = 2 \times 2 + 2 \times 4 = \boxed{12 \text{ cm}}$.
Celui du triangle *MBH* est : $3 \times MB = 3 \times (10 - 2) = 3 \times 8 = \boxed{24 \text{ cm}}$.

2. On cherche x de façon que le rectangle et le triangle aient le même périmètre.

- Le périmètre du rectangle *AMFD* est :
$$2 \times AM + 2 \times AD = 2 \times x + 2 \times 2x = 6x$$
- Le périmètre du triangle *MBH* est :
$$3 \times MB = 3 \times (10 - x)$$

Remarque
$AB = 10$, donc $MB = 10 - x$.

Le nombre x cherché est donc solution de l'équation :
$$6x = 3 \times (10 - x)$$
$$6x = 30 - 3x$$
$$6x + 3x = 30$$
$$9x = 30$$
$$\boxed{x = \frac{30}{9}}$$

La valeur exacte de x pour que le rectangle et le triangle aient le même périmètre est $\frac{30}{9}$.

15 **1.** • D'après la figure, $AE = AB - EB = \boxed{6 - x}$.

• L'aire du triangle ADE est $\dfrac{AE \times AD}{2} = \dfrac{(6-x)\times 6}{2} = \boxed{3(6-x)}$.

2. L'aire du carré $ABCD$ est $6^2 = 36$ cm^2.

On cherche x tel que $\underbrace{3 \times 3(6-x)}_{\text{Triple de l'aire de ADE}} = \underbrace{36}_{\text{Aire du carré}}$

$$9(6-x) = 36$$
$$54 - 9x = 36$$
$$-9x = 36 - 54$$
$$x = \frac{-18}{-9} = \boxed{2}$$

Pour que l'aire du carré $ABCD$ soit le triple de l'aire de ADE, il faut que $x = 2$.

Exercice d'approfondissement

16 Soit $n - 1$, n et $n + 1$ trois entiers consécutifs.

On cherche n tel que :

$$(n-1)^2 + n^2 + (n+1)^2 = 302$$
$$(n-1)(n-1) + n^2 + (n+1)(n+1) = 302$$
$$(n^2 - n - n + 1) + n^2 + (n^2 + n + n + 1) = 302$$
$$(n^2 - 2n + 1) + n^2 + (n^2 + 2n + 1) = 302$$
$$n^2 - 2n + 1 + n^2 + n^2 + 2n + 1 = 302$$
$$3n^2 + 2 = 302$$
$$3n^2 = 300$$
$$n^2 = 100$$
$$n = \sqrt{100} \text{ car } n \text{ est un entier positif}$$
$$\boxed{n = 10}$$

Les entiers positifs cherchés sont 9, 10 et 11.

L'astuce du prof
Notez les nombres $n - 1$, n et $n + 1$ plutôt que n, $n + 1$ et $n + 2$.

Méthode
En développant, l'équation devient une équation dans laquelle on isole le carré.

CHAPITRE 5

Notions de fonctions

DE QUOI S'AGIT-IL ?

Les fonctions interviennent dans les domaines dans lesquels on doit établir une correspondance entre deux quantités. Il existe différentes façons de créer ce lien : elles sont étudiées dans ce chapitre.

1 Généralités

1 Qu'est-ce qu'une fonction ?

Une fonction est un processus (une machine) qui, à un nombre, associe un unique autre nombre.

Exemple

Le processus « élever un nombre au carré » définit une fonction. On peut schématiser la situation ainsi :

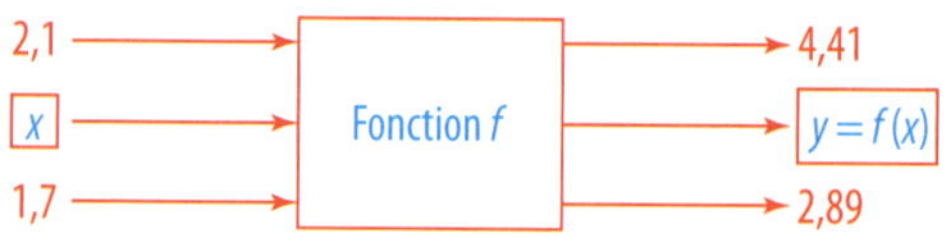

> **Remarque**
> Quand on rentre un nombre x dans cette fonction, il ressort *toujours* le même nombre y que l'on note $f(x)$.

- Au nombre 3, cette fonction associe le nombre $3^2 = 9$.
- Au nombre –4, cette fonction associe le nombre $(-4)^2 = 16$.
- Au nombre x, cette fonction associe le nombre x^2. Ainsi, $f(x) = x^2$.
- À chaque nombre, cette fonction associe un unique autre nombre.

2 Notations et vocabulaire

- Pour une fonction f donnée, on note : $x \mapsto f(x)$ (lire : « Au nombre x, on associe f de x »).
- Le nombre $f(x)$ est **l'image** de x par la fonction f.
- Le nombre x est **un antécédent** de $f(x)$ par la fonction f.

Exemple

On considère la fonction f telle que $f(5) = 9$. On peut écrire :

$$f : \underbrace{5}_{\text{Antécédent}} \mapsto \underbrace{9}_{\text{Image}}$$

- L'image de 5 est 9. On peut dire aussi que 9 est l'image de 5.
- 5 est un antécédent de 9. On peut dire aussi qu'un antécédent de 9 est 5.

> **Bien comprendre**
> Un nombre ne possède qu'une seule image par une fonction f.
> En revanche, un nombre peut avoir un, plusieurs ou aucun antécédent par une fonction f.

2 Les différentes façons de définir une fonction

1 Avec une formule

Soit f la fonction définie par $f(x) = 2x - 6$. Le procédé permettant d'obtenir l'image d'un nombre x est donné par la formule $2x - 6$. Pour chaque valeur de x, on peut calculer son image $f(x)$ à l'aide de cette formule.

Vidéo
Calculer une image et un antécédent par une fonction

2 Avec une courbe

Soit f la fonction définie par la courbe ci-dessous. Le procédé permettant d'obtenir l'image d'un nombre x est donné par la courbe. On peut lire l'image d'un nombre a et les antécédents d'un nombre b graphiquement.

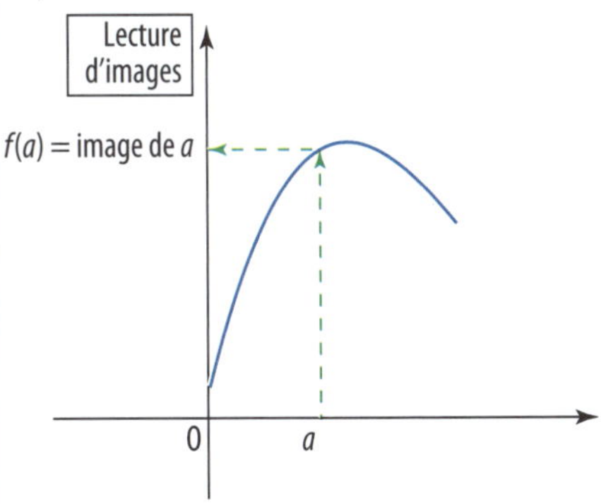

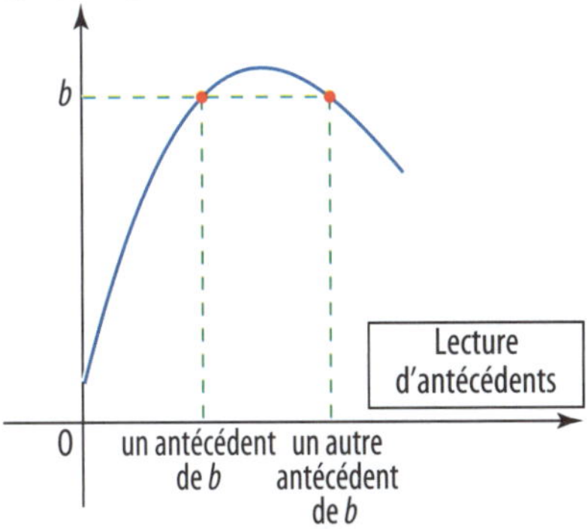

- Sur l'axe des ordonnées, on lit les images.
- Sur l'axe des abscisses, on lit les antécédents.

Vidéo
Lire graphiquement l'image d'un nombre

3 Avec un tableau

Enfin, on peut définir une fonction à l'aide d'un tableau :

x	−1	0	0,5	0,75	1,25	1,5
$f(x)$	3	−2	5	1	2	3

f

Vidéo
Compléter un tableau de valeurs

Le procédé est le suivant : à chaque nombre de la première ligne, on associe un nombre de la deuxième ligne.

Bien comprendre

Pour définir une fonction f, il faut connaître le procédé (formule, courbe ou tableau) qui, à chaque valeur de x, associe un nombre $f(x)$ unique.

COURS

QCM

1 Des choix à faire

Corrigé p. 122

Cochez la (ou les) réponse(s) correcte(s).

On considère la fonction f définie par $f(x) = x^2 + 2$.

1. L'image de 3 est :

a) ☐ 9 **b)** ☐ 11 **c)** ☐ –7

2. $f(-1)$ est égale à :

a) ☐ 1 **b)** ☐ 4 **c)** ☐ 3

3. $f\left(\frac{-2}{3}\right)$ est égale à :

a) ☐ $\frac{22}{9}$ **b)** ☐ $\frac{14}{9}$ **c)** ☐ $-\frac{14}{9}$

4. Un antécédent de 6 est :

a) ☐ 38 **b)** ☐ 4 **c)** ☐–2

5. Le nombre d'antécédents de 0 est :

a) ☐ 0 **b)** ☐ 1 **c)** ☐ 2

2 Vrai ou Faux ?

Corrigé p. 123

Cochez la bonne réponse.

f est la fonction définie par la courbe $\mathcal{C}_f$ ci-dessous.

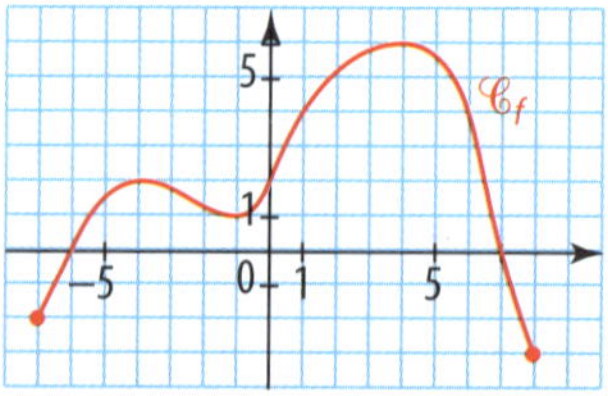

1. L'image de 1 est 4. ☐ V ☐ F

2. $f(0) = -6$. ☐ V ☐ F

3. $5 \leqslant f(5) \leqslant 6$. ☐ V ☐ F

4. 1 est un antécédent de 1. ☐ V ☐ F

5. 0 a deux antécédents. ☐ V ☐ F

6. 6 n'a pas d'antécédent. ☐ V ☐ F

Exercices d'entraînement

3 Calcul mental

10 min Corrigé p. 123

Cet exercice est fait pour être traité sans la calculatrice.

Soit f la fonction définie par $f(x) = 2x^2 - 1$.

1. Quelle est l'image par f de : 0 ? –1 ?

2. Combien vaut $f(-2)$? $f(3)$?

3. Quels sont les antécédents éventuels par f de : –1 ? 7 ? –3 ?

4 Fonction ou non ?

5 min Corrigé p. 124

Les correspondances suivantes entre les valeurs x et y permettent-elles de définir une fonction ?

1. À un nombre x, on associe son carré y.

2. À un entier x, on associe un de ses diviseurs.

3. À un entier x, on associe son opposé y.

4. Au côté x d'un carré, on associe son périmètre y.

5. À la largeur x d'un rectangle, on associe son aire y.

5 Fonction définie par une formule

15 min Corrigé p. 125

1. Pour chacune des fonctions f, g et h, calculez l'image de 3, de –1, puis de $\frac{-2}{3}$.

a) $f(x) = 6x - 5$ **b)** $g(x) = x^2 + 2x - 1$ **c)** $h(x) = \frac{1 - 3x}{5}$

2. Pour chacune des fonctions f, g et h, calculez l'antécédent de –2 :

a) $f(x) = 4 - 3x$ **b)** $g(x) = \frac{3}{2}x - 1$ **c)** $h(x) = \frac{4 - 5x}{3}$

Méthode

• Pour calculer une image : dans l'expression de $f(x)$, on remplace x par la valeur dont on souhaite calculer l'image.

• Pour déterminer les antécédents : on cherche le(s) éventuel(s) x tel(s) que $f(x)$ soit égale au nombre proposé. Autrement dit, on résout l'équation $f(x) =$ le nombre proposé. Cette équation admet (ou non) une (ou des) solution(s) qui sera (seront) le (ou les) antécédent(s) cherché(s).

6 On traduit

10 min ➔ Corrigé p. 12

Voici deux renseignements concernant une fonction f :

$$f(0) = 3 \quad \text{et} \quad f(3) = 5$$

Complétez les phrases suivantes :

.... de 0 par f est 3.

Un antécédent de 3 est .... par la fonction f.

3 est .... de 5 par la fonction f.

5 est l'image de .... par la fonction f.

Le point A(... ; ...) est sur la courbe de la fonction f.

Le point B(... ; ...) est sur la courbe de la fonction f.

7 Dix questions sur un graphique

10 min ➔ Corrigé p. 12

Ci-dessous est représentée graphiquement une fonction g pour x compris entre 0 et 23.

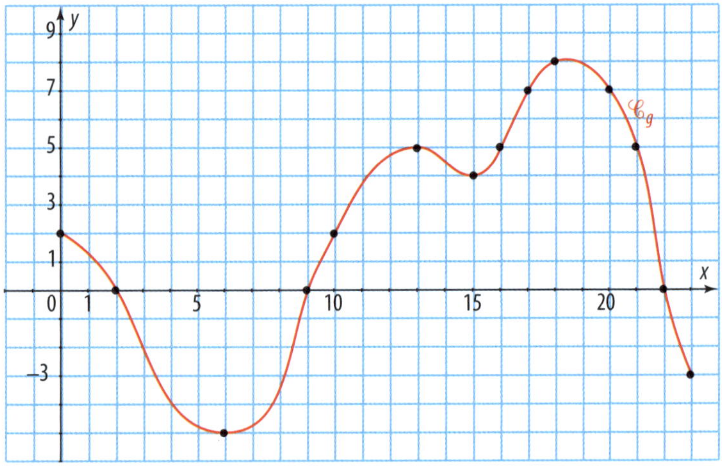

Par lecture graphique, déterminez :

1. l'image de 10 par g puis l'image de 2 par g.

2. $g(20)$, $g(15)$, $g(0)$, $g(22)$.

3. les antécédents de 5.

4. les antécédents de 0.

5. les antécédents de 7.

6. les antécédents de 9.
7. un nombre qui a 4 antécédents.
8. deux nombres qui ont un unique antécédent.
9. le signe de $g(1,9)$.
10. le signe de $g(22,5)$.

Méthode

• **Pour lire une image :** on se place sur l'axe des abscisses à la valeur de x demandée. Avec des pointillés verticaux, on « rejoint » le point de la courbe qui a cette même abscisse. Puis avec des pointillés horizontaux, on intercepte l'axe des ordonnées pour lire l'ordonnée correspondante qui est l'image.

• **Pour lire les antécédents :** on se place sur l'axe vertical à la valeur de y demandée. Avec des pointillés horizontaux, on « rejoint » le(s) point(s) de la courbe qui a (ont) cette même ordonnée, s'il y en a. Puis avec des pointillés verticaux, on intercepte l'axe des abscisses pour lire le(s) x correspondant(s).

8 Avec un tableau

10 min Corrigé p. 128

Soit f une fonction. On considère le tableau de valeurs suivant :

x	0	1	2	3	4	5
$f(x)$	–3	–2	1	5	2	–3

1. Quelle est l'image de 1 par la fonction f ? Quelle est celle de 5 ?
2. Donnez deux antécédents de –3.
3. Peut-on affirmer que $f(3,5)$ est comprise entre 2 et 5 ?

Problèmes

9 Un exercice complet

★ 15 min Corrigé p. 129

Soit f la fonction définie par $f(x) = \dfrac{1}{1+x^2}$ pour x compris entre –3 et 3.

1. Déterminez l'image de $\dfrac{1}{3}$ par la fonction f (donnez le résultat sous forme de fraction irréductible).
2. Montrez qu'un antécédent de 0,8 est $\dfrac{1}{2}$.

3. Quelle est l'ordonnée du point A d'abscisse 3 qui se trouve sur la courbe représentant f ?

4. On donne la représentation graphique de la fonction f :

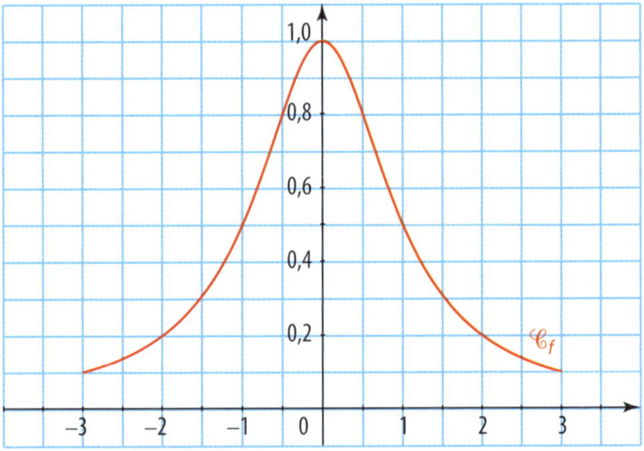

Répondez aux questions suivantes en utilisant le graphique.

a) Lisez l'image de –2 (laissez les traces graphiques nécessaires pour la lecture).

b) Déterminez les antécédents de 0,3 (laissez les traces graphiques nécessaires pour la lecture).

c) Expliquez pourquoi 0 n'a pas d'antécédent par f.

10 Demandez le programme !

★ 15 min ➔ Corrigé p. 130

On considère le programme de calcul suivant.

- Choisir un entier positif n.
- Lui ajouter 6.
- Multiplier la somme obtenue par le nombre choisi au départ.
- Ajouter 9 au résultat.
- Écrire le résultat $f(n)$.

1. Justifiez que l'on définit bien une fonction avec ce programme.

2. Complétez le tableau de valeurs suivant :

n	0	1	2	3	4	5	6
$f(n)$							

3. En observant le tableau précédent, conjecturez une expression de $f(n)$ en fonction de n.

4. Démontrez cette conjecture.

Méthode

1. On se reporte à la définition d'une fonction.

2. On remplace n par les différentes valeurs dans le programme.

3. À partir de l'observation des valeurs de $f(n)$ dans le tableau, on cherche la relation qui lie n et $f(n)$. On vérifie cette relation pour des valeurs de n.

4. On démontre la conjecture par un calcul littéral (avec des lettres).

11 Encore une fonction décrite par une formule

★★ 20 min

Corrigé p. 131

On considère la fonction f définie par la formule :

$$f(t) = (t + 1)^2 + 3$$

1. Calculez $f(-2)$, puis $f\left(\dfrac{2}{3}\right)$.

2. Expliquez pourquoi 0 ne peut pas avoir d'antécédent par f.

3. Justifiez que 2 est un antécédent de 12 par f.

4. a) Écrivez $f(t)$ sous forme développée.

b) Montrez que résoudre l'équation $f(t) = 12$ revient à résoudre l'équation $(t - 2)(t + 4) = 0$.

c) Résolvez cette équation.

d) 12 a-t-il un autre antécédent par f ?

12 Randonnée à la montagne

★ 15 min Corrigé p. 132

La directrice d'une association sportive décide de proposer à ses adhérents une randonnée pédestre, longue de 12 km, sur des sentiers de montagne.

La courbe ci-dessous représente la fonction f donnant l'altitude du parcours en fonction du nombre de kilomètres effectués depuis le départ.

• x est la distance parcourue, en kilomètres, depuis le point de départ de la randonnée.

• $f(x)$ est l'altitude en mètres, à laquelle se situe le chemin de randonnée au bout de x km parcourus.

Avec la précision permise par le graphique, répondez aux questions suivantes :

1. Donnez $f(12)$. Que représente cette valeur ?

2. À quelle altitude se situent les randonneurs après avoir parcouru 10 kilomètres ?

3. Dans la partie descendante de cette randonnée, l'organisatrice a prévu de faire une pause avec les participants, dans un refuge situé à 600 mètres d'altitude. Quelle distance auront-ils alors parcourue depuis le départ ?

4. Quelle est l'altitude maximale atteinte par les randonneurs ? Au bout de quelle distance parcourue depuis le départ cette altitude est-elle atteinte ?

5. À la fin du chemin de randonnée, les randonneurs seront-ils revenus à leur point de départ ? Justifiez la réponse.

13 Aire et volume

★ 20 min Corrigé p. 132

ABCD est un rectangle tel que AB = 27 cm et BC = 12 cm.

On colorie aux quatre coins du rectangle quatre carrés identiques en gris.

1. Dans cette question, les quatre carrés gris ont tous 3 cm de côté. Dans ce cas :

a) Quelle est l'aire d'un carré gris ?

b) Quelle est l'aire de la croix blanche ?

2. Dans cette question, on note x la longueur du côté d'un carré gris.

a) Quelle est, en fonction de x, la somme des aires des quatre carrés gris ?

b) Justifiez que l'aire de la croix blanche en fonction de x est donnée par : $(18 - 2x)(18 + 2x)$.

c) On découpe les 4 carrés de façon à obtenir une boîte sans couvercle.
Exprimez en fonction de x le volume $V(x)$ de cette boîte.

Vers le brevet

14 Fonctions et tableur

20 min Corrigé p. 134

Soient trois fonctions f, g et h telles que $g(x) = -4x$ et $h(x) = -2x^2 - 2x + 4$.

À l'aide d'un tableur, Fanny a construit un tableau de valeurs de ces fonctions. Puis elle a étiré vers la droite les formules qu'elle avait saisies dans les cellules.

B2 | fx | =(1/2)*B1+3

	A	B	C	D	E	F	G	H	I	J
1	x	−6	−5	−4	−3	−2	−1	0	1	2
2	$f(x) =$	0	0,5	1	1,5	2	2,5	3	3,5	4
3	$g(x) = -4x$	24	20	16	12	8	4	0	−4	−8
4	$h(x) = -2x^2 - 2x + 4$	−56		−20	−8	0	4	4	0	−8

1. Utilisez le tableur pour déterminer $f(-1)$.

2. a) Quelle est l'image de 0 par la fonction f ?

b) Quel est l'antécédent de 2 par la fonction f ?

3. Donnez l'expression de $f(x)$.

4. Calculez la valeur manquante dans la case verte.

5. Faites une phrase avec le mot « antécédent », puis une autre avec le mot « image » traduisant l'égalité $g(-2) = 8$.

6. Quelle formule Fanny a-t-elle saisie dans la cellule B4 ?

7. Déduisez du tableau les solutions de l'équation $g(x) = h(x)$.

15 De fonction à bénéfice

20 min Corrigé p. 134

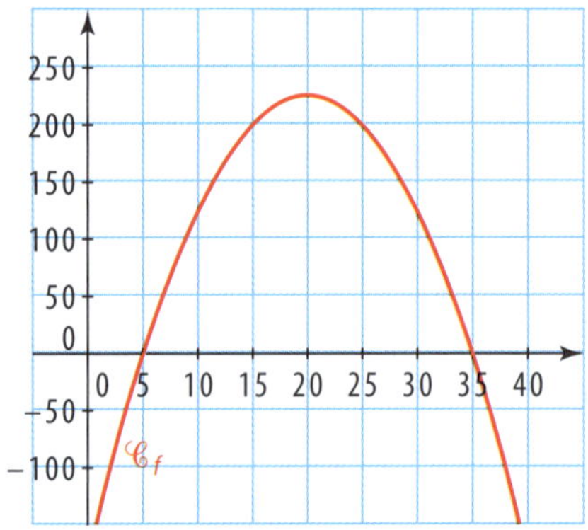

Pour cet exercice, on utilise uniquement la courbe donnée ci-dessus représentant une fonction f.

1. Donnez une valeur approchée de $f(10)$.

2. Donnez le (ou les) antécédent(s) de 200 par la fonction f.

3. Placez sur la courbe de la fonction un point S qui semble avoir la plus grande ordonnée. Vous en lirez par valeurs approchées ses coordonnées.

4. Cette courbe représente le bénéfice quotidien en euros d'une petite entreprise de maroquinerie en fonction du nombre de sacs à main en cuir vendus.

a) Quel est le bénéfice correspondant à la vente de 15 sacs ? de 35 sacs ?

b) Pour quelle quantité de sacs vendus le bénéfice est-il maximum ?

c) Combien de sacs la société doit-elle vendre pour être rentable ?

Exercices d'approfondissement

16 Des valeurs interdites

★★ 15 min Corrigé p. 135

On considère la fonction f définie par :

$$f(x) = \frac{4x - 1}{(6 - 2x)(3x + 12)}$$

On sait qu'un dénominateur ne peut pas s'annuler.

Déterminez les valeurs de x dont on peut calculer les images par cette fonction f.

17 Sans calculatrice, évidemment…

★★ 15 min ➔ Corrigé p. 136

Voici les graphiques des fonctions f et g définies par :

$$f(x) = \frac{-11x^2 + 22x + 33}{21} \quad \text{et} \quad g(x) = \frac{-23x + 92}{52}$$

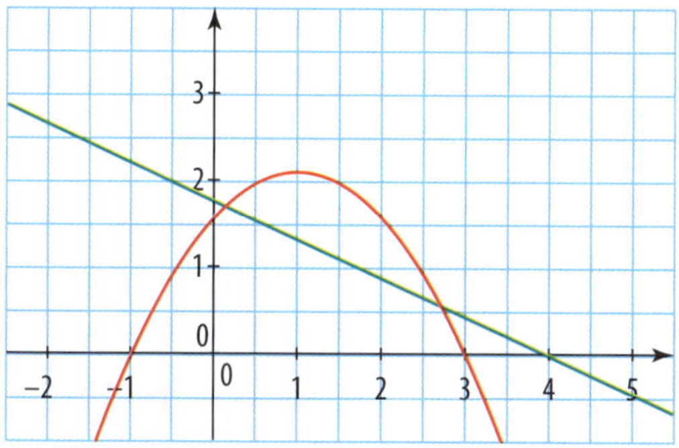

En utilisant ce graphique :

1. Comparez $\frac{23}{13}$ et $\frac{33}{21}$.

2. Résolvez l'équation $f(x) \times g(x) = 0$.

QCM

1 **1.** Pour calculer l'image de 3 par la fonction f, on calcule $f(3)$.

$f(3) = 3^2 + 2 = 9 + 2 = 11.$

L'image de 3 par la fonction f est 11.

Réponse **b)** : 11.

Méthode
Pour calculer l'image de 3, remplacez x par 3 dans $f(x)$.

2. $f(-1) = (-1)^2 + 2 = 1 + 2 = 3.$

Réponse **c)** : 3.

Piège à éviter
Il ne faut pas oublier les parenthèses autour de –1.

3. $f\left(\frac{-2}{3}\right) = \left(\frac{-2}{3}\right)^2 + 2 = \frac{(-2)^2}{3^2} + 2 = \frac{4}{9} + \frac{18}{9} = \frac{22}{9}$

Réponse **a)** : $\frac{22}{9}$.

4. On calcule les images des nombres proposés :

- $f(38) = 38^2 + 2 = 1\,444 + 2 = 1\,446 \neq 6.$
- $f(4) = 4^2 + 2 = 18 \neq 6.$
- $f(-2) = (-2)^2 + 2 = 4 + 2 = 6.$

Réponse **c)** : –2.

Rappel
Les antécédents de 6 sont les nombres qui ont pour image 6 par f.

5. Pour déterminer les antécédents de 0, on résout l'équation $f(x) = 0$.

$$x^2 + 2 = 0$$

$$x^2 = -2$$

Cette équation n'a pas de solution. Donc 0 n'a pas d'antécédent par f.

Réponse **a)** : 0.

Méthode
Isolez x^2 dans le membre de gauche.

Rappel
Le carré d'un nombre n'est jamais négatif.

2

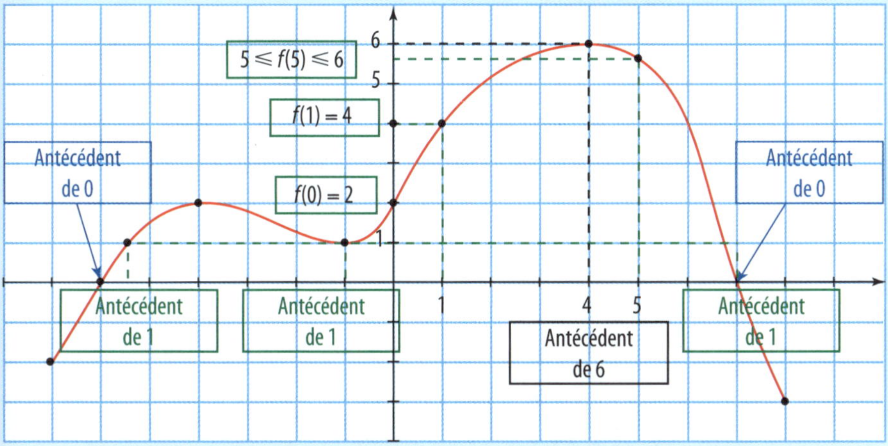

1. Vrai → On lit l'image de 1 sur l'axe des ordonnées. Soit $f(1) = 4$.

2. Faux → L'image de 0 par f est 2.

3. Vrai → Sur le graphique, on peut lire une valeur approchée de $f(5)$.

Par lecture graphique, $f(5) \approx 5{,}6$. On en déduit que $5 \leqslant f(5) \leqslant 6$.

> **Piège à éviter**
> Ne confondez pas image et antécédent : –6 est un antécédent de 0.

4. Faux → On lit les antécédents sur l'axe des abscisses.

1 a trois antécédents : $\approx -5{,}5$; -1 et $\approx 6{,}7$.

5. Vrai → La courbe coupe deux fois l'axe des abscisses : en -6 et en 7. On en déduit que 0 a deux antécédents : -6 et 7.

6. Faux → 6 a un antécédent : 4.

Exercices d'entraînement

3 **1.** • L'image par f de 0 est : $f(0) = 2 \times 0^2 - 1 = 2 \times 0 - 1 = 0 - 1 = \boxed{-1}$.

• L'image par f de –1 est :

$f(-1) = 2 \times (-1)^2 - 1 = 2 \times 1 - 1 = 2 - 1 = \boxed{1}$.

2. $f(-2) = 2 \times (-2)^2 - 1 = 2 \times 4 - 1 = 8 - 1 = \boxed{7}$

$f(3) = 2 \times 3^2 - 1 = 2 \times 9 - 1 = 18 - 1 = \boxed{17}$

> **Méthode**
> Respectez les priorités opératoires en calculant d'abord le carré, puis la multiplication par 2 et enfin la soustraction.

3. • Un antécédent x de –1 par f vérifie l'équation $f(x) = -1$.

$$2x^2 - 1 = -1$$
$$2x^2 = -1 + 1$$
$$2x^2 = 0$$
$$x^2 = \frac{0}{2}$$
$$x^2 = 0$$
$$x = 0$$

L'antécédent de –1 par *f* est 0.

L'astuce du prof

Une fois la valeur de l'antécédent x trouvée, vous pouvez la remplacer dans $f(x)$ pour vérifier que votre solution est juste.

$$2 \times 0^2 - 1 = -1.$$

• Un antécédent x de 7 par f vérifie l'équation $f(x) = 7$.

$$2x^2 - 1 = 7$$
$$2x^2 = 7 + 1$$
$$2x^2 = 8$$
$$x^2 = \frac{8}{2}$$
$$x^2 = 4$$
$$x = 2 \text{ ou } x = -2$$

Les antécédents de 7 par *f* sont 2 et –2.

Rappel

Un nombre (2) et son opposé (–2) ont le même carré.

• Un antécédent x de –3 par f vérifie l'équation $f(x) = -3$.

$$2x^2 - 1 = -3$$
$$2x^2 = -3 + 1$$
$$2x^2 = -2$$
$$x^2 = -\frac{2}{2}$$
$$x^2 = -1$$

Cette équation n'a pas de solution.

Le nombre –3 n'a pas d'antécédent par *f*.

Attention !

Il n'existe aucun nombre dont le carré est négatif.

4 **1.** $x \mapsto y = \text{carré de } x = x^2$.

À un nombre x, on associe un nombre unique $y = x^2$, car le carré d'un nombre est unique. **On définit bien une fonction.**

Rappel

Une fonction est un processus (une machine) qui à un nombre associe un autre nombre unique.

2. $x \mapsto y$ **= un diviseur de** x **ne définit pas une fonction**, car un diviseur de x peut ne pas être unique. Par exemple, au nombre 6, on peut associer 1, 2, 3 ou 6, ce qui est impossible pour une fonction.

3. $x \mapsto y$ = opposé de $x = -x$. À chaque nombre x, on associe un nombre $y = -x$ unique, car l'opposé d'un nombre est unique. **On définit bien une fonction**.

4. $x \mapsto y$ = périmètre du carré de côté $x = 4x$. À chaque nombre x, on associe un nombre unique, $y = 4x$. **On définit bien une fonction**.

5. $x \mapsto y$ **= aire d'un rectangle de largeur** x **ne définit pas une fonction**, car un rectangle de largeur x peut avoir plusieurs aires différentes et ne pas être unique. En effet, l'aire dépend également de la longueur du rectangle.

5 **1. a)** • $f(3) = 6 \times 3 - 5 = 18 - 5 = \boxed{13}$

L'image de 3 est 13 par f.

• $f(-1) = 6 \times (-1) - 5 = -6 - 5 = \boxed{-11}$

L'image de –1 est –11 par f.

• $f\left(\frac{-2}{3}\right) = 6 \times \left(\frac{-2}{3}\right) - 5$

$= \frac{\cancel{3} \times 2 \times (-2)}{\cancel{3}} - 5$

$= -4 - 5$

$= \boxed{-9}$

L'image de $\frac{-2}{3}$ est –9 par f.

L'astuce du prof

Avant de multiplier des fractions, simplifiez-les si possible.

b) • $g(3) = 3^2 + 2 \times 3 - 1 = 9 + 6 - 1 = \boxed{14}$

L'image de 3 est 14 par g.

• $g(-1) = (-1)^2 + 2 \times (-1) - 1 = \cancel{1} - 2 - \cancel{1} = \boxed{-2}$

L'image de –1 est –2.

Piège à éviter

Il ne faut pas oublier les parenthèses autour de –1, car c'est (–1) qui est au carré.

• $g\left(\frac{-2}{3}\right) = \left(\frac{-2}{3}\right)^2 + 2 \times \left(\frac{-2}{3}\right) - 1$

$= \frac{4}{9} - \frac{4}{3} - 1$

$= \frac{4}{9} - \frac{12}{9} - \frac{9}{9} = \boxed{\frac{-17}{9}}$

Pensez-y !

$\left(\frac{a}{b}\right)^2 = \frac{a^2}{b^2}$.

L'image de $\frac{-2}{3}$ est $\frac{-17}{9}$ par g.

c) • $h(3) = \frac{1-3\times 3}{5} = \frac{1-9}{5} = \boxed{\frac{-8}{5}}$

L'image de 3 est $\frac{-8}{5}$ par h.

• $h(-1) = \frac{1-3\times(-1)}{5} = \frac{1+3}{5} = \boxed{\frac{4}{5}}$

L'image de −1 est $\frac{4}{5}$ par h.

• $h\left(\frac{-2}{3}\right) = \frac{1-\cancel{3}\times\frac{-2}{\cancel{3}}}{5} = \frac{1+2}{5} = \boxed{\frac{3}{5}}$

L'image de $\frac{-2}{3}$ est $\frac{3}{5}$ par g.

Remarque

$-3\times\frac{-2}{3} = \frac{\cancel{3}\times 2}{\cancel{3}} = 2$

2. a) Les antécédents de −2 par f sont les solutions de l'équation : $f(x) = -2$.

$$4-3x=-2$$
$$-3x=-2-4=-6$$
$$x=\frac{-6}{-3}=\boxed{2}$$

−2 a pour antécédent 2 par f.

Méthode

Il s'agit à chaque fois de résoudre une équation du premier degré.

b) Les antécédents de −2 par g sont les solutions de l'équation : $g(x) = -2$.

$$\frac{3}{2}x-1=-2$$
$$\frac{3}{2}x=-2+1=-1$$
$$x=-1\times\frac{2}{3}=\boxed{-\frac{2}{3}}$$

−2 a pour antécédent $\frac{-2}{3}$ par g.

Méthode

Diviser par $\frac{3}{2}$ revient à multiplier par l'inverse, soit $\frac{2}{3}$.

c) Les antécédents de –2 par h sont les solutions de l'équation : $h(x) = -2$.

$$\frac{4-5x}{3} = -2$$

$$4 - 5x = 3 \times (-2)$$

$$-5x = -6 - 4$$

$$x = \frac{-10}{-5} = \boxed{2}$$

–2 a pour antécédent 2 par h.

Méthode
Utilisez un produit en croix pour résoudre cette équation.

6 **L'image** de 0 par f est 3.

Un antécédent de 3 est **0** par la fonction f.

3 est **un antécédent** de 5 par la fonction f.

5 est l'image de **3** par la fonction f.

Le point A(**0 ; 3**) est sur la courbe de la fonction f.

Le point B(**3 ; 5**) est sur la courbe de la fonction f.

Méthode
Quand $f(a) = b$, b est l'image de a et a est un antécédent de b.

Méthode
Quand $f(a) = b$, le point M de coordonnées (a ; b) est sur la courbe de f.

7

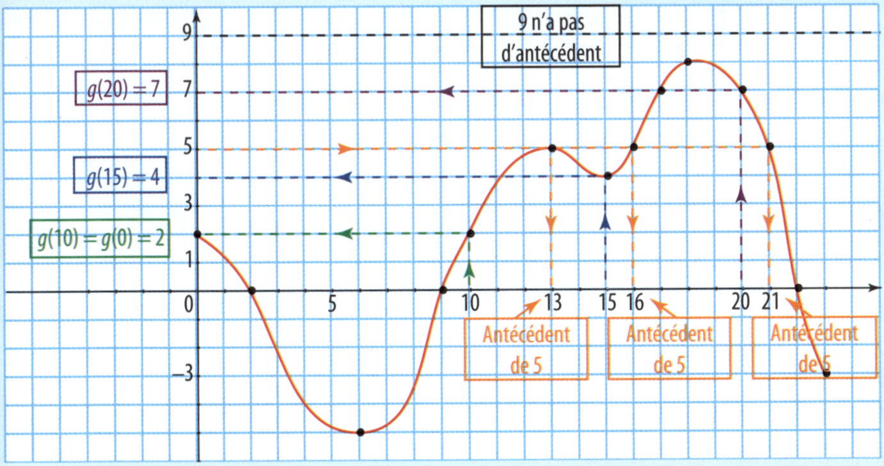

1. • L'image de 10 est 2 par g.

• L'image de 2 est 0 par g.

2. $g(20) = \boxed{7}$; $g(15) = \boxed{4}$; $g(0) = \boxed{2}$; $g(22) = \boxed{0}$.

Rappel
Lire l'image de 20 ou lire $g(20)$ est la même chose.

3. On lit les antécédents de 5 sur l'axe des abscisses. Ce sont les nombres qui ont pour image 5 par g. **5 a trois antécédents par g : 13, 16 et 21.**

Rappel
Les antécédents de 5 sont les abscisses des points de la courbe d'ordonnée 5.

4. On lit les antécédents de 0 sur l'axe des abscisses. Ce sont les abscisses des points d'intersection de la courbe avec l'axe des abscisses. **0 a trois antécédents : 2, 9 et 22.**

5. Les antécédents de 7 sont les abscisses des points de la courbe d'ordonnée 7. **7 a deux antécédents : 17 et 20.**

6. Les antécédents de 9 sont les abscisses des points de la courbe d'ordonnée 9. Il n'y en a pas ! **9 n'a pas d'antécédent par g.**

7. On cherche 4 points sur la courbe qui ont la même ordonnée et des abscisses différentes. On remarque qu'une droite horizontale telle que $y = 4{,}5$ par exemple coupe la courbe 4 fois. On en déduit que **4,5 a 4 antécédents par g.**

Remarque
Tous les nombres compris strictement entre 4 et 5 ont quatre antécédents par g.

8. Il n'y a que deux nombres qui n'ont qu'un seul antécédent par g : **–5 et 8.**

9. La courbe coupe l'axe des abscisses en 2. Avant 2, la courbe est au-dessus de l'axe des abscisses, donc les images sont positives. On en déduit $\mathbf{g(1{,}9) > 0}$ ($g(1{,}9)$ est un nombre strictement positif).

L'astuce du prof
Quand la courbe se situe au-dessus de l'axe des abscisses, on dit que la fonction est positive.

10. La courbe coupe l'axe des abscisses en 22. Au-delà, la courbe passe en dessous de l'axe des abscisses. Les images sont donc négatives. On en déduit que $\mathbf{g(22{,}5) < 0}$. ($g(22{,}5)$ est un nombre strictement négatif.)

8 **1.** • **L'image de 1** (lecture sur la première ligne) **est –2** (lecture sur la deuxième ligne).

• **L'image de 5 est –3.**

Rappel
Dans un tableau, les images se lisent sur la deuxième ligne, les antécédents sur la première.

2. D'après le tableau, –3 (lecture sur la deuxième ligne) a au moins deux antécédents : **0 et 5** (lecture sur la première ligne).

3. D'après le tableau, $f(3) = 5$ et $f(4) = 2$. Effectivement, 3,5 est compris entre 3 et 4, mais on ne peut rien dire de son image $f(3{,}5)$. Le tableau ne fournit pas assez d'informations.

Remarque
Un tableau ne donne que des renseignements partiels sur la fonction. Par exemple, on ne sait pas si –3 a d'autres antécédents.

CORRIGÉS

Problèmes

9 **1.** L'image de $\frac{1}{3}$ est donnée par $f\left(\frac{1}{3}\right)$.

$$f\left(\frac{1}{3}\right)=\frac{1}{1+\left(\frac{1}{3}\right)^2}=\frac{1}{1+\frac{1}{9}}=\frac{1}{\frac{10}{9}}=\boxed{\frac{9}{10}}$$

2. Montrer qu'un antécédent de 0,8 est $\frac{1}{2}$ revient à montrer que $f\left(\frac{1}{2}\right)=0{,}8$.

$$f\left(\frac{1}{2}\right)=\frac{1}{1+\left(\frac{1}{2}\right)^2}=\frac{1}{1+\frac{1}{4}}=\frac{1}{\frac{5}{4}}=\frac{4}{5}=0{,}8$$

Un antécédent de 0,8 est bien $\frac{1}{2}$.

3. L'ordonnée du point A d'abscisse 3 est donnée par $f(3)$.

$$f(3)=\frac{1}{1+3^2}=\frac{1}{10}=0{,}1$$

L'ordonnée du point A est 0,1.

4.

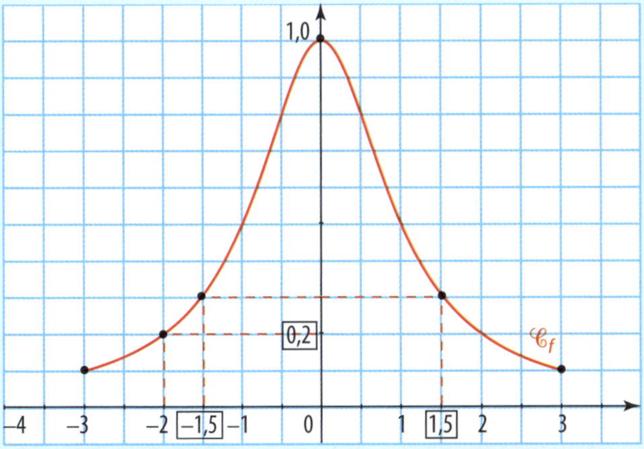

a) **L'image de –2 est 0,2.**

b) **Les antécédents de 0,3 sont –1,5 et 1,5.**

c) **0 n'a pas d'antécédent**, car la courbe ne coupe pas l'axe des abscisses.

Remarque

Il est important de laisser des traces sur le graphique. Ce sont elles qui prouvent que vous avez lu au bon endroit.

10 **1.** Pour chaque entier n, on associe un nombre unique. On en déduit que ce programme de calcul définit bien une fonction sur l'ensemble des entiers n.

2.

n	0	1	2	3	4	5	6
$f(n)$	9	16	25	36	49	64	81

Remarque
Les calculs peuvent se faire sans calculatrice en suivant l'exemple qui suit.

Exemple de calcul pour $n = 5$

• Choisir un entier positif n.	• $n = 5$
• Lui ajouter 6.	• $5 + 6 = 11$
• Multiplier la somme obtenue par le nombre choisi au départ.	• $11 \times 5 = 55$
• Ajouter 9 au résultat.	• $55 + 9 = 64$
• Écrire le résultat $f(n)$.	• $f(5) = 64$

3. Les nombres sur la deuxième ligne du tableau font penser aux carrés parfaits : $9 = 3^2$, $16 = 4^2$, $25 = 5^2$…

On obtient le tableau suivant :

n	0	1	2	3	4	5	6	…	n
$f(n)$	9	16	25	36	49	64	81	…	$(n+6)\times n+9$
$f(n)$	$(0+3)^2$	$(1+3)^2$	$(2+3)^2$	$(3+3)^2$	$(4+3)^2$	$(5+3)^2$	$(6+3)^2$	…	$(n+3)^2$

On conjecture donc que $f(n) = (n + 3)^2$.

4. Le résultat obtenu quand on choisit comme nombre de départ le nombre n est : $(n + 6) \times n + 9$.

Il faut donc démontrer l'égalité entre $(n + 3)^2$ et $(n + 6) \times n + 9$.

Pour cela, on développe $(n + 3)^2$ d'une part, et $(n + 6) \times n + 9$ d'autre part.

Méthode
La méthode consiste ici à transformer l'un des deux membres pour obtenir l'autre membre.

• $(n + 3)^2 = n^2 + 2 \times n \times 3 + 3^2 = n^2 + 6\,n + 9$.

• $(n + 6) \times n + 9 = n \times n + 6 \times n + 9$
$= n^2 + 6\,n + 9$.

On constate qu'en développant, on obtient le même résultat. On en déduit $(n + 3)^2 = (n + 6) \times n + 9$.

La conjecture est donc vérifiée. On peut maintenant affirmer que pour tous les entiers n, $f(n) = (n + 3)^2 = (n + 6) \times n + 9$.

11 **1.** • $f(-2) = (-2+1)^2 + 3$

$= (-1)^2 + 3$

$= 1 + 3$

$= \boxed{4}$

• $f\left(\frac{2}{3}\right) = \left(\frac{2}{3} + 1\right)^2 + 3$

$= \left(\frac{5}{3}\right)^2 + 3$

$= \frac{25}{9} + \frac{27}{9} = \boxed{\frac{52}{9}}$

2. Pour rechercher les antécédents éventuels de 0, il faut résoudre l'équation $(t+1)^2 + 3 = 0$. Or cette équation s'écrit $(t+1)^2 = -3$.

Cette équation n'a pas de solution. Donc 0 n'a pas d'antécédent par f.

Rappel
Il n'existe pas de nombre dont le carré donne un nombre négatif.

3. 2 est un antécédent de 12 par f, si l'image de 2 par f est 12.

$f(2) = (2+1)^2 + 3 = 3^2 + 3 = 12.$

L'image de 2 est 12, donc 2 est bien un antécédent de 12.

L'astuce du prof
Il est inutile de résoudre une équation pour justifier que 2 est un antécédent. Il suffit de calculer une image.

4. a) $f(t) = (t+1)^2 + 3$

$= t^2 + 2 \times t \times 1 + 1^2 + 3$

$= t^2 + 2t + 1 + 3$

$\boxed{f(t) = t^2 + 2t + 4}$ (forme développée).

Méthode
Utilisez l'égalité remarquable :
$(a+b)^2 = a^2 + 2ab + b^2$.

b) L'équation $f(t) = 12$ s'écrit, en utilisant la forme développée précédente, $t^2 + 2t + 4 = 12$ soit $t^2 + 2t - 8 = 0$.

On développe $(t-2)(t+4)$:

$(t-2)(t+4) = t \times t + 4 \times t - 2 \times t - 2 \times 4$

$= t^2 + 4t - 2t - 8$

$= \boxed{t^2 + 2t - 8}$

On reconnaît le premier membre de l'équation. On en déduit que résoudre l'équation $f(t) = 12$ revient à résoudre $(t-2)(t+4) = 0$.

c) $t - 2 = 0$ ou $t + 4 = 0$

$\boxed{t = 2}$ ou $\boxed{t = -4}$

Méthode
Il s'agit d'une équation produit nul.

Les solutions de l'équation sont : 2 et –4.

d) Les antécédents de 12 sont les solutions de l'équation $f(t) = 12$. D'après la question précédente, cette équation a deux solutions : 2 et –4. On en déduit que **12 a un autre antécédent que 2 : –4.**

12

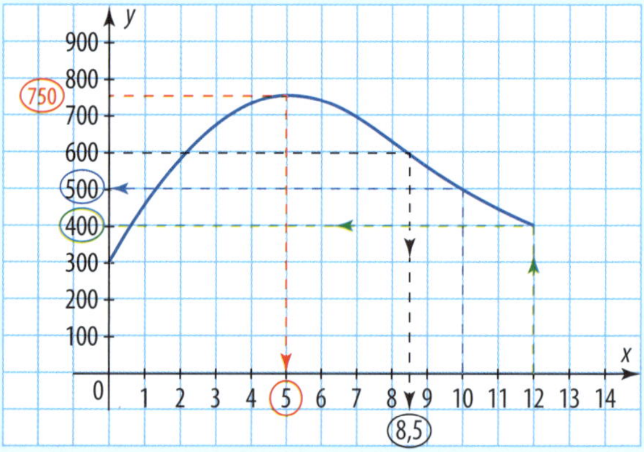

1. $f(12) = 400$

Après avoir parcouru 12 km, l'altitude est de 400 m. (voir pointillés verts)

2. Après avoir parcouru 10 km, les randonneurs se trouvent à 500 m d'altitude. (voir pointillés bleus)

3. Dans la partie descendante de la randonnée (là où la courbe « descend »), l'altitude de 600 mètres est atteinte après 8,5 km parcourus.

4. Les randonneurs atteignent une altitude maximale de 750 m après 5 km parcourus.

5. Au départ (pour 0 km parcouru), les randonneurs sont à 300 m d'altitude. À l'arrivée (pour 12 km parcourus), ils sont à 400 m d'altitude. L'altitude n'étant pas la même entre le point de départ et le point d'arrivée, on conclut que les randonneurs ne sont pas revenus à leur point de départ.

Remarque

L'altitude 600 m est atteinte pour une autre distance parcourue (≈ 2,2km) mais c'est sur la partie « montante » de la randonnée.

Méthode

Il s'agit de lire les coordonnées du point le plus haut de la courbe.

13 **1. a)** Un carré gris est un carré de côté $c = 3$ cm.

Son aire est $A_c = c^2 = 3^2 = 3 \times 3 = 9$ cm².

b) L'aire A de la croix blanche est :

$A = A_{ABCD} - 4 \times A_c$

$A = 27 \times 12 - 4 \times 9$

$A = 324 - 36$

$A = 288$ cm²

CORRIGÉS

2. a) Un carré gris est un carré de côté x cm.
Son aire est $A_c = x^2 \text{ cm}^2$
La somme des aires des quatre carrés gris est : $4 \times x^2 = 4x^2$.

b)

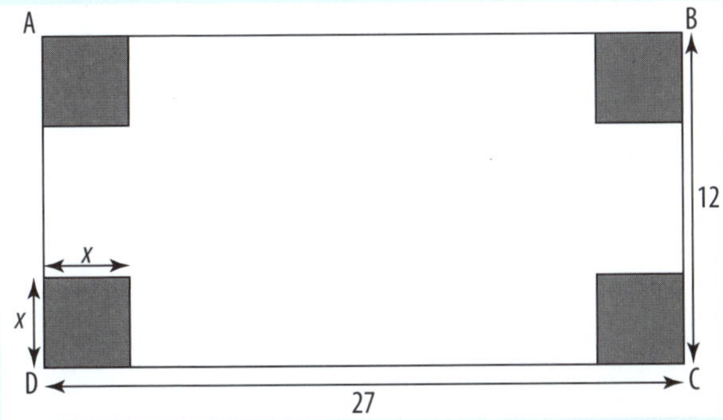

• L'aire A de la croix blanche est :

$A = A_{ABCD} - A_{4 \text{ carrés gris}}$
$A = 324 - 4x^2$

• Transformons l'écriture de A :

$A = 18^2 - 2^2x^2$
$A = (18)^2 - (2x)^2$

A est une différence de deux carrés de la forme $a^2 - b^2$, identité remarquable qui se factorise en $(a - b)(a + b)$ avec $a = 18$ et $b = 2x$.
$A = (18 - 2x)(18 - 2x)$
C'est le résultat annoncé.

> **Méthode**
> Factorisez l'expression en reconnaissant la différence de deux carré. L'énoncé vous guide car il propose le résultat de la forme $(a - b)(a + b)$.

2. c) Cette boîte sans couvercle a la forme d'un pavé droit (dont le fond est un rectangle) de longueur $27 - 2x$, de largeur $12 - 2x$ et de hauteur x.

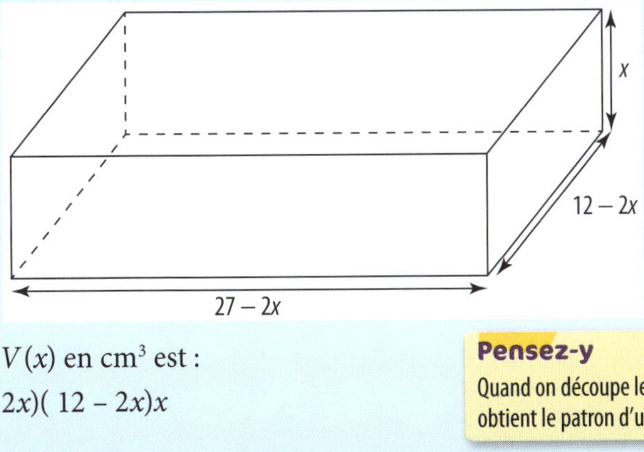

Son volume $V(x)$ en cm^3 est :
$V(x) = (27 - 2x)(12 - 2x)x$

> **Pensez-y**
> Quand on découpe les carrés gris on obtient le patron d'un pavé droit.

Vers le brevet

14 **1.** Dans le tableau de valeurs, on lit pour $x = -1$, $f(x) = 2{,}5$. Soit $f(-1) = 2{,}5$.

2. a) L'image de 0 par la fonction f est $f(0) = 3$.

b) L'antécédent de 2 par la fonction f est **le nombre –2.**

3. À partir de l'expression figurant dans la ligne d'écriture = (1/2)*B1 + 3, on déduit $f(x) = \frac{1}{2}x + 3$.

4. Le contenu de la cellule verte correspond à l'image de –5 par la fonction h.

$h(-5) = -2 \times (-5)^2 - 2 \times (-5) + 4 = -2 \times 25 + 10 + 4 = -50 + 10 + 4 = -36$

5. $g(-2) = 8$.

L'image du nombre –2 par la fonction g est 8.

Un antécédent du nombre 8 par la fonction g est –2.

6. Dans la cellule B4 figure le calcul de $g(x) = -2x^2 - 2x + 4$ associé à la valeur de x contenue dans la case B1.

Ainsi en B4, Fanny a entré : = -2*B1^2-2*B1 + 4

> **L'astuce du prof**
> Écrivez le calcul fait en B4 à partir de la case B1.

7. Pour $x = -1$: $g(x) = h(x) = 4$.

De même, pour $x = 2$: $g(x) = h(x) = -8$.

Les solutions de l'équation $g(x) = h(x)$ sont les nombres –1 et 2.

> **Méthode**
> Cherchez dans le tableau les valeurs de x pour lesquelles $g(x)$ et $h(x)$ sont égales.

15 **1.** $f(10) \approx 125$ (voir pointillés rouges).

2. Par lecture graphique, on obtient les antécédents de 200 : **15 et 25** (voir pointillés verts).

3. Le point S a pour coordonnées **(20 ; 225)** (voir pointillés bleus).

> **L'astuce du prof**
> Laissez des pointillés pour justifier vos lectures graphiques.

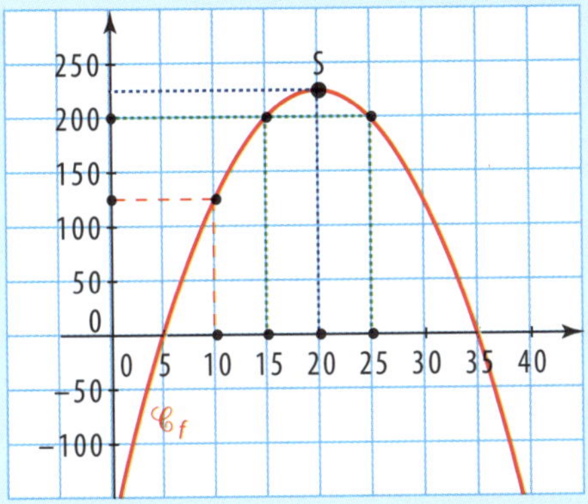

4. a) • Pour 15 sacs produits, le bénéfice s'élève à **200 €** (voir pointillés rouges).

• Pour 35 sacs vendus, on trouve un bénéfice de **0 €** (voir point entouré).

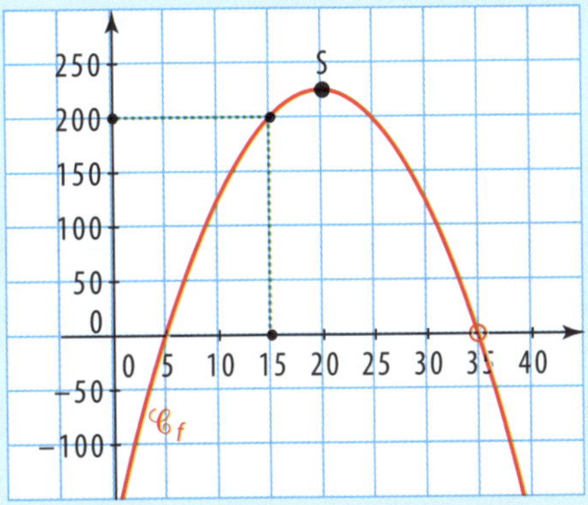

Remarque

Il s'agit de déterminer pour quelles valeurs de x le bénéfice est positif.

b) Le bénéfice est maximum au point le plus haut de la courbe, (ce qui correspond au point S étudié précédemment), soit **pour 20 sacs vendus**.

c) On remarque qu'en dessous de 5 sacs vendus et au-delà de 35 sacs, l'entreprise réalise un bénéfice négatif (et nul pour 5 et 35 sacs vendus). **La société est donc rentable si elle vend entre 6 et 34 sacs à main.**

Exercices d'approfondissement

16 Le dénominateur d'un quotient ne peut pas s'annuler. Il faut donc rechercher les valeurs de x pour lesquelles le dénominateur $(6 - 2x)(3x + 12)$ est nul.

Il s'agit donc de résoudre l'équation produit :

$(6 - 2x)(3x + 12) = 0$

Soit $6 - 2x = 0$ ou $3x + 12 = 0$

$-2x = -6$ — $3x = -12$

$x = \dfrac{-6}{-2}$ — $x = \dfrac{-12}{3}$

$x = 3$ — $x = -4$

> **Méthode**
> $A \times B = 0$ revient à résoudre $A = 0$ ou $B = 0$.

On en déduit que si $x = 3$ ou $x = -4$, alors le dénominateur du quotient vaut 0. Par conséquent, **tous les nombres sauf 3 et –4 ont une image calculable par cette fonction**.

17 **1.** • Dans un premier temps, il s'agit de reconnaître le graphique représentant f et celui représentant g.

On repère une droite. Il s'agit de la représentation graphique d'une fonction affine.

$$g(x) = \frac{-23x + 92}{52} = \frac{-23}{52}x + \frac{92}{52}$$

g est de la forme $g(x) = ax + b$ avec $a = \dfrac{-23}{52}$ et $b = \dfrac{92}{52}$. Donc g est la fonction affine représentée par la droite sur le graphique. Et f la fonction représentée par la courbe.

• On remarque que $f(0) = f(0) = \dfrac{33}{21}$ et $g(0) = \dfrac{92}{52} = \dfrac{\cancel{4} \times 23}{\cancel{4} \times 13} = \dfrac{23}{13}$.

Graphiquement, ces nombres correspondent « aux intersections » des courbes f et g avec l'axe des ordonnées.

La droite coupe l'axe des ordonnées plus haut que la courbe. On en déduit que $g(0)$ est plus grand que $f(0)$. Finalement :

$$\boxed{\frac{23}{13} > \frac{33}{21}}$$

2. L'équation $f(x) \times g(x) = 0$ est une équation produit nul.

Les solutions de cette équation sont les solutions de chacune des équations $f(x) = 0$ et $g(x) = 0$.

Graphiquement, résoudre $f(x) = 0$ revient à déterminer les antécédents de 0 par f.

0 a deux antécédents par f : –1 et 3. On en déduit que l'équation $f(x) = 0$ a deux solutions : –1 et 3.

De même, résoudre $g(x) = 0$ revient à déterminer les antécédents de 0 par g.

0 a un antécédent par g : 4. On en déduit que l'équation $g(x) = 0$ a une solution : 4.

L'équation $f(x) \times g(x) = 0$ a trois solutions : –1, 3 et 4.

CHAPITRE 6

Fonctions linéaires. Proportionnalité. Pourcentages

DE QUOI S'AGIT-IL ?

Une fonction linéaire est un cas particulier de fonction affine, ayant une expression et une représentation graphique caractéristiques.
À toute situation de proportionnalité et dans tout calcul de pourcentage, on peut associer une fonction linéaire.

1 Fonctions linéaires

1 Définitions

Soit a un nombre réel.

- On appelle **fonction linéaire** une fonction qui, à tout nombre x, associe le nombre $a \times x$, noté ax.
- Le nombre a est appelé **coefficient** de la fonction linéaire.

Remarque
Une fonction linéaire est un cas particulier de fonction affine.

Exemple

f est la fonction linéaire de **coefficient** –5, alors :

x	–1	0	2	4,5
$f(x)$	5	0	–10	–22,5

Vidéo
Comprendre la fonction linéaire

Bien comprendre
Les images $f(x)$ sont proportionnelles aux antécédents (les x).

2 Représentation graphique

- Dans un repère, la représentation graphique d'une fonction linéaire est une **droite passant par l'origine**.
- Le nombre a est appelé **coefficient directeur** de la droite : il donne la direction de la droite.

Si $a > 0$
La droite « monte ».

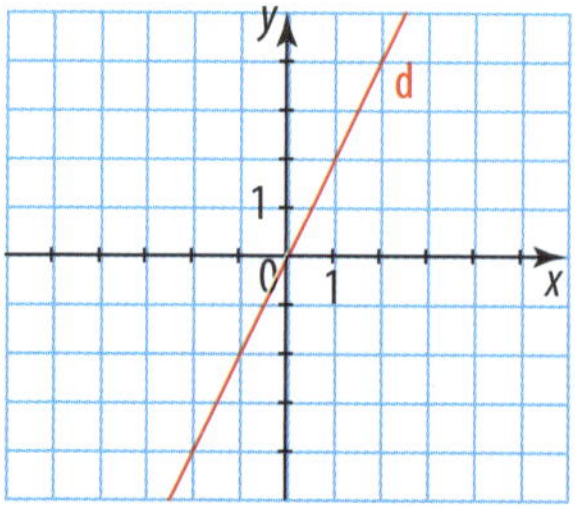

Si $a < 0$
La droite « descend ».

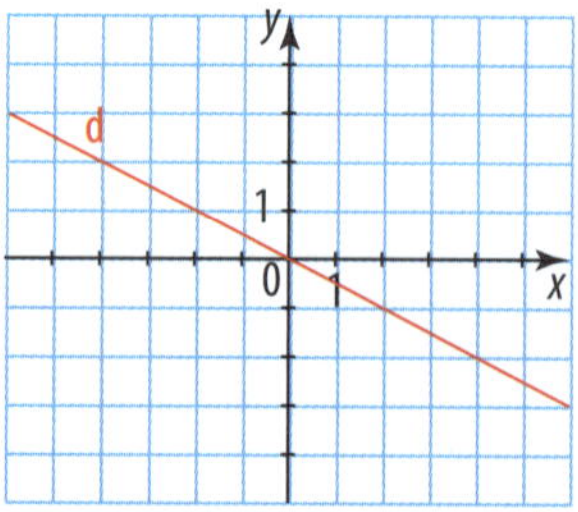

Si $a = 0$
La droite est horizontale.

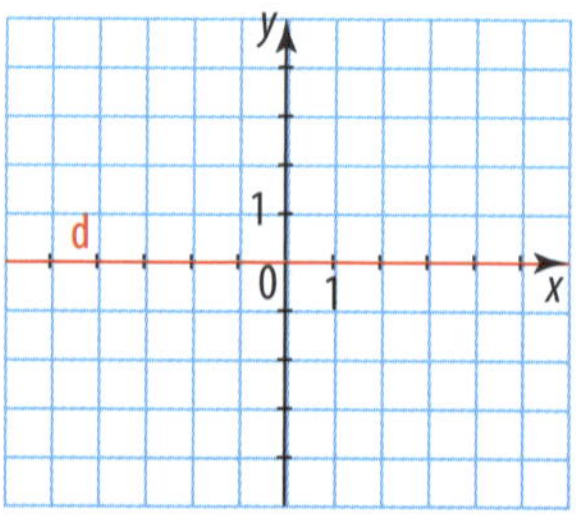

COURS

2 Proportionnalité, pourcentages et ratio

1 Proportionnalité

- Un tableau décrit une situation de proportionnalité quand, en multipliant par un même nombre a les valeurs de la première ligne, on retrouve celles de la deuxième ligne. Ce nombre a est appelé **coefficient de proportionnalité**.

Exemple

4,5	8	$\times 2{,}4$
10,8	19,2	

Ici, $a = 2{,}4$.

Bien comprendre

Dans un tableau de proportionnalité,
- les quotients et les produits en croix sont égaux.

- À toute situation de proportionnalité, on peut associer une fonction linéaire.

Exemple : La fonction linéaire associée au tableau ci-dessus est $f(x) = 2{,}4\,x$.

2 Pourcentages

Vidéo
Comprendre ce que signifie un pourcentage

- Prendre t % d'un nombre, c'est le multiplier par $\frac{t}{100}$.
- Augmenter un nombre de t %, c'est le multiplier par $\left(1 + \frac{t}{100}\right)$.
- Diminuer un nombre de t %, c'est le multiplier par $\left(1 - \frac{t}{100}\right)$.

Remarque

Les nombres $1 + \frac{t}{100}$ et $1 - \frac{t}{100}$ sont appelés coefficients multiplicateurs et notés CM.

Vidéo
Comprendre le taux d'évolution

3 Notion de ratio

- Avec deux nombres

Deux nombres a et b sont dans un ratio 2 : 3 signifie que $\frac{a}{2} = \frac{b}{3}$ ou $a = \frac{2}{3}b$.

Cela revient aussi à dire que les nombres a et b sont proportionnels à 2 et 3.

- Avec trois nombres

Trois nombres a, b et c sont dans un ratio 2 : 3 : 7 signifie que $\frac{a}{2} = \frac{b}{3} = \frac{c}{7}$.

Cela revient à dire que les nombres a, b et c sont proportionnels à 2, 3 et 7.

QCM

1 Des choix à faire

Corrigé p. 147

Cochez la (ou les) réponse(s) correcte(s).

1. On définit une fonction linéaire quand, à un nombre x, on associe :

a) ☐ le triple de x.

b) ☐ la division de x par 5.

c) ☐ son carré.

Soit f la fonction définie par $f(x) = -2x$.

2. L'image de –1 par f est :

a) ☐ –2 **b)** ☐ 2 **c)** ☐ 0

3. Un antécédent de 4 par f est :

a) ☐ –8 **b)** ☐ –2 **c)** ☐ 2

4. La droite D_g représentant la fonction $g : x \mapsto \frac{5}{9}x$ passe par le point de coordonnées :

a) ☐ (0 ; 0) **b)** ☐ (5 ; 9) **c)** ☐ (9 ; 5)

5. Ce tableau est un tableau de proportionnalité lorsque :

a	2
b	5

a) ☐ $a = 7$ et $b = 17{,}5$.

b) ☐ $a = 2{,}2$ et $b = 6$.

c) ☐ $a = 0{,}5$ et $b = 1{,}25$.

6. Augmenter un nombre de 20 %, c'est le multiplier par :

a) ☐ 1,2 **b)** ☐ 1,02 **c)** ☐ 0,2

2 Vrai ou Faux ?

Corrigé p. 148

Cochez la bonne réponse.

1. Toutes les courbes passant par l'origine O du repère représentent une fonction linéaire. ☐ V ☐ F

2. Si f est une fonction linéaire, alors $f(0) = 0$. ☐ V ☐ F

3. Prendre 30 % d'un nombre, c'est le multiplier par 0,7. ☐ V ☐ F

4. Diminuer un nombre de 40 %, c'est le multiplier par 0,6. ☐ V ☐ F

5. Le poids d'un individu est proportionnel à sa taille. ☐ V ☐ F

6. La distance parcourue par un véhicule est proportionnelle à sa vitesse. ☐ V ☐ F

Exercices d'entraînement

3 Calcul mental

5 min Corrigé p. 148

Cet exercice doit être fait sans calculatrice.

1. Complétez avec un nombre entier ou décimal :

- $\frac{4\times 7}{4} = ...$
- $\frac{6\times 7}{3} = ...$
- $\frac{9\times 0{,}5}{2} = ...$
- $\frac{9\times 8}{4} = ...$
- $\frac{5\times 7}{2} = ...$
- $\frac{8\times 40}{10} = ...$

2. Complétez avec un nombre décimal :

- $\frac{2}{5} = ...$
- $\frac{4}{10} = ...$
- $\frac{6}{5} = ...$
- $\frac{5}{4} = ...$
- $\frac{1}{3} \simeq ....$
- $\frac{9}{4} = ...$

3. Complétez avec un nombre entier ou décimal :

- 0,26 = …. %
- 0,02 = …. %
- …. = 2,03 %
- 0,47 = …. %
- …. = 5 %
- …. = 0,6 %

4. Complétez avec un nombre entier ou décimal :

- 5 % de 200 = ….
- 50 % de 64 = ….
- 10 % de 32 = ….
- 10 % de 35 = ….
- 25 % de 400 = ….
- 30 % de 50 = ….

4 Linéaire or not linéaire ? Acte 1

5 min Corrigé p. 149

Parmi ces fonctions, déterminez en justifiant celles qui définissent une fonction linéaire. Vous préciserez alors le coefficient de proportionnalité.

- $f_1(x) = -2x^2$
- $f_2(x) = -\frac{4}{3}x$
- $f_3(x) = \frac{1}{2x}$
- $f_4(x) = x$

5 Linéaire or not linéaire ? Acte 2

5 min Corrigé p. 149

On donne ci-contre les représentations graphiques $\mathscr{C}_1$, $\mathscr{C}_2$, $\mathscr{C}_3$ et $\mathscr{C}_4$ de quatre fonctions. Indiquez en justifiant celles qui représentent des fonctions linéaires.

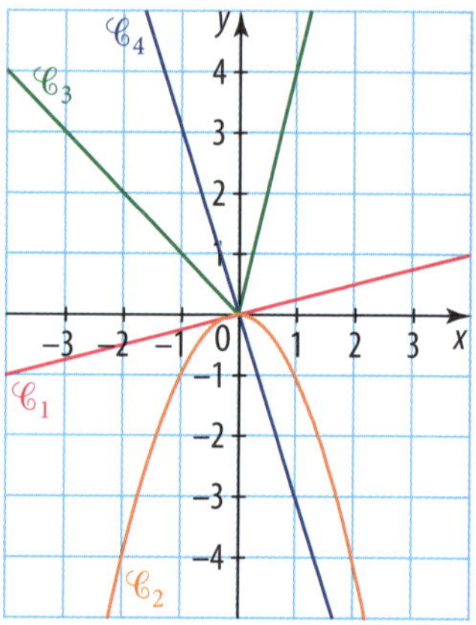

6 Linéaire or not linéaire ? Acte 3

5 min Corrigé p. 149

Ce tableau de valeurs correspond-il à celui d'une fonction linéaire ?

1.

x	3	0,15
$f(x)$	7	0,4

2.

x	18,7	55
$f(x)$	33,66	99

7 Savoir représenter une fonction linéaire

10 min Corrigé p. 149

Représentez dans un repère les trois fonctions linéaires définies par :

- $f_1(x) = 3x$
- $f_2(x) = -\dfrac{1}{2}x$
- $f_3(x) = \dfrac{3}{7}x$

Méthode

1. Une fonction linéaire est représentée par une droite $\mathscr{D}$ passant par l'origine du repère.
2. On choisit une valeur de x dont on calcule l'image : on obtient un second point de $\mathscr{D}$.
3. On construit $\mathscr{D}$ en reliant O au second point.

8 À la recherche d'une fonction linéaire

5 min Corrigé p. 150

Déterminez l'expression de la fonction linéaire f qui vérifie $f(6) = 10$.

Méthode

1. La fonction linéaire cherchée est une fonction qui s'écrit sous la forme $(x) = ax$.
2. On recherche la valeur de a en utilisant l'image donnée.
3. On conclut en écrivant l'expression de $f(x)$.

9 À la recherche d'une fonction linéaire (bis)

10 min Corrigé p. 150

On donne les représentations graphiques $\mathscr{D}_1$, $\mathscr{D}_2$ et $\mathscr{D}_3$ de trois fonctions linéaires f_1, f_2 et f_3. Donnez les expressions de f_1, f_2 et f_3.

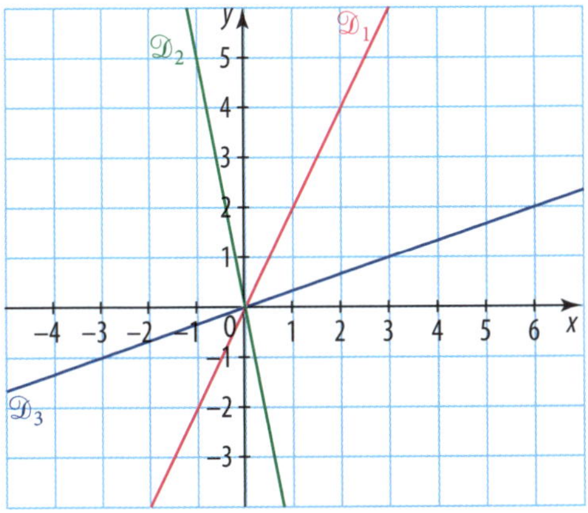

Méthode

1. On choisit un nombre et on recherche graphiquement son image par la fonction. On utilise, dans la mesure du possible, des nombres entiers.

2. On calcule *a* grâce à la méthode précédente.

3. On conclut en écrivant l'expression de *f*(*x*).

10 Image et antécédents

10 min Corrigé p. 151

Soit f la fonction définie par $f(x) = \dfrac{5}{2}x$.

1. Calculez l'image par f de -4 ; 0 et $\dfrac{1}{2}$.

2. Déterminez les antécédents par f des nombres -1 et 8.

11 Des pourcentages, en veux-tu ? En voilà !

10 min Corrigé p. 151

1. Au collège Victor Hugo, 92 % des élèves ont eu leur brevet, soit 345 élèves. Combien d'élèves de troisième compte ce collège ?

2. Dans une boutique, un blouson est affiché à 59 €. Avec sa carte de fidélité, Nina bénéficie d'une remise de 15 %. Combien paiera-t-elle le blouson ?

3. En février, Gilles a réglé une facture d'électricité d'un montant de 60 €. Sachant qu'il a payé 25 % de plus que le mois précédent, à combien s'élevait la facture de janvier ?

Problèmes

12 Il y a de l'électricité dans l'air

★ 20 min ➔ Corrigé p. 152

Lors d'un TP de sciences physiques, Célian relève aux bornes d'un dipôle *D* la tension *U* en fonction du courant *I* qui le traverse.

Il obtient les résultats suivants :

***U* (en volts)**	1,2	3,6	8,4
***I* (en ampères)**	0,2	0,6	1,4

1. Ce tableau est-il un tableau de proportionnalité ? Justifiez par le calcul.

2. Placez les points dans un repère en prenant 1 cm pour 0,2 en abscisse et 1 cm pour 1 en ordonnée. Que remarquez-vous ?

3. Le professeur indique au tableau la formule $U = R \times I$ où *R* est la valeur de la résistance en ohms du dipôle. Quelle est la valeur de *R* ?

4. Déduisez-en :

a) la tension aux bornes de *D* avec un courant de 5 A.

b) l'intensité du courant qui traverse *D* pour une tension de 12 V.

13 À la banque

★★ 20 min ➔ Corrigé p. 152

Cathy dispose de 3 400 €. Elle les place pour un an à la banque avec un taux d'intérêt de 4 %.

1. De quelle somme d'argent Cathy disposera-t-elle au bout d'un an ?

2. Dans la suite du problème, on note *x* la somme déposée.

On appelle *f* la fonction qui à *x* associe le capital correspondant à la somme au bout d'un an.

Déterminez l'expression de $f(x)$.

3. Combien Cathy aurait-elle dû déposer pour obtenir un bénéfice de 200 € ?

Vers le brevet

14 La vie est chère

★ 10 min Corrigé p. 153

Un commerçant augmente le prix de tous ses articles de 8 %.

Un objet coûte x euros.

Après avoir subi cette augmentation, il coûte y euros.

1. Exprimez y en fonction de x.

2. Un lecteur de DVD coûte, avant augmentation, 329 euros. Combien coûtera-t-il après ?

3. Un téléviseur coûte, après augmentation, 540 euros. Combien coûtait-il avant ?

15 Très théorique

★ 10 min Corrigé p. 153

On considère le tableau de proportionnalité ci-contre.

20	30
70	b

$\times a$

1. Calculez b.

2. On appelle a le coefficient de proportionnalité. Calculez a.

3. On considère la fonction linéaire f définie par $f : x \mapsto 3{,}5\,x$.

Tracez la droite D_f représentant la fonction f.

16 Dispute autour d'un écran

20 min Corrigé p. 154

- Le format d'un écran est le rapport de la longueur de l'écran sur sa largeur.
- La diagonale d'un écran se mesure en pouces. Un pouce est égal à 2,54 cm.

Louise et Juliette discutent de leurs cadeaux de Noël et se rendent compte qu'elles ont eu toutes les deux une tablette.

Louise a eu une tablette 10 pouces et Juliette une tablette 10,5 pouces. Cette dernière se réjouit donc d'avoir un plus grand écran que son amie.

Mais Louise affirme le contraire, arguant que son écran est au format 4/3, alors que celui de Juliette est au format 16/9.

Pouvez-vous aider les deux amies à déterminer qui a raison ?

17 Le partage

20 min ➔ Corrigé p. 155

Thierry et Marius doivent se partager un terrain dont la surface est 2 400 m^2.

Le notaire propose plusieurs possibilités :

1er cas : les surfaces pour Thierry et Marius sont dans le ratio 3 : 5.

2e cas : 40 % pour Thierry et le reste pour Marius.

3e cas : $\frac{9}{20}$ pour Marius et le reste pour Thierry.

Complétez le tableau suivant en justifiant :

	Surface pour Thierry	Surface pour Marius	Total
1er cas			
2e cas			
3e cas			

Exercices d'approfondissement

18 Histoire de robots

★★ 5 min ➔ Corrigé p. 156

5 robots fabriquent 5 jouets en 5 heures.

Combien 10 robots fabriquent-ils de jouets en 10 heures ?

19 Évolutions successives

★★ 10 min ➔ Corrigé p. 157

Un prix a augmenté de 10 %, puis de 20 %.

De quel pourcentage a-t-il augmenté au total ?

CORRIGÉS

QCM

1 **1.** Une fonction linéaire a une expression de la forme ax.

- Le triple de x s'écrit $3 \times x = 3x$. (Ici $a = 3$.)
- La division de x par 5 s'écrit $\frac{x}{5} = \frac{1}{5}x$. (Ici $a = \frac{1}{5}$.)
- Le carré de x s'écrit x^2. Cette expression n'est pas de la forme ax.

Réponses : **a)** le triple de x et **b)** la division de x par 5.

2. L'image de –1 par f est $f(-1) = -2 \times (-1) = 2$.

Réponse : **b)** 2.

Méthode
Dans l'expression de $f(x)$, on remplace x par –1.

3. L'antécédent de 4 par f est le nombre x tel que $f(x) = 4$.

On résout $-2\,x = 4$, soit $x = \frac{4}{-2} = -2$.

Réponse : **b)** –2.

Méthode
Déterminer un antécédent, c'est résoudre une équation.

4. • $g : x \mapsto \frac{5}{9}x$ est une fonction linéaire, car elle est de la forme ax avec $a = \frac{5}{9}$.

Sa représentation graphique D_g passe donc par l'origine O (0 ; 0) du repère.

- $g(5) = \frac{5}{9} \times 5 = \frac{25}{9} \neq 9$.

Donc le point de coordonnées (5 ; 9) n'est pas sur D_g.

- $g(9) = \frac{5}{\cancel{9}} \times \cancel{9} = 5$.

Donc le point de coordonnées (9 ; 5) est sur D_g.

Réponses : **a)** (0 ; 0) et **c)** (9 ; 5).

Rappel
Les points situés sur D_g ont des coordonnées de la forme $\left(x ; \frac{5}{9}x\right)$.

5. • $7 \times 5 = 35$ et $2 \times 17{,}5 = 35$. Il y a proportionnalité.

- $2{,}2 \times 5 = 11$ et $2 \times 6 = 12$.

Il n'y a pas égalité, donc pas proportionnalité.

- $0{,}5 \times 5 = 2{,}5$ et $2 \times 1{,}25 = 2{,}5$. Il y a proportionnalité.

Réponses : **a)** $a = 7$ et $b = 17{,}5$ et **c)** $a = 0{,}5$ et $b = 1{,}25$.

Méthode
Pour les valeurs de a et b proposées, on teste l'égalité des produits en croix.

6. Augmenter un nombre de 20 %, c'est le multiplier par $1 + \frac{20}{100} = 1{,}2$.

Réponse : **a)** 1,2.

2 **1. Faux** → Seules les droites passant par O représentent une fonction linéaire.

2. Vrai → Une fonction linéaire s'écrit $f(x) = ax$. On a bien $f(0) = a \times 0 = 0$.

Piège à éviter
Une courbe n'est pas forcément une droite.

3. Faux → Quand on prend 30 % d'un nombre, on le multiplie par $\frac{30}{100} = 0{,}3$.

4. Vrai → Quand un nombre diminue de 40 %, il est multiplié par $1 - \frac{40}{100} = 1 - 0{,}4 = 0{,}6$.

5. Faux → Par exemple, un bébé d'un mois pesant 3,4 kg n'a pas son poids multiplié par 12 en 12 mois.

6. Vrai → La relation $d = v \times t$ donne la proportionnalité entre d et v.

Exercices d'entraînement

3 **1.**

- $\frac{4 \times 7}{4} = \boxed{7}$
- $\frac{6 \times 7}{3} = \boxed{14}$
- $\frac{9 \times 0{,}5}{2} = \boxed{2{,}25}$
- $\frac{9 \times 8}{4} = \boxed{18}$
- $\frac{5 \times 7}{2} = \boxed{17{,}5}$
- $\frac{8 \times 40}{10} = \boxed{32}$

2.

- $\frac{2}{5} = \boxed{0{,}4}$
- $\frac{4}{10} = \boxed{0{,}4}$
- $\frac{6}{5} = \boxed{1{,}2}$
- $\frac{5}{4} = \boxed{1{,}25}$
- $\frac{1}{3} \simeq \boxed{0{,}33}$
- $\frac{9}{4} = \boxed{2{,}25}$

3.

- $0{,}26 = \boxed{26\ \%}$
- $0{,}47 = \boxed{47\ \%}$
- $0{,}02 = \boxed{2\ \%}$
- $0{,}05 = \boxed{5\ \%}$
- $0{,}0203 = \boxed{2{,}03\ \%}$
- $0{,}006 = \boxed{0{,}6\ \%}$

4.

- 5 % de 200 = $\boxed{10}$
- 10 % de 35 = $\boxed{3{,}5}$
- 50 % de 64 = $\boxed{32}$
- 25 % de 400 = $\boxed{100}$
- 10 % de 32 = $\boxed{3{,}2}$
- 30 % de 50 = $\boxed{15}$

Pensez-y !
Prendre 10 % d'un nombre revient à le diviser par 10.
Prendre 50 % d'un nombre revient à le diviser par 2.
Prendre 25 % d'un nombre revient à le diviser par 4.

4 • f_1 n'est pas une fonction linéaire à cause du terme en carré.

> **Méthode**
> On repère les expressions de la forme *ax*. Puis on précise *a*.

• $f_2(x) = -\frac{4}{3} \times x = -\frac{4}{3}x$.

f_2 **est une fonction linéaire** de coefficient $a = -\frac{4}{3}$.

• f_3 n'est pas une fonction linéaire, car le terme en x est au dénominateur.

• $f_4(x) = x = 1 \times x$. f_4 **est une fonction linéaire** de coefficient $a = 1$.

5 • $\mathscr{C}_1$ est une droite passant par l'origine O du repère. $\mathscr{C}_1$ **représente bien une fonction linéaire**.

> **Gagnez des points !**
> Il faut vérifier :
> • si c'est une droite ;
> • si elle passe par O.

• $\mathscr{C}_2$ n'est pas une droite, donc ne représente pas une fonction linéaire.

• $\mathscr{C}_3$ n'est pas une droite, mais une réunion de deux droites. $\mathscr{C}_3$ ne représente donc pas une fonction linéaire.

• $\mathscr{C}_4$ est une droite passant par O. **Elle représente une fonction linéaire**.

6 **1.** On calcule $3 \times 0{,}4 = 1{,}2$ et $7 \times 0{,}15 = 1{,}05$.

Il n'y a pas égalité des produits en croix, donc **ce tableau ne correspond pas à celui d'une fonction linéaire**.

> **Rappel**
> Avec une fonction linéaire, il y a proportionnalité des *x* et des *f*(*x*).

2. $18{,}7 \times 99 = 1\,851{,}3$ et $33{,}66 \times 55 = 1\,851{,}3$.

Les produits en croix sont égaux : **ce tableau est bien associé à une fonction linéaire**.

7 • Représentation graphique de f_1 : la droite $\mathscr{D}_1$

$f_1(2) = 3 \times 2 = 6$. $\mathscr{D}_1$ passe par le point A de coordonnées (2 ; 6).

• Représentation graphique de f_2 : la droite $\mathscr{D}_2$

$f_2(6) = -\frac{1}{2} \times 6 = -3$. $\mathscr{D}_2$ passe par le point B de coordonnées (6 ; –3).

• Représentation graphique de f_3 : la droite $\mathscr{D}_3$

$f_3(7) = \frac{3}{7} \times 7 = 3$.

$\mathscr{D}_2$ passe par le point C de coordonnées (7 ; 3).

> **L'astuce du prof**
> On choisit pour valeur de *x* un multiple de 7 afin que $\frac{3}{7}x$ soit entier.

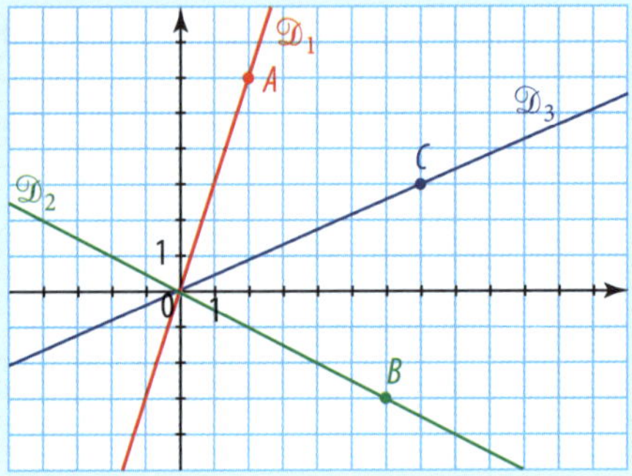

8 f est une fonction linéaire, donc f a une expression de la forme $f(x) = ax$.

De plus $f(6) = 10$

$$a \times 6 = 10$$

> **Méthode**
> On résout une équation d'inconnue a.

On en déduit : $a = \dfrac{10}{6} = \dfrac{5}{3}$.

En conclusion, la fonction linéaire cherchée est $\boxed{f(x) = \dfrac{5}{3}x}$.

9 • $\mathcal{D}_1$ passe par le point de coordonnées (2 ; 4).

La fonction linéaire f_1 associée à $\mathcal{D}_1$ a une expression de la forme $f_1(x) = ax$ et vérifie $f_1(2) = 4$. D'où $a \times 2 = 4$, soit $a = \dfrac{4}{2} = 2$.

En conclusion, $\mathcal{D}_1$ représente la fonction $\boxed{f_1(x) = 2x}$.

• $\mathcal{D}_2$ passe par le point de coordonnées (–1 ; 5).

La fonction linéaire f_2 associée à $\mathcal{D}_2$ a une expression de la forme $f_2(x) = ax$ et vérifie $f_2(-1) = 5$. D'où $a \times (-1) = 5$, soit $a = \dfrac{5}{-1} = -5$.

En conclusion, $\mathcal{D}_2$ représente la fonction $\boxed{f_2(x) = -5}$.

• $\mathcal{D}_3$ passe par le point de coordonnées (6 ; 2).

> **L'astuce du prof**
> On choisit un point de $\mathcal{D}_3$ à coordonnées entières : c'est plus facile pour les calculs.

La fonction linéaire f_3 associée à $\mathcal{D}_3$ a une expression de la forme $f_3(x) = ax$ et vérifie $f_3(6) = 2$.

D'où $a \times 6 = 2$, soit $a = \dfrac{2}{6} = \dfrac{1}{3}$.

En conclusion, $\mathcal{D}_3$ représente la fonction $\boxed{f_3(x) = \dfrac{1}{3}x}$.

10 **1.** • $f(-4) = \frac{5}{2} \times (-4) = \frac{-20}{2} = \boxed{-10}$.

> **Rappel**
> L'image de −4 est $f(-4)$.

• $f(0) = \frac{5}{2} \times 0 = \boxed{0}$.

• $f\left(\frac{1}{2}\right) = \frac{5}{2} \times \frac{1}{2} = \frac{5}{4} = \boxed{1{,}25}$.

2. • L'antécédent par f de −1 vérifie l'égalité $f(x) = -1$.

$\frac{5}{2}x = -1$ ou $x = -\frac{1}{\frac{5}{2}} = -1 \times \frac{2}{5} = -\frac{2}{5} = -0{,}4$.

> **Rappel**
> L'antécédent de −1 est le nombre ayant pour image −1.

L'antécédent de −1 par *f* est −0,4.

• Déterminons l'antécédent par f de 8 :

Il vérifie l'égalité $f(x) = 8$.

$\frac{5}{2}x = 8$ ou $x = \frac{8}{\frac{5}{2}} = 8 \times \frac{2}{5} = \frac{16}{5} = 3{,}2$.

> **Rappel**
> Diviser par une fraction $\left(\frac{5}{2}\right)$, c'est multiplier par son inverse $\left(\frac{2}{5}\right)$.

L'antécédent de 8 par *f* est 3,2.

11 **1.** 92 % des élèves de 3e, soit 345 élèves, ont eu leur brevet.

Le nombre x d'élèves de 3e vérifie $\frac{92}{100} \times x = 345$

$0{,}92x = 345$. On en déduit $x = \frac{345}{0{,}92} = 375$.

> **Méthode**
> Prendre t % d'un nombre, c'est le multiplier par $\frac{t}{100}$.

Le collège compte 375 élèves de troisième.

2. Le blouson coûtera à Nina :

$59 \times \left(1 - \frac{15}{100}\right) = 59 \times 0{,}85 = \boxed{50{,}15\text{ €}}$.

> **Méthode**
> Quand un prix baisse de t %, il est multiplié par $\left(1 - \frac{t}{100}\right)$.

3. Le montant x de la facture d'électricité de Gilles en janvier vérifie :

$x \times \left(1 + \frac{25}{100}\right) = 60$

$x \times 1{,}25 = 60$ ou $x = \frac{60}{1{,}25} = \boxed{48\text{ €}}$.

> **Méthode**
> Quand un prix augmente de t %, il est multiplié par $\left(1 + \frac{t}{100}\right)$.

Problèmes

12 **1.** Calculons les quotients :

• $1{,}2 \div 0{,}2 = 6$ • $3{,}6 \div 0{,}6 = 6$ • $8{,}4 \div 1{,}4 = 6$

Les trois quotients étant égaux, **ce tableau illustre bien une situation de proportionnalité**.

Pensez-y !
Dans un tableau de proportionnalité, les quotients sont égaux.

2. Représentation graphique

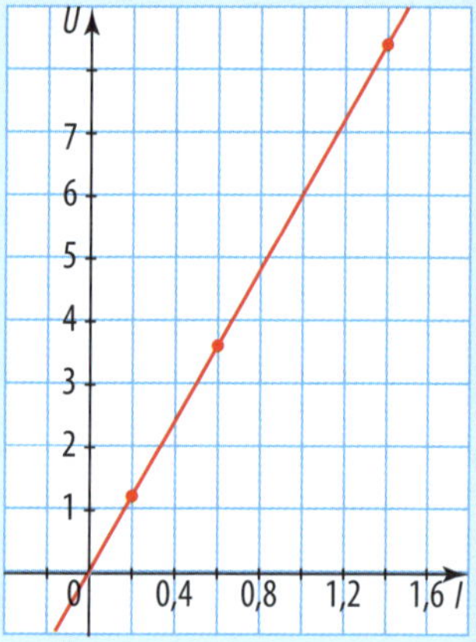

On peut remarquer que les trois points sont alignés sur une droite.

3. La valeur de R est le coefficient de proportionnalité entre U et I. On en déduit $\boxed{R = 6\ \Omega}$.

4. a) En utilisant la relation de proportionnalité $U = RI$, on déduit la valeur de la tension cherchée :

$U = 6 \times 5 = \boxed{30\text{ V}}$.

b) De même, à partir de la relation $U = RI$, on déduit $I = \frac{U}{R}$.

On obtient la valeur de l'intensité cherchée : $I = \frac{12}{6} = \boxed{2\text{ A}}$.

13 **1.** Le capital de Cathy va augmenter de 4 %. Elle aura alors :

$$3\,400 \times \left(1 + \frac{4}{100}\right) = 3\,400 \times 1{,}04 = \boxed{3\,536\text{ €}}.$$

2. Soit x le capital déposé. Au bout d'un an, le montant de ce capital s'élèvera à :

$$f(x) = x \times \left(1 + \frac{4}{100}\right) = x \times (1 + 0{,}04) = \boxed{1{,}04x}.$$

3. Si le bénéfice réalisé est de 200 €, le capital disponible au bout d'un an vérifie :

$$f(x) = \underbrace{x}_{\text{capital de départ}} + \underbrace{200}_{\text{intérêts}}$$

$$1{,}04x = x + 200$$
$$1{,}04x - x = 200$$
$$0{,}04x = 200$$

ou $x = \frac{200}{0{,}04} = 5\,000$.

Méthode
On isole les x d'un côté et les « non x » de l'autre.

200 € d'intérêts correspondent à un placement initial de 5 000 €.

Vers le brevet

14 **1.** Quand on augmente un nombre de 8 %, on le multiplie par :

$$\left(1+\frac{8}{100}\right)=1+0{,}08=1{,}08.$$

D'où l'expression du prix final y en fonction du prix initial x : $\boxed{y=1{,}08x}$.

2. Après augmentation, le lecteur DVD coûtera :

$1{,}08\times 329=\boxed{355{,}32\ €}$.

Méthode

On utilise l'expression de la question 1 avec $x = 329$.

3. Le prix x du téléviseur avant l'augmentation vérifie :

$1{,}08\times x=540$

D'où $x=\dfrac{540}{1{,}08}=\boxed{500\ €}$.

Méthode

On utilise l'expression de la question 1 avec $y = 540$.

15 **1.** Dans un tableau de proportionnalité, les produits en croix sont égaux :

$20\times b=30\times 70$

$20\,b=2\,100$

$b=\dfrac{2\,100}{20}=\boxed{105}$

2. Le coefficient de proportionnalité a se calcule comme :

$a=\dfrac{70}{20}=\dfrac{7}{2}=\boxed{3{,}5}$

3. f est la fonction linéaire définie par $f : x \mapsto 3{,}5\,x$. Sa représentation graphique est donc une droite D_f passant par l'origine O du repère.

De plus, $f(20) = 70$ (d'après le tableau) : D_f passe donc aussi par le point de coordonnées (20 ; 70).

Remarque

La fonction linéaire est celle associée au tableau de proportionnalité.

On lit une image directement dans le tableau.

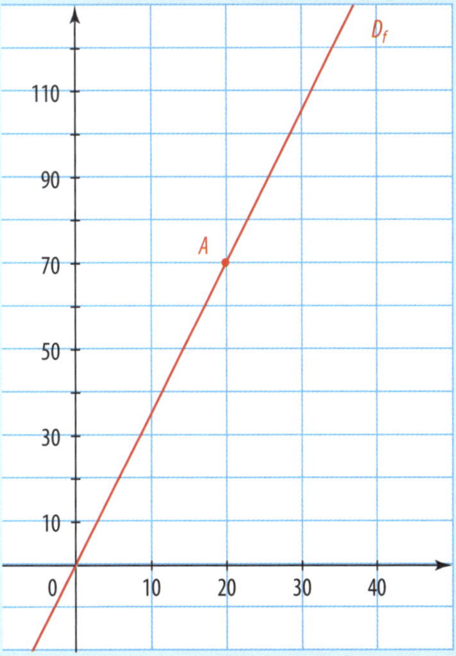

16 En notant a la largeur d'un écran 4/3, sa longueur est donnée par $\frac{4}{3}a$.

En notant b la largeur d'un écran 16/9, sa longueur est donnée par $\frac{16}{9}b$.

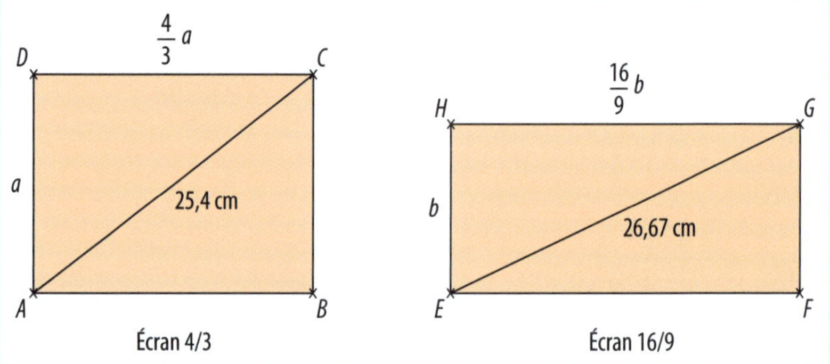

1 pouce = 2,54 cm, donc 10 pouces = 25,4 cm
et 10,5 pouces = 10,5 × 2,54 = 26,67 cm.

• D'après le théorème de Pythagore dans le triangle ADC rectangle en D :

$$AD^2 + DC^2 = AC^2$$

$$a^2 + \left(\frac{4}{3}a\right)^2 = 25{,}4^2$$

$$a^2 + \frac{16}{9}a^2 = 645{,}16$$

$$\frac{9}{9}a^2 + \frac{16}{9}a^2 = 645{,}16$$

$$\frac{25}{9}a^2 = 645{,}16$$

$$a^2 = 645{,}16 \times \frac{9}{25} = 232{,}2576$$

$$a = \sqrt{232{,}2576} = 15{,}24$$

Méthode

La longueur de la diagonale ainsi que le rapport 4/3 permettent de calculer la largeur, puis la longueur du rectangle. Ensuite, on calcule la surface de la tablette.

La largeur de l'écran 4/3 est 15,24 cm. Sa longueur est donc :

$15{,}24 \times \frac{4}{3} = 20{,}32$ cm.

Sa surface est donc 15,24 × 20,32 = 309,6768 cm^2.

CORRIGÉS

- D'après le théorème de Pythagore dans le triangle *HEG* rectangle en *H* :

$$HE^2 + HG^2 = EG^2$$

$$b^2 + \left(\frac{16}{9}b\right)^2 = 26{,}67^2$$

$$b^2 + \frac{256}{81}b^2 = 711{,}2889$$

$$\frac{81}{81}b^2 + \frac{256}{81}b^2 = 711{,}2889$$

$$\frac{337}{81}b^2 = 711{,}2889$$

$$b^2 = 711{,}2889 \times \frac{81}{337}$$

$$b^2 \simeq 170{,}963$$

$$b \simeq \sqrt{170{,}963}$$

$$b \simeq 13{,}08$$

La largeur de l'écran 16/9 est 13,08 cm environ. Sa longueur est donc :

$13{,}08 \times \frac{16}{9} \simeq 23{,}25\,\text{cm}$.

Sa surface est donc d'environ $13{,}08 \times 23{,}25 = 304{,}11$ cm².

- Conclusion : bien que la diagonale de son écran soit plus petite, **c'est Louise qui a le plus grand écran**.

17

	Surface pour Thierry	Surface pour Marius	Total
1er cas	900	1 500	2 400
2e cas	960	1 440	2 400
3e cas	1 320	1 080	2 400

1. Les surfaces pour Thierry (S_T) et Marius (S_M) sont dans le ratio 3 : 5.

$\frac{S_T}{3} = \frac{S_M}{5}$ ou $S_T = \frac{3}{5} S_M = 0{,}6\, S_M$.

La surface totale est de 2 400 m² :

$S_T + S_M = 2\,400$.

Méthode
Appliquez la définition de ratio.
Déduisez-en une expression de S_T en fonction de S_M.

$0{,}6\ S_M + S_M = 2\,400$

$1{,}6\ S_M = 2\,400$

$S_M = \dfrac{2\,400}{2} = 1\,500$

De l'égalité $S_T + S_M = 2\,400$, on déduit :

$S_T = 2\,400 - S_M = 2\,400 - 1\,500 = 900.$

2. 40 % de la surface revient à Thierry :

$S_T = \dfrac{40}{100} \times 2\,400 = 0{,}4 \times 2\,400 = 960.$

Le reste revient à Marius :

$S_M = 2\,400 - 960 = 1\,440.$

Remarque

Vous pouviez également obtenir S_M comme 60 % de la surface totale :

$S_M = \dfrac{60}{100} \times 2\,400 = 1\,440.$

3. $\dfrac{9}{20}$ de la surface est destinée à Marius :

$S_M = \dfrac{9}{20} \times 2\,400 = 0{,}45 \times 2\,400 = 1\,080.$

Le reste va à Thierry : $S_T = 2\,400 - 1\,080 = 1\,320$

Remarque

Vous pouviez également obtenir S_M comme le reste soit $\dfrac{11}{20}$ de la surface totale :

$S_M = \dfrac{11}{20} \times 2\,400 = 1\,320.$

Exercices d'approfondissement

18 5 robots fabriquent 5 jouets en 5 heures.

• Le nombre de robots et le nombre de jouets fabriqués sont proportionnels.

Donc 2 fois plus de robots fabriquent 2 fois plus de jouets sur une même durée :

10 robots fabriquent donc 10 jouets en 5 heures.

• Par ailleurs, le nombre de jouets fabriqués et la durée de travail sont proportionnels.

Donc un même nombre de robots fabriquent 2 fois plus de jouets sur une durée multipliée par 2 : **10 robots fabriquent 2 × 10, soit 20 jouets en 10 heures**.

Remarque

On parle ici de double proportionnalité entre :

– le nombre de robots et le nombre de jouets fabriqués ;

– le nombre de jouets fabriqués et le temps de travail.

19 • Un nombre augmenté de 10 % est multiplié par $\left(1+\frac{10}{100}\right)=1,1$.

• Un nombre augmenté de 20 % est multiplié par $\left(1+\frac{20}{100}\right)=1,2$.

• Un prix augmenté de 10 % puis de 20 % est multiplié par 1,1 puis par 1,2, soit par $1,1 \times 1,2 = 1,32$.

L'évolution associée à une multiplication par 1,32 est :

$$1,32 - 1 = 0,32 = \frac{32}{100} = 32\ \%.$$

Piège à éviter

Une augmentation de 10 % puis de 20 % n'est pas équivalente à une augmentation de 30 %.

En conclusion, **un prix qui a augmenté de 10 %, puis de 20 %, a augmenté finalement de 32 %.**

CHAPITRE 7

Fonctions affines

DE QUOI S'AGIT-IL ?

Les fonctions affines trouvent leur utilisation dans la modélisation de problèmes très variés. Leur étude fait l'objet de ce chapitre.

1 Généralités

① Qu'est-ce qu'une fonction affine ?

Soient a et b deux nombres réels donnés. Une **fonction affine** est une fonction qui, à un nombre x, associe le nombre $a \times x + b$, noté aussi $ax + b$.

On écrit $x \mapsto ax + b$.

Vidéo
Reconnaître une fonction affine

Bien comprendre

Une fonction affine est une fonction particulière. Le procédé qui, à tout nombre x, fait correspondre le nombre $ax + b$ s'appelle une fonction affine, notée aussi $f(x)$.

Cas particuliers

- $b = 0$

La fonction $f : x \mapsto a\,x$ est une fonction affine particulière appelée **fonction linéaire**.

- $a = 0$

La fonction $f : x \mapsto b$ est une fonction affine particulière appelée **fonction constante**.

Remarque
Ces fonctions sont étudiées dans le chapitre 10.

② Propriété : proportionnalité des accroissements

Pour toute fonction affine f, les accroissements de x et de $f(x)$ sont proportionnels. Le coefficient de proportionnalité est le nombre a.

Ainsi, avec $f(x) = ax + b$, quels que soient les nombres x_1 et x_2, on a :

$$\underbrace{f(x_2) - f(x_1)}_{\text{accroissement des } f(x)} = \overbrace{a}^{\text{coefficient}} \underbrace{(x_2 - x_1)}_{\text{accroissement des } x} \quad \text{ou} \quad a = \frac{f(x_2) - f(x_1)}{x_2 - x_1}$$

2 Étude graphique d'une fonction affine

① Représentation graphique

- Dans un repère, la représentation graphique d'une fonction affine f définie par $f(x) = ax + b$ est une **droite** D.
- Un point $M(x\,;y)$ est sur la droite D si $y = ax + b$.
- Réciproquement, si $y = ax + b$, alors le point $M(x\,;y)$ est sur la droite D.

2 Définitions

Soit D la droite représentant la fonction affine f définie par $f(x) = ax + b$.

- Le nombre a s'appelle **coefficient directeur** de la droite D. Il mesure l'inclinaison de la droite par rapport à l'axe horizontal.
- Quand x augmente de 1 (on se décale de 1 vers la droite à partir d'un point de la droite), $f(x)$ augmente de a. Cette technique permet une lecture directe du coefficient directeur a.
- Le nombre b s'appelle **ordonnée à l'origine** de la droite D.

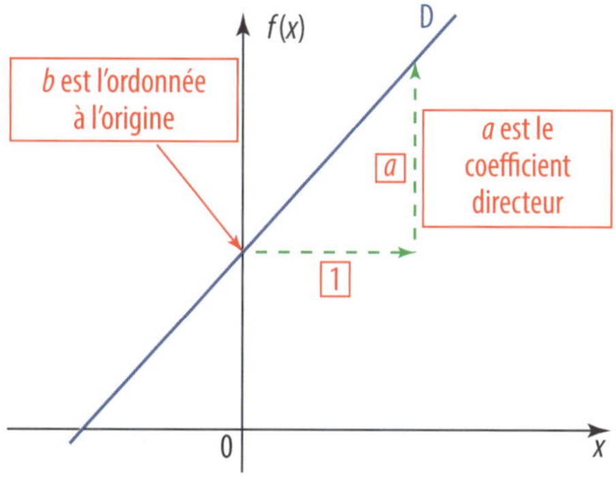

- Le nombre b est l'ordonnée du point d'abscisse nulle. On lit la valeur de l'ordonnée à l'origine à l'intersection de D et de l'axe des ordonnées.

3 Directions de la droite représentant la fonction affine f

Cas où $a > 0$
La droite « monte ».

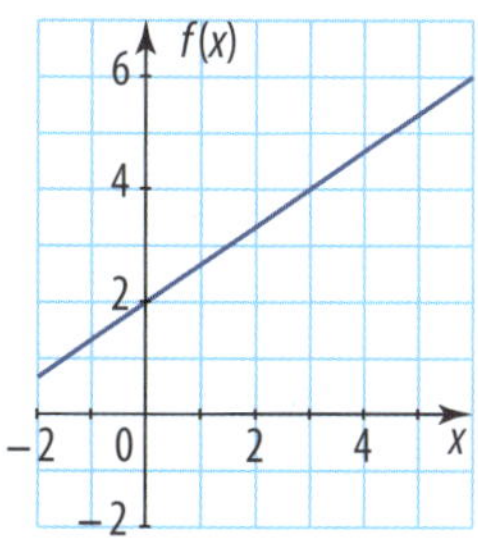

Cas où $a < 0$
La droite « descend ».

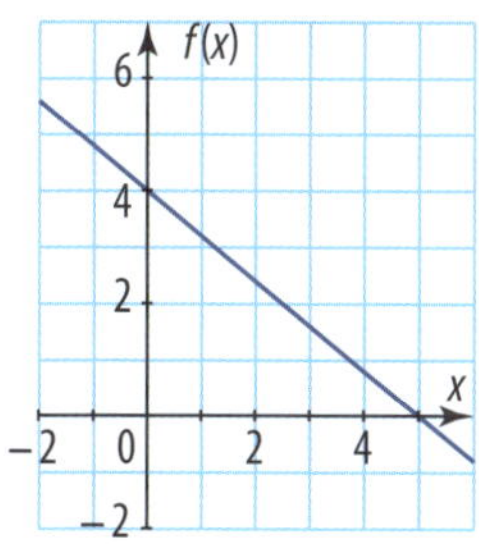

Cas où $a = 0$
La droite est horizontale.

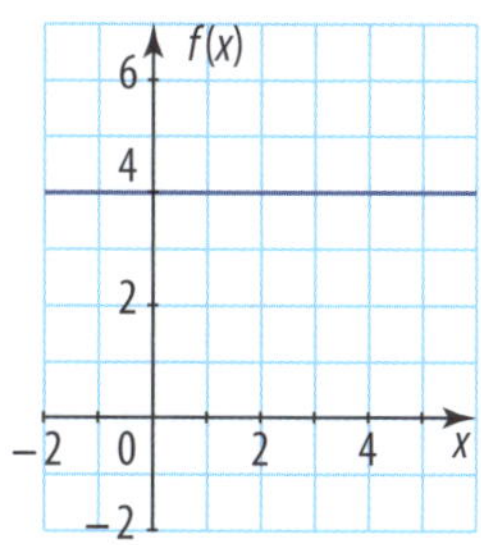

4 Exemple

- D coupe l'axe des ordonnées en 1, donc $b = 1$.
- Quand x augmente de 1, $f(x)$ augmente de 3, donc $a = 3$.

On en déduit que la fonction f représentée est définie par $f(x) = 3x + 1$.

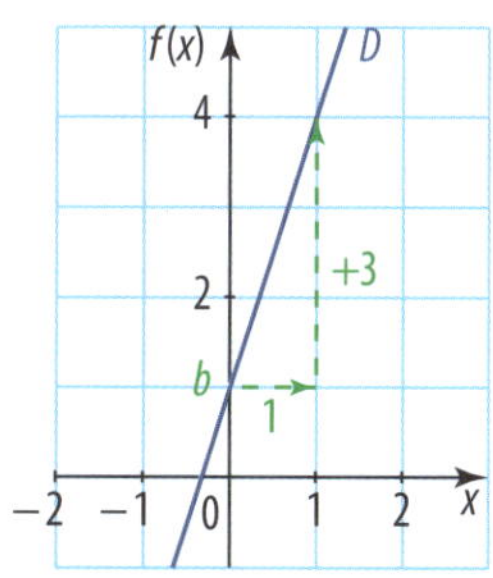

Vidéo
Représenter graphiquement une fonction affine

Vidéo
Reconnaître l'expression d'une fonction affine

QCM

1 Des choix à faire

➔ Corrigé p. 168

Cochez la (ou les) réponse(s) correcte(s).

On considère la fonction f définie par $f(x) = 8 - 3x$.

1. L'image de 3 est :

a) ☐ 17 **b)** ☐ −1 **c)** ☐ 1

2. $f\left(\frac{-2}{3}\right)$ est égale à :

a) ☐ 10 **b)** ☐ 6 **c)** ☐ $\frac{26}{3}$

3. 0 a comme antécédent :

a) ☐ $\frac{3}{8}$ **b)** ☐ $-\frac{8}{3}$ **c)** ☐ $\frac{8}{3}$

4. $-\frac{1}{2}$ a pour antécédent :

a) ☐ $\frac{17}{6}$ **b)** ☐ $-\frac{17}{6}$ **c)** ☐ $-\frac{3}{2}$

5. Par cette fonction, il existe des nombres qui ont :

a) ☐ aucun antécédent **b)** ☐ deux antécédents **c)** ☐ autre réponse

2 Vrai ou Faux ?

➔ Corrigé p. 169

Cochez la bonne réponse.

1. Une fonction affine se représente forcément par une droite. ☐ V ☐ F

2. Une fonction affine est une fonction qui peut s'écrire sous la forme $f(x) = ax + b$. ☐ V ☐ F

3. Une fonction affine s'annule une unique fois. ☐ V ☐ F

4. La fonction $f : x \mapsto 2x + 1$ est associée au procédé : « Au nombre x, on ajoute 1, puis on multiplie par 2 ». ☐ V ☐ F

On considère la fonction affine f définie par $f(x) = 1 - 3x$.

5. La représentation graphique de f a pour coefficient directeur 1. ☐ V ☐ F

6. La représentation graphique de f passe par le point $A(1 ; -2)$. ☐ V ☐ F

Exercices d'entraînement

3 Calcul mental

10 min ➔ Corrigé p. 170

Cet exercice est fait pour être traité sans la calculatrice.

Soit f la fonction affine définie par $f(x) = 2x - 3$ de droite représentative $\mathcal{D}$.

1. a) Quel est le coefficient directeur de $\mathcal{D}$?

b) Combien vaut l'ordonnée à l'origine de $\mathcal{D}$?

2. Quand les x augmentent de 3, de combien augmentent les $f(x)$?

3. Combien vaut $f(4)$? Quelle est l'image de -3 par f ?

4. Quel est l'antécédent de 0 par f ?

5. $\mathcal{D}$ passe-t-elle par le point A de coordonnées $(4\,;6)$?

4 À la recherche des fonctions affines

10 min ➔ Corrigé p. 170

Dans chacun des cas suivants, écrivez la fonction f sous la forme $f(x) = ax + b$ et précisez les valeurs de a et de b.

1. La représentation graphique de f est une droite de coefficient directeur -3 et telle que $f(0) = 2$.

2. La fonction f est la fonction qui, à un nombre x, lui ajoute 6 et multiplie le résultat par -4.

3. La fonction f est la fonction qui, à un nombre x, le multiplie par 3, ajoute 4 au résultat, puis divise le tout par 2.

4. La fonction f est définie par $f(x) = (x + 1)^2 - x^2$.

5. La fonction f est telle que si les x augmentent de 3, les « $f(x)$ » augmentent de 12. De plus, $f(0) = 1$.

5 On fait des constructions

10 min ➔ Corrigé p. 171

Représentez dans un même repère les fonctions affines définies par :

• $f(x) = 3x - 2$ • $g(x) = -2x + 4$ • $h(x) = 1 - x$ • $k(x) = 0{,}5x + 3$

➔ Méthode

1. Les fonctions affines se représentent par des droites.

2. Deux points suffisent pour tracer une droite. C'est pourquoi on prend deux valeurs de x (pas trop proches et bien choisies) dont on calcule les images.

3. On place dans un repère les deux points ainsi obtenus. En les reliant, on obtient la droite D demandée.

6 On fait l'opération inverse

10 min ➔ Corrigé p. 172

Trois fonctions affines f, g et h sont représentées dans le repère ci-contre.

Déterminez ces fonctions en les écrivant sous la forme « $ax + b$ ».

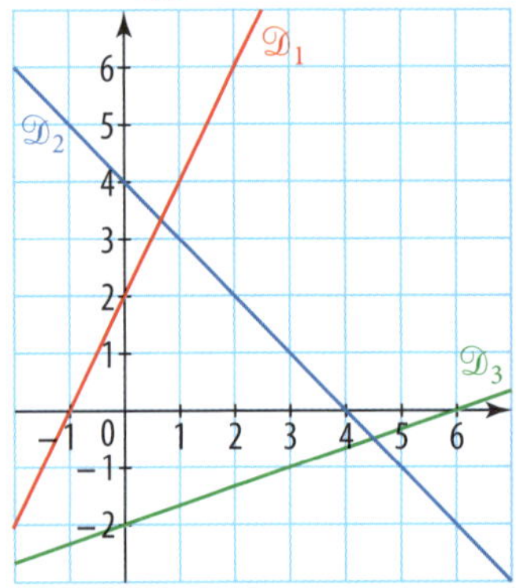

7 Images et antécédents

15 min ➔ Corrigé p. 173

Soit f la fonction affine définie par $f(x) = \dfrac{2x - 5}{7}$.

1. Calculez $f(0)$, $f(-1)$, $f\left(\dfrac{11}{2}\right)$, $f\left(\dfrac{8}{3}\right)$.

2. Déterminez les antécédents par f des nombres 0 ; –1 et $\dfrac{1}{2}$.

8 Affine ou pas ?

10 min ➔ Corrigé p. 174

Ce tableau de valeurs correspond-il à celui d'une fonction affine ? Justifiez.

x	–1	2	8
$f(x)$	–1	1	5

9 Fonctions affines en géométrie

15 min ➔ Corrigé p. 175

Déterminez la fonction affine f désignant :

1. l'aire du trapèze $TRAP$.

2. le périmètre du rectangle $RECT$.

3. la longueur AC dans le triangle ABC.

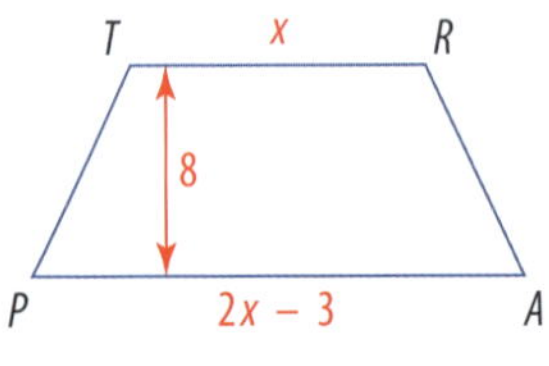

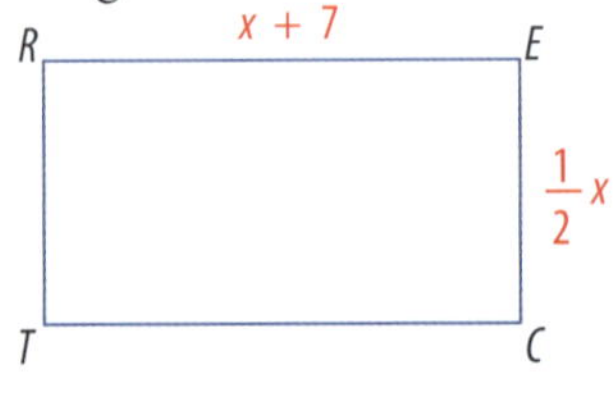

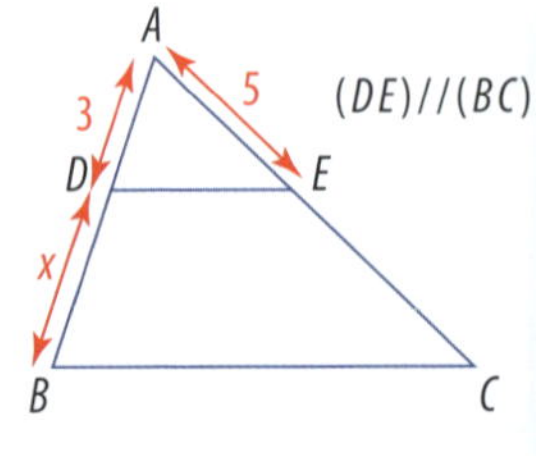

Problèmes

10 Recherche d'une fonction affine par le calcul ★ 15 min ➔ Corrigé p. 175

Déterminez la fonction affine f qui vérifie $f(-3) = 2$ et $f(5) = -1$.

➔ Méthode

1. On comprend dans l'énoncé qu'on recherche une fonction affine f.
Ainsi, f a une expression de la forme $f(x) = ax + b$.

2. On calcule a en utilisant la formule $a = \dfrac{f(x_2) - f(x_1)}{x_2 - x_1}$.

3. On calcule b grâce à l'une des deux images données par l'énoncé.

4. On conclut en remplaçant a et b dans l'expression de $f(x)$.

11 Une situation concrète ★ 15 min ➔ Corrigé p. 176

Partie A

Sur le graphique ci-contre, on a représenté deux fonctions affines f et g définies par :

$f(x) = 60 - 10\,x$ et $g(x) = 40 - 5x$

Justifiez que la fonction f est représentée par la droite K.

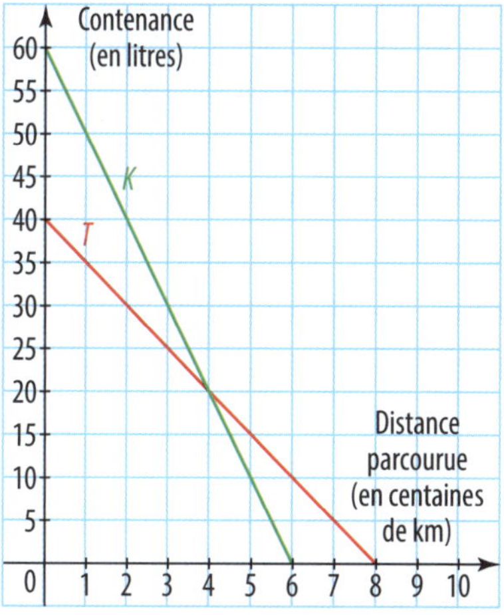

Partie B

Thierry et Kamel partent ensemble en vacances, chacun dans leur voiture.

Ils partent avec le plein d'essence.

Le graphique ci-contre représente la quantité d'essence contenue dans les réservoirs (en litres) des deux véhicules en fonction de la distance parcourue (en centaines de kilomètres) par chaque véhicule (la droite T est associée à Thierry et la droite K à Kamel).

1. Donnez puis interprétez le nombre $f(3)$.

2. Déterminez le véhicule le plus économique (c'est-à-dire celui qui consomme le moins pour 100 km parcourus).

3. En utilisant le graphique, déterminez :

a) la contenance du réservoir de chaque véhicule.

b) la distance que peut parcourir chaque véhicule avec le plein.

c) la quantité d'essence consommée par le véhicule de Thierry après 700 km parcourus.

4. a) Résolvez par le calcul l'équation $f(x) = g(x)$.

b) Interprétez le résultat.

Vers le brevet

12 Deux formules à départager

20 min Corrigé p. 177

Pour le paiement de la garderie dans une école, on propose deux formules.

– **Formule A** : on paie 40 € pour devenir adhérent pour l'année scolaire, puis on paye 10 € par mois de garderie ;

– **Formule B** : on paie 18 € par mois.

1. On appelle x le nombre de mois de garderie.

On note $A(x)$ le prix payé avec la formule A et $B(x)$ le prix payé avec la formule B. Exprimez $A(x)$ puis $B(x)$ en fonction de x.

2. Représentez graphiquement les fonctions suivantes dans un même repère :

$x \mapsto A(x) = 10x + 40$ et $x \mapsto B(x) = 18x$.

On prendra 1 cm pour 1 mois en abscisse et 1 cm pour 10 € en ordonnée.

3. a) À partir du graphique, déterminez le nombre de mois pour lequel les prix à payer sont les mêmes.

b) Retrouvez ce résultat par le calcul.

4. À partir du graphique, déterminez la formule la plus avantageuse si on ne paie que 4 mois dans l'année.

5. On dispose d'un budget de 113 €. Combien de mois de garderie au maximum pourra-t-on payer si l'on choisit la formule A ?

13 Identification de fonctions

★ 25 min Corrigé p. 179

À l'aide d'un tableur, on réalise les tableaux de valeurs de deux fonctions dont les expressions sont $-2x + 4$ et $-\frac{1}{2}x + 2$.

	A	B	C	D	E	F	G	H	I	J
1	x	2	–1	0	1	2	3	4	5	6
2	f(x) =	1	2,5	2	1,5	1	0,5	0	–0,5	–1
3	g(x) =	0	6	4	2	0	–2	–4	–6	–8

Toutes vos réponses devront être soigneusement justifiées.

1. Identifiez les expressions des fonctions $f(x)$ et $g(x)$.

2. Quelle formule a-t-on saisie en B3 ?

3. Ci-contre sont représentées deux droites d_1 et d_2.

Identifiez les représentations graphiques de f et de g.

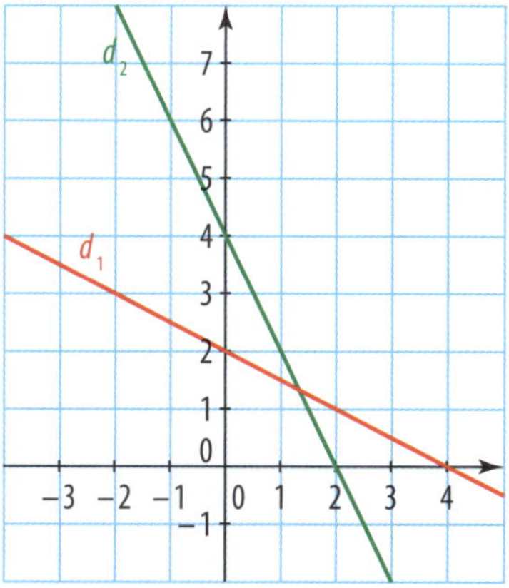

4. a) Donnez une valeur approchée de la solution de l'équation $f(x) = g(x)$.

b) Déterminez par le calcul la valeur exacte de la solution de l'équation $f(x) = g(x)$.

5. Construisez dans ce même repère la représentation graphique de la fonction h définie par : $h(x) = 2x + 7$.

6. a) En utilisant le graphique, donnez la solution de l'équation :

$$-\frac{1}{2}x + 2 = 2x + 7.$$

b) Retrouvez ce résultat par le calcul.

Exercice d'approfondissement

14 Une fonction définie par morceaux

10 min ➲ Corrigé p. 180

On considère la fonction f définie par : $f(x) = \begin{cases} \frac{2}{3}x + 2 & \text{si } 0 \leqslant x < 6 \\ -\frac{2}{3}x + 10 & \text{si } 6 \leqslant x \end{cases}$

Représentez la fonction f.

QCM

1 **1.** Pour calculer l'image de 3 par la fonction f, on calcule $f(3)$.

$f(3) = 8 - 3 \times 3 = 8 - 9 = -1$.

L'image de 3 par la fonction f est -1.

Réponse : **b)** -1.

> **Méthode**
> Pour calculer l'image de 3, remplacez x par 3 dans $f(x)$.

2. $f\left(\frac{-2}{3}\right) = 8 - 3 \times \frac{-2}{3} = 8 + 2 = 10$.

Réponse : **a)** 10.

> **Remarque**
> Calculer $f\left(\frac{-2}{3}\right)$ revient à calculer l'image de $\frac{-2}{3}$ par f.

3. Pour déterminer les antécédents de 0, on résout l'équation $f(x) = 0$.

$$8 - 3x = 0$$
$$-3x = 0 - 8$$
$$x = \frac{-8}{-3} = \frac{8}{3}$$

0 a un seul antécédent par f : $\frac{8}{3}$.

Réponse : **c)** $\frac{8}{3}$.

> **Rappel**
> Les antécédents de 0 sont les nombres qui ont pour image 0 par f.

4. Pour déterminer les antécédents de $-\frac{1}{2}$, on résout l'équation $f(x) = -\frac{1}{2}$.

$$8 - 3x = -\frac{1}{2}$$
$$-3x = -\frac{1}{2} - 8$$
$$-3x = -\frac{1}{2} - \frac{16}{2} = -\frac{17}{2}$$
$$3x = \frac{17}{2}$$
$$x = \frac{17}{2} \times \frac{1}{3} = \frac{17}{6}$$

Réponse : **a)** $\frac{17}{6}$.

> **Méthode**
> Isolez x dans le membre de gauche.

> **Méthode**
> Diviser par 3 revient à multiplier par l'inverse de 3, soit $\frac{1}{3}$.

5. Le nombre d'antécédents d'un nombre a par cette fonction correspond au nombre de solutions de l'équation $f(x) = a$.

$$8 - 3x = a$$
$$-3x = a - 8$$
$$x = \frac{a-8}{-3}$$
$$x = \frac{8-a}{3}$$

> **Méthode**
> La solution trouvée dépend du nombre a choisi au départ. En remplaçant a par 0 par exemple, on retrouve l'antécédent de 0.

On en déduit que tout nombre a a un unique antécédent : $\frac{8-a}{3}$.

Réponse : **c)** autre réponse.

2 **1. Vrai** ➜ Par définition, une fonction affine se représente par une droite.

2. Vrai ➜ Par définition, on appelle fonction affine, toute fonction f pouvant s'écrire $f(x) = ax + b$.

3. Faux ➜ Si $a \neq 0$, on a :

$$ax + b = 0$$
$$ax = -b$$
$$x = \frac{-b}{a}$$

> **Rappel**
> Une affirmation vraie ne comporte aucune exception !

Dans ce cas, la fonction ne s'annule qu'une seule fois.

En revanche, si $a = 0$, la fonction f s'écrit $f(x) = b$.

Dans ce cas, si $b \neq 0$, la fonction f ne s'annule jamais !

4. Faux ➜ Au nombre x, on ajoute 1, on obtient :

$x + 1$.

Puis on multiplie par 2.

On obtient : $2(x + 1) = 2x + 2 \neq 2x + 1$.

> **Remarque**
> Le bon procédé est : « On multiplie par 2 le nombre x, puis on ajoute 1 ».

5. Faux ➜ La fonction f s'écrit $f(x) = -3x + 1$. En identifiant à la forme $f(x) = ax + b$, on a $a = -3$ et $b = 1$. Le coefficient directeur étant donné par a, on en déduit que la représentation graphique de f a pour coefficient directeur -3.

> **Méthode**
> Écrivez la fonction f sous la forme $f(x) = ax + b$, puis identifiez les valeurs de a et b.

6. Vrai ➜ On a $f(1) = 1 - 3 \times 1 = -2$. On en déduit que le point A est bien sur la représentation graphique de f.

> **Rappel**
> Le point est sur la droite, si son ordonnée est l'image de son abscisse.

Exercices d'entraînement

3 **1. a)** $f(x) = 2x - 3 = 2 \times x + (-3)$ est de la forme $f(x) = ax + b$ avec $a = 2$.

Le coefficient directeur de $\mathcal{D}$ vaut 2.

b) $f(x) = 2x - 3$ est de la forme $f(x) = ax + b$ avec $b = -3$.

L'ordonnée à l'origine de $\mathcal{D}$ vaut – 3.

2. Quand les x augmentent de 1, les $f(x)$ augmentent de a, soit ici 2.

Quand les x augmentent de 2, les $f(x)$ augmentent de $2 \times 2 = 4$.

Donc **quand les x augmentent de 3, les $f(x)$ augmentent de $2 \times 3 = 6$.**

> **Rappel**
> Pour une fonction affine, les accroissements en x et les accroissements en $f(x)$ sont proportionnels de coefficient a.

3. • $f(4) = 2 \times 4 - 3 = 8 - 3 = \boxed{5}$.

• L'image de – 3 par la fonction f est $f(-3) = 2 \times (-3) - 3 = -6 - 3 = \boxed{-9}$.

4. L'antécédent de 0 par f est le nombre x vérifiant l'équation : $2x - 3 = 0$.

On obtient $2x = 3$.

Soit $x = \dfrac{3}{2} = 1{,}5$.

1,5 est l'antécédent de 0 par f.

> **Rappel**
> Un point $A\,(x_A\,;y_A)$ est sur la droite représentant la fonction f si et seulement si $y_A = f(x_A)$.

5. $f(4) = 2 \times 4 - 3 = 8 - 3 = 5 \neq 6$.

Donc **le point A de coordonnées (4 ; 6) n'est pas sur $\mathcal{D}$.**

4 **1.** Dans l'expression $f(x) = ax + b$, le nombre a correspond au coefficient directeur de la droite, et b est la valeur de $f(0)$, c'est-à-dire l'ordonnée à l'origine de la droite.

On obtient $a = -3$ et $b = 2$, donc $\boxed{f(x) = -3x + 2}$.

> **Conseil**
> On identifie les valeurs de a et de b en écrivant f sous la forme $f(x) = ax + b$.

2. • Au nombre x, on ajoute 6 : $x + 6$.

• On multiplie le résultat par –4 :

$-4(x + 6) = -4x - 24$.

On obtient $a = -4$ et $b = -24$, donc $\boxed{f(x) = -4x - 24}$.

3. • On multiplie par 3 le nombre x : $3x$.

• On ajoute 4 : $3x + 4$.

• On divise par 2 : $\dfrac{3x+4}{2} = \dfrac{3x}{2} + \dfrac{4}{2} = \dfrac{3}{2}x + 2$.

> **Rappel**
> $\dfrac{a+b}{2} = \dfrac{a}{2} + \dfrac{b}{2}$.

On obtient $a = \dfrac{3}{2}$ et $b = 2$, donc $\boxed{f(x) = \dfrac{3}{2}x + 2}$.

4. $f(x) = (x + 1)^2 - x^2 = x^2 + 2x + 1 - x^2 = 2x + 1$.
On obtient $a = 2$ et $b = 1$, donc $\boxed{f(x) = 2x + 1}$.

5. On calcule le coefficient de proportionnalité a en utilisant l'égalité $a = \dfrac{f(x_2) - f(x_1)}{x_2 - x_1}$.

« Les x augmentent de 3 » signifie que $x_2 - x_1 = 3$.
« Les $f(x)$ augmentent de 12 » signifie que $f(x_2) - f(x_1) = 12$.

On en déduit $a = \dfrac{f(x_2) - f(x_1)}{x_2 - x_1} = \dfrac{12}{3} = 4$.

De plus, $f(0) = 1$, donc $b = 1$.
On obtient $a = 4$ et $b = 1$, donc $\boxed{f(x) = 4x + 1}$.

L'astuce du prof
En développant avec $(a + b)^2 = a^2 + 2ab + b^2$, les « x^2 » s'éliminent.

Rappel
$f(0) = b$.

5 Ces quatre fonctions sont des fonctions affines. Elles sont donc représentées graphiquement par des droites notées D_f, D_g, D_h et D_k.

x	0	2
$y = f(x)$	$f(0) = 3 \times 0 - 2 = -2$	$f(2) = 3 \times 2 - 2 = 4$
$(x\,;y)$	$A(0\,;-2)$	$B(2\,;4)$

Méthode
Prenez deux valeurs de x, puis déterminez l'ordonnée en calculant l'image de x.

x	0	2
$y = g(x)$	$g(0) = 2 \times 0 + 4 = 4$	$g(2) = 2 \times 2 + 4 = 0$
$(x\,;y)$	$C(0\,;4)$	$D(2\,;0)$

L'astuce du prof
Les valeurs de x sont choisies.
Pour simplifier les calculs, on peut prendre $x = 0$.

x	0	2
$y = h(x)$	$h(0) = 1 - 0 = 1$	$h(4) = 1 - 4 = -3$
$(x\,;y)$	$E(0\,;1)$	$F(4\,;-3)$

x	-2	6
$y = k(x)$	$k(-2) = 0{,}5 \times (-2) + 3 = 2$	$k(6) = 0{,}5 \times 6 + 3 = 6$
$(x\,;y)$	$G(-2\,;2)$	$H(6\,;6)$

L'astuce du prof
On prend des valeurs de x paires afin que $0{,}5x$ soit un entier.

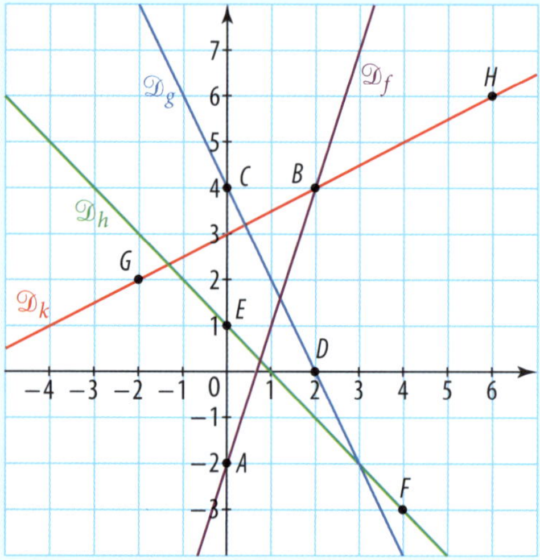

6

→ À savoir

On détermine une fonction affine en donnant les valeurs de *a* et de *b*. Graphiquement, le nombre *b* est l'ordonnée du point d'abscisse 0.

Le nombre *a* est le coefficient directeur de la droite. On le détermine à l'aide de deux points de la droite avec la formule $a = \dfrac{\text{accroissement des } x}{\text{accroissement des } f(x)}$.

• **Pour** $\mathscr{D}_1$

Ordonnée à l'origine : 2.

Quand on passe de *A* vers *B* :

– l'accroissement des *x* est +1 ;

– l'accroissement des *f*(*x*) est +2.

Soit $a = \dfrac{2}{1} = 2$.

On a donc $\boxed{f_1(x) = 2x + 2}$.

• **Pour** $\mathscr{D}_2$

Ordonnée à l'origine : 4.

Quand on passe de *C* vers *D* :

– l'accroissement des *x* est +1 ;

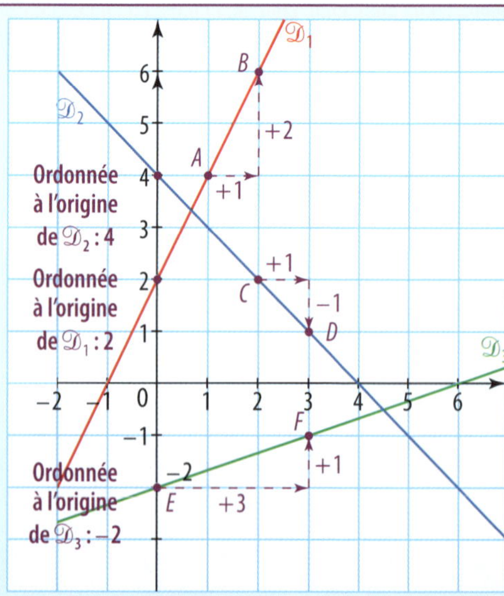

– l'accroissement des $f(x)$ est –1.

Soit $a = \frac{-1}{1} = -1$.

On a donc $\boxed{f_2(x) = -x + 4}$.

• **Pour** $\mathcal{D}_3$

Ordonnée à l'origine : –2.

Quand on passe de E vers F :

– l'accroissement des x est +3 ;

– l'accroissement des $f(x)$ est +1.

Soit $a = \frac{1}{3}$.

On a donc $\boxed{f_3(x) = \frac{1}{3}x - 2}$.

7 **1.** • $f(0) = \frac{2 \times 0 - 5}{7} = \frac{0 - 5}{7} = -\frac{5}{7}$

• $f(-1) = \frac{2 \times (-1) - 5}{7} = \frac{-2 - 5}{7} = \frac{-7}{7} = \boxed{-1}$

• $f\left(\frac{11}{2}\right) = \frac{\cancel{2} \times \frac{11}{\cancel{2}} - 5}{7} = \frac{11 - 5}{7} = \boxed{\frac{6}{7}}$

• $f\left(\frac{8}{3}\right) = \frac{2 \times \frac{8}{3} - 5}{7} = \frac{\frac{16}{3} - 5}{7} = \frac{\frac{16}{3} - \frac{15}{3}}{7} = \frac{\frac{1}{3}}{7} = \frac{1}{3} \times \frac{7}{1} = \boxed{\frac{7}{3}}$

2. • Déterminons l'antécédent de 0 par f. On cherche x tel que $f(x) = 0$.

$\frac{2x - 5}{7} = 0$

$2x - 5 = 0$

$2x = 5$

$x = \frac{5}{2} = 2,5$. **Le nombre 2,5 est l'antécédent de 0 par *f*.**

> **Méthode**
> Cherchez x tel que $f(x)$ soit égale à chacun des nombres proposés.

• Déterminons l'antécédent de – 1 par f. On cherche x tel que $f(x) = -1$.

$\frac{2x - 5}{7} = -1$

$2x - 5 = -1 \times 7$

$2x - 5 = -7$

> **Rappel**
> Si $\frac{a}{b} = c$, alors $a = b \times c$.

$2x = -7 + 5$

$2x = -2$

$x = -\frac{2}{2}$

$x = -1$

Le nombre – 1 est l'antécédent de – 1 par *f*.

• Déterminons l'antécédent de $\frac{1}{2}$ par *f*. On cherche x tel que $f(x) = \frac{1}{2}$.

$\frac{2x-5}{7} = \frac{1}{2}$

$(2x-5) \times 2 = 1 \times 7$

$4x - 10 = 7$

$4x = 7 + 10$

$4x = 17$

$x = \frac{17}{4} = 4{,}25$

Le nombre $\frac{17}{4}$ est l'antécédent de $\frac{1}{2}$ par *f*.

Rappel

Si $\frac{a}{b} = \frac{c}{d}$, alors $a \times d = b \times c$.

8 Étudions l'accroissement entre les x et les $f(x)$.

• Pour passer de la 1re colonne à la seconde :

– les x passent de – 1 à 2 : ils augmentent de 3 ;

– les $f(x)$ passent de – 1 à 1 : ils augmentent de 2.

Le coefficient de proportionnalité correspondant vaut $\frac{2}{3}$.

• Pour passer de la 2e colonne à la 3e :

– les x passent de 2 à 8 : ils augmentent de 6 ;

– les $f(x)$ passent de 1 à 5 : ils augmentent de 4.

Le coefficient de proportionnalité correspondant vaut $\frac{4}{6} = \frac{2}{3}$.

• En conclusion, l'accroissement des $f(x)$ est proportionnel à l'accroissement des x avec un coefficient de $\frac{2}{3}$.

Ce tableau de valeurs est donc bien celui d'une fonction affine.

Pièges à éviter

• Pour une fonction linéaire, ce sont les x et les $f(x)$ qui sont proportionnels.

• Pour une fonction affine, ce sont les accroissements en x et $f(x)$ qui sont proportionnels.

Autre méthode

Avec les deux premières colonnes, déterminez l'expression de $f(x)$. Puis vérifiez les valeurs avec la 3e colonne.

9 **1.** $f(x) = \dfrac{(RT + AP) \times \text{hauteur}}{2}$

$= \dfrac{(x + 2x - 3) \times 8}{2} = (3x - 3) \times \dfrac{8}{2}$

$= (3x - 3) \times 4$

$= \boxed{12x - 12}$

> **Rappel**
> Aire d'un trapèze = $\dfrac{(\text{petite base} + \text{grande base}) \times \text{hauteur}}{2}$

2. $f(x) = 2 \times (RE + EC)$

$= 2 \times \left(x + 7 + \dfrac{1}{2}x\right) = 2 \times \left(\dfrac{2}{2}x + 7 + \dfrac{1}{2}x\right)$

$= 2 \times \left(\dfrac{3}{2}x + 7\right)$

$= \boxed{3x + 14}$

3. Les droites (AB) et (AC) sont sécantes en A. D et E sont sur (AB) et (AC). Comme les droites (DE) et (BC) sont parallèles, on applique le théorème de Thalès : $\dfrac{AD}{AB} = \dfrac{AE}{AC}$.

> **L'astuce du prof**
> On reconnaît une figure clé associée au théorème de Thalès.

De $\dfrac{3}{3+x} = \dfrac{5}{AC}$, il vient : $AC = \dfrac{5 \times (3 + x)}{3}$

soit $f(x) = \dfrac{15 + 5x}{3} = \dfrac{15}{3} + \dfrac{5}{3}x = \boxed{\dfrac{5}{3}x + 5}$.

Problèmes

10 • f est une fonction affine, donc elle s'écrit sous la forme $f(x) = ax + b$.

• $a = \dfrac{f(x_2) - f(x_1)}{x_2 - x_1}$

$= \dfrac{f(-3) - f(5)}{-3 - 5}$

$= \dfrac{2 - (-1)}{-8} = -\dfrac{3}{8}$

> **Méthode**
> Calculez a en utilisant la proportionnalité des accroissements.

On en déduit que $f(x) = -\dfrac{3}{8}x + b$.

• Il reste à déterminer le nombre b.

On sait que $f(-3) = 2$. Donc, en remplaçant x par -3,

$$-\frac{3}{8}\times(-3)+b=2\text{, soit }\frac{9}{8}+b=2.$$

On en déduit $b = 2 - \frac{9}{8} = \frac{16}{8} - \frac{9}{8} = \frac{7}{8}$.

Par conséquent, $\boxed{f(x) = -\frac{3}{8}x + \frac{7}{8}}$.

> **Méthode**
> Pour calculer b, on pouvait utiliser $f(5) = -1$. On aurait trouvé le même résultat.

11 **Partie A**

On a $f(0) = 60 - 10 \times 0 = 60$. Or la droite qui a pour ordonnée à l'origine 60 est la droite K.

On en déduit que la fonction f est représentée par la droite K.

Partie B

1. $f(3) = 60 - 10 \times 3 = 60 - 30 = \boxed{30}$.

Cela signifie qu'**il reste 30 litres dans le réservoir du véhicule de Kamel**, au bout de 300 km.

> **Remarque**
> On peut vérifier ce résultat graphiquement en lisant l'image de 3.

2. • **Pour le véhicule de Kamel**

On a $f(0) = 60$ et $f(1) = 50$. Cela signifie que pour 100 km parcourus, la voiture a consommé 10 litres ($60 - 50 = 10$).

• **Pour le véhicule de Thierry**

> **Remarque**
> La pente de la droite K est plus importante que celle de T : cela signifie que le réservoir de Kamel se vide plus rapidement que celui de Thierry.

On a $g(0) = 40$ et $g(1) = 35$. Cela signifie que pour 100 km parcourus, la voiture a consommé 5 litres ($40 - 35 = 5$). **Le véhicule le plus économique est celui de Thierry.**

3. a) Les contenances des réservoirs se lisent en $f(0)$ et $g(0)$, c'est-à-dire lorsque les véhicules ont parcouru 0 km (les voitures partent avec le plein !).

$f(0) = 60$. La contenance de la voiture de Kamel est **60 litres**.

$g(0) = 40$. La contenance de la voiture de Thierry est **40 litres**.

b) Il s'agit de déterminer les nombres x qui vérifient $f(x) = 0$ et $g(x) = 0$, c'est-à-dire le nombre de kilomètres parcourus pour que la contenance du réservoir soit nulle. On a $f(6) = 0$ et $g(8) = 0$.

> **Remarque**
> Cela revient à déterminer les antécédents de 0 par f et par g.

On en déduit qu'avec le plein, **la voiture de Thierry peut parcourir 800 km et celle de Kamel, 600 km**.

c) On lit $f(7) = 5$. Cela signifie qu'il reste 5 litres dans le réservoir du véhicule de Kamel après 700 km parcourus. Sachant que son réservoir a une contenance de 60 litres, **il a donc consommé 55 litres**.

CORRIGÉS

4. a)

$$f(x) = g(x)$$
$$60 - 10x = 40 - 5x$$
$$-10x + 5x = 40 - 60$$
$$-5x = -20$$
$$x = \frac{-20}{-5}$$
$$\boxed{x = 4}$$

Méthode

C'est une équation du premier degré. On se ramène à une équation du type $ax = b$.

b) Au bout de 400 km, **il reste la même quantité d'essence dans les réservoirs des voitures de Thierry et Kamel.**

Vers le brevet

12 **1. • Avec la formule A**

$$A(x) = \underbrace{40}_{\text{Montant pour devenir adhérent}} + \underbrace{10}_{\text{Montant pour un mois de garderie}} \times \underbrace{x}_{\text{Nombre de mois}} = \boxed{40 + 10x}$$

• Avec la formule B

$$B(x) = \underbrace{18}_{\text{Montant pour un mois de garderie}} \times \underbrace{x}_{\text{nombre de mois}} = \boxed{18x}$$

2. • La fonction A est de la forme $A(x) = ax + b$ avec $a = 10$ et $b = 40$. C'est donc une fonction affine. Elle se représente par une droite.

Remarque

Les fonctions que l'on doit représenter sont les fonctions de la question 1.

x	0	8
$y = A(x)$	$A(0) = 10 \times 0 + 40 = 40$	$A(8) = 10 \times 8 + 40 = 120$
$(x ; y)$	E(0 ; 40)	F(8 ; 120)

Méthode

On dresse un tableau avec deux valeurs de x pas trop proches l'une de l'autre.

• La fonction B est une fonction linéaire, car elle est de la forme $B(x) = ax$ avec $a = 18$.

Sa représentation graphique est donc une droite qui passe par l'origine du repère. De plus, $B(5) = 18 \times 5 = 90$.

On en déduit que la droite passe aussi par le point $G(5 ; 90)$.

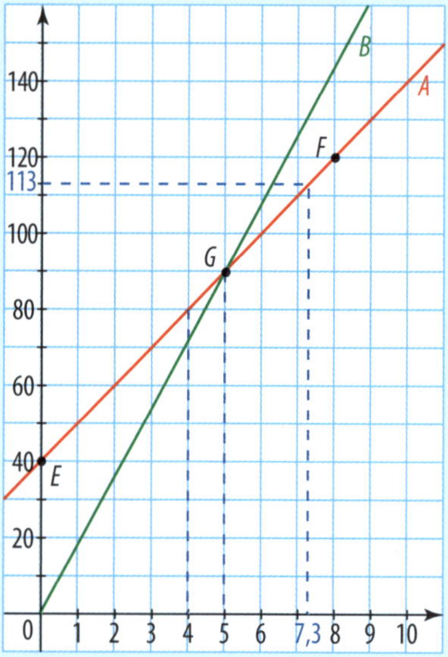

3. a) Le nombre de mois pour lequel les prix à payer sont les mêmes est donné par l'abscisse du point d'intersection des deux droites, soit $x = 5$.

C'est donc pour 5 mois que les prix sont identiques.

b) Les prix sont identiques lorsque $A(x) = B(x)$.

$$10x + 40 = 18x$$
$$10x - 18x = -40$$
$$-8x = -40$$
$$x = \frac{-40}{-8}$$
$$\boxed{x = 5}$$

Méthode

On se ramène à une équation du type $ax = b$.

On retrouve bien le résultat obtenu sur le graphique.

4. Si l'on ne paie que 4 mois dans l'année, **il vaut mieux prendre l'offre B** (voir pointillés sur le graphique). En effet, l'ordonnée du point de la droite *B* se trouve en dessous de l'ordonnée de la droite *A*.

5. Graphiquement, pour $y = 113$, on obtient $x \approx 7{,}3$ (voir pointillés sur le graphique). Donc, avec 113 €, **on peut payer 7 mois de garderie** avec le tarif *A*.

Remarque

On cherche l'antécédent de 113 par *A*.

13 **1.** Pour $x = 0$: $-2x + 4 = -2 \times 0 + 4 = 0 + 4 = 4$.

Pour $x = 0$: $-\frac{1}{2}x + 2 = -\frac{1}{2} \times 0 + 2 = 0 + 2 = 2$.

Grâce aux résultats du tableur de la colonne D, on identifie : $f(x) = -\frac{1}{2}x + 2$ et $g(x) = -2x + 4$

Méthode
Calculez l'image d'un nombre (simple !) par les deux fonctions et comparez avec les images données dans le tableur.

2. En B3 s'affiche l'image de g, soit $-2x + 4$ associée à la valeur de x contenue dans la cellule B1. Ainsi, on a entré en B3 : =-2*B1+4.

3. • La droite d_1 passe par le point de coordonnées (0 ; 2). Cela signifie que l'image de 0 par la fonction associée est 2.

La droite d_1 représente la fonction $f(x) = -\frac{1}{2}x + 2$.

Méthode
Utilisez l'image d'un nombre (simple !) par les deux fonctions et comparez avec les points de d_1 et d_2.

• La droite d_2 passe par le point de coordonnées (0 ; 4). Cela signifie que l'image de 0 par la fonction associée est 4. **La droite d_2 représente la fonction $g(x) = -2x + 4$.**

4. a) La solution de l'équation $f(x) = g(x)$ est l'abscisse du point d'intersection de d_1 et d_2, soit **environ 1,3** (voir pointillés bleus).

b) Il s'agit de résoudre l'équation $f(x) = g(x)$:

$$-\frac{1}{2}x + 2 = -2x + 4$$

$$-\frac{1}{2}x + 2x = 4 - 2$$

$$-\frac{1}{2}x + \frac{4}{2}x = 2$$

$$\frac{3}{2}x = 2$$

$$x = 2 \div \frac{3}{2} = 2 \times \frac{2}{3} = \frac{4}{3}$$

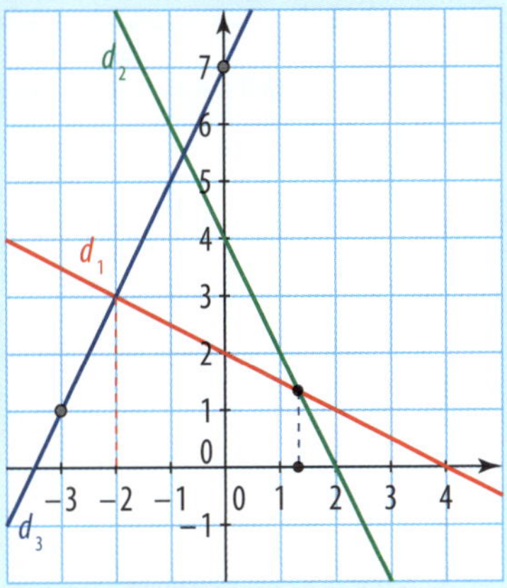

L'équation $f(x) = g(x)$ a pour solution le nombre $\frac{4}{3}$.

Remarque
La valeur (exacte) obtenue par le calcul confirme le résultat lu graphiquement (valeur approchée).

5. h est une fonction affine (car de la forme $ax + b$). Sa représentation graphique est donc une droite d_3. Pour tracer une droite, on a besoin des coordonnées de deux points de d_3.

Pour $x = -3$, $h(x) = 2 \times (-3) + 7 = -6 + 7 = 1$.

Pour $x = 0$, $h(x) = 2 \times 0 + 7 = 0 + 7 = 7$.

La droite d_3 passe donc par les points de coordonnées (– 3; 1) et (0 ; 7).

6. a) Résoudre graphiquement l'équation $-\frac{1}{2}x+2=2x+7$, c'est lire l'abscisse du point d'intersection des droites d_1 et d_3, soit $\boxed{-2}$ (voir pointillés rouges).

b) Résolvons par le calcul $-\frac{1}{2}x+2=2x+7$:

$-\frac{1}{2}x-2x=7-2$ d'où $-\frac{1}{2}x-\frac{4}{2}x=5$ et $-\frac{5}{2}x=5$

$x=5\div\left(-\frac{5}{2}\right)=\cancel{5}\times\left(-\frac{2}{\cancel{5}}\right)=\boxed{-2}$

Rappel
Diviser par une fraction $\frac{a}{b'}$, c'est multiplier par son inverse $\frac{b}{a'}$.

Exercice d'approfondissement

14 • Pour $0 \leqslant x < 6$, f est une fonction affine. Elle se représente par un segment. Pour $x=0$, on a $f(0)=\frac{2}{3}\times 0+2=2$. Sa représentation graphique passe par le point $A(0\ ;2)$.

De plus, le coefficient directeur de la droite est $\frac{2}{3}$. On dessine donc le morceau de droite correspondant.

Remarque
On pouvait aussi chercher les coordonnées d'un second point.

• Pour $x \geqslant 6$, f est également une fonction affine. Elle se représente par une droite. Pour $x=6$, on a $f(x)=-\frac{2}{3}\times 6+10=-4+10=6$. Sa représentation graphique passe par le point $B(6\ ;6)$. De plus, le coefficient directeur de la droite est $-\frac{2}{3}$. On dessine donc le morceau de droite correspondant.

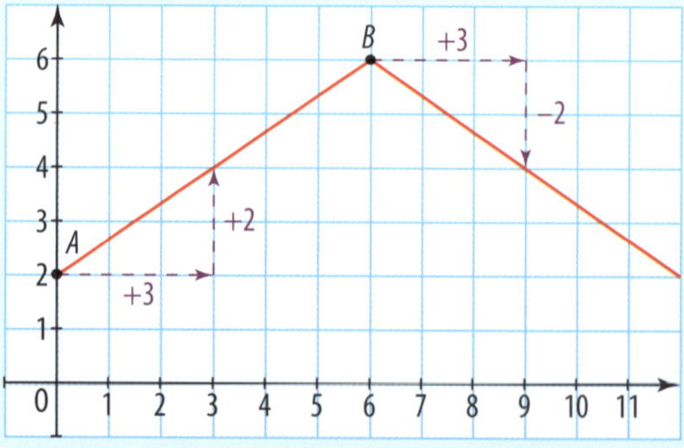

Remarque
Ce genre de fonction est appelée « fonction affine par morceaux ».

CHAPITRE 8

Statistiques

DE QUOI S'AGIT-IL ?

Au quotidien, via les médias, il est question de statistiques. Cette partie des mathématiques vise à étudier les séries de nombres avec des indicateurs : médiane, étendue, moyenne…

1 Fréquence

- On considère une population d'effectif total N sur laquelle on étudie un caractère qui prend pour valeurs $x_1, x_2, \ldots, x_p$ d'effectifs respectifs $n_1, n_2, \ldots n_p$.

Autrement dit, la série se présente sous la forme :

$$\underbrace{x_1\,;x_1\,;x_1}_{n_1 \text{ termes } x_1},\ \underbrace{x_2\,;x_2}_{n_2 \text{ termes } x_2}\,;x_3\ldots\ \underbrace{;x_p\,;x_p}_{n_p \text{ termes } x_p}$$

avec $n_1 + n_2 + \ldots + n_p = N$.

ou

Valeur de *x*	x_1	x_2	x_3	...	x_p
Effectif	n_1	n_2	n_3	...	n_p

- La fréquence, notée f_i, de la valeur x_i est définie par $f_i = \dfrac{n_i}{N}$.

La fréquence est un nombre compris entre 0 et 1, souvent exprimé en % pour être plus représentatif.

Vidéo
Calculer une fréquence

2 Moyenne

- La moyenne notée $\overline{x}$ d'une série vaut :

$$\overline{x} = \frac{n_1x_1 + n_2x_2 + .. + n_px_p}{N}$$

Remarque
On parle de « moyenne pondérée par les effectifs ».

- La moyenne est un indicateur de position.
- Quand les termes d'une série sont regroupés en classes, on prend pour représentant de la classe $[a\,;\,b]$ le milieu de l'intervalle $[a\,;\,b]$: $\dfrac{a+b}{2}$.

Vidéo
Calculer une moyenne, une médiane et une étendue (1)

3 Médiane

1 Définition

Soit S une série de nombres **rangés dans l'ordre croissant.**

- La **médiane**, notée Me, de S est la valeur qui partage la série en deux « sous-séries » de même effectif.

Il y a autant de valeurs de la série supérieures ou égales à Me que de valeurs inférieures ou égales à Me.

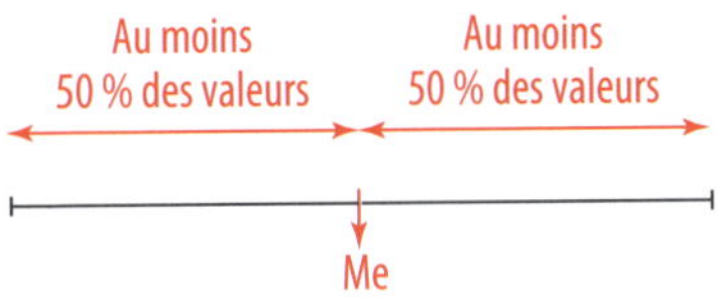

• La médiane est un indicateur de **position**, car elle permet de préciser la position des autres données de la série.

2 Détermination de la médiane

La série statistique doit être ordonnée dans le **sens croissant**.

• Pour une série comptant un nombre impair n de termes, la médiane Me est égale au terme « du milieu ». C'est le terme de rang $\frac{n+1}{2}$.

Exemple : la médiane d'une série comptant 57 termes est le terme de rang $\frac{57+1}{2} = 29$.

$$\text{Me} = 29^{\text{e}} \text{ terme de la série}$$

• Pour une série comptant un nombre pair n de termes, la médiane Me est égale à la demi-somme des deux termes « du milieu ». C'est la demi-somme des termes de rang $\frac{n}{2}$ et $\frac{n}{2} + 1$.

Exemple : la médiane d'une série comptant 62 termes est la demi-somme des termes de rang $\frac{62}{2} = 31$ et $\frac{62}{2} + 1 = 32$.

$$\text{Me} = \left(\frac{31^{\text{e}} \text{ terme} + 32^{\text{e}} \text{ terme}}{2}\right)$$

Vidéo
Calculer une moyenne, une médiane et une étendue (2)

Bien comprendre

- Quand la série compte un nombre impair de termes, la médiane prend pour valeur une valeur de la série.
- Quand la série compte un nombre pair de termes, la médiane n'est pas forcément égale à l'une des valeurs de la série.

4 Étendue

• L'**étendue** d'une série statistique est la différence entre la plus grande valeur et la plus petite valeur de la série.

• L'étendue est un indicateur de **dispersion** de la série.

Remarque
L'étendue est un nombre toujours positif.

5 Représentation graphique

- **Le diagramme circulaire**

L'aire du secteur et l'angle correspondant sont proportionnels à l'effectif et à la fréquence.

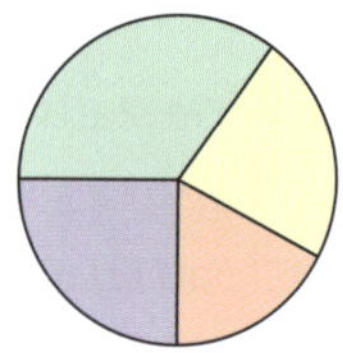

- **Le diagramme en bâtons**

La hauteur du bâton est proportionnelle à l'effectif.

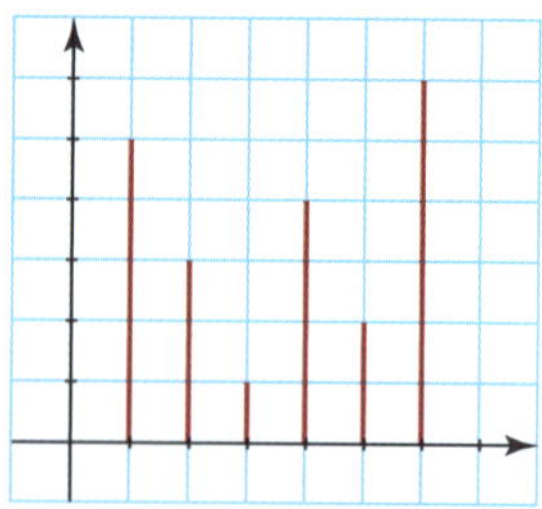

- **L'histogramme**

L'aire du rectangle est proportionnelle à l'effectif.

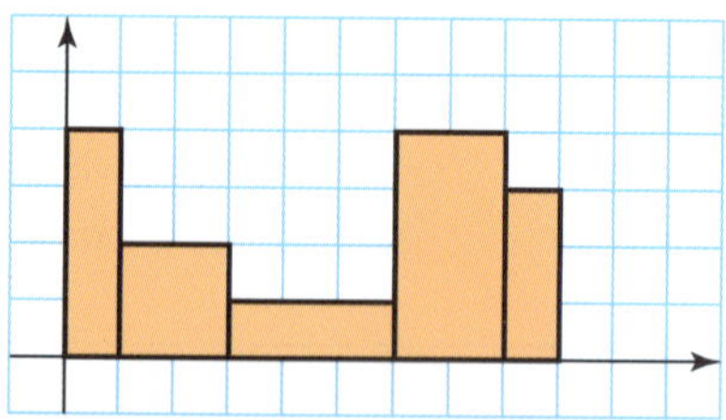

Vidéo
Construire un histogramme

Bien comprendre

On utilise les histogrammes pour des caractères dont les valeurs sont regroupées en classes. Quand les bases des rectangles ont même largeur, les effectifs sont alors proportionnels à la hauteur des rectangles (comme pour les diagrammes en bâtons).

QCM

1 Des choix à faire

➔ Corrigé p. 194

Cochez la (ou les) réponse(s) correcte(s).

Une série S compte 8 termes positifs distincts ordonnés dans le sens croissant :

$$x_1\ ;\ x_2\ ;\ x_3\ ;\ x_4\ ;\ x_5\ ;\ x_6\ ;\ x_7\ ;\ x_8$$

1. La moyenne des termes de S est :

a) ☐ $\dfrac{x_4 + x_5}{2}$

b) ☐ $x_1 + x_2 + x_3 + x_4 + x_5 + x_6 + x_7 + x_8$

c) ☐ $\dfrac{x_1 + x_2 + x_3 + x_4 + x_5 + x_6 + x_7 + x_8}{8}$

2. La médiane de S vaut :

a) ☐ x_4 **b)** ☐ x_5 **c)** ☐ $\dfrac{x_4 + x_5}{2}$

3. $x_8 - x_1$ correspond à :

a) ☐ la moyenne **b)** ☐ l'étendue **c)** ☐ rien de particulier

4. La fréquence d'apparition de la valeur x_3 est :

a) ☐ $\dfrac{1}{8}$ **b)** ☐ $\dfrac{3}{8}$ **c)** ☐ 3

5. On remplace x_1 par $x_1 - 10$ dans S. Quel indicateur change alors de valeur ?

a) ☐ la médiane **b)** ☐ la moyenne **c)** ☐ l'étendue

6. On remplace dans S chaque valeur par son triple. Quel indicateur a aussi triplé ?

a) ☐ la médiane **b)** ☐ la moyenne **c)** ☐ l'étendue

2 Vrai ou Faux ?

➔ Corrigé p. 195

Cochez la bonne réponse.

1. La médiane d'une série ordonnée de 48 termes est le 24e terme. ☐ V ☐ F

2. La médiane d'une série ordonnée de 57 termes est le 29e terme. ☐ V ☐ F

3. La moyenne obtenue à un devoir est 9 sur 20. Cela signifie qu'autant d'élèves ont une note au-dessus de 9 sur 20 qu'au-dessous. ☐ V ☐ F

4. La médiane prend pour valeur un terme de la série. ☐ V ☐ F

5. Exactement 50 % des valeurs d'une série sont inférieures ou égales à sa médiane Me. ☐ V ☐ F

6. L'étendue peut être négative. ☐ V ☐ F

Exercices d'entraînement

3 Calcul mental

10 min ➔ Corrigé p. 196

Cet exercice est fait pour être traité sans la calculatrice.

On considère la série S : 10 20 30 40 50.

1. Combien vaut :

a) son étendue e ? **b)** sa médiane Me ? **c)** sa moyenne $\overline{x}$?

2. Quelle est la fréquence d'apparition du nombre 10 ?

3. Quelle est la proportion en % des valeurs supérieures ou égales à Me ?

4 Séries de nombres et calculs

15 min ➔ Corrigé p. 196

Soit S_1 et S_2 deux séries statistiques.

S_1 : 5 8 11 10 7 8 1 3 9 4

S_2 : 3 5 9 10 10 11 16 17 17 21 27 29 34

Calculez l'étendue, la médiane et la moyenne de chacune des séries S_1 et S_2.

➔ Méthode

1. On ordonne les termes de la série dans le sens croissant.

2. On compte le nombre n de termes de la série.

3. • Si n est pair : la médiane prend pour valeur la demi-somme des deux « termes centraux ».

• Si n est impair : la médiane est égale au « terme central ».

5 Et avec un tableau, ça change quoi ?

15 min ➔ Corrigé p. 197

Soit la série S dont les données sont regroupées dans le tableau suivant.

Nombre	2	5	8	11	12	17	20
Effectif	1	2	3	1	3	1	1

Calculez :

1. l'étendue **2.** la médiane **3.** la moyenne

> **Méthode**
>
> Dans un tableau, on écrit les termes du plus petit au plus grand, et autant de fois que l'indique l'effectif.

6 Moyenne et classes

5 min Corrigé p. 197

Calculez la moyenne arrondie au centième de cette série.

Valeur	[0 ; 2[	[2 ; 4[	[4 ; 8[	[8 ; 16[	[16 ; 22[
Effectif	8	10	12	8	18

> **Méthode**
>
> Quand les valeurs sont regroupées en classes, on prend pour représentant de la classe son milieu que l'on note x_i. Puis on calcule la moyenne avec la formule $\overline{x} = \frac{n_1x_1 + n_2x_2 + ... + n_px_p}{N}$.

7 Histogramme (1)

10 min Corrigé p. 197

Construisez l'histogramme correspondant au tableau de l'exercice 6.

On prendra pour unités :

– en abscisse : 0,5 cm pour 2 unités,

– en ordonnée : 0,5 cm pour 1 unité.

8 Histogramme (2)

10 min Corrigé p. 198

Reconstituez le tableau associé à l'histogramme ci-après.

Valeur						
Effectif						

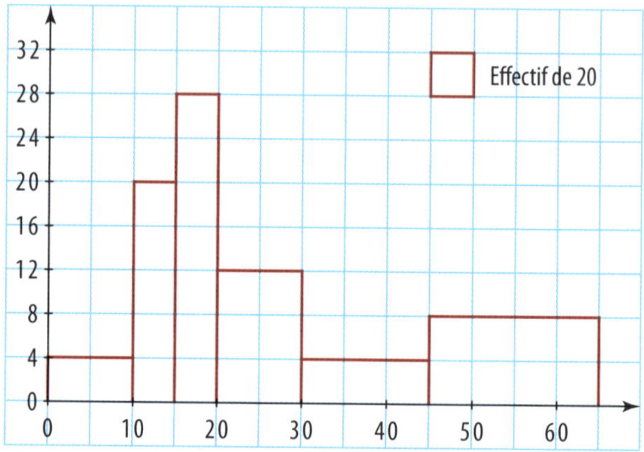

9 Médiane et graphique

10 min Corrigé p. 199

À partir du graphique ci-dessous représentant les effectifs cumulés croissants :

1. Établissez le tableau des effectifs.
2. Déterminez dans quel intervalle se situe la médiane.
3. Donnez une valeur approchée de la médiane en justifiant votre réponse.

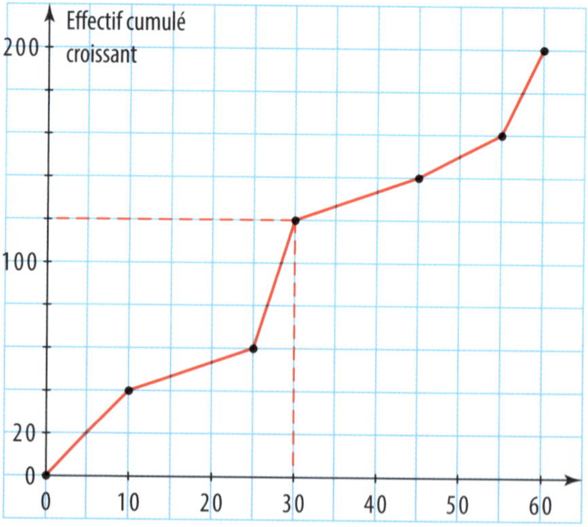

Lecture du graphique
À partir des pointillés, on peut lire : 120 valeurs sont inférieures ou égales à 30.

Méthode

Quand les valeurs sont regroupées en classes, on détermine la médiane graphiquement, comme l'abscisse du point correspondant à l'effectif moitié.

Problèmes

10 L'eau de pluie

★ 20 min Corrigé p. 199

Dominique relève dans un tableau la hauteur mensuelle (en mm) de pluie tombée dans son village normand au cours de l'année 2015.

J	F	M	A	M	J	J	A	S	O	N	D
56	97	52	18	53	39	29	44	62	69	88	58

1. Calculez l'étendue de la série des précipitations.

2. Estimez la hauteur moyenne mensuelle des précipitations.

3. Déterminez la médiane de la série. Interprétez le résultat.

4. En 2015, Dominique a relevé 132 jours de pluie. À Biarritz, 1 522 mm d'eau sont tombés sur 113 jours. Quelle différence de climat peut-on en déduire ?

Comment résoudre ce problème

- Pour calculer la hauteur médiane des précipitations, on commence par ordonner la liste des 12 résultats.
- Pour comparer les climats, on calcule la hauteur de précipitation dans chaque ville les jours de pluie.

11 Des statistiques de bébés

★ 20 min Corrigé p. 200

Dans une maternité, on a relevé la taille en cm des bébés nés en octobre 2015.

42 45 45 46 47 47 48 49 49 50 50 50 50 51 51 52 54 57

1. Pour cette série de tailles, calculez :

a) la moyenne m ;

b) l'étendue e ;

c) la médiane Me ;

2. Quel est le pourcentage de bébés ayant une taille supérieure ou égale à Me ?

12 Les classes d'âges

★ 20 min ➔ Corrigé p. 200

Le tableau suivant donne la répartition par âges d'un groupe d'élèves.

Âge	12	13	14	15
Effectif	5	8	12	3

1. a) Quel est le nombre d'élèves qui ont 13 ans ou plus ?

b) Quel est le nombre d'élèves qui ont au moins 14 ans ?

c) Quel est le nombre d'élèves qui ont au plus 13 ans ?

2. a) Donnez l'étendue de cette série.

b) Déterminez la fréquence de la valeur 12. Arrondir à 10^{-2} près.

3. a) On souhaite réaliser un diagramme circulaire représentant cette série statistique. En sachant que les effectifs sont proportionnels aux angles, déterminez les valeurs manquantes dans ce tableau (arrondir à 1 degré près) :

Âge	12	13	14	15	Total
Effectif	5	8	12	3	28
Angle(en degré)			154		360

b) Représentez la série en complétant le diagramme circulaire suivant :

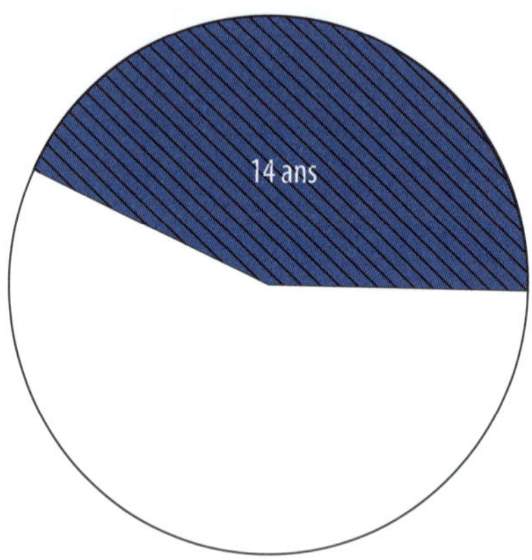

Vers le brevet

13 Avec une feuille de calcul

★ 30 min ➔ Corrigé p. 201

Dans une classe de 26 élèves, les résultats suivants ont été obtenus à un devoir et sont entrés sur une feuille de calcul.

	A	B	C	D	E	F	G	H	I	J	K
1	Note	6	7	9	10	12	14	15	16	19	Total
2	Effectif	3	4	4	1	5	2	4	1	2	26
3	Fréquence	0,115	0,154	0,154	0,038		0,077	0,154	0,038	0,077	
4	Fréquence cumulée croissante										

1. a) Complétez les valeurs manquantes dans le tableau en F3 et en K3.

b) Calculez les fréquences cumulées croissantes de la ligne 4.

2. a) Quelle formule doit-on entrer dans la cellule K2 pour obtenir l'effectif de la classe ?

b) On saisit dans la cellule B3 la formule `=B2/K2`. Un message d'erreur apparaît quand on la tire dans la cellule C3. Pourquoi ? Corrigez l'erreur.

c) Quelle formule a-t-on entrée en B4 et étirée vers la droite pour obtenir les fréquences cumulées croissantes ? (Deux formules conviennent.)

(A) `=SOMME(B3:B3)`

(B) `=SOMME($B3:B3)`

(C) `=SOMME(B3:J3)`

(D) `=SOMME($B2:B2)/26`

3. a) Calculez la moyenne de ce devoir.

b) Calculez la fréquence des élèves de la classe qui ont eu une note supérieure ou égale à la moyenne. Le résultat sera arrondi au centième près.

4. Calculez l'étendue de cette série de notes.

5. a) Déterminez la note médiane.

b) Quel est le pourcentage d'élèves ayant une note supérieure ou égale à la médiane ? Donnez le résultat arrondi à l'unité.

14 Les résultats du brevet blanc

★ 20 min ➔ Corrigé p. 203

Voici les résultats du DNB blanc de deux classes de 3e d'un collège du Cantal.

Pour la 3e A, on a relevé les notes :

11 ; 6 ; 10 ; 10 ; 13 ; 7 ; 11 ; 8 ; 7 ; 11 ; 18 ; 18 ; 12 ; 15 ; 15 ; 12 ; 8 ; 7

Pour la 3e B, on a relevé les notes :

7 ; 8 ; 9 ; 12 ; 18 ; 16 ; 7 ; 13 ; 19 ; 8 ; 13 ; 13 ; 8 ; 13 ; 8 ; 9 ; 7

1. Calculez la moyenne de chaque classe, arrondie au dixième. Que constatez-vous ?

2. Calculez les médianes.

3. En justifiant votre réponse, déterminez quelle classe a le mieux assimilé ses cours.

4. Deux des graphiques ci-dessous représentent la répartition des notes des 3e A et 3e B. Attribuez à chaque classe le graphique qui lui correspond.

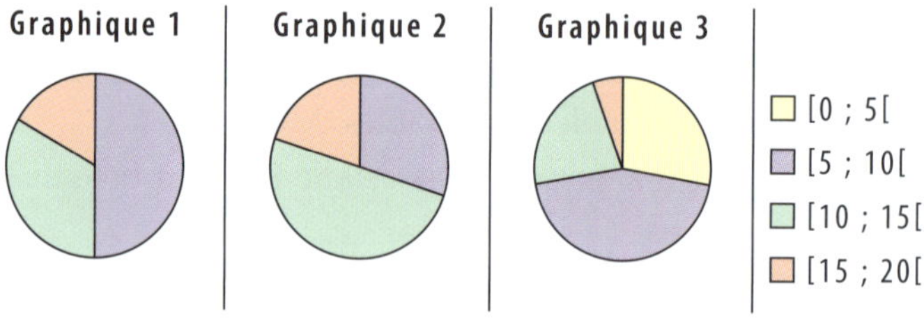

15 Au badminton

★ 15 min ➔ Corrigé p. 205

L'histogramme ci-contre illustre une enquête faite sur l'âge des 30 adhérents d'un club de badminton, mais le rectangle correspondant aux adhérents de 16 ans a été effacé.

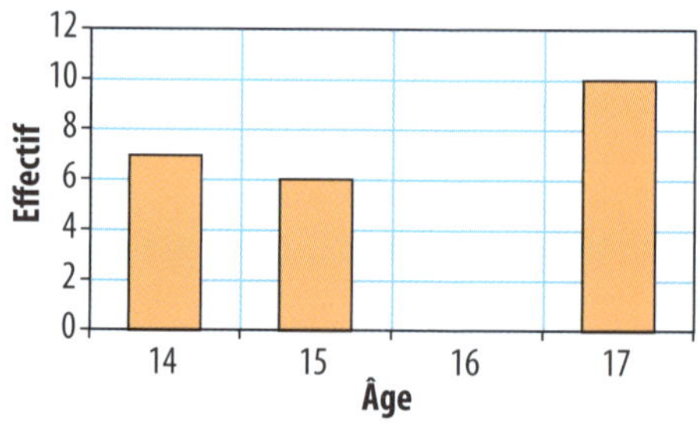

1. Calculez le nombre d'adhérents ayant 16 ans.

2. Quel est le pourcentage du nombre d'adhérents ayant 15 ans ?

3. Quel est l'âge moyen des adhérents du club ? Donnez la valeur arrondie au dixième.

4. Complétez le tableau ci-après pour tracer un diagramme semi-circulaire représentant la répartition des adhérents selon leur âge.

Âge (en années)	14	15	16	17	Total
Nombre d'adhérents	7	6		10	30
Mesure de l'angle (en degrés)					180

Exercices d'approfondissement

16 Les dessous de l'écran

★★ 20 min ➲ Corrigé p. 205

Une enquête menée auprès des élèves de 3e d'un collège rapporte le temps moyen passé devant un écran chaque semaine.

Temps	De 0 à 3 h	De 3 à 7 h	De 7 à 12 h	De 12 à 20 h	De 20 à 30 h	De 30 à 50 h
Effectif	8	20	42	57	32	18

Construisez le polygone des fréquences cumulées croissantes en % en prenant en abscisse 0,5 cm pour 2 heures et en ordonnée 1 cm pour 10 %.

Déterminez une valeur approchée du temps médian passé devant un écran (en laissant les traits de construction). Interprétez le résultat.

17 La série incomplète

★★ 15 min ➲ Corrigé p. 206

Soit S une série ordonnée de cinq nombres : a 27 33 52 b.

Déterminez a et b sachant que l'étendue de S vaut 58 et que sa moyenne est de 40.

QCM

1 **1.** La moyenne des 8 termes de S est $\frac{x_1 + x_2 + x_3 + x_4 + x_5 + x_6 + x_7 + x_8}{8}$.

Réponse : **c)** $\frac{x_1 + x_2 + x_3 + x_4 + x_5 + x_6 + x_7 + x_8}{8}$.

> **Rappel**
> La moyenne de n termes d'une série est $\frac{\text{somme de ces } n \text{ termes}}{n}$.

2. Dans une série de 8 termes (nombre pair), la médiane est la demi-somme des deux termes « du milieu », soit : $\underbrace{x_1\ x_2\ x_3\ x_4}_{4 \text{ termes}}\ \ \underbrace{x_5\ x_6\ x_7\ x_8}_{4 \text{ termes}}$

$$\text{Me} = \frac{x_4 + x_5}{2}$$

> **L'astuce du prof**
> Un schéma aide à calculer la médiane.

Réponse : **c)** $\frac{x_4 + x_5}{2}$.

3. $x_8 - x_1$ est la différence entre la plus grande et la plus petite valeur de la série : c'est la définition de l'étendue.

Réponse : **b)** l'étendue.

4. Le nombre x_3 apparaît une fois dans une liste de 8 nombres. Sa fréquence d'apparition est $\frac{1}{8}$.

> **Rappel**
> $\text{Fréquence} = \frac{\text{effectif}}{\text{effectif total}}$

Réponse : **a)** $\frac{1}{8}$.

5. La série S devient : $x_1 - 10$, x_2, x_3, x_4, x_5, x_6, x_7, x_8.

• La médiane reste inchangée, et est toujours égale à la demi-somme des deux termes « centraux ».

• La nouvelle moyenne vaut :
$$\frac{x_1 - 10 + x_2 + x_3 + x_4 + x_5 + x_6 + x_7 + x_8}{8}$$

• La nouvelle étendue vaut : $x_8 - (x_1 - 10) = x_8 - x_1 + 10$.

> **Remarque**
> On dit que la médiane est insensible aux changements des valeurs extrêmes, à la différence de la moyenne et de l'étendue.

Réponses : **b)** la moyenne et **c)** l'étendue.

6. La série S devient : $3x_1$, $3x_2$, $3x_3$, $3x_4$, $3x_5$, $3x_6$, $3x_7$, $3x_8$.

• La médiane est la demi-somme des deux termes « centraux ».

$\text{Me} = \dfrac{3x_4 + 3x_5}{2} = 3\dfrac{(x_4 + x_5)}{2}$. On reconnaît : 3 × médiane de S.

• La nouvelle moyenne vaut :

$$\frac{3x_1 + 3x_2 + 3x_3 + 3x_4 + 3x_5 + 3x_6 + 3x_7 + 3x_8}{8}$$

$$= 3 \times \frac{x_1 + x_2 + x_3 + x_4 + x_5 + x_6 + x_7 + x_8}{8} = 3 \times \text{moyenne de } S.$$

• La nouvelle étendue vaut : $3x_8 - 3x_1 = 3(x_8 - x_1) = 3 \times$ étendue de S.

Réponses : **a)** la médiane, **b)** la moyenne et **c)** l'étendue

2 **1. Faux** → La médiane d'une série de 48 termes (nombre pair de termes) est la demi-somme des deux termes centraux, soit la demi-somme des 24e et 25e termes.

Rappel
Pour une série comptant n termes avec n pair, la médiane est la demi-somme des $\frac{n}{2}^{\text{ième}}$ terme et $\frac{n}{2}+1^{\text{ième}}$ terme (ici avec $n = 48$).

2. Vrai → La médiane d'une série de 57 termes (nombre impair de termes) est égale au terme « central », c'est-à-dire le 29e terme.

$$\underbrace{x_1, x_2, \ldots x_{28}}_{28 \text{ termes}} \quad \textcircled{x_{29}} \quad \underbrace{x_{30}, x_{31}, \ldots x_{57}}_{28 \text{ termes}}$$

Me est le 29e terme.

Rappel
Pour une série comptant n termes avec n impair, la médiane est le $\frac{n+1}{2}^{\text{ième}}$ terme (ici avec $n = 57$).

3. Faux → C'est la médiane qui partage la classe en deux groupes, l'un ayant des notes supérieures ou égales à la médiane Me, l'autre ayant des notes inférieures ou égales à Me.

4. Faux → Quand la série compte un nombre pair de termes, la médiane prend pour valeur la demi-somme des deux termes « centraux », valeur qui ne correspond pas forcément à une valeur de la série.

5. Faux → Me est la valeur telle qu'au moins (et pas exactement) 50 % des valeurs de la série soient inférieures ou égales à Me.

Piège à éviter
Chaque mot a son importance dans une affirmation de vrai-faux !

6. Faux → Par définition, l'étendue est égale à la plus grande moins la plus petite valeur de la série. C'est donc un nombre positif.

Exercices d'entraînement

3 **1. a)** L'étendue e vaut $e = 50 - 10 = \boxed{40}$.

b) La médiane d'une série comptant 5 termes est son terme central, soit le 3ᵉ terme de la série. D'où $\boxed{Me = 30}$.

c) La moyenne $\overline{x}$ vaut $\dfrac{10 + 20 + 30 + 40 + 50}{5} = \dfrac{150}{3} = \boxed{30}$.

2. Le nombre 10 apparaît 1 fois parmi les 5 nombres.

Sa fréquence d'apparition vaut $\boxed{f = \dfrac{1}{5} = 0{,}2}$.

3. Il y a 3 valeurs supérieures ou égales à 30 (30-40-50) sur un total de 5, ce qui représente $\dfrac{3}{5} = 0{,}6 = \boxed{60\ \%\ \text{des notes}}$.

> **Rappel**
> $0{,}6 = \dfrac{60}{100} = 60\ \%$.

4 **• Étude de la série S_1 : 5 8 11 10 7 8 1 3 9 4**

On commence par en ordonner les termes dans le sens croissant :

> **Piège à éviter**
> La série doit être ordonnée dans le sens croissant.

S_1 : 1 3 4 5 7 8 8 9 10 11

S_1 prend des valeurs allant de 1 à 11 donc son étendue est $11 - 1 = \boxed{10}$.

S_1 compte 10 termes (nombre pair).

La médiane se calcule alors comme la demi-somme des deux termes centraux :

$\underbrace{1\ 3\ 4\ 5\ 7}_{5\ \text{termes}}\ \underbrace{8\ 8\ 9\ 10\ 11}_{5\ \text{termes}}$ (7 et 8 → Me) d'où $\boxed{Me = \dfrac{7+8}{2} = 7{,}5}$

La moyenne $\overline{x}_1$ des 10 termes de S_1 vaut :

$$\overline{x}_1 = \frac{5 + 8 + 11 + 10 + 7 + 8 + 1 + 3 + 9 + 4}{10} = \frac{66}{10} = \boxed{6{,}6}$$

• Étude de la série S_2 : 3 5 9 10 10 11 16 17 17 21 27 29 34

S_2 prend des valeurs allant de 3 à 34 donc son étendue est $34 - 3 = \boxed{31}$.

S_2 compte 13 termes (nombre impair). La médiane correspond alors au terme « central ».

$\underbrace{3\ 5\ 9\ 10\ 10\ 11}_{6\ \text{termes}}\ 16\ \underbrace{17\ 17\ 21\ 27\ 29\ 34}_{6\ \text{termes}}$ (16 → Me) d'où $\boxed{Me = 16}$

La moyenne $\overline{x}_2$ des 13 termes de S_1 vaut :

$$\overline{x}_2 = \frac{3+5+9+10+10+11+16+17+17+21+27+29+34}{13} = \frac{209}{13}$$

$\boxed{\overline{x}_2 \approx 16{,}1}$

5 Pour « représenter » la série, on écrit la liste des termes dans le sens croissant autant de fois que l'effectif le précise.

On obtient la série de 12 nombres : 2 5 5 8 8 8 11 12 12 12 17 20.

1. La série prend des valeurs allant de 2 à 20. L'étendue vaut donc $20 - 2 = \boxed{18}$.

2. La série compte un nombre pair de termes (12). Sa médiane est donc la demi-somme des deux termes « centraux », les 6ᵉ et 7ᵉ termes.

D'où $\boxed{\text{Me} = \dfrac{8+11}{2} = 9{,}5}$

> **Rappel**
> Moyenne $= \dfrac{n_1x_1 + n_2x_2 + \ldots}{n_1 + n_2 + \ldots}$
> Les n_i sont les effectifs et les x_i les valeurs.

3. La moyenne $\overline{x}$ de cette série vaut :

$$\overline{x} = \frac{1\times 2 + 2\times 3 + 3\times 8 + 1\times 11 + 3\times 12 + 1\times 17 + 1\times 20}{1+2+3+1+3+1+1} = \frac{120}{12} = \boxed{10}$$

6

Valeur	[0 ; 2[	[2 ; 4[	[4 ; 8[	[8 ; 16[	[16 ; 22[
Représentant de la classe	$\frac{0+2}{2}=1$	$\frac{2+4}{2}=3$	$\frac{4+8}{2}=6$	$\frac{8+16}{2}=12$	$\frac{16+22}{2}=19$
Effectif	8	10	12	8	18

$$\overline{x} = \frac{8\times 1 + 10\times 3 + 12\times 6 + 8\times 12 + 18\times 19}{8+10+12+8+18} = \frac{548}{56}$$

$\boxed{\overline{x} \approx 9{,}79}$

> **Rappel**
> Le représentant de la classe $[a\,;b]$ est $\dfrac{a+b}{2}$.

7 Les rectangles d'un histogramme ont des aires proportionnelles aux effectifs.

Il faut bien comprendre l'échelle.

> **Gagnez des points !**
> Un petit carreau (0,5 cm × 0,5 cm) représente un effectif de 2.

L'effectif de 8, associé à l'intervalle [0 ; 2[(de largeur 2 unités, soit 0,5 cm ou 1 petit carreau), correspond à une hauteur de $8 \div 2 = 4$.

L'effectif de 10, associé à l'intervalle [2 ; 4[(de largeur 2 unités, soit 0,5 cm ou 1 petit carreau), correspond à une hauteur de $10 \div 2 = 5$.

L'effectif de 12, associé à l'intervalle [4 ; 8[(de largeur 4 unités, soit 1 cm ou 2 petits carreaux), correspond à une hauteur de $12 \div 4 = 3$.

L'effectif de 8, associé à l'intervalle [8 ; 16[(de largeur 8 unités, soit 2 cm ou 4 petits carreaux), correspond à une hauteur de $8 \div 8 = 1$.

L'effectif de 18, associé à l'intervalle [16 ; 22[(de largeur 6 unités, soit 1,5 cm ou 3 petits carreaux), est de hauteur $18 \div 6 = 3$.

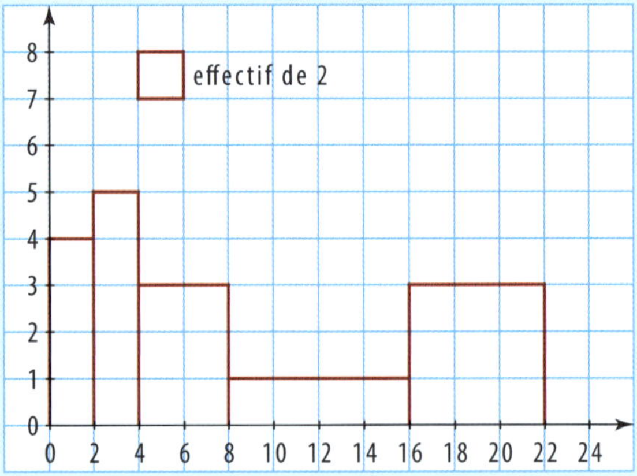

Remarque

Les bâtons associés à [0 ; 2[et [8 ; 16[représentent tous deux un effectif de 8. Ils ont la même aire (4 carreaux), mais pas la même hauteur, car leur base a une largeur différente.

8 L'aire du rectangle (largeur × hauteur) est proportionnelle à l'effectif.

Un petit carreau correspond à un effectif de 20.

Il s'agit alors par lecture des aires (en « petits carreaux ») de déduire les effectifs.

Remarque

Le cœfficient de proportionnalité entre l'aire et l'effectif est de 20.

Valeur	[0 ; 10[	[10 ; 15[	[15 ; 20[	[20 ; 30[	[30 ; 45[	[45 ; 65[
Aire (en carreaux)	2	5	7	6	3	8
Effectif	40	100	140	120	60	160

Autre méthode

L'effectif peut aussi s'obtenir par calcul des aires des rectangles.

Ainsi, l'intervalle [0 ; 10[(de largeur 10) correspond à une hauteur de 4. Il représente donc un effectif de $10 \times 4 = 40$.

L'intervalle [10 ; 15[(de largeur 5) correspond à une hauteur de 20. Il représente donc un effectif de $5 \times 20 = 100$…

9 **1.**

Valeur	[0 ; 10[	[10 ; 25[	[25 ; 30[	[30 ; 45[	[45 ; 55[	[55 ; 60[
Effectif cumulé croissant	40	60	120	140	160	200
Effectif	40	20	60	20	20	40

2. La médiane Me appartient à la classe dans laquelle est franchi l'effectif moitié, ici : $200 \div 2 = 100$.

Ainsi, **Me se trouve dans la classe [25 ; 30[**, puisque l'effectif cumulé croissant est de 60 (< 100) pour la classe [10 ; 25[, et de 120 (> 100) pour la classe [25 ; 30[.

> **Gagnez des points !**
> Déduisez les effectifs à partir des effectifs cumulés croissants par soustraction.

3. La médiane est la valeur correspondant à l'effectif moitié, soit 100.

On trouve Me ≈ 28.

> **Méthode**
> Déterminez l'abscisse correspondant à une ordonnée de 100.

Problèmes

10 **1.** Au cours de l'année 2015, il a plu entre 18 mm et 97 mm.

L'étendue est 97 – 18 = **79 mm**.

2. La hauteur moyenne mensuelle des précipitations est :

$$\frac{56 + 97 + 52 + 18 + 53 + 39 + 29 + 44 + 62 + 69 + 88 + 58}{12} \approx \boxed{55{,}4\,\text{mm}}.$$

3. • On commence par ordonner la série des 12 valeurs (nombre pair de termes) :

18 29 39 44 52 (53) (56) 58 58 62 69 88 97

6 termes → Me ← 6 termes

> **Remarque**
> Ce tableau correspond à une série non ordonnée de 12 nombres.

La médiane est la demi-somme des 6ᵉ et 7ᵉ termes.

$$\boxed{\text{Me} = \frac{53 + 56}{2} = 54{,}5}$$

• En 2015, **il a plu plus de 54,5 mm au moins la moitié des mois**.

4. • En 2015, dans le village normand, la hauteur totale des précipitations s'élève à : 56 + 97 + 52 + 18 + 53 + 39 + 29 + 44 + 62 + 69 + 88 + 58 = 665 mm.

L'année ayant compté 132 jours de pluie, il tombe en moyenne un jour de pluie $665 \div 132 \approx 5$ mm d'eau.

• À Biarritz, il est tombé 1 522 mm en 113 jours.

Une journée de pluie apporte en moyenne $1\,522 \div 113 = 13{,}5$ mm d'eau.

• En conclusion, il pleut moins fréquemment à Biarritz qu'en Normandie (113 jours contre 132 jours) mais les précipitations sont beaucoup plus abondantes dans le pays basque qu'en Normandie.

11 **1. a)** La taille moyenne m d'un nourrisson est :

$$m = \frac{42 + 45 + 45 + 46 + 47 + 47 + 48 + 49 + 49 + 50 + 50 + 50 + 50 + 51 + 51 + 52 + 54 + 57}{18}$$

$m \approx 49{,}1$ cm

Rappel
Moyenne $= \dfrac{\text{somme des tailles}}{\text{nombre de bébés}}$.

b) Le plus petit bébé mesure 42 cm et le plus grand 57 cm.

L'étendue de la série est : 57 – 42 = 15.

c) La série compte 18 termes (nombre pair). La médiane se calcule donc comme la demi-somme des deux termes « centraux » :

42 45 45 46 47 47 48 49 (49) | (50) 50 50 50 51 51 52 54 57

9 termes | 9 termes

→ Me

$$\text{Me} = \frac{49 + 50}{2} = 49{,}5\,\text{mm}$$

Remarque
Dans ce cas, il y a exactement 50 % des valeurs $\leqslant$ Me.

2. 9 bébés sur 18 ont une taille supérieure ou égale à 49,5 cm, soit un pourcentage de $\dfrac{9}{18} = 0{,}5 = \dfrac{50}{100} = 50\ \%$.

12 **1. a)** Le nombre d'élèves ayant 13 ans ou plus est : 8 + 12 + 3 = 23.

b) Le nombre d'élèves qui ont au moins 14 ans est : 12 + 3 = 15.

Gagnez des points !
« au moins 14 ans » signifie 14 ans ou plus, donc ici soit 14 ou 15 ans.

c) Le nombre d'élèves au plus 13 ans est :

5 + 8 = 13.

2. a) La plus grande valeur de la série est 15 ; la plus petite est 12.

L'étendue e vaut : 15 – 12 = 3.

b) 5 élèves ont 12 ans sur un total de 5 + 8 + 12 + 3 = 28.

La fréquence de la valeur 12 vaut alors : $\dfrac{5}{28} \approx 0{,}18$.

CORRIGÉS

3. a)

Âge	12	13	14	15	Total
Effectif	5	8	12	**3**	28
Angle(en°)	64(1)	103(2)	154	39(3)	360

Rappel

Fréquence $= \dfrac{\text{effectif}}{\text{effectif total}}$.

(1) • Soit x la valeur cherchée :

Par proportionnalité $28 \times x = 5 \times 360$

5	28
?	360

D'où $x = \dfrac{5 \times 360}{28}$

Soit $x \approx 64$

• En procédant de manière identique :

(2) $\dfrac{8 \times 154}{12} \approx 103$

(3) $\dfrac{3 \times 360}{28} \approx 39$

Remarque

Plusieurs calculs donnent le résultat cherché.

(2) $\dfrac{8 \times 360}{28}$ ou (3) $\dfrac{154 \times 3}{12}$

b) Diagramme circulaire :

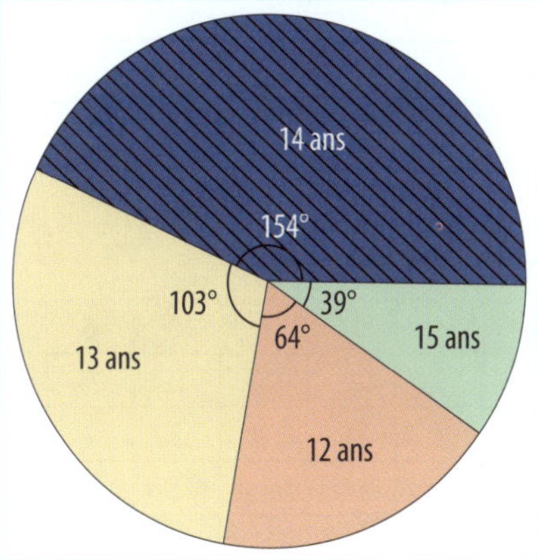

Vers le brevet

13 **1. a)** • La cellule F3 contient la fréquence d'apparition de la note 12, arrondie à 3 chiffres après la virgule.

La note 12 apparaît 5 fois sur un total de 26 notes.

$\dfrac{5}{26} \approx 0{,}192$.

• La cellule K3 contient le total des fréquences de la ligne 3. Elle contient donc le nombre 1.

b) Les fréquences cumulées croissantes s'obtiennent par somme :

> **L'astuce du prof**
> Vous pouvez vérifier que la somme des fréquences des cellules B3 à J3 vaut bien 1.

	A	B	C	D	E	F	G	H	I	J	K
1	Note	6	7	9	10	12	14	15	16	19	Total
2	Effectif	3	4	4	1	5	2	4	1	2	26
3	Fréquence	0,115	0,154	0,154	0,038	0,192	0,077	0,154	0,038	0,077	
4	Fréquence cumulée croissante	0,115	0,269	0,423	0,461	0,653	0,730	0,884	0,922	0,999	

2. a) La cellule K2 contient la somme des effectifs, de la cellule B2 à la cellule J2.

On saisit en K2 :

=SOMME(B2:J2) ou

=B2+C2+D2+E2+F2+G2+H2+I2+J2

> **L'astuce du prof**
> Décomposez le calcul, puis repérez les cellules correspondantes.

b) En saisissant dans la cellule B3 la formule =B2/K2, on obtient bien 0,115 qui est la valeur du quotient : $3 \div 26$.

$$\underset{\text{B2}}{\underset{\uparrow}{3}} \div \underset{\text{K2}}{\underset{\uparrow}{26}}$$

En tirant cette formule dans la cellule C3, celle-ci devient =C2/L2. Or, aucune donnée n'est dans la cellule L2. Le quotient ne peut donc pas s'effectuer, et un message d'erreur apparaît.

	A	B	C	D	E	F	G	H	I	J	K
1	Note	6	7	9	10	12	14	15	16	19	Total
2	Effectif	3	4	4	1	5	2	4	1	2	26
3	Fréquence	0,115	#####	#####	#####	#####	#####	#####	#####	#####	#DIV/0 !
4	Fréquence cumulée croissante	0,115	#####	#####	#####	#####	#####	#####	#####	#####	

• Pour obtenir les fréquences d'apparition des notes :

– en C3, on doit avoir =C2/K2 ;

– en D3, on doit avoir =D2/K2 ;

– en E3, on doit avoir =E2/K2…

On obtient ces formules par recopie de la cellule B3 en « bloquant » la colonne K. Pour cela, on ajoute le symbole $.

Ainsi en B3, on doit saisir la formule : =B2/$K2.

Gagnez des points !
Le symbole $ placé devant la lettre de colonne permet de fixer celle-ci.

c) En B4, on a entré : =SOMME($B3:B3) ou =SOMME($B2:B2)/26

Soit les **réponses (B) et (D)**.

3. a) La note moyenne obtenue au devoir est :

$$\frac{3\times6+4\times7+4\times9+1\times10+5\times12+2\times14+4\times15+1\times16+2\times19}{26}$$

$\approx \boxed{11{,}3}$

Rappel :
Avec un tableau :

Valeurs	x_1	x_2	x_3	…
Effectifs	n_1	n_2	n_3	

La moyenne est : $\dfrac{n_1x_1+n_2x_2+n_3x_3+\ldots}{n_1+n_2+n_3+\ldots}$

b) 5 + 2 + 4 + 1 + 2 = 14 élèves sur les 26 ont une note supérieure ou égale à 11,3.

La fréquence correspondante vaut : $\dfrac{14}{26} \approx \boxed{0{,}54}$.

4. Les notes vont de 6 à 19.

L'étendue est $e = 19 - 6 = \boxed{13}$.

5. a) Il y a 26 notes (nombre pair). La médiane est donc la demi-somme des deux termes « du milieu » (des 13e et 14e termes) :

6 6 6 7 7 7 7 9 9 9 9 10 [12] [12] 12 12 12 14 14 15 15 15 15 …

13 notes — 13 notes

$$\boxed{\text{Me} = \frac{12+12}{2} = 12}$$

Remarque
Pour déterminer la 13e note, on peut aussi cumuler les effectifs jusqu'à atteindre ou dépasser 13.

Note	6	7	9	10	12
Effectif	3	4	4	1	5
Effectif cumulé	3	7	11	12	17

b. Dans cette classe de 26 élèves, 14 élèves sur 26 (5 + 2 + 4 + 1 + 2) ont obtenu une note supérieure ou égale à la médiane (12).

Le pourcentage d'élèves correspondant est $\dfrac{14}{26} \approx 0{,}54$ soit $\boxed{54\ \%}$.

14 **1.** • La moyenne m_A des 18 élèves de 3e A est :

$$m_A = \frac{11+6+10+10+13+7+11+8+7+11+18+18+12+15+15+12+8+7}{18} = \frac{199}{18}$$

$\boxed{m_A \approx 11{,}1}$ (moyenne arrondie au dixième)

• La moyenne m_B des 17 élèves de 3ᵉ B est :

$$m_B = \frac{7+8+9+12+18+16+7+13+19+8+13+13+8+13+8+9+7}{17} = \frac{188}{17}$$

$m_B \approx 11{,}1$ (moyenne arrondie au dixième)

• On constate que les deux classes ont la même moyenne.

2. • Déterminons la note médiane de la 3ᵉ A.

On ordonne la liste des 18 notes dans le sens croissant :

6 7 7 7 8 8 10 10 (11 11) 11 12 12 13 15 15 18 18

9 notes — 9 notes

$$Me_A = \frac{11+11}{2} = 11$$

La note médiane en 3ᵉ A est 11.

• De même, on détermine la note médiane en 3ᵉ B, après avoir ordonné les 17 notes de la plus petite à la plus grande :

7 7 7 8 8 8 8 9 (9) 12 13 13 13 13 16 18 19

8 notes — 8 notes

$$Me_B = 9$$

La note médiane en 3ᵉ B est 9.

3. En 3ᵉ A, la note médiane est 11. Cela signifie qu'au moins la moitié des élèves ont obtenu une note supérieure ou égale à 11.

En 3ᵉ B, la note médiane étant de 9, la moitié au moins des élèves ont obtenu 9 ou plus.

On peut donc en conclure que **la classe de 3ᵉ A a mieux assimilé le cours que la classe de 3ᵉ B.**

4. • Parmi les élèves des deux classes étudiées, aucune note n'est inférieure à 5. Ainsi, le graphique 3 (dont la partie jaune représente les notes comprises entre 0 et 5) ne représente pas l'une de ces deux classes.

• En 3ᵉ A, 6 élèves sur 18, soit $\frac{6}{18} = \frac{1}{3}$ des élèves, ont une note comprise dans [5 ; 10[, ce que l'on retrouve sur le graphique 2.

En 3ᵉ B, 9 élèves sur 18, soit $\frac{9}{18} = \frac{1}{2}$ (la moitié) des élèves, ont une note comprise dans [5 ; 10[, ce que l'on retrouve sur le graphique 1.

L'astuce du prof
Faites un schéma pour vous aider à déterminer la médiane.

L'astuce du prof
Écrire la liste des notes, autant de fois que chacune apparaît, permet de trouver la médiane plus facilement.

Remarque
La médiane est plus représentative du niveau de la classe que la moyenne.

Autre méthode
Vous pouviez aussi conclure en étudiant la proportion d'élèves ayant entre 10 et 15.

• En conclusion, **le graphique 1 représente la 3e B et le graphique 2 représente la 3e A**.

15 **1.** Le club compte 30 adhérents. Le nombre d'adhérents de 16 ans est $30 - 7 - 6 - 10 = \boxed{7}$.

2. Il y a 6 adhérents de 15 ans parmi 30.

$\frac{6}{30} = 0{,}2 = \boxed{20\,\%}$ des adhérents ont 15 ans.

3. L'âge moyen des adhérents est :

$$\frac{7 \times 14 + 6 \times 15 + 7 \times 16 + 10 \times 17}{30} \approx \boxed{15{,}7 \text{ ans}}.$$

4.

Âge (en années)	14	15	16	17	Total
Nombre d'adhérents	7	6	7	10	30
Mesure de l'angle en degrés	$\frac{7}{30} \times 180 = 42$	$\frac{6}{30} \times 180 = 36$	$\frac{7}{30} \times 180 = 42$	$\frac{10}{30} \times 180 = 60$	180

Diagramme semi-circulaire :

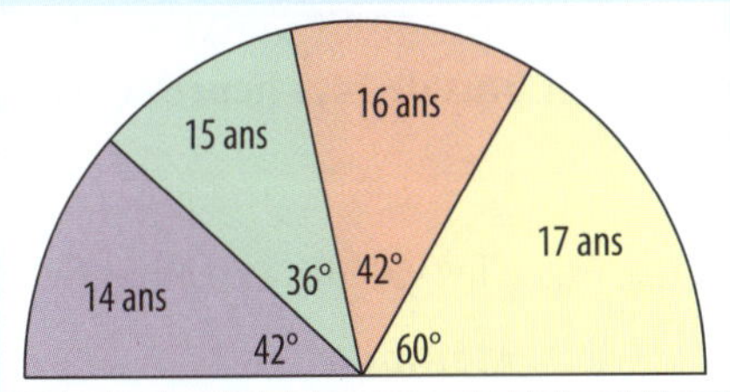

Remarque
Le nombre d'adhérents et la mesure de l'angle sont proportionnels.

Rappel
• Les effectifs cumulés croissants s'obtiennent par addition des effectifs.
• Fréquence = $\frac{\text{effectif}}{\text{effectif total}}$.

Exercices d'approfondissement

16

Temps	De 0 à 3 h	De 3 à 7 h	De 7 à 12 h	De 12 à 20 h	De 20 à 30 h	De 30 à 50 h
Effectif	8	20	42	57	32	18
Effectif cumulé croissant	8	$20 + 8 = 28$	$28 + 42 = 70$	$70 + 57 = 127$	$127 + 32 = 159$	$159 + 18 = 177$
Fréquence cumulée croissante	$\frac{8}{177} \approx 5\%$	$\frac{28}{177} \approx 16\%$	$\frac{70}{177} \approx 40\%$	$\frac{127}{177} \approx 72\%$	$\frac{159}{177} \approx 90\%$	100 %

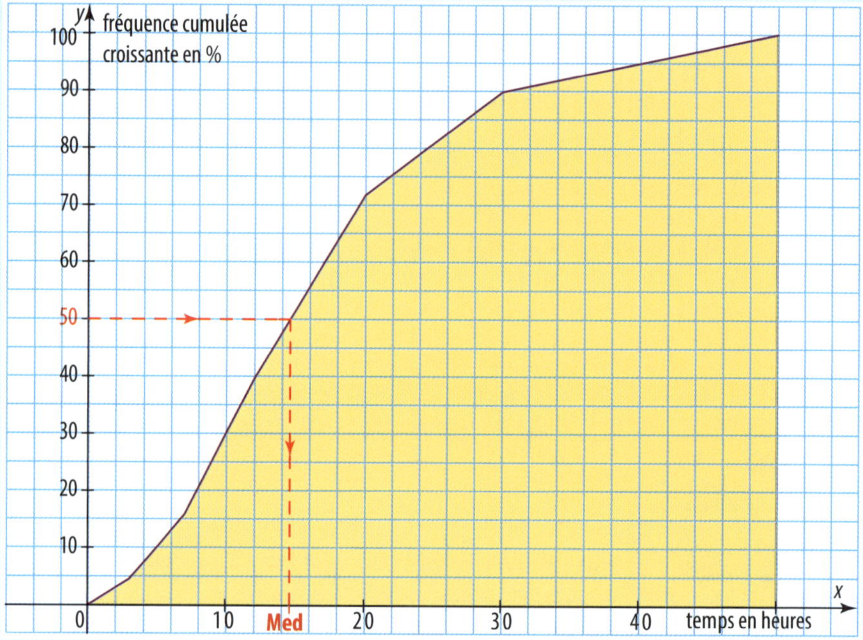

La médiane correspond à un effectif cumulé croissant de 50 %, soit Med ≈ 14,5. **Ainsi, la moitié des élèves de 3e au moins passent plus de 14,5 heures devant un écran chaque semaine.**

17 • L'étendue de S vaut 58 : c'est la différence entre les valeurs extrêmes de la série. Soit $b - a = 58$ ou $b = a + 58$ (égalité n° 1).

• La moyenne des 5 valeurs de S vaut 40.

$(a + 27 + 33 + 52 + b)/5 = 40$

$a + 27 + 33 + 52 + b = 40 \times 5$

$a + b = 200 - 112$ soit $a + b = 88$ (égalité n° 2)

Méthode
Traduisez les données de l'énoncé par deux égalités.

• D'après l'égalité n° 1 : $b = a + 58$.

On obtient alors, en récrivant l'égalité n° 2 : $a + (a + 58) = 88$.

$2a + 58 = 88$

$2a = 88 - 58 = 30$

$a = 30 \div 2$ soit $\boxed{a = 15}$

• En revenant à l'égalité n° 1, on déduit :

$b = a + 58 = 15 + 58$, soit $\boxed{b = 73}$.

L'astuce du prof
En reportant l'expression de b dans la seconde égalité, vous vous ramenez à une équation du premier degré que vous savez résoudre.

CHAPITRE 9

Probabilités

DE QUOI S'AGIT-IL ?

L'étude de la compréhension des jeux de hasard et des phénomènes aléatoires a poussé les mathématiciens à développer les calculs des probabilités.
Ce chapitre en propose les bases : définitions, vocabulaire spécifique et premiers calculs.

COURS

1 Généralités

1 Vocabulaire

- Une **expérience** est dite **aléatoire** lorsqu'elle a plusieurs **issues** (ou résultats) possibles et qu'on ne peut pas prévoir laquelle de ces issues sera réalisée.

Remarque
On connaît les résultats possibles, mais on ne peut pas prévoir celui qui se produira.

- Un **événement** est constitué par une ou des issues de l'expérience.

Vidéo
Comprendre ce qu'est une expérience aléatoire, une issue, un événement

Exemple

L'expérience qui consiste à lancer un dé est une expérience aléatoire.

Les issues possibles sont 1, 2, 3, 4, 5 et 6.

Obtenir un résultat pair est un événement réalisé par 3 issues : 2, 4 et 6.

Remarque
Un événement peut aussi ne contenir qu'une seule issue.

2 Probabilité

- Lorsqu'on répète un grand nombre de fois la même expérience aléatoire, la fréquence de réalisation d'un événement devient proche d'un nombre appelé **probabilité** de l'événement.
- Une probabilité est un **nombre** compris entre 0 et 1.
- La probabilité d'un événement est la somme des probabilités des issues qui le composent.
- La somme des probabilités des issues est égale à 1.
- Quand les issues ont toutes la même probabilité d'être réalisées, on dit qu'il s'agit d'une situation d'**équiprobabilité**.
- Quand les issues sont équiprobables, pour calculer la probabilité d'un événement, on utilise la formule :

$$p(\text{A}) = \frac{\text{Nombre d'issues qui réalisent A}}{\text{Nombre total d'issues}}$$

Vidéo
Calculer la probabilité d'une issue, d'un événement

Bien comprendre

À chaque issue de l'expérience aléatoire, on associe un nombre compris entre 0 et 1. Ce nombre est appelé probabilité de l'issue.

Exemple

Dans l'expérience aléatoire précédente, si le dé est bien équilibré, on considère que chaque face a autant de chances qu'une autre d'apparaître. La probabilité d'une issue est donc $\frac{1}{6}$.

Si A est l'événement « obtenir un résultat pair », alors :

$$p(\mathrm{A}) = \underbrace{\frac{1}{6}}_{\text{Obtenir 2}} + \underbrace{\frac{1}{6}}_{\text{Obtenir 4}} + \underbrace{\frac{1}{6}}_{\text{Obtenir 6}} = \frac{\overbrace{3}^{\text{Nombre d'issues qui réalisent A}}}{\underbrace{6}_{\text{Nombre total d'issues}}} = \frac{1}{2}$$

2 Événements particuliers

- Deux événements sont **incompatibles** s'ils ne peuvent pas se produire en même temps.

Exemple

Dans un lancer de dé, les événements « obtenir un nombre inférieur à 2 » et « obtenir un nombre supérieur à 3 » sont incompatibles.

Remarque
Deux événements sont incompatibles lorsqu'ils n'ont aucune issue en commun.

- L'**événement contraire** de A noté (non A) est l'événement qui se réalise lorsque A ne se réalise pas. On a $\boldsymbol{p}$ **(A) +** $\boldsymbol{p}$ **(non A) = 1.**

Remarque
L'événement contraire d'un événement A est formé des issues qui ne réalisent pas A.

Exemple

« Obtenir un nombre pair » et « obtenir un nombre impair » sont contraires.

- Un événement est dit **impossible** si sa probabilité est nulle (il ne se produit jamais).

- Un événement est dit **certain** si sa probabilité est égale à 1 (il se produit obligatoirement).

QCM

1 Des choix à faire

➔ Corrigé p. 217

Cochez la (ou les) réponse(s) correcte(s).

1. La probabilité d'un événement peut être égale à :

a) $\frac{5}{4}$ **b)** $\frac{4}{5}$ **c)** 25 %

2. Si la probabilité d'un événement vaut 1, alors cet événement est :

a) certain **b)** impossible **c)** contraire

3. Soit un événement de probabilité 0,25.

Son événement contraire a une probabilité de :

a) $\frac{3}{4}$ **b)** 0,25 **c)** 0,5

4. On lance un dé à six faces numérotées de 1 à 6.

La probabilité d'obtenir un multiple de 3 est :

a) 0 **b)** 0,5 **c)** $\frac{1}{3}$

2 Vrai ou Faux ?

➔ Corrigé p. 217

Cochez la bonne réponse.

On tire au hasard une boule dans une urne ne contenant que des boules rouges et des boules blanches.

1. S'il y a 30 % de boules rouges, la probabilité de tirer une boule blanche est 0,7. ☐ V ☐ F

2. S'il y a 5 boules rouges et 5 boules blanches, alors la probabilité de tirer une boule rouge est $\frac{1}{2}$. ☐ V ☐ F

3. S'il y a deux fois plus de boules rouges que de boules blanches, la probabilité de tirer une boule rouge est le double de celle de tirer une boule blanche. ☐ V ☐ F

4. Si la probabilité de tirer une boule rouge est 0,6, alors la probabilité de tirer une boule blanche est $\frac{1}{5}$. ☐ V ☐ F

5. Les événements « tirer une boule blanche » et « tirer une boule rouge » sont incompatibles. ☐ V ☐ F

6. Les événements « tirer une boule blanche » et « tirer une boule rouge » sont contraires. ☐ V ☐ F

Exercices d'entraînement

3 Calcul mental

2 min ➔ Corrigé p. 218

Complétez comme dans l'exemple sans utiliser la calculatrice : $\frac{1}{2} = 0,5 = 50\,\%$.

- $\frac{1}{5} =$ .... = ...
- $\frac{2}{3} \simeq$ .... $\simeq$ ....
- .... = ... = 12 %
- $\frac{1}{100} =$ .... = ...
- .... = 0,8 = ...
- .... = ... = 25 %

4 Méli-mélo

10 min ➔ Corrigé p. 218

1. On lance un dé équilibré à six faces numérotées 1, 2, 3, 4, 5 et 6.

Quelle est la probabilité d'obtenir un nombre strictement supérieur à 3 ?

2. On lance une pièce de monnaie deux fois de suite.

Quelle est la probabilité d'obtenir 2 fois « face » ?

3. On considère un dé à six faces dont trois faces sont numérotées 1 ; deux faces numérotées 2 et une face numérotée 4.

Calculez la probabilité d'obtenir un chiffre pair.

4. Dans une urne, on place 100 jetons numérotés : 00, 01, 02, …, 98, 99.

On choisit un jeton au hasard dans cette urne.

Quelle est la probabilité que le chiffre 1 figure dans le numéro ?

5 Ça tourne !

10 min ➔ Corrigé p. 219

On fait tourner la roue ci-dessous et on relève le numéro indiqué par la flèche.

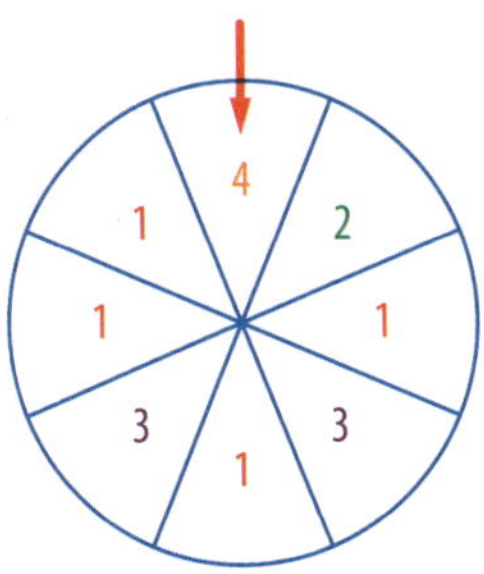

1. Réalisez l'arbre des possibles en indiquant sur chaque branche les probabilités correspondantes.

2. Calculez la probabilité de l'événement A : « obtenir un chiffre supérieur ou égal à 2 ».

Méthode

1. On représente l'arbre en utilisant autant de branches qu'il y a d'issues possibles.

2. Sur chaque branche, on indique la probabilité correspondante.

3. On vérifie que la somme des probabilités inscrites sur chaque branche fait bien 1.

4. On utilise l'arbre pour calculer les probabilités en sachant que la probabilité d'un événement est égale à la somme des probabilités qui le composent.

Problèmes

6 Des boules de couleur numérotées

★ 20 min Corrigé p. 219

On considère l'urne contenant les boules ci-contre.

1. On tire au hasard une boule et on regarde le numéro inscrit.

a) Citez les issues de cette expérience. Ont-elles autant de chances de se réaliser ?

b) Déterminez la probabilité de l'événement A : « la boule porte le numéro 1 ».

2. On tire au hasard une boule et on regarde la couleur.

a) Citez les issues de cette expérience. Ont-elles autant de chances de se réaliser ?

b) Déterminez la probabilité de l'événement B : « la boule est verte ».

3. On tire au hasard une boule et on regarde le numéro et la couleur.

a) Complétez le tableau ci-contre.

	Vert	Bleu	Total
1			
2			
3			
Total			

b) Déterminez la probabilité de l'événement C : « la boule est verte et porte le numéro 1 ».

c) On sait que l'on a tiré une boule bleue. Quelle est la probabilité qu'elle porte le numéro 2 ?

7 Un dé très curieux

★★ 15 min ➔ Corrigé p. 220

On lance un dé à six faces truqué. Les probabilités de chacune des faces d'apparaître ne sont pas toutes égales. En notant $p(1)$ la probabilité d'obtenir la face 1, $p(2)$ la probabilité d'obtenir la face 2, etc., on a :

$p(1) = p(2) = p(3)$, $p(4) = p(5) = p(6)$ et $p(6) = 3 \times p(1)$.

1. Montrez que $p(1) = \frac{1}{12}$.

2. Complétez le tableau ci-contre.

Face	1	2	3	4	5	6
Probabilité						

3. a) Calculez la probabilité d'obtenir une face paire.

b) Calculez la probabilité de ne pas obtenir le chiffre 1.

Méthode

1. On utilise le résultat : « la somme des probabilités des issues d'une expérience aléatoire est égale à 1 ». Toutes les probabilités s'expriment en fonction de $p(1)$.

2. On complète le tableau en utilisant les données de l'énoncé.

3. La probabilité d'un événement est la somme des probabilités des issues qui le composent. L'événement « ne pas obtenir 1 » est le contraire de l'événement « obtenir 1 ».

8 Les téléphones

20 min ➔ Corrigé p. 221

Une entreprise fabrique des téléphones mobiles avec deux options possibles ajoutées au modèle standard que l'on notera option A et option B.

Sur un échantillon de 1 000 commandes, une étude statistique a fait apparaître les résultats suivants :

– 20 % des commandes sont faites avec l'option A ;

– parmi les commandes avec l'option A, 15 % ont aussi l'option B ;

– parmi les commandes sans l'option A, 4 % ont l'option B.

1. Complétez le tableau :

Nombre de commandes	avec option A	sans option A	Total
avec option B			
sans option B			
Total			1 000

2. On prend une commande au hasard dans l'échantillon. On définit les événements suivants :

– A : « la commande comprend l'option A » ;
– B : « la commande comprend l'option B ».

a) Calculez la probabilité de l'évènement A, puis celle de l'événement B.

b) Soit l'évènement C : « la commande comporte les deux options ». Calculez la probabilité de l'événement C.

c) Soit l'évènement D : « la commande comporte une et une seule option ». Déterminez la probabilité de l'évènement D.

3. On choisit une commande au hasard parmi les commandes avec option A de l'échantillon.

Soit l'évènement E : « la commande ne comprend pas l'option B ». Déterminez la probabilité de l'évènement E.

Vers le brevet

9 Dans le sac

15 min ➔ Corrigé p. 222

Un sac contient 10 boules rouges, 6 boules noires et 4 boules jaunes. Chacune de ces boules a la même probabilité d'être tirée. On tire une boule au hasard.

1. Calculez la probabilité pour que cette boule soit rouge.

2. Calculez la probabilité pour que cette boule soit noire ou jaune.

3. Calculez la somme des deux probabilités trouvées aux deux questions précédentes.

Le résultat était-il prévisible ? Pourquoi ?

4. On ajoute dans ce sac des boules bleues. Le sac contient alors 10 boules rouges, 6 boules noires, 4 boules jaunes et les boules bleues.

On tire une boule au hasard. Sachant que la probabilité de tirer une boule bleue est égale à $\frac{1}{5}$, calculez le nombre de boules bleues.

10 La loterie

20 min Corrigé p. 223

Une loterie comporte 300 billets qui ont tous été vendus. Chaque billet comporte 3 cases à gratter :

– 200 billets font apparaître après grattage la mention PERDU ;
– les 100 autres billets sont numérotés de 001 à 100, avec un chiffre par case.

Le numéro 013 gagne un téléphone à 300 € ; le numéro 007 gagne une tablette à 150 € ; les numéros terminés par le chiffre 0 gagnent 5 € ; ceux terminés par le chiffre 5 gagnent 2 €.

L'imprimeur facture 30 € la série de 100 billets numérotés et 0,2 € par billet marqué PERDU.

1. Donnez le nombre de billets se terminant par le chiffre 0, le nombre de billets se terminant par le chiffre 5.

2. Quelle est la valeur totale des lots mis en jeu ? En déduire la dépense totale pour l'organisateur de la loterie.

3. Le prix d'un billet est fixé à 3 €. Tous les lots ont été réclamés. Quel est le bénéfice de la loterie ?

4. Pierre a acheté un billet pris au hasard parmi les 300 billets.

a) Quelle est la probabilité qu'il ait choisi un billet avec la mention PERDU ?

b) Quelle est la probabilité qu'il gagne un lot de valeur supérieure ou égale à 5 € ?

c) Il gratte la case centrale : le chiffre 0 apparaît. Il déclare alors : « J'ai maintenant 2 chances sur 10 de gagner quelque chose. »

Est-ce vrai ou faux ? Justifiez cette réponse en utilisant la liste possible de tous les billets avec le chiffre 0 dans la case centrale.

11 La roue tourne

20 min Corrigé p. 224

On considère une roue de loterie comportant quatre secteurs numérotés et une urne comportant 3 boules comme sur le schéma ci-dessous :

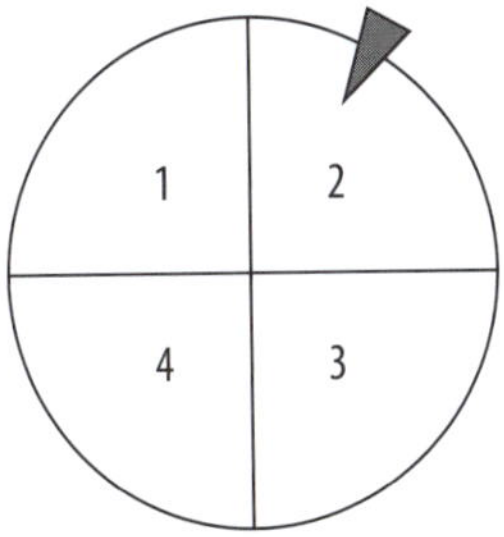

Dans cet exercice on étudie les deux expériences suivantes :

Expérience 1 : faire tourner la roue puis prendre au hasard une boule dans l'urne pour obtenir un nombre à deux chiffres. Le chiffre obtenu avec la roue est le chiffre des dizaines et celui avec l'urne est le chiffre des unités.

Expérience 2 : faire tourner la roue puis prendre au hasard une boule dans l'urne et faire le produit des deux chiffres obtenus.

1. Étude de l'expérience 1 :

a) Écrivez tous les nombres possibles issus de cette expérience.

b) Calculez la probabilité d'obtenir un nombre supérieur à 30.

c) Quelle est la probabilité d'obtenir un nombre premier ?

2. Étude de l'expérience 2 :

a) Écrivez tous les nombres possibles issus de cette expérience.

b) Calculez la probabilité d'obtenir un nombre multiple de 3.

3. On propose à Célian de réaliser une de ces expériences. Il gagne un lot si le nombre qu'il obtient est un multiple de 5. Quelle expérience doit-il choisir s'il veut avoir le plus de chance de gagner ?

Exercice d'approfondissement

12 Avec un peu de méthode, on doit y arriver … 15 min ➔ Corrigé p. 225

Un jeu se déroule en deux étapes.

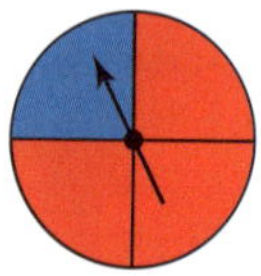

• On fait tourner la roue ci-contre. On note la couleur obtenue.

• Puis, on tire une boule de l'urne ci-contre. On note la couleur obtenue.

A-t-on plus de chances d'obtenir deux fois la couleur rouge ou deux fois la couleur bleue ?

CORRIGÉS

QCM

1 **1.** La probabilité d'un événement est un nombre compris entre 0 et 1.

- $\frac{5}{4} > 1$.
- $0 \leqslant \frac{4}{5} \leqslant 1$.
- 25 % =0,25 et $0 \leqslant 0{,}25. \leqslant 1$.

> **Méthode**
> On compare chacun des nombres avec 0 et 1.

Réponse : **b)** $\frac{4}{5}$ et **c)** 25 %.

2. Par définition, la probabilité d'un événement certain est 1.

Réponse : **a)** certain.

3. Pour un événement A, on a la relation $p(\text{non A}) = 1 - p(\text{A})$.
On en déduit que si $p(\text{A}) = 0{,}25$, alors $p(\text{non A}) = 1 - 0{,}25 = 0{,}75 = \frac{3}{4}$.

Réponse : **a)** $\frac{3}{4}$.

4. Les issues de cette expérience sont : 1, 2, 3, 4, 5, 6. Parmi ces six issues, il y a deux multiples de 3 : 3 et 6. On en déduit que la probabilité d'obtenir un multiple de 6 est $\frac{2}{6} = \frac{1}{3}$.

> **Remarque**
> On a deux chances sur six d'obtenir un multiple de 3.

Réponse : **c)** $\frac{1}{3}$.

2 **1. Vrai ➜** Il n'y a que des boules rouges et des boules blanches dans l'urne. La probabilité de tirer une boule blanche est la proportion de boules blanches dans l'urne.

> **Rappel**
> Une probabilité peut s'écrire sous la forme d'un pourcentage.

Il y a 30 % de boules rouges, il y a donc 70 % de boules blanches. La probabilité de tirer une boule blanche est 70 %, soit 0,7.

2. Vrai ➜ Il y a autant de boules rouges que de boules blanches. Les probabilités de tirer une boule rouge ou une boule blanche sont toutes deux égales à 0,5 soit $\frac{1}{2}$.

3. Vrai ➜ Comme il y a deux fois plus de boules rouges que de boules blanches, on a deux fois plus de chances d'obtenir une boule rouge qu'une boule blanche.

CORRIGÉS

4. Faux → La probabilité de tirer une boule rouge est 0,6. Donc la probabilité de tirer une boule blanche est 1 – 0,6 = 0,4 et $\frac{4}{10} = \frac{2}{5}$.

Rappel
Ce résultat n'est valable que s'il n'y a que des boules rouges et des boules blanches dans l'urne.

5. Vrai → Les événements « tirer une boule blanche » et « tirer une boule rouge » ne peuvent pas se produire en même temps, donc ces événements sont incompatibles.

6. Vrai → L'événement contraire de « tirer une boule blanche » est « ne pas tirer une boule blanche », soit « tirer une boule rouge ».

Exercices d'entraînement

3

- $\frac{1}{5} = \boxed{0{,}2 = 20\,\%}$
- $\frac{2}{3} \simeq \boxed{0{,}67 \simeq 67\,\%}$
- $\frac{12}{100} = \frac{3}{25} = \boxed{0{,}12 = 12\,\%}$
- $\frac{1}{100} = \boxed{0{,}01 = 1\,\%}$
- $\frac{8}{10} = \frac{4}{5} = \boxed{0{,}8 = 80\,\%}$
- $\frac{25}{100} = \frac{1}{4} = \boxed{0{,}25 = 25\,\%}$

4 **1.** Parmi les six issues, trois sont strictement supérieures à 3 : 4, 5 et 6.

La probabilité d'obtenir un nombre strictement supérieur à 3 est $\frac{3}{6}$, soit $\frac{1}{2}$.

Rappel
On calcule la probabilité comme : $\frac{\text{nombre d'issues favorables}}{\text{nombre d'issues au total}}$.

En d'autres termes, on a une chance sur deux d'obtenir un nombre strictement supérieur à 3.

2. On compte le nombre d'issues de cette expérience à l'aide d'un arbre.

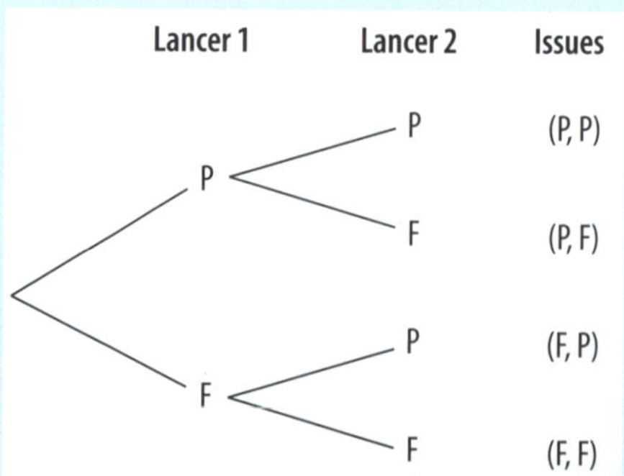

Remarque
Les quatre issues ont la même probabilité : on dit qu'elles sont équiprobables.

Il y a quatre issues possibles. On a autant de chances d'obtenir l'une d'entre elles. **La probabilité d'obtenir deux fois « face » (F, F) est $\frac{1}{4}$.**

3. Sur les six faces du dé, trois faces portent un chiffre pair (deux portent le numéro 2 et une le numéro 4). On a donc 3 chances sur 6 d'obtenir un chiffre pair. Finalement, **la probabilité d'obtenir un chiffre pair est $\frac{3}{6}$, soit $\frac{1}{2}$.**

4. On compte le nombre de jetons qui portent le chiffre 1 dans leur numéro.

Le chiffre 1 apparaît dans les numéros : 1, 10, 11, 12, 13, 14, 15, 16, 17, 18, 19, 21, 31, 41, 51, 61, 71, 81 et 91. Cela représente 19 numéros.

On a donc 19 chances sur 100 d'obtenir le chiffre 1 sur un jeton. **La probabilité que le chiffre 1 figure dans le numéro est $\frac{19}{100} = 0{,}19$.**

5 **1.** Cette expérience a quatre issues possibles : 1, 2, 3 et 4.

L'arbre des possibles a donc 4 branches.

Il y a 8 secteurs identiques sur la roue. Quatre secteurs portent le numéro 1. On a donc 4 chances sur 8 d'obtenir le chiffre 1. On en déduit que la probabilité d'obtenir le chiffre 1 est $\frac{4}{8}$ soit $\frac{1}{2}$.

On procède de la même façon pour les autres numéros. On obtient alors l'arbre ci-contre.

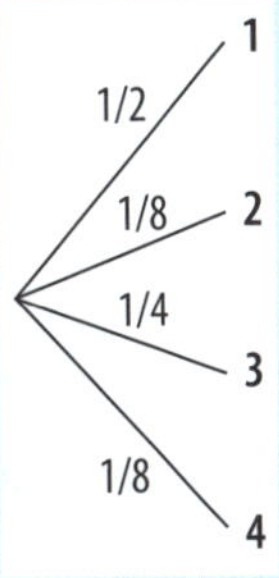

2. L'événement A est constitué de trois issues : 2, 3 et 4.

La probabilité d'obtenir le 2 est $\frac{1}{8}$, celle d'obtenir le 3 est $\frac{1}{4}$ et celle d'obtenir le 4 est $\frac{1}{8}$.

> **Méthode**
> Pour calculer la probabilité d'un événement, on ajoute les probabilités des issues qui le composent.

On en déduit que **la probabilité de l'événement A est $\frac{1}{8} + \frac{1}{4} + \frac{1}{8} = \frac{4}{8} = \frac{1}{2}$.**

Problèmes

6 **1. a)** Les boules portent trois numéros différents : 1, 2 et 3.

Les issues sont donc : 1, 2 et 3.

Il n'y a pas autant de boules qui portent le numéro 1, le numéro 2 et le numéro 3.

On en déduit que **les issues n'ont pas autant de chances de se réaliser**.

b) Dans l'urne, cinq boules portent le numéro 1. Au total, il y a 14 boules. On a donc 5 chances sur 14 d'obtenir une boule portant le numéro 1.
On en déduit que **la probabilité d'obtenir une boule portant le numéro 1 est $\frac{5}{14}$**.

2. a) Les boules dans l'urne sont soit bleues, soit vertes. Donc cette expérience n'a que deux issues. Il y a autant de boules vertes que de boules bleues. Donc **on a autant de chances d'obtenir une boule verte qu'une boule bleue.**

Remarque
Dans cette question, on ne s'intéresse plus aux numéros des boules. On ne regarde que la couleur.

b) Il y a deux issues dans cette expérience. Elles ont autant de chances de se réaliser. On en déduit que **la probabilité d'obtenir une boule verte est $\frac{1}{2}$**.

3. a) Le tableau suivant donne les répartitions (couleurs/numéros) des boules dans l'urne.

	Vert	Bleu	Total
n° 1	2	3	5
n° 2	3	3	6
n° 3	2	1	3
Total	7	7	14

b) Deux boules vertes portent le numéro 1. On en déduit que **la probabilité d'obtenir une boule verte portant le numéro 1 est $\frac{2}{14}$, soit $\frac{1}{7}$**.

c) La boule tirée est bleue. Il y a 7 boules bleues au total. Sur ces 7 boules bleues, 3 portent le numéro 2. **La probabilité de tirer une boule portant le numéro 2, sachant que cette boule est bleue, est donc $\frac{3}{7}$**.

Remarque
Dans cette question, on sait que la boule tirée est bleue. L'ensemble de référence change : il est maintenant constitué des boules bleues.

7 **1.** On exprime toutes les probabilités en fonction de $p(1)$.

Rappel
La somme des probabilités des issues d'une expérience est égale à 1.

- $p(1) = p(2) = p(3)$.
- $p(4) = p(5) = p(6) = 3 \times p(1)$.

L'égalité $p(1) + p(2) + p(3) + p(4) + p(5) + p(6) = 1$ s'écrit :
$p(1) + p(1) + p(1) + 3p(1) + 3p(1) + 3p(1) = 1$
soit $12p(1) = 1$.
On en déduit que $\boxed{p(1) = \frac{1}{12}}$.

2. On peut, grâce au résultat précédent, compléter le tableau.

Face	1	2	3	4	5	6
Probabilités	$\frac{1}{12}$	$\frac{1}{12}$	$\frac{1}{12}$	$\frac{3}{12}$	$\frac{3}{12}$	$\frac{3}{12}$

3. a) Il y a trois façons d'obtenir une face paire : obtenir le 2, le 4 ou le 6. La probabilité d'obtenir une face paire est donc :

$$\underbrace{\frac{1}{12}}_{\text{Obtenir le 2}} + \underbrace{\frac{3}{12}}_{\text{Obtenir le 4}} + \underbrace{\frac{3}{12}}_{\text{Obtenir le 6}} = \boxed{\frac{7}{12}}$$

b) L'événement « ne pas obtenir le chiffre 1 » est l'événement contraire de « obtenir le chiffre 1 ».

$p(1) = \frac{1}{12}$, donc **la probabilité de ne pas obtenir le chiffre 1 est $1 - p(1) = 1 - \frac{1}{12} = \frac{11}{12}$.**

Méthode

Si A est un événement et (non A) son contraire, on a $p(\text{non A}) = 1 - p(\text{A})$.

8 **1.** • 20 % des commandes représentent 200 commandes.

200 commandes sont faites avec l'option A.

• 15 % de 200 = 0,15 × 200 = 30.

Parmi les commandes avec l'option A, 30 ont également l'option B.

800 commandes n'ont pas l'option A.

• 4 % de 800 = 0,04 × 800 = 32.

Parmi les commandes sans l'option A, 32 ont l'option B.

Rappel

Calculer 20 % d'un nombre revient à le multiplier par 0,2.

0,2 × 1 000 = 200.

Nombre de commandes	avec option A	sans option A	Total
avec option B	30	32	62
sans option B	170	768	938
Total	200	800	1 000

2. a) $p(\text{A}) = \frac{\text{Nombre d'issues qui réalisent A}}{\text{Nombre total d'issues}} = \frac{200}{1000} = 0{,}2.$

La probabilité que la commande comporte l'option A est 0,2.

De même, $p(\text{B}) = \frac{62}{1000} = 0{,}062.$

La probabilité que la commande comporte l'option B est 0,062.

b) 30 commandes comportent les deux options, donc $p(C) = \frac{30}{1000} = 0,3$.

La probabilité que la commande comporte les deux options est 0,3.

c) 170 commandes comportent l'option A mais pas l'option B, et 32 comportent l'option B mais pas l'option A.

170 + 32 = 202.

Au total, il y a donc 202 commandes qui comportent une et une seule option.

Donc, $p(D) = \frac{202}{1000} = 0,202$.

La probabilité que la commande comporte une et une seule option est 0,202.

3. La commande choisie comporte l'option A.

$$p(E) = \frac{\text{Nombre de commandes avec option A mais pas option B}}{\text{Nombre de commandes avec option A}} = \frac{170}{200} = 0,85.$$

La probabilité que la commande ne comporte pas l'option B est 0,85.

Remarque
Le nombre total d'issues change dans cette question puisque l'on sait que la commande comporte l'option A.

Vers le brevet

9 Soit R l'événement « obtenir une boule rouge », N l'événement « obtenir une boule noire » et J l'événement « obtenir une boule jaune ».

1. On tire une boule au hasard. La probabilité $p(\text{R})$ que cette boule soit rouge se calcule comme :

$$p(\text{R}) = \frac{\text{Nombre de boules rouges}}{\text{Nombre de boules dans le sac}} = \frac{10}{10+6+4} = \frac{10}{20} = \frac{1}{2} = \boxed{0,5}$$

Méthode
La probabilité d'obtenir une boule rouge correspond à la proportion de boules rouges dans le sac.

2. Chaque boule ayant une seule couleur, $p(\text{N ou J}) = p(\text{N}) + p(\text{J})$.

$$p(\text{N ou J}) = \frac{\text{Nombre de boules noires}}{\text{Nombre de boules dans le sac}} + \frac{\text{Nombre de boules jaunes}}{\text{Nombre de boules dans le sac}} = \frac{6}{20} + \frac{4}{20} = \frac{10}{20} = \frac{1}{2} = \boxed{0,5}$$

Méthode
p(N ou J) est la somme des deux probabilités.

3. • La somme des deux probabilités précédentes est :

$p(\text{R}) + p(\text{N ou J}) = 0{,}5 + 0{,}5 = \boxed{1}$.

• **Ce résultat était prévisible**, car les événements R et (N ou J) sont deux événements contraires. Dans un sac contenant des boules rouges, jaunes et noires, (non R) correspond alors à l'événement « obtenir une boule noire ou une boule jaune » soit (N ou J).

Rappel
R est l'événement « obtenir une boule rouge », son événement contraire est (non R) « obtenir une boule qui ne soit pas rouge ».

Par suite,

$p(\text{N ou J}) = p(\text{non R}) = 1 - p\,(\text{R}) = 1 - 0{,}5 = 0{,}5$.

4. On note x le nombre de boules bleues ajoutées dans le sac. Le sac contient alors un total de $10 + 6 + 4 + x = 20 + x$ boules.

On tire une boule au hasard, la probabilité de tirer une boule bleue vaut $\frac{1}{5}$ et s'écrit $\frac{\text{Nombre de boules bleues}}{\text{Nombre de boules dans le sac}} = \frac{1}{5}$.

$$\frac{x}{20 + x} = \frac{1}{5}$$

Pensez-y !
On applique le produit en croix.

$$x \times 5 = (20 + x) \times 1$$

$$5x = 20 + x$$

$$5x - x = 20$$

$$x = \frac{20}{4} = 5.$$

On a ajouté 5 boules bleues dans le sac.

10 **1.** Parmi les 100 billets numérotés, **il y a 10 billets qui se terminent par 0** :

010, 020, 030, 040, 050, 060, 070, 080, 090, 100.

Parmi les 100 billets numérotés, **il y a 10 billets qui se terminent par 5** :

005, 015, 025, 035, 045, 055, 065, 075, 085, 095.

Conseil
Quand cela est possible, écrivez toutes les possibilités.

2. • 1 billet (le numéro 013) a une valeur de 300 €.

• 1 billet (le numéro 007) a une valeur de 150 €.

• 10 billets (ceux qui se terminent par 0) ont une valeur de 5 € chacun, soit 50 € au total.

• 10 billets (ceux qui se terminent par 5) ont une valeur de 2 € chacun, soit 20 € au total.

300 + 150 + 50 + 20 = 520. **La valeur totale des lots mis en jeu est de 520 €.**

Les coûts d'imprimerie s'élèvent à 30 € pour les 100 billets numérotés auxquels on ajoute 0,2 € par billet marqué PERDU.

Pensez-y !
N'oubliez pas les coûts d'imprimerie dans la dépense totale de l'organisateur !

0,2 × 200 = 40.

30 + 40 = 70.

Les coûts d'imprimerie s'élèvent donc à 70 €.

520 + 70 = 590

Au total, la dépense totale de l'organisateur est de 590 €.

3. 3 × 300 = 900.

Au total, la vente des billets rapporte 900 € à l'organisateur.

900 – 590 = 310.

Le bénéfice réalisé est de 310 €.

Rappel
Pour calculer la probabilité d'un événement *A*, utilisez la formule :

$$p(A) = \frac{\text{Nombre d'issues qui réalisent A}}{\text{Nombre total d'issues}}$$

4. a) Il y a 200 billets avec la mention PERDU. La probabilité d'obtenir un billet avec la mention PERDU est : $\frac{200}{300} = \boxed{\frac{2}{3}}$.

b) Il y a 12 billets (le numéro 013, le numéro 007 et ceux qui se terminent par 0) permettant de gagner un lot de valeur supérieure ou égale à 5 €.

Ainsi, la probabilité de gagner un lot de valeur supérieure ou égale à 5 € est $\frac{12}{300} = \frac{1}{25} = \boxed{0{,}04}$.

c) La case centrale étant 0, Pierre peut donc gagner un lot avec les billets 007, 005 et 100. Il y a 10 billets numérotés qui ont un zéro sur la case centrale (001, 002, 003, 004, 005, 006, 007, 008, 009, 100). Ainsi, la probabilité qu'il a de gagner un lot est $\frac{3}{10}$. **Pierre se trompe, il a 3 chances sur 10 de gagner un lot.**

11 **1. a)** La liste des résultats possibles est :

{15 ;16 ;17 ; 25 ; 26 ; 27 ; 35 ; 36 ; 37 ; 45 ; 46 ; 47}

b) Il y a 12 résultats possibles, parmi lesquels 6 nombres sont supérieurs à 30.

Étant dans des conditions d'équiprobabilité, la probabilité d'obtenir un nombre supérieur à 30 est : $\frac{6}{12} = \frac{1}{2} = 0{,}5$.

Pensez-y !
On est en situation d'équiprobabilité quand on choisit « au hasard », quand les dés ne sont pas truqués... Alors une probabilité se calcule avec la formule :

$$\frac{\text{nombre de cas favorables}}{\text{nombre de cas possibles}}$$

c) Dans la liste des 12 nombres proposés, les nombres premiers sont : 17 ; 37 et 47 (il y en a 3).

La probabilité d'obtenir un nombre premier est : $\frac{3}{12} = \frac{1}{4} = 0{,}25$.

2. a) La liste des résultats possibles est :

$\{1 \times 5 ; 1 \times 6 ; 1 \times 7 ; 2 \times 5 ; 2 \times 6 ; 2 \times 7 ; 3 \times 5 ; 3 \times 6 ; 3 \times 7 ; 4 \times 5 ; 4 \times 6 ; 4 \times 7\}$
soit $\{5 ; 6 ; 7 ; 10 ; 12 ; 14 ; 15 ; 18 ; 21 ; 20 ; 24 ; 28\}$

b) Dans la liste des 12 nombres proposés, les multiples de 3 sont : 6 ; 12 ; 15 ; 18 ; 21 et 24. Ces derniers sont au nombre de 6.

Gagnez des points
Les multiples de 3 sont des nombres figurant « dans la table de 3 ».

La probabilité d'obtenir un multiple de 3 est : $\frac{6}{12} = \frac{1}{2} = 0{,}5$.

3. • Dans l'expérience 1 :

Sur 12 résultats possibles, il y a 4 multiples de 5 (15 ; 25 ; 35 et 45).

Rappel
Un multiple de 5 se termine par 0 ou 5.

La probabilité p_1 d'obtenir un multiple de 5 est : $p_1 = \frac{4}{12} = \frac{1}{3}$.

• Dans l'expérience 2 :

Sur 12 résultats possibles, il y a 4 multiples de 5 (5 ;10 ;15 et 20).

La probabilité p_2 d'obtenir un multiple de 5 est : $p_2 = \frac{4}{12} = \frac{1}{3}$.

• $p_1 = p_2$: quelle que soit l'expérience choisie, la probabilité pour Célian d'obtenir un multiple de 5, et ainsi de gagner un lot, est la même.

Rappel
Un multiple de 5 se termine par 0 ou 5.

Exercice d'approfondissement

12 Le jeu se déroule en deux étapes. Dans l'arbre suivant, on note (R) pour la couleur rouge et (B) pour la couleur bleue. Il s'agit d'une expérience à deux épreuves puisqu'il y a une succession de deux expériences.

La roue est découpée en 4 secteurs identiques. Il y a 3 secteurs rouges, donc la probabilité d'obtenir le rouge est $\frac{3}{4}$; celle d'obtenir le bleu est $\frac{1}{4}$.

Dans l'urne, il y a 6 boules. Il y a 4 boules bleues. La probabilité d'obtenir une boule bleue est $\frac{4}{6}$, soit $\frac{2}{3}$.
Celle d'obtenir une boule rouge est $\frac{1}{3}$.

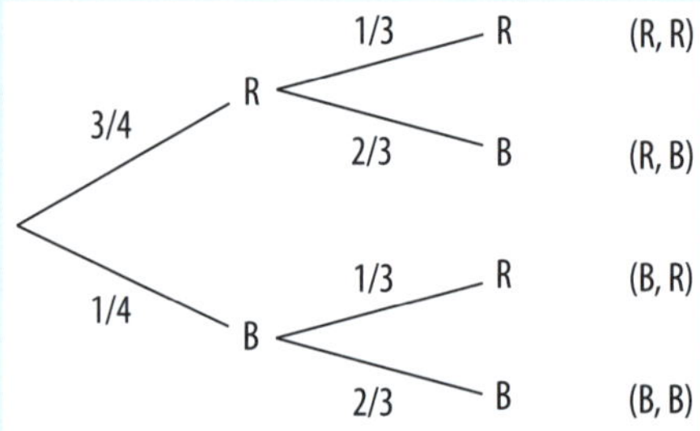

La probabilité d'obtenir deux fois la couleur rouge est $\frac{3}{4} \times \frac{1}{3} = \frac{1}{4}$ et la probabilité d'obtenir deux fois la couleur bleue est $\frac{1}{4} \times \frac{2}{3} = \frac{1}{6}$.

Méthode
La probabilité d'une issue est le produit des probabilités rencontrées sur le chemin.

Comme $\frac{1}{4} > \frac{1}{6}$, **on a plus de chances d'obtenir deux fois la couleur rouge**.

CHAPITRE 10

Géométrie dans le plan

DE QUOI S'AGIT-IL ?

Dans ce chapitre sont introduites les notions indispensables à connaître en géométrie : les droites remarquables du triangle, les propriétés des figures de référence, les théorèmes fondamentaux…

1 Les transformations du plan

Vidéo
Reconnaître une transformation du plan

1 La symétrie axiale

Le symétrique d'un point A par rapport à une droite d est le point A' tel que d soit la médiatrice du segment $[AA']$.

Sur la figure ci-contre, le triangle ABC a pour image le triangle $A'B'C'$ dans la symétrie d'axe d.

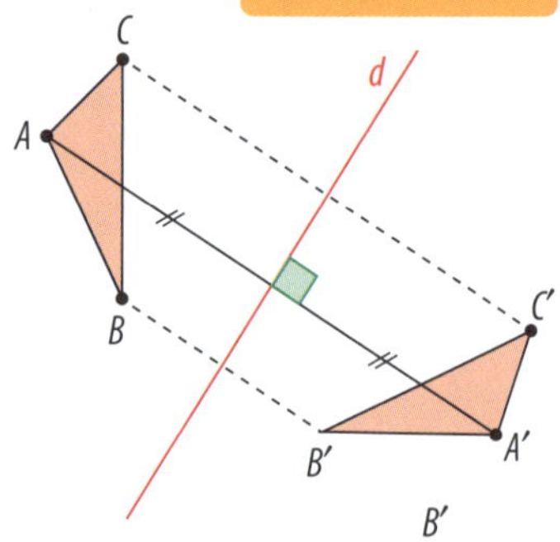

2 La symétrie centrale

Le symétrique d'un point A par rapport à un point O est le point A' tel que O soit le milieu du segment $[AA']$.

Sur la figure ci-contre, le triangle ABC a pour image le triangle $A'B'C'$ dans la symétrie de centre O.

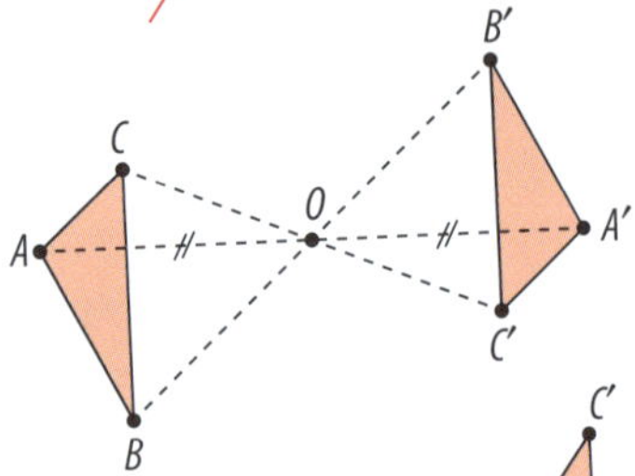

3 La translation

L'image d'un point A par une translation est un point A' que l'on déplace d'une certaine distance.

Sur la figure ci-contre, le triangle ABC a pour image le triangle $A'B'C'$ dans la translation qui transforme A en A'.

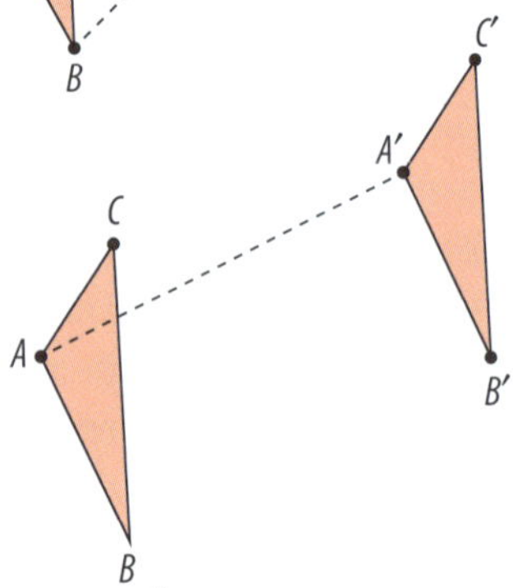

4 La rotation

L'image d'un point A par la rotation de centre O et d'angle α est le point A' tel que :

- $OA = OA'$;
- $\widehat{AOA'} = \alpha$.

Le sens de la rotation est le sens inverse des aiguilles d'une montre.

Sur la figure ci-contre, le triangle ABC a pour image le triangle $A'B'C'$ dans la rotation de centre O et d'angle $\alpha = 60°$.

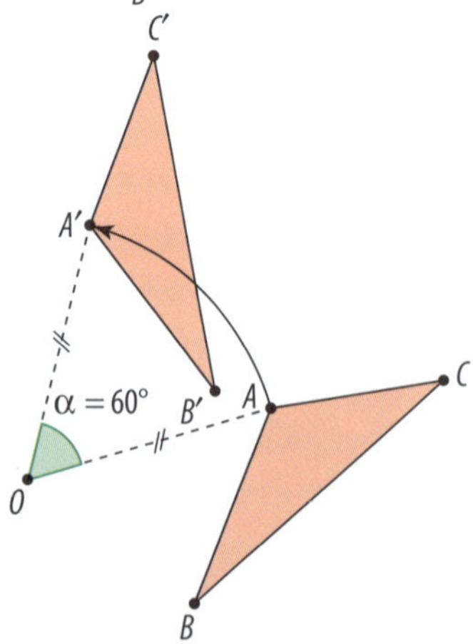

2 Les triangles

1 Droites remarquables dans le triangle

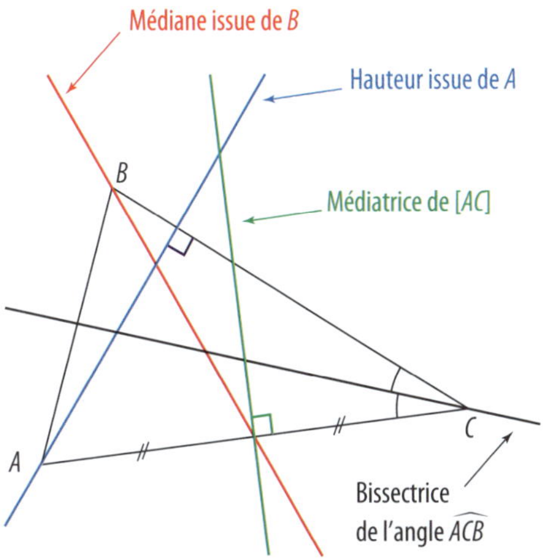

- Une **médiane** est une droite qui passe par un sommet et par le milieu du côté opposé à ce sommet.

La droite rouge est la médiane issue de B.

- Une **médiatrice** est une droite qui passe au milieu d'un segment et qui lui est perpendiculaire.

La droite verte est la médiatrice du côté $[AC]$.

- Une **hauteur** est une droite qui passe par un sommet et qui est perpendiculaire au côté opposé à ce sommet.

La droite bleue est la hauteur issue de A.

- Une bissectrice est une droite qui partage un angle en deux angles de même mesure. La droite noire est la bissectrice de l'angle $\widehat{AGK}$.

→ Bien comprendre

- Les trois médianes sont concourantes en un point G appelé **centre de gravité** du triangle.
- Les trois hauteurs sont concourantes en un point H appelé **orthocentre** du triangle.
- Les trois médiatrices sont concourantes en un point qui est le **centre du cercle circonscrit** au triangle.
- Les trois bissectrices sont concourantes en un point qui est le **centre du cercle inscrit** dans le triangle.

2 Triangles égaux

a. Définition

Si deux triangles ont leurs trois côtés respectivement de même longueur, alors on dit qu'ils sont égaux.

Deux triangles égaux sont superposables.

b. Théorèmes

- Si deux triangles ont un angle de même mesure compris entre deux côtés de même longueur, alors ils sont égaux.

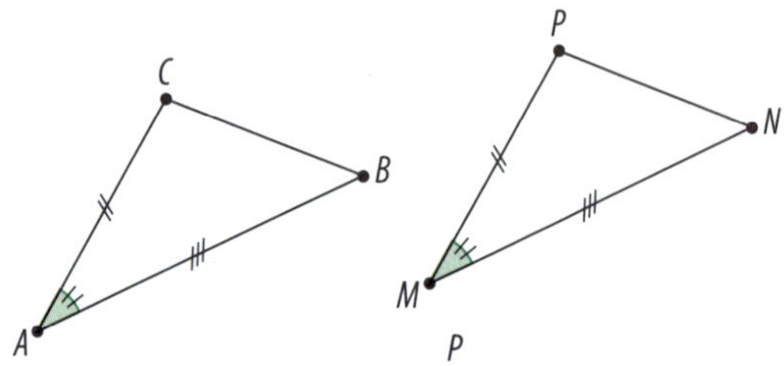

- Si deux triangles ont un côté de même longueur adjacent à deux angles de même mesure, alors ils sont égaux.

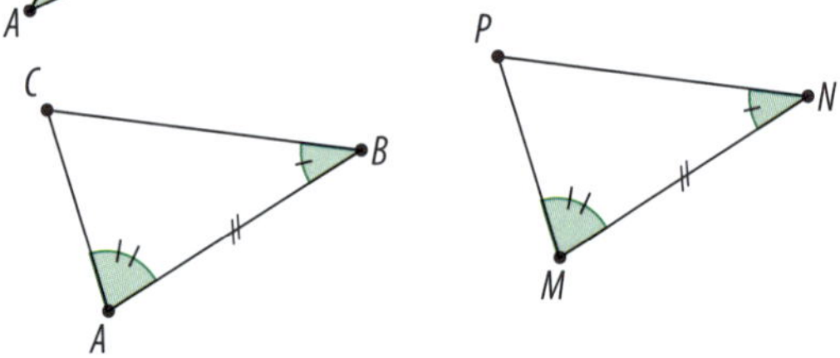

3 Les parallélogrammes

1 Définition et propriétés

Un parallélogramme est un quadrilatère dont les côtés opposés sont parallèles.

Ici, $(AB) // (CD)$ et $(AD) // (BC)$.

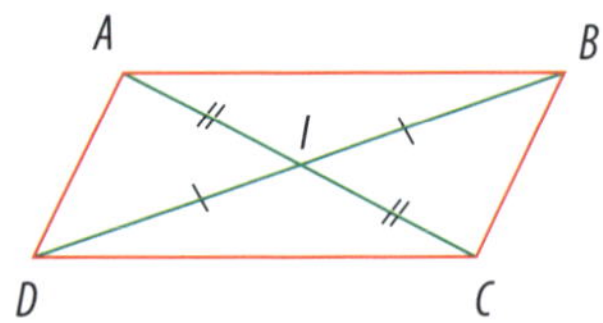

Propriétés

- Les diagonales d'un parallélogramme se coupent en leur milieu.
- $AB = CD$ et $AD = BC$.
- Les angles opposés sont égaux : $\widehat{A} = \widehat{C}$ et $\widehat{B} = \widehat{D}$.

Bien comprendre

Pour montrer qu'un quadrilatère est un parallélogramme, on peut :

- montrer que ses côtés opposés sont parallèles.
- montrer que ses diagonales se coupent en leur milieu.
- montrer qu'il a deux côtés opposés parallèles et de même longueur.

2 Parallélogrammes particuliers

- **Pour montrer qu'un parallélogramme est un rectangle**, on peut :

– montrer que ses diagonales ont la même longueur.

– montrer qu'il a un angle droit.

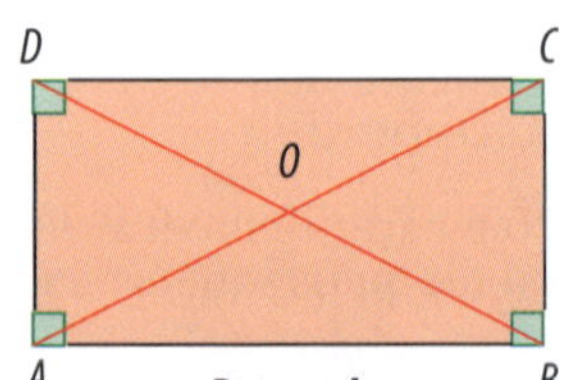

Rectangle

- **Pour montrer qu'un parallélogramme est un losange**, on peut :

– montrer que ses diagonales sont perpendiculaires.

– montrer qu'il a deux côtés consécutifs de même longueur.

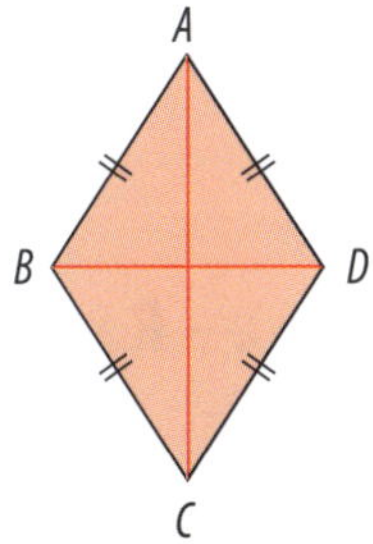

Losange

- **Pour montrer qu'un rectangle est un carré**, on peut :

– montrer que ses diagonales sont perpendiculaires.

– montrer qu'il a deux côtés consécutifs de même longueur.

- **Pour montrer qu'un losange est un carré**, on peut :

– montrer que ses diagonales ont la même longueur.

– montrer qu'il a un angle droit.

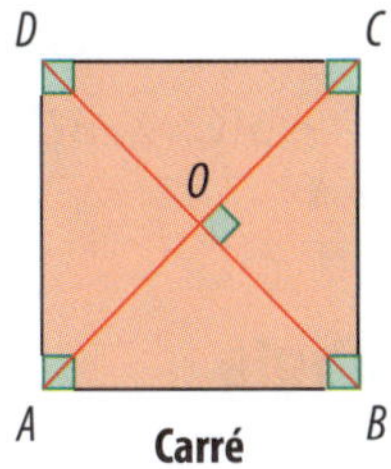

Carré

4 Les théorèmes et propriétés de base

1 Droites des milieux

- **Théorème 1**

Dans un triangle, la droite qui passe par le milieu d'un côté parallèlement à un deuxième côté passe par le milieu du troisième côté.

(AC) // (IJ) et I est le milieu de $[AB]$, donc J est le milieu de $[BC]$.

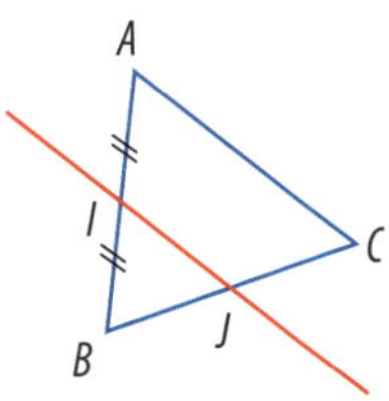

- **Théorème 2**

Dans un triangle, la droite qui passe par le milieu de deux côtés est parallèle au troisième côté.

I est le milieu de [*AB*] et *J* le milieu de [*BC*], donc :

$(IJ) // (AC)$ et $IJ = \frac{1}{2}AC$.

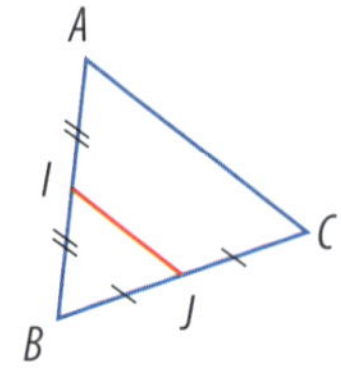

2 Le théorème de Pythagore – Réciproque et contraposée

- **Le théorème**

Si ABC est un triangle rectangle en A, alors : $AB^2 + AC^2 = BC^2$.

Vidéo
Calculer une longueur avec Pythagore

Remarque
Il permet de calculer une longueur dans un triangle rectangle lorsque les deux autres sont connues.

- **La réciproque**

Si dans un triangle ABC, $AB^2 + AC^2 = BC^2$, alors ABC est rectangle en A.

Remarque
Elle permet de montrer qu'un triangle est rectangle quand ses trois longueurs sont connues.

- **La contraposée**

Si dans un triangle ABC, $AB^2 + AC^2 \neq BC^2$, alors ABC n'est pas rectangle en A.

Remarque
Elle permet de montrer qu'un triangle n'est pas rectangle quand ses trois longueurs sont connues.

3 Cercle et triangle rectangle

- Soit $\mathscr{C}$ un cercle de diamètre [*AB*]. Si *M* est un point de ce cercle, alors le triangle *AMB* est rectangle en *M*.
- Réciproquement, si *AMB* est un triangle rectangle en *M*, alors *M* est sur le cercle de diamètre [*AB*].

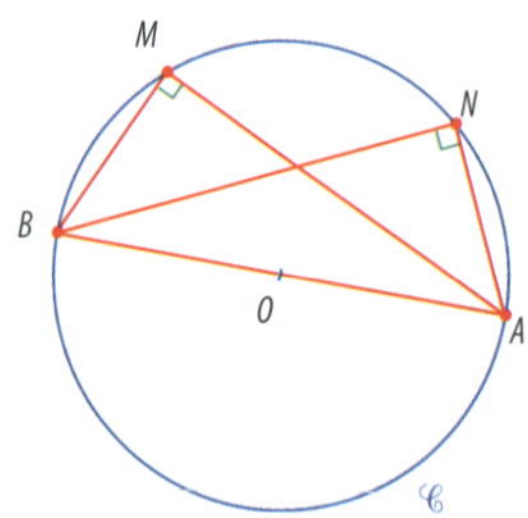

Vidéo
Appliquer l'égalité de Pythagore pour vérifier si un triangle est rectangle

QCM

1 Des choix à faire

➔ Corrigé p. 237

Cochez la (ou les) réponse(s) correcte(s).

1. ABC est un triangle isocèle de sommet A, alors :

a) ☐ la hauteur issue de A est aussi la médiane issue de A

b) ☐ $\widehat{A} = \widehat{B}$ **c)** ☐ $\widehat{B} = \widehat{C}$

2. Les hauteurs dans un triangle quelconque sont concourantes en un point qui est :

a) ☐ l'orthocentre

b) ☐ le centre de gravité

c) ☐ le centre du cercle circonscrit

3. Dans un triangle équilatéral :

a) ☐ tous les angles mesurent 60°

b) ☐ les droites remarquables sont confondues

c) ☐ le centre du cercle circonscrit est aussi le centre du cercle inscrit

2 Vrai ou Faux ?

➔ Corrigé p. 237

Cochez la bonne réponse.

$\mathscr{C}$ est un cercle de centre A et de diamètre $BC = 8$ cm.
D est un point du cercle tel que $CD = 6{,}4$ cm.
d est la droite perpendiculaire à (BC) passant par A.

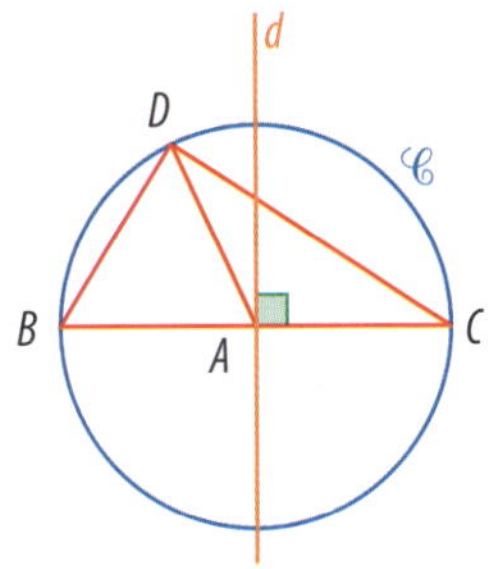

1. BCD est un triangle rectangle.	☐ V	☐ F
2. ACD est un triangle isocèle.	☐ V	☐ F
3. $BD = 5$ cm.	☐ V	☐ F
4. d est une hauteur pour le triangle BCD.	☐ V	☐ F
5. ABD est un triangle équilatéral.	☐ V	☐ F
6. (AD) est une médiane pour le triangle BCD.	☐ V	☐ F
7. La médiatrice de $[CD]$ passe par A.	☐ V	☐ F

Exercices d'entraînement

3 Rectangle ou non ?...

15 min Corrigé p. 238

Les triangles ci-dessous sont-ils rectangles ? Justifiez.

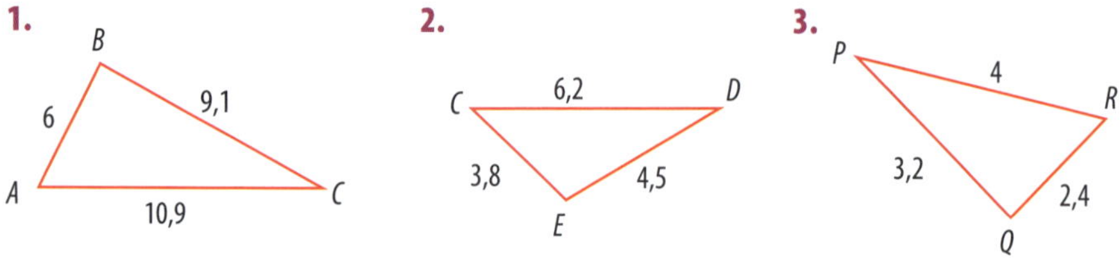

Méthode

1. On repère le plus grand côté du triangle.

2. On fait deux calculs séparés :

- le carré du plus grand côté ;
- la somme des carrés des deux autres côtés.

3. Si les résultats sont égaux, alors la réciproque du théorème de Pythagore permet de conclure que le triangle est rectangle. Sinon, la contraposée du théorème de Pythagore permet de montrer que le triangle n'est pas rectangle.

4 Avec les droites remarquables

10 min Corrigé p. 239

Sur la figure ci-contre, O est le centre du cercle. Les points B, C, D et E sont des points du cercle et les droites (DC) et (EB) se coupent en G. Démontrez que les droites (GF) et (DB) sont perpendiculaires.

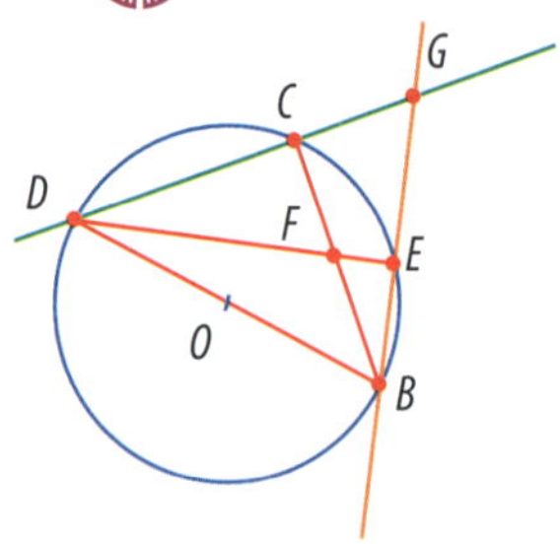

5 Il faudra bien choisir son triangle !

10 min Corrigé p. 239

Soit $ABCD$ un parallélogramme de centre O.

La parallèle à (BC) passant par O coupe (AB) en M.

Les droites (CM) et (BD) se coupent en N. On appelle I le milieu de $[BC]$.

1. Démontrez que M est le milieu de $[AB]$.

2. Démontrez que les points A, N et I sont alignés.

Problèmes

6 Une figure bien compliquée

15 min ➔ Corrigé p. 240

On considère un cercle de centre O et de diamètre AC. Le triangle ACE est rectangle en A, F est le milieu de $[AE]$ et G celui de $[EC]$.

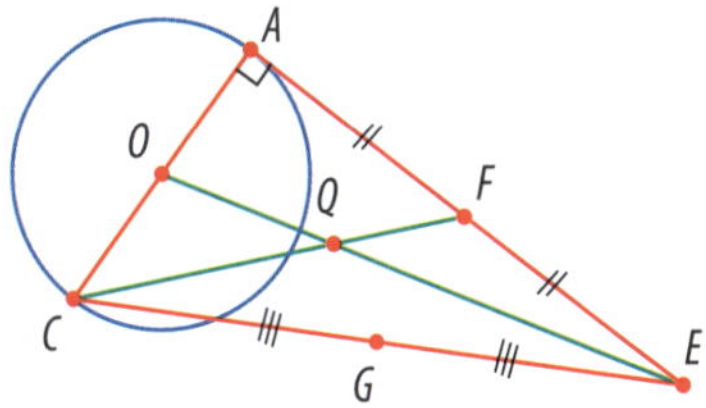

1. Démontrez que le triangle OGC est rectangle.

2. Démontrez que $AG = GC$.

3. a) Quel est le centre de gravité du triangle AEC ? Que peut-on en déduire pour les points A, Q et G ?

b) Quel est le centre du cercle circonscrit du triangle AEC ?

7 Transformations

10 min ➔ Corrigé p. 241

Sur la figure ci-contre, en utilisant le quadrillage, construisez :

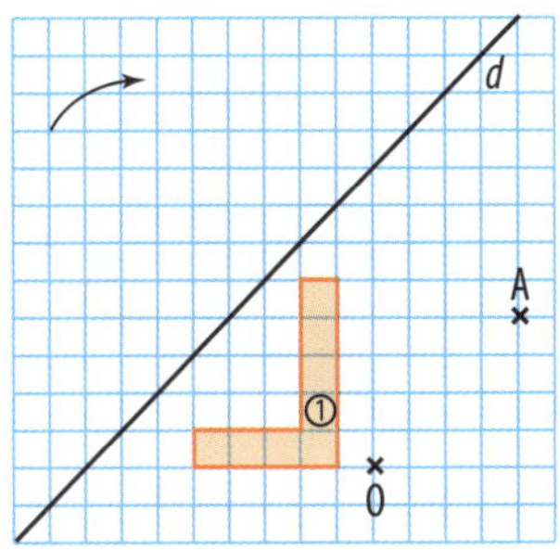

1. La figure ② image de la figure ① par la translation qui transforme O en A.

2. La figure ③ image de la figure ① par la rotation de centre O et d'angle 90° dans le sens de la flèche.

3. La figure ④ image de la figure ① par la symétrie d'axe d.

Vers le brevet

8 Des triangles équilatéraux

20 min ➔ Corrigé p. 241

ABC et CDE sont deux triangles équilatéraux de côté 3 cm. A, C et E sont alignés.

1. Tracez une figure exacte, en respectant les longueurs données, complétez-la au fur et à mesure.

2. Prouvez que les points A, B, D, E sont sur un même cercle ; indiquez le centre et le rayon de ce cercle.

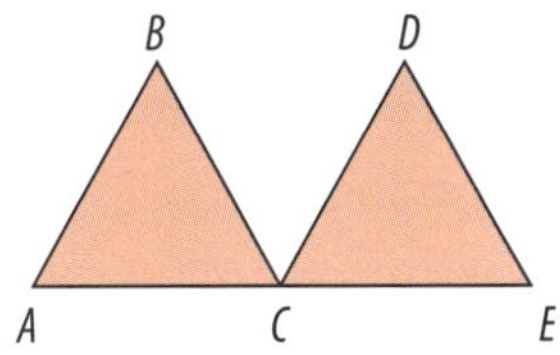

3. Prouvez que ABE est un triangle rectangle.

4. Calculez les mesures des côtés et des angles du triangle ABE.

5. Prouvez que BCD est un triangle équilatéral.

9 La piscine

20 min ➔ Corrigé p. 242

Un particulier possède une piscine dont le schéma est représenté sur la figure ci-contre.

Caractéristiques géométriques :

- *BCDF* est un rectangle.
- Le point *O* est situé sur [*AF*].
- *A* est Le milieu de [*BF*].
- $\widehat{AGK}$ est un arc de centre *O* de rayons [*OA*] et [*OK*].

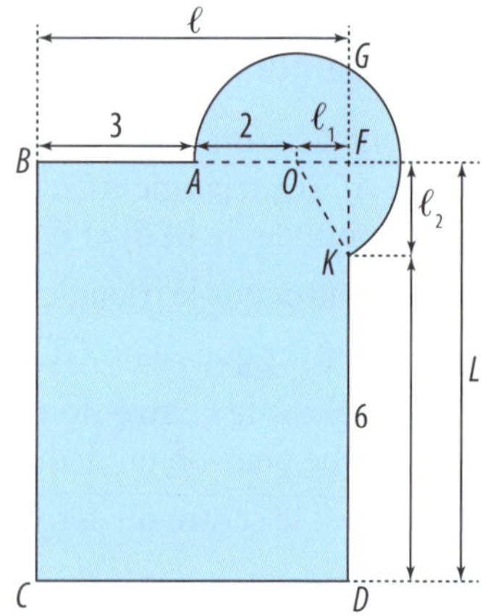

Toutes les longueurs sont données en mètres.

Toutes les longueurs seront calculées en mètres et les aires en mètres carré.

1. Calculez les longueurs ℓ et ℓ_1.

2. a) Calculez la longueur ℓ_2. Arrondir la valeur au centième.

b) Calculez, la longueur *L*. On donnera la valeur exacte et une valeur approchée au centimètre près.

3. Calcul de l'aire A_p de la piscine.

a) Calculez l'aire A_1 de la surface représentée par le rectangle *BCDF* ;

b) Calculez l'aire A_2 de la surface représentée par le triangle *OKF* ;

c) L'aire A_3 de la surface représentée par le secteur circulaire limité par l'arc $\widehat{AGK}$ et les rayons [OA] et [*OK*] est $A_3 = 8{,}38\ \text{m}^2$ (valeur arrondie au centième). Calculez l'aire totale A_p de la piscine. Arrondir la valeur à l'unité.

Exercice d'approfondissement

10 Un problème d'alignement

15 min ➔ Corrigé p. 244

Sur cette figure, *ABCD* est un carré, et *AEB* et *CBF* sont des triangles équilatéraux.

Calculez les angles $\widehat{CDE}$ et $\widehat{CDF}$.

Que peut-on en déduire pour les points *D*, *E* et *F* ?

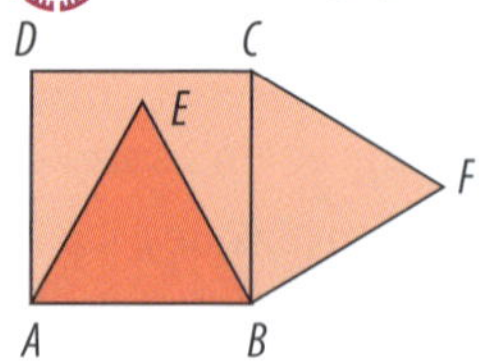

QCM

1 **1.** Dans un triangle isocèle de sommet A, la hauteur issue de A est aussi la médiane issue de A.

De plus, les angles à la base sont égaux.

Réponses : **a)** la hauteur issue de A est aussi la médiane issue de A et **c)** $\widehat{B} = \widehat{C}$.

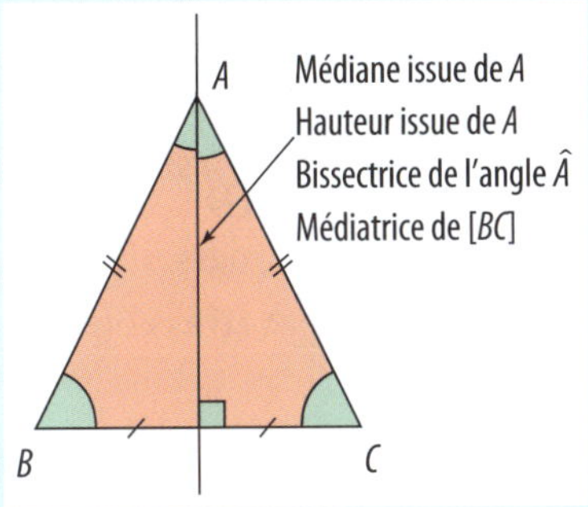

2. Les hauteurs d'un triangle sont concourantes en un point appelé orthocentre du triangle.

Réponse : **a)** l'orthocentre.

Rappel
Des droites concourantes sont des droites qui n'ont qu'un seul point d'intersection.

3. Les angles d'un triangle équilatéral mesurent tous 60° et les droites remarquables sont confondues. De ce fait, le centre du cercle circonscrit est aussi le centre du cercle inscrit.

Réponses : **a)** tous les angles mesurent 60°, **b)** les droites remarquables sont confondues, et **c)** le centre du cercle circonscrit est aussi le centre du cercle inscrit.

2 **1. Vrai ➜** $[BC]$ est un diamètre du cercle et D est un point de ce cercle. On en déduit que BCD est un triangle rectangle en D.

Pensez-y !
Pour appliquer ce théorème, vous devez connaître un diamètre du cercle.

2. Vrai ➜ $[AD]$ et $[AC]$ sont des rayons du cercle. On en déduit $AC = AD$. Donc ACD est isocèle en A.

3. Faux ➜ Dans le triangle BCD rectangle en D, d'après le théorème de Pythagore, on a :

$$DB^2 + DC^2 = BC^2$$

$$DB^2 + 6{,}4^2 = 8^2$$

$$DB^2 = 64 - 40{,}96$$

$$DB^2 = 23{,}04$$

$$DB = \sqrt{23{,}04} = 4{,}8 \neq 5$$

Gagnez des points !
Précisez toujours le triangle rectangle dans lequel vous appliquez le théorème de Pythagore.

4. Faux → d ne passe pas par un sommet du triangle BCD, donc d n'est pas une hauteur pour ce triangle.

Pensez-y !
Une hauteur passe forcément par un sommet du triangle.

5. Faux → On a $AD = AB = 4$ cm (ce sont des rayons du cercle), mais $BD = 4{,}8$ cm.

Donc ABD n'a pas trois côtés de même longueur : ce n'est pas un triangle équilatéral.

6. Vrai → La droite (AD) passe par un sommet du triangle BCD (le point D) et par le milieu du côté opposé à ce point (le point A), donc (AD) est une médiane pour le triangle BCD.

7. Vrai → On a $AD = AC$, donc A est sur la médiatrice du segment $[CD]$.

Rappel
Si un point M est équidistant (à la même distance) de A et de B, alors il est sur la médiatrice de $[AB]$.

Exercices d'entraînement

3 **1.** Le plus grand côté est $[AC]$.

• $AC^2 = 10{,}9^2 = 118{,}81$

• $AB^2 + BC^2 = 6^2 + 9{,}1^2 = 118{,}81.$

On en déduit l'égalité : $AB^2 + BC^2 = AC^2$.

Remarque
$[AC]$ étant le plus grand côté, si le triangle est rectangle, il ne peut l'être qu'en B.

D'après la réciproque du théorème de Pythagore, **le triangle *ABC* est rectangle en *B*.**

2. Le plus grand côté est $[CD]$.

• $CD^2 = 6{,}2^2 = 38{,}44$

• $EC^2 + ED^2 = 3{,}8^2 + 4{,}5^2 = 34{,}69.$

On en déduit que $EC^2 + ED^2 \neq CD^2$.

Remarque
Si le triangle avait été rectangle, il aurait vérifié l'égalité du théorème de Pythagore.

D'après la contraposée du théorème de Pythagore, **le triangle *CDE* n'est pas rectangle en *E*.**

3. Le plus grand côté est $[PR]$.

• $PR^2 = 4^2 = 16$

• $QP^2 + QR^2 = 3{,}2^2 + 2{,}4^2 = 16.$

On en déduit l'égalité : $QP^2 + QR^2 = PR^2$.

D'après la réciproque du théorème de Pythagore, **le triangle *PQR* est rectangle en *Q*.**

4 • [*DB*] est un diamètre du cercle et *C* et *E* sont des points du cercle. On en déduit que les triangles *DCB* et *DEB* sont des triangles rectangles respectivement en *C* et en *E*.

L'astuce du prof
Intéressez-vous aux hauteurs du triangle *DBG*.

• Par conséquent :

– dans le triangle *DGB*, (*DE*) est perpendiculaire à (*BG*), ce qui signifie que (*DE*) est la hauteur issue de *D* dans ce triangle ;

– dans le triangle *DGB*, (*BC*) est perpendiculaire à (*DG*), ce qui signifie que (*BC*) est la hauteur issue de *B* dans ce triangle.

• Les hauteurs (*DE*) et (*BC*) se coupent en *F*. On en déduit que *F* est l'orthocentre du triangle *DBG*.

Les hauteurs dans un triangle sont concourantes. La droite (*GF*) est donc la troisième hauteur (celle issue de *G*) du triangle *DBG*.

Puisqu'une hauteur est une droite qui passe par un sommet et qui est perpendiculaire au côté opposé, alors (*GF*) est perpendiculaire à (*DB*).

5 **1.** Voici la figure correspondant à l'énoncé.

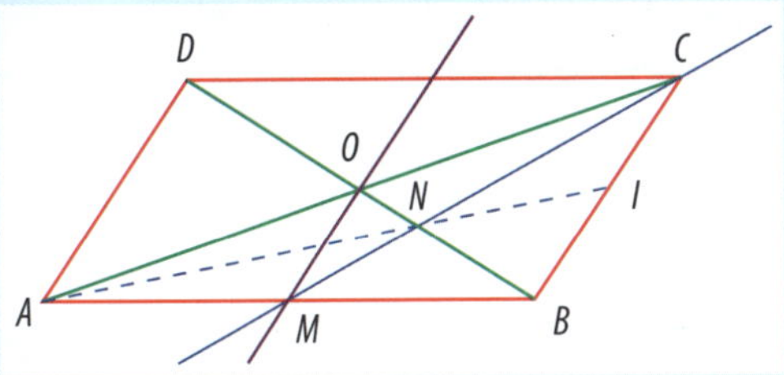

Pensez-y !
Même si la consigne ne l'indique pas, pour ce genre d'exercice, il est nécessaire de faire une figure.

Dans le triangle *ADB* :

• comme les diagonales d'un parallélogramme se coupent en leur milieu, *O* est le milieu de [*DB*] ;

• (*OM*) // (*AD*).

Remarque
Dans une démonstration, citez les hypothèses qui permettent ensuite d'utiliser le théorème.

Dans un triangle, si une droite passe par le milieu d'un côté en étant parallèle à un autre côté, alors elle passe par le milieu du troisième côté.

On en déduit que ***M* est le milieu de [*AB*]**.

2. Dans le triangle *ABC* :

• *M* est le milieu de [*AB*], donc la droite (*CM*) est la médiane issue de *C* ;

• *O* est le milieu de [*BD*], donc la droite (*BO*) est la médiane issue de *B*.

Les droites (*CM*) et (*BO*) se coupent en *N*. On en déduit que *N* est le point de concours des trois médianes du triangle *ABC*.

CORRIGÉS

Comme I est le milieu de $[BC]$, la droite (AI) est la troisième médiane (celle issue du sommet A). Elle passe donc par le point N (point de concours des trois médianes).

Par conséquent, **les points A, N et I sont alignés**.

> **Remarque**
> Les médianes sont concourantes en un point appelé centre de gravité du triangle.

Problèmes

6 **1.**

> **À savoir**
> Montrer que le triangle OGC est rectangle revient à montrer que (OG) et (AC) sont perpendiculaires. Une démonstration peut se dérouler en plusieurs étapes.
>
> Ici, on commence par montrer que les droites (OG) et (AE) sont parallèles, puis que les droites (OG) et (AC) sont perpendiculaires.

Dans le triangle ACE, O et G sont les milieux de $[AC]$ et $[EC]$.

Dans un triangle, si une droite passe par le milieu de deux côtés, alors elle est parallèle au troisième côté. On en déduit que $(OG) // (AE)$.

Par conséquent, on a $(OG) // (AE)$ et $(AE) \perp (AC)$.

Si deux droites sont parallèles, toute perpendiculaire à l'une est perpendiculaire à l'autre. Donc $(OG) \perp (AC)$.

Le triangle OGC est donc rectangle en O.

2. La droite (OG) est perpendiculaire à $[AC]$ et passe par son milieu O. Donc la droite (OG) est la médiatrice du segment $[AC]$. Puisque G est sur la médiatrice de $[AC]$, alors $GA = GC$.

> **Rappel**
> La médiatrice d'un segment est la droite formée des points équidistants (à égale distance) des deux extrémités du segment.

3. a) Dans le triangle AEC :

- O est le milieu de $[AC]$, donc (OE) est une médiane ;
- F est le milieu de $[AE]$, donc (FC) est une médiane.

(OE) et (FC) se coupent en Q, donc **Q est le centre de gravité du triangle AEC.**

Comme G est le milieu de $[EC]$, (AG) est la troisième médiane. Elle passe donc aussi par Q. On en déduit que **les points A, Q et G sont alignés**.

b) Le triangle AEC est rectangle en A. Le centre du cercle circonscrit d'un triangle rectangle se situe au milieu de l'hypoténuse.

Le milieu de l'hypoténuse $[EC]$ étant G, **G est le centre du cercle circonscrit au triangle AEC.**

7 **1.** La translation qui transforme O en A correspond à un déplacement de 4 carreaux vers la droite et 4 carreaux vers le haut. On déplace alors la figure ① exactement de la même façon : on obtient la figure ② (en vert).

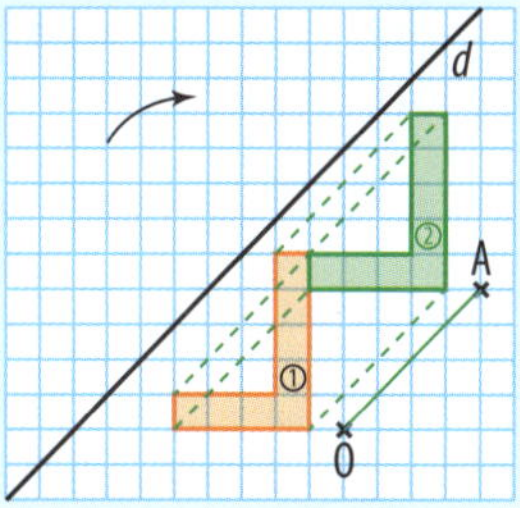

2. La rotation de centre O et d'angle 90° « tourne » la figure de 90° (en angle droit). On obtient la figure ③ (en rouge)

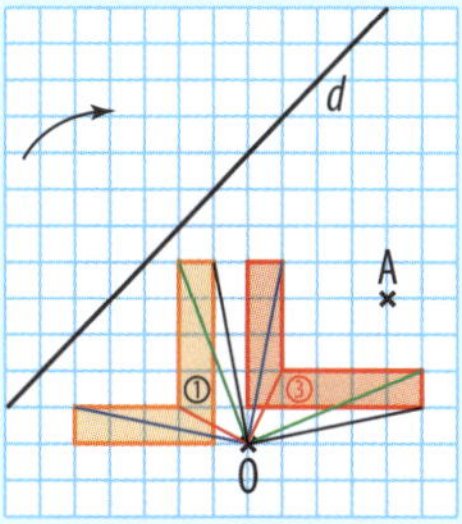

Pensez-y !

Un angle de 90° correspond à un angle droit. Utilisez les angles droits des petits carrés du quadrillage pour vous aider. Chaque trait coloré correspond à la construction d'un point image.

3. La symétrie d'axe d transforme la figure ① en la figure ④. (comme si d était un miroir)

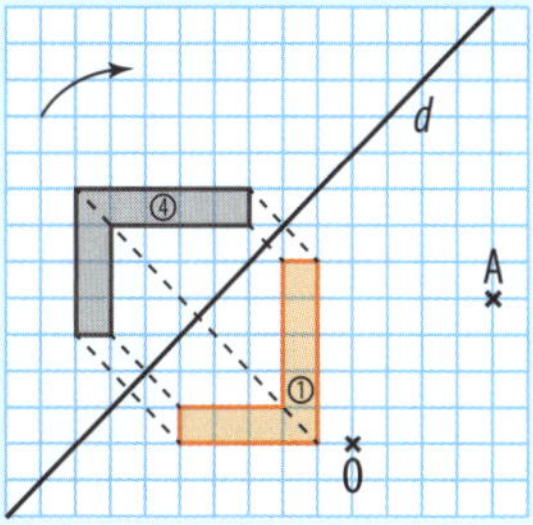

L'astuce du prof

Construisez les images de quelques sommets puis complétez la figure.

Vers le brevet

8 **1.** Figure de l'exercice ci-contre.

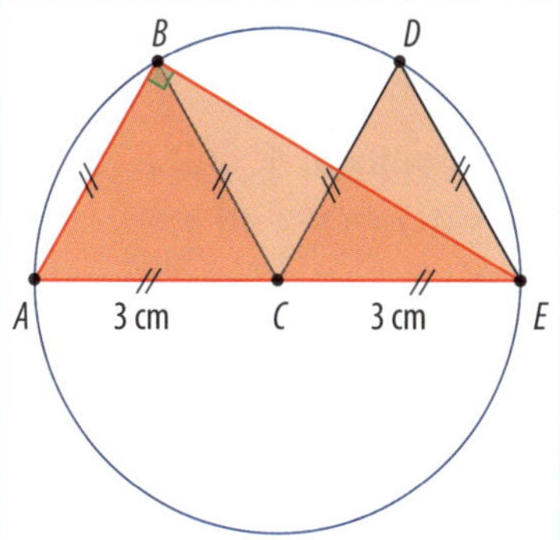

2. Les triangles ABC et CDE sont équilatéraux.

Donc $CA = CB = CD = CE = 3$ cm. On en déduit que **les points A, B, D et E sont sur le cercle de centre C et de rayon 3 cm**.

3. Le triangle ABE est inscrit dans le cercle de centre C et de rayon 3 cm.

De plus, $[AE]$ est un diamètre de ce cercle. Par conséquent, **le triangle ABE est rectangle en B.**

4. • Calcul des longueurs du triangle ABE

$\boxed{AB = 3 \text{ cm}}$ (car c'est un côté du triangle équilatéral ABC).

$AE = 2 \times 3 = \boxed{6 \text{ cm}}$.

Dans le triangle ABE rectangle en B, d'après le théorème de Pythagore, on écrit :

$$AB^2 + BE^2 = AE^2$$
$$3^2 + BE^2 = 6^2$$
$$BE^2 = 36 - 9$$
$$\boxed{BE = \sqrt{27} \text{ cm}}$$

Pensez-y !
Quand un triangle est rectangle et que l'on connaît deux longueurs, on calcule la troisième avec le théorème de Pythagore.

Remarque
On ne demande pas de valeur approchée : on écrit le résultat sous forme exacte en simplifiant éventuellement.

• Calcul des angles du triangle ABE

$\boxed{\widehat{B} = 90°}$.

$\boxed{\widehat{A} = 60°}$ (car c'est un angle du triangle ABC qui est équilatéral).

$\widehat{E} = 180 - 90 - 60 = \boxed{30°}$.

Pensez-y !
Un triangle équilatéral a trois angles égaux à 60°.

5. L'angle $\widehat{ACE}$ est plat. Il mesure donc 180°. D'où $\widehat{ACB} + \widehat{BCD} + \widehat{ECD} = 180°$.

Par conséquent, $\widehat{BCD} = 180 - (\widehat{ACE} + \widehat{ECD}) = 180 - 60 - 60 = 60°$.

Le triangle BCD est isocèle, car $CB = CD$ et il a un angle de 60°, **c'est donc un triangle équilatéral.**

9 **1.** • A est le milieu du segment $[BF]$.

Par conséquent $BF = 2 \times BA = 2 \times 3 = 6$ m

$\ell = 6$ m

• Les points B, A, O et F étant alignés :

$BA + AO + OF = BF$

$3 + 2 + \ell_1 = 6$

$\ell_1 = 6 - 5$

$\ell_1 = 1$ m

Gagnez des points
La figure contient de nombreuses informations ainsi que le texte. Prenez votre temps pour intégrer toutes ces données afin de répondre aux questions.

2. a) Dans le triangle OKF rectangle en F, d'après le théorème de Pythagore :

$OK^2 = OF^2 + FK^2$

$2^2 = 1^2 + FK^2$

$4 = 1 + FK^2$

$FK^2 = 4 - 1 = 3$

$FK = \sqrt{3}$ (car $FK > 0$)

Ainsi $\ell_2 = \sqrt{3}$ (valeur exacte) et $\ell_2 \approx 1{,}73$ m (valeur arrondie au centième)

Méthode
Le théorème de Pythagore permet de calculer une longueur manquante dans un triangle rectangle quand on connaît deux longueurs sur trois.

b) Les points D, K et F sont alignés :

$DF = DK + KF$

$DF = 6 + \sqrt{3}$

$DF \approx 6 + 1{,}73$

$DF \approx 7{,}73$ soit $L \approx 7{,}73$ m

Pensez-y !
L'égalité $DF = DK + KF$ est fausse si les points D, K et F ne sont pas alignés. Aussi il est nécessaire de le préciser.

3. a) A_1 est l'aire du rectangle $BCDF$ de longueur $DF = L \approx 7{,}73$ m et de largeur $BF = 6$ m.

$A_1 =$ longueur × largeur

$A_1 \approx 7{,}73 \times 6$

$A_1 \approx 46{,}38$ m²

b) A_2 est l'aire du triangle rectangle OKF de base $OF = \ell_1$ et de hauteur $KF = \ell_2$.

$$A_2 = \frac{\text{base} \times \text{hauteur}}{2}$$

$$A_2 = \frac{1 \times 1{,}73}{2}$$

$A_2 \approx 0{,}87$ m²

Remarque
La valeur exacte de A_2 est :

$$A_2 = \frac{\sqrt{3}}{2}\ \text{m}^2$$

c) L'aire de la piscine est :

$A_p = A_1 + A_3 - A_2$

$A_p \approx 46{,}38 + 8{,}38 - 0{,}87$

$A_p \approx 53{,}89$

Soit $A_p \approx 54$ m² (valeur arrondie à l'unité)

Gagnez des points
Il faut soustraire l'aire du triangle A_2 car dans $A_1 + A_3$, elle est « comptée 2 fois ».

Exercice d'approfondissement

10 • **Calcul de l'angle $\widehat{CDE}$**

Le triangle *AED* est isocèle, car *AD* = *AE* (le triangle *AEB* est équilatéral et *ABCD* est un carré, donc tous les côtés sont de même longueur).

Dans un triangle isocèle, les angles à la base sont égaux. Donc $\widehat{ADE} = \widehat{AED}$.

ABCD est un carré, donc $\widehat{DAB} = 90°$.

D'où : $\widehat{DAE} = \widehat{DAB} - \widehat{EAB} = 90 - 60 = 30°$.

Dans un triangle, la somme des angles fait 180°, donc en appliquant ce résultat au triangle *AED*, on obtient :

$$\underbrace{\widehat{DAE}}_{=30°} + \widehat{ADE} + \underbrace{\widehat{AED}}_{=\widehat{ADE}} = 180°.$$

D'où $2\widehat{ADE} = 180 - 30 = 150°$. On en déduit : $\widehat{ADE} = \dfrac{150}{2} = 75°$.

Comme *ABCD* est un carré, $\widehat{CDA} = 90°$, donc

$\widehat{CDE} = 90 - \widehat{ADE} = 90 - 75 = \boxed{15°}$.

• **Calcul de l'angle $\widehat{CDF}$**

On a $\widehat{DCF} = \widehat{DCB} + \widehat{BCF} = 90 + 60 = 150°$. Le triangle *CDF* est isocèle, car *CD* = *CF*, donc ses angles à la base sont égaux, soit $\widehat{CDF} = \widehat{CFD}$.

Dans un triangle, la somme des angles fait 180°, donc en appliquant ce résultat au triangle *CDF*, on obtient :

$$\underbrace{\widehat{DCF}}_{=150°} + \widehat{CDF} + \underbrace{\widehat{CFD}}_{=\widehat{CDF}} = 180°.$$

D'où $2\widehat{CDF} = 180 - 150 = 30°$. On en déduit : $\widehat{CDF} = \dfrac{30}{2} = \boxed{15°}$.

Comme $\widehat{CDE} = \widehat{CDF} = 15°$, on en déduit que **les points *D*, *E* et *F* sont alignés.**

CHAPITRE

11

Trigonométrie dans le triangle rectangle

DE QUOI S'AGIT-IL ?

Dans le triangle rectangle, la trigonométrie fait le lien entre les longueurs des côtés et les mesures des angles. On découvre ainsi le cosinus, le sinus et la tangente d'un angle, définis comme des quotients de longueurs.

COURS

1 Cosinus, sinus, tangente d'un angle aigu

Dans un triangle ABC rectangle en A, on a :

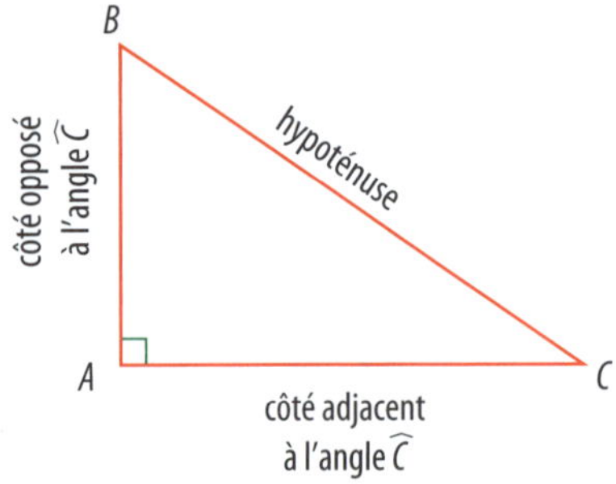

- $\sin\widehat{C} = \dfrac{\text{côté opposé à } \widehat{C}}{\text{hypoténuse}} = \dfrac{AB}{BC}$.
- $\cos\widehat{C} = \dfrac{\text{côté adjacent à } \widehat{C}}{\text{hypoténuse}} = \dfrac{AC}{BC}$.
- $\tan\widehat{C} = \dfrac{\text{côté opposé à } \widehat{C}}{\text{côté adjacent } \widehat{C}} = \dfrac{AB}{AC}$.

Vidéo
Calculer le sinus, cosinus, tangente d'un angle

Pour mémoriser ces formules, on peut utiliser le moyen mnémotechnique suivant SOHCAHTOA.

Les trois premières lettres pour la formule : Sinus = Opposé sur Hypoténuse.

Les trois suivantes pour Cosinus = Adjacent sur Hypoténuse.

Les trois dernières pour Tangente = Opposé sur Adjacent.

Vidéo
Calculer une longueur avec cos, sin, tan

Bien comprendre

- Les côtés adjacents et opposés dépendent de l'angle que l'on choisit.
- Les formules du cosinus, du sinus et de la tangente permettent de calculer des longueurs de segments et des mesures d'angles.

Vidéo
Calculer la mesure d'un angle

2 Autres relations trigonométriques

- Si x est la mesure en degrés d'un angle aigu, on a la relation suivante :

$$\cos^2 x + \sin^2 x = 1$$

- On peut calculer la tangente d'un angle à partir du sinus et du cosinus :

$$\tan x = \frac{\sin x}{\cos x}$$

Remarque
Cette formule permet de calculer le sinus d'un angle dont on connaît le cosinus, et vice versa.

QCM

1 Des choix à faire

Corrigé p. 253

Cochez la (ou les) réponse(s) correcte(s).

Les questions suivantes concernent la figure ci-après.

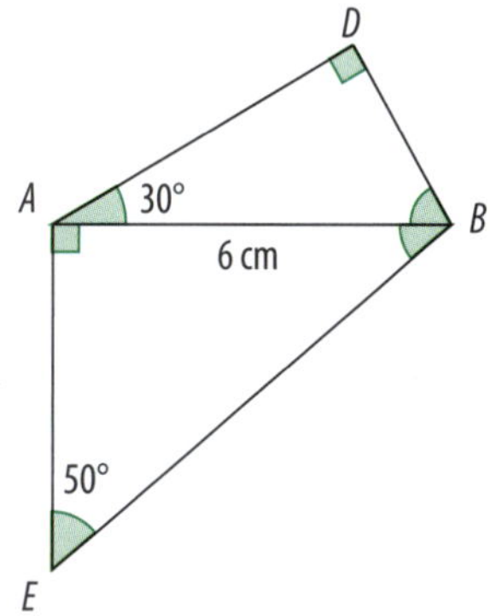

1. $\cos \widehat{AEB}$ est égal à :

a) ☐ $\dfrac{AE}{EB}$ **b)** ☐ environ 0,64 **c)** ☐ $\dfrac{AB}{EB}$

2. $\widehat{BAD}$ est égal à :

a) ☐ 0,5 **b)** ☐ $\dfrac{AD}{BA}$ **c)** ☐ $\dfrac{BD}{BA}$

3. BD est égal à :

a) ☐ 3 **b)** ☐ $AB \times \sin 30°$ **c)** ☐ $\dfrac{1}{2}AB$

4. $\cos \widehat{ABE}$ est égal à :

a) ☐ $\dfrac{BD}{AB}$ **b)** ☐ $\dfrac{6}{EB}$ **c)** ☐ $\dfrac{AE}{EB}$

5. La valeur approchée au dixième de EB est :

a) ☐ 7,8 **b)** ☐ 4,6 **c)** ☐ 9,3

2 Vrai ou Faux ?

Corrigé p. 254

Cochez la bonne réponse.

Les questions se rapportent à la figure de l'exercice précédent.

1. La droite (AB) est la bissectrice de l'angle $\widehat{DBE}$. ☐ V ☐ F

2. $\sin \widehat{BAD} = \cos \widehat{DBA}$. ☐ V ☐ F

3. $AD \approx 5{,}2$. ☐ V ☐ F

4. $\tan \widehat{BAD} = \dfrac{AD}{BD}$. ☐ V ☐ F

5. $\cos^2 \widehat{E} + \sin^2 \widehat{E} = 0$. ☐ V ☐ F

6. $\cos \widehat{DBA} = \dfrac{BE}{DE}$. ☐ V ☐ F

Exercices d'entraînement

3 Le B.A-BA (acte 1)

15 min Corrigé p. 255

Dans chacun des cas suivants, calculez la valeur de x (on en donnera une valeur approchée au dixième).

1.

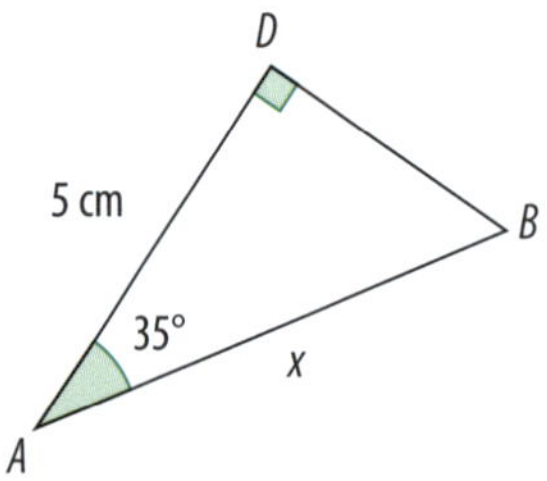

2.

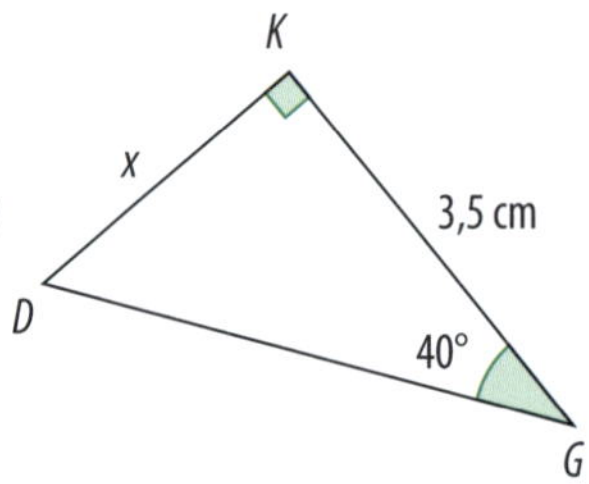

3.

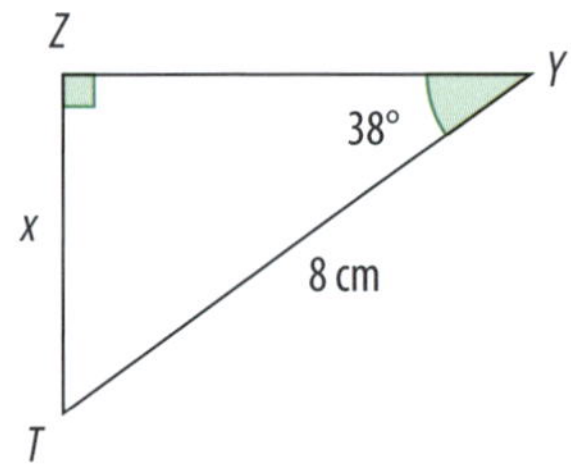

Méthode

1. Relativement à l'angle connu, on identifie la nature du côté connu et celle du côté à déterminer.
2. On choisit parmi le cosinus, le sinus ou la tangente, celui qui met en relation les deux côtés identifiés.
3. On écrit la formule que l'on va appliquer.
4. On calcule la longueur cherchée par produit en croix.

4 Le B.A-BA (acte 2)

15 min Corrigé p. 255

Dans chacun des cas suivants, calculez la valeur de x (on en donnera une valeur approchée au dixième de degré).

1.

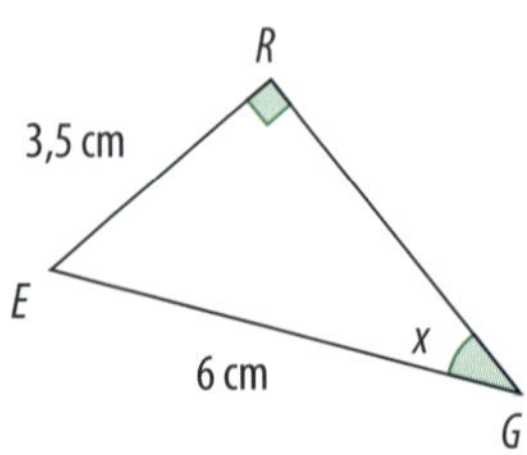

2.

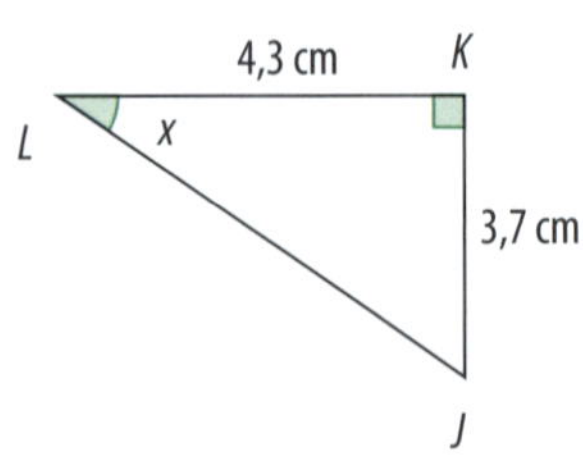

3.

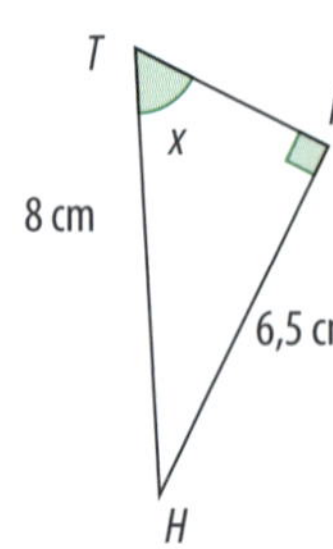

Méthode

1. Relativement à l'angle dont on cherche une mesure (ici x), on identifie la nature des deux côtés connus (hypoténuse, côté adjacent ou opposé).

2. On choisit parmi le cosinus, le sinus ou la tangente de x, celui qui met en relation les deux côtés identifiés.

3. On calcule la valeur du cosinus, le sinus ou la tangente de x.

4. En utilisant les touches SHIFT cos ou SHIFT sin ou SHIFT tan de la calculatrice, on déduit une valeur approchée (parfois exacte) de x.

5 Trois triangles en un

10 min Corrigé p. 256

En utilisant la figure ci-contre :

1. calculez, au dixième près, la longueur AH.

2. calculez, au dixième près, la longueur AC.

3. calculez l'arrondi au degré près de la mesure de l'angle $\widehat{BCH}$.

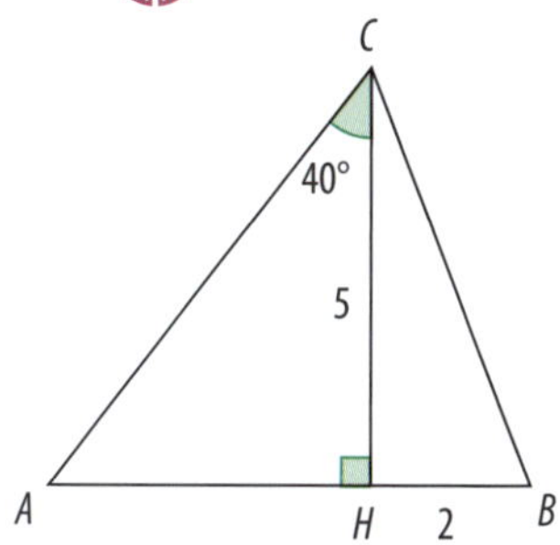

Problèmes

6 Bien choisir son triangle…

★ 15 min Corrigé p. 257

Sur la figure ci-contre :

- O est le centre du cercle ;
- $DB = 8$ cm.
- $\widehat{CAD} = 55°$.

1. Justifiez que le triangle BAD est rectangle.

2. Calculez la valeur arrondie au millimètre de AD.

3. Calculez la valeur arrondie au millimètre de AC.

4. La droite (DC) est-elle la médiatrice de $[AO]$? Justifiez.

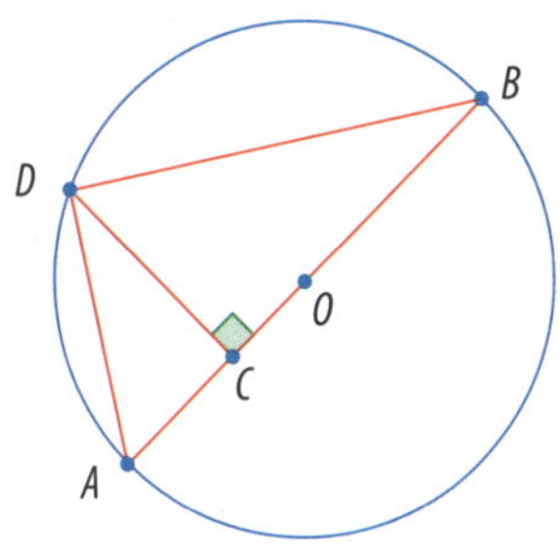

Comment résoudre ce problème

1. Il s'agit de l'application d'un théorème de cours qu'il faut énoncer.

2. En précisant le triangle rectangle, on écrit la formule de trigonométrie qui convient.

3. On procède comme précédemment, mais dans un autre triangle rectangle que l'on précisera.

4. Pour savoir si (DC) est la médiatrice de $[AO]$, on doit encore calculer une longueur en se servant de la trigonométrie.

7 Sans valeurs approchées !

★★ 10 min Corrigé p. 258

Dans cet exercice, on utilisera le tableau suivant qui donne les valeurs exactes de cos 30°, cos 60°, sin 30° et sin 60°.

x	30°	60°
$\cos x$	$\frac{\sqrt{3}}{2}$	$\frac{1}{2}$
$\sin x$	$\frac{1}{2}$	$\frac{\sqrt{3}}{2}$

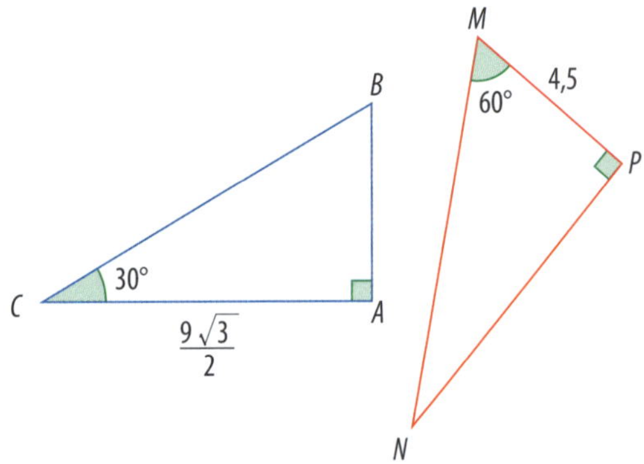

Montrez que les longueurs du triangle ABC sont égales aux longueurs du triangle MNP.

8 Chauffage écolo

25 min Corrigé p. 259

Pour chauffer l'eau d'une piscine, on souhaite utiliser des panneaux solaires.

On estime que pour un apport intéressant, l'aire A_s de panneaux à utiliser doit correspondre à 30 % de l'aire A_p de la piscine.

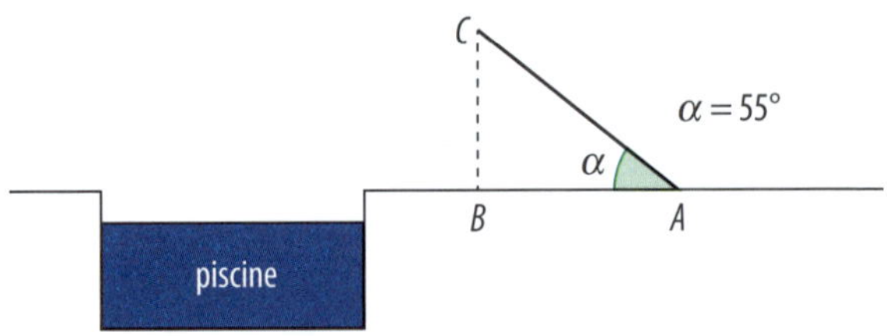

1. La piscine a une forme rectangulaire de longueur 9 m et de largeur 6 m.

Calculez, en mètre carré, l'aire A_s des panneaux solaires à prévoir.

2. Les panneaux sont vendus par éléments (que l'on ne peut pas couper) dont l'aire est $a = 4{,}5$ m^2.

Calculez le nombre minimum de panneaux à acheter.

3. Pour bénéficier d'un bon apport du soleil, les panneaux doivent faire avec le sol horizontal un angle de 55°. Le côté d'un panneau est représenté par [AC]. Calculez, en mètre, la hauteur h représentée par [BC] que doit avoir le support si le côté du panneau a pour longueur 1,80 m. Arrondir la valeur au centième.

4. Le rendement r de position du panneau, est donné par la formule :

$$r = \cos \beta$$

où β désigne l'angle formé par les rayons du soleil et la perpendiculaire au panneau (voir schéma ci-dessous).

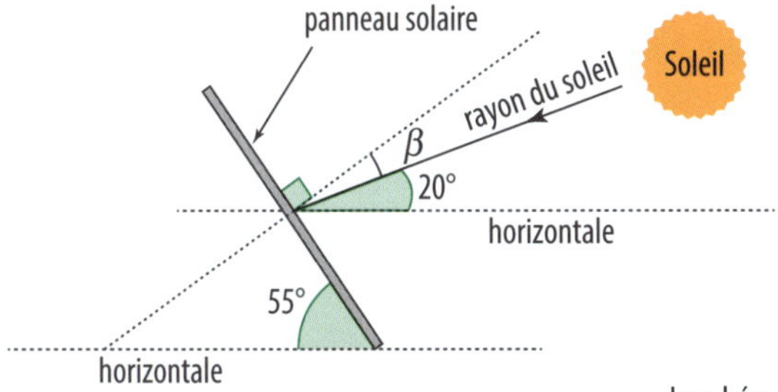

Le schéma ne respecte pas les proportions.

a) Déterminez, en degré, à l'aide du schéma, la mesure de l'angle β.

b) Déduisez-en le rendement de position arrondi à 1% près correspondant.

Vers le brevet

9 Ce coup-là, on dessine

15 min ➔ Corrigé p. 260

1. Construisez un triangle ABC rectangle en C tel que $AC = 5$ cm et $\widehat{BAC} = 40°$.

2. Calculez la longueur BC. (On donnera une valeur arrondie au millimètre.)

3. a) Où se trouve le centre O du cercle circonscrit au triangle ABC ? Justifiez.

b) Tracez ce cercle.

4. Déduisez-en la mesure de l'angle $\widehat{BOC}$.

10 Encore des triangles !

15 min ➔ Corrigé p. 261

La figure n'est pas tracée en vraie grandeur. Elle n'est pas à reproduire.

AHC est un triangle rectangle en H. La droite passant par A et perpendiculaire à la droite (AC) coupe la droite (HC) en B.

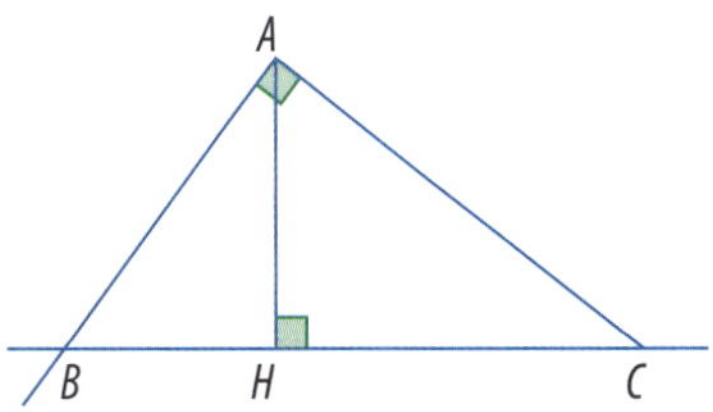

On sait que $AH = 4{,}8$ cm et $HC = 6{,}4$ cm.

1. a) Justifiez l'égalité : $\widehat{ACH} = 90° - \widehat{HAC}$.

b) Justifiez l'égalité : $\widehat{BAH} = 90° - \widehat{HAC}$.

c) Que peut-on en déduire pour les angles $\widehat{ACH}$ et $\widehat{BAH}$?

2. a) Montrez que $\widehat{ACH} = \frac{3}{4}$.

b) En utilisant le triangle BAH, exprimez $\tan\widehat{BAH}$ en fonction de BH.

3. Déduisez des questions **1** et **2** que $BH = 3{,}6$ cm.

4. Calculez la mesure en degrés arrondie au degré de l'angle $\widehat{ACH}$.

Exercices d'approfondissement

11 On démontre une bien belle formule… ★★ 10 min ➔ Corrigé p. 262

1. En utilisant la figure ci-contre et le théorème de Pythagore, démontrez la formule :

$$\cos^2 x + \sin^2 x = 1$$

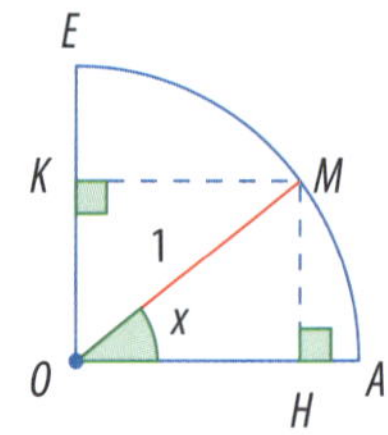

2. a) Application

Calculez la valeur exacte de $\sin x$, sachant que $\cos x = \frac{1}{2}$.

b) Déduisez-en la valeur exacte de $\tan x$.

12 Le triangle n'est pas rectangle ! ★★ 20 min ➔ Corrigé p. 262

Sur la figure ci-contre, a désigne la longueur BC, b la longueur AC et c la longueur AB.

Démontrez que :

$$\frac{a}{\sin\widehat{A}} = \frac{c}{\sin\widehat{C}}$$

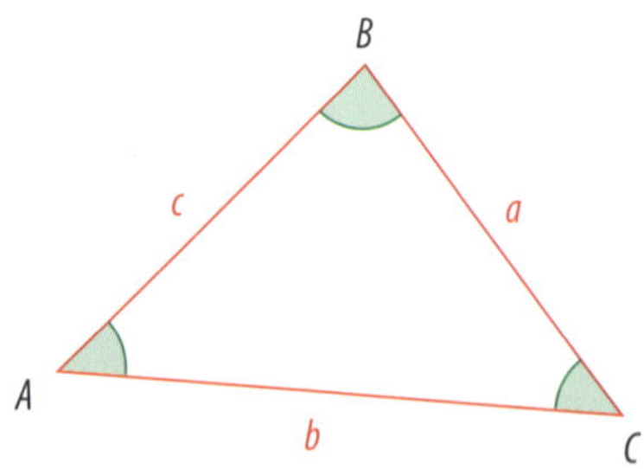

QCM

1 **1.** Dans le triangle AEB rectangle en A,

$$\cos\widehat{AEB} = \frac{\text{côté adjacent à } \widehat{AEB}}{\text{hypoténuse}} = \frac{AE}{EB}.$$

De plus, $\cos\widehat{AEB} = \cos 50° \approx 0{,}64$

> Réponses : **a)** $\dfrac{AE}{EB}$ et **b)** environ 0,64.

Méthode
Indiquez toujours le triangle dans lequel vous appliquez la formule.

2. Dans le triangle ABD rectangle en D,

$$\sin\widehat{BAD} = \frac{\text{côté opposé à } \widehat{BAD}}{\text{hypoténuse}} = \frac{BD}{BA}.$$

De plus, $\sin\widehat{BAD} = \sin 30° = 0{,}5$.

> Réponses : **a)** 0,5 et **c)** $\dfrac{BD}{BA}$.

Remarque
La valeur de sin 30° est une valeur exacte.

3. Dans le triangle ABD rectangle en D,

$$\sin\widehat{BAD} = \frac{BD}{BA}.$$

$$\sin 30° = \frac{BD}{BA} \text{ soit } \frac{\sin 30°}{1} = \frac{BD}{BA}.$$

Par produit en croix, on obtient :

$$BD = \sin 30° \times AB = \frac{1}{2} \times AB = 6 \times \sin 30° = 3.$$

> Réponses : **a)** 3 ; **b)** $AB \times \sin 30°$ et **c)** $\dfrac{1}{2}AB$.

Méthode
Si $\dfrac{a}{b} = \dfrac{c}{d}$ alors $a \times d = b \times c$.

4. Dans le triangle AEB rectangle en A,

$$\cos\widehat{ABE} = \frac{\text{côté adjacent à } \widehat{ABE}}{\text{hypoténuse}} = \frac{AB}{EB} = \frac{6}{EB}.$$

> Réponse : **b)** $\dfrac{6}{EB}$.

CORRIGÉS

5. Dans le triangle AEB rectangle en A,

$$\cos\widehat{ABE} = \frac{\text{côté adjacent à } \widehat{ABE}}{\text{hypoténuse}} = \frac{AB}{EB} = \frac{6}{EB}.$$

Or $\widehat{ABE} = 180 - 90 - 50 = 40°$.

Par produit en croix, on écrit :

$EB \times \cos\widehat{ABE} = 6$, d'où $EB = \dfrac{6}{\cos 40°} \approx 7{,}8$.

> **Rappel**
> La somme des angles dans un triangle vaut 180°.

Réponse : **a)** 7,8.

2 **1. Faux ➜** Dans le triangle ABD,
$\widehat{ABD} = 180 - 30 - 90 = 60°$.
Dans le triangle ABE, $\widehat{ABE} = 180 - 50 - 90 = 40°$.
On en déduit que (AB) n'est pas la bissectrice de l'angle $\widehat{DBE}$.

> **Rappel**
> La bissectrice d'un angle est une droite qui le partage en deux angles de même mesure.

2. Vrai ➜ Dans le triangle ABD,

$$\sin\widehat{BAD} = \frac{\text{côté opposé à } \widehat{BAD}}{\text{hypoténuse}} = \frac{BD}{AB}.$$

et $\cos\widehat{DBA} = \dfrac{\text{côté adjacent à } \widehat{DBA}}{\text{hypoténuse}} = \dfrac{BD}{AB}.$

Donc $\sin\widehat{BAD} = \cos\widehat{DBA}$.

> **Remarque**
> On a aussi $\sin\widehat{DBA} = \cos\widehat{BAD}$.

3. Vrai ➜ Dans le triangle ABD,

$$\cos\widehat{BAD} = \frac{\text{côté adjacent à } \widehat{BAD}}{\text{hypoténuse}} = \frac{AD}{AB}.$$

Donc $\cos 30° = \dfrac{AD}{6}$.

Soit $AD = 6 \times \cos 30° \approx 5{,}2$.

> **Méthode**
> Faites le bilan des données pour choisir si vous utilisez cos, sin ou tan.

4. Faux ➜ Dans le triangle ABD rectangle en D,

$$\tan\widehat{BAD} = \frac{\text{côté opposé à } \widehat{BAD}}{\text{côté adjacent à } BAD} = \frac{BD}{AD}.$$

5. Faux ➜ $\cos^2\widehat{E} + \sin^2\widehat{E} = 1$.

6. Faux ➜ On ne fait de trigonométrie que dans un triangle rectangle. Le triangle DBE n'est pas rectangle.

Exercices d'entraînement

3 **1.** Dans le triangle ABD rectangle en D, on connaît l'angle $\widehat{A}$ et le côté adjacent à cet angle. On cherche l'hypoténuse.
On utilise donc le cosinus.

$\cos \widehat{A} = \dfrac{\text{côté adjacent à } \widehat{A}}{\text{hypoténuse}} = \dfrac{AD}{AB}$. D'où $\cos 35° = \dfrac{5}{x}$.

> **Pensez-y !**
> N'oubliez pas que $\cos 35° = \dfrac{\cos 35°}{1}$.

Par produit en croix, $x \times \cos 35° = 5$, soit $x = \dfrac{5}{\cos 35°} \approx 6{,}1$ cm.

2. Dans le triangle DKG rectangle en K, on connaît l'angle $\widehat{G}$ et le côté adjacent à cet angle. On cherche le côté opposé. On utilise donc la tangente.

$\tan \widehat{G} = \dfrac{\text{côté opposé à } \widehat{G}}{\text{côté adjacent à } G} = \dfrac{KD}{KG}$. D'où $\tan 40° = \dfrac{x}{3{,}5}$.

> **Rappel**
> Une valeur approchée au dixième est donnée avec un chiffre après la virgule.

Par produit en croix, on trouve :
$x = 3{,}5 \times \tan 40° \approx 2{,}9$ cm.

3. Dans le triangle TZY rectangle en Z, on connaît l'angle $\widehat{Y}$ et l'hypoténuse.
On cherche le côté opposé à cet angle. On utilise donc le sinus.

$\sin \widehat{Y} = \dfrac{\text{côté opposé à } \widehat{Y}}{\text{hypoténuse}} = \dfrac{ZT}{TY}$. D'où $\sin 38° = \dfrac{x}{8}$.

Par produit en croix, on a $x = 8 \times \sin 38° \approx 4{,}9$ cm.

> **Rappel**
> L'hypoténuse est toujours le côté en face de l'angle droit.

4 **1.** Dans le triangle EGR rectangle en R, on cherche la mesure de l'angle $\widehat{G}$. Par rapport à cet angle, on connaît le côté opposé et l'hypoténuse.
On utilise donc le sinus.

> **L'astuce du prof**
> Ne donnez pas de valeur approchée de $\dfrac{3{,}5}{6}$. Utilisez la calculatrice avec cette valeur sans oublier les parenthèses autour de la fraction.

$\sin \widehat{G} = \dfrac{\text{côté opposé à } \widehat{G}}{\text{hypoténuse}} = \dfrac{RE}{GE} = \dfrac{3{,}5}{6}$.

D'où (avec la calculatrice), $x = \widehat{G} = \sin^{-1}\left(\dfrac{3{,}5}{6}\right) \approx \boxed{35{,}7°}$.

2. Dans le triangle LKJ rectangle en K, on cherche la mesure de l'angle $\widehat{L}$.
Par rapport à cet angle, on connaît le côté opposé et le côté adjacent. On utilise donc la tangente.

$\tan \widehat{L} = \dfrac{\text{côté opposé à } \widehat{L}}{\text{côté adjacent à } \widehat{L}} = \dfrac{KJ}{KL} = \dfrac{3{,}7}{4{,}3}$.

D'où (avec la calculatrice), $x = \widehat{L} = \tan^{-1}\left(\dfrac{3{,}7}{4{,}3}\right) \approx \boxed{40{,}7°}$.

3. Dans le triangle TPH rectangle en P, on cherche la mesure de l'angle $\widehat{T}$. Par rapport à cet angle, on connaît le côté opposé et l'hypoténuse. On utilise donc le sinus.

> **Méthode**
> Pour calculer un angle dans un triangle rectangle, on a besoin de connaître deux de ses longueurs.

$$\sin \widehat{T} = \frac{\text{côté opposé à } \widehat{T}}{\text{hypoténuse}} = \frac{PH}{TH} = \frac{6{,}5}{8}.$$

D'où (avec la calculatrice), $x = \widehat{T} = \sin^{-1}\left(\frac{6{,}5}{8}\right)$

soit $x \approx \boxed{54{,}3°}$.

5 **1.** Dans le triangle ACH rectangle en H, on connaît l'angle $\widehat{ACH}$ et le côté adjacent à cet angle. On cherche le côté opposé. On utilise donc la tangente.

> **Remarque**
> Il est impératif de préciser le triangle rectangle dans lequel vous appliquez les formules, car il y a deux triangles rectangles sur la figure.

$$\tan \widehat{ACH} = \frac{\text{côté opposé à } \widehat{ACH}}{\text{côté adjacent à } \widehat{ACH}} = \frac{AH}{CH}.$$

D'où $\tan 40° = \frac{AH}{5}$.

Par produit en croix, $AH = 5 \times \tan 40°$ soit $AH \approx \boxed{4{,}2 \text{ cm}}$.

2. Dans le triangle ACH rectangle en H, on connaît l'angle $\widehat{ACH}$ et le côté adjacent à cet angle. On cherche l'hypoténuse. On utilise donc le cosinus.

> **Remarque**
> Connaissant les deux longueurs dans le triangle rectangle *ACH*, on pouvait également utiliser le théorème de Pythagore.

$$\cos \widehat{ACH} = \frac{\text{côté adjacent à } \widehat{ACH}}{\text{hypoténuse}} = \frac{CH}{AC}.$$

D'où $\cos 40° = \frac{5}{AC}$.

Par produit en croix, $AC \times \cos 40° = 5$, soit $AC = \frac{5}{\cos 40°}$ soit $AC \approx \boxed{6{,}5 \text{ cm}}$.

3. Dans le triangle BCH rectangle en H, on cherche la mesure de l'angle $\widehat{BCH}$. Par rapport à cet angle, on connaît le côté opposé et le côté adjacent. On utilise donc la tangente.

$$\tan \widehat{BCH} = \frac{\text{côté opposé à } \widehat{BCH}}{\text{côté adjacent à } \widehat{BCH}} = \frac{BH}{CH} = \frac{2}{5}.$$

D'où (en utilisant la calculatrice), $\widehat{BCH} = \tan^{-1}\left(\frac{2}{5}\right)$ soit $\widehat{BCH} \approx \boxed{21{,}8°}$.

CORRIGÉS

Problèmes

6 **1.** $[AB]$ est un diamètre du cercle et D est un point du cercle, on en déduit que **le triangle *ABD* est rectangle en *D*.**

> **À savoir**
>
> Soit $\mathscr{C}$ un cercle de diamète $[AB]$. Si M est un point de ce cercle, alors le triangle ABM est rectangle en M. Réciproquement, si AMB est un triangle rectangle en M, alors M est un point du cercle de diamètre $[AB]$.

2. Dans le triangle ABD rectangle en D, on connaît l'angle $\widehat{BAD}$ et le côté opposé à cet angle. On cherche le côté adjacent. On utilise donc la tangente.

$$\tan\widehat{BAD} = \frac{\text{côté opposé à } \widehat{BAD}}{\text{côté adjacent à } \widehat{BAD}} = \frac{BD}{AD}.$$

> **Remarque**
>
> Notez les données sur la figure. On a $\widehat{CAD} = \widehat{BAD}$.

D'où $\tan 55° = \dfrac{8}{AD}$.

Par produit en croix, on trouve $AD \times \tan 55° = 8$.

$AD = \dfrac{8}{\tan 55°}$ soit $AD \approx \boxed{5{,}6 \text{ cm}}$.

3. Dans le triangle ACD rectangle en C, on connaît l'angle $\widehat{CAD}$ et l'hypoténuse. On cherche le côté adjacent. On utilise donc le cosinus.

$$\cos\widehat{CAD} = \frac{\text{côté adjacent à } \widehat{CAD}}{\text{hypoténuse}} = \frac{AC}{AD}.$$

D'où $\cos 55° \approx \dfrac{AC}{5{,}6}$.

Par produit en croix, on a $AC \approx \cos 55° \times 5{,}6 \approx \boxed{3{,}2 \text{ cm}}$.

4. La droite (DC) est perpendiculaire au segment $[AO]$. Ce sera sa médiatrice si et seulement si C est le milieu de $[AO]$.

Calculons AB dans le triangle rectangle ABD.

Dans ce triangle, on connaît l'angle $\widehat{BAD}$ et le côté opposé à cet angle. On cherche l'hypoténuse. On utilise donc le sinus.

> **Rappel**
>
> La médiatrice d'un segment est la droite qui passe par le milieu du segment et qui lui est perpendiculaire.

$$\sin\widehat{BAD} = \frac{\text{côté opposé à } \widehat{BAD}}{\text{hypoténuse}} = \frac{DB}{AB}.$$

D'où $\sin 55° = \dfrac{8}{AB}$.

Par produit en croix, on écrit $AB \times \sin 55° = 8$, soit $AB = \dfrac{8}{\sin 55°} \approx 9{,}8$ cm.

Par conséquent, le rayon du cercle est d'environ 4,9 cm. Comme $AC \approx 3{,}2$ cm, C n'est pas le milieu de $[AO]$.

Finalement, **(DC) n'est pas la médiatrice de [AO].**

7 • **Calcul des longueurs des côtés du triangle *ABC***

Dans le triangle rectangle ABC rectangle en A, on connaît l'angle $\widehat{C}$ et le côté adjacent à cet angle.

On cherche le côté BC, soit l'hypoténuse. On utilise donc le cosinus.

$$\cos \widehat{C} = \frac{\text{côté adjacent à } \widehat{C}}{\text{hypoténuse}} = \frac{AC}{BC}.$$

> **Remarque**
> Dans le tableau, on lit $\cos 30° = \dfrac{\sqrt{3}}{2}$.

D'où $\cos 30° = \dfrac{\frac{9\sqrt{3}}{2}}{BC}$. Par produit en croix,

$$BC \times \cos 30° = \frac{9\sqrt{3}}{2}, \text{ soit } BC \times \frac{\sqrt{3}}{2} = \frac{9\sqrt{3}}{2}, \text{ d'où } BC = \frac{\frac{9\sqrt{3}}{2}}{\frac{\sqrt{3}}{2}} = 9.$$

On cherche dans ce même triangle le côté AB. On peut utiliser le sinus.

$$\sin \widehat{C} = \frac{\text{côté opposé à } \widehat{C}}{\text{hypoténuse}} = \frac{AB}{BC}.$$

> **Pensez-y !**
> $\widehat{B} = 90 - 30 = 60°$.
> On pouvait également utiliser $\cos \widehat{B}$ pour déterminer AB.

D'où $\sin 30° = \dfrac{AB}{9}$.

Par produit en croix, $AB = 9 \times \sin 30° = 9 \times \dfrac{1}{2} = 4{,}5$.

• **Calcul des longueurs des côtés du triangle *MNP***

Dans le triangle MNP rectangle en P, on connaît l'angle $\widehat{M}$ et le côté adjacent à cet angle.

On cherche le côté MN, soit l'hypoténuse. On utilise donc le cosinus.

$$\cos \widehat{M} = \frac{\text{côté adjacent à } \widehat{M}}{\text{hypoténuse}} = \frac{MP}{MN}.$$

> **Remarque**
> Dans le tableau, on lit $\cos 60° = \dfrac{1}{2}$.

D'où $\cos 60° = \dfrac{4{,}5}{MN}$.

Par produit en croix, $MN \times \cos 60° = 4{,}5$

soit $MN \times \dfrac{1}{2} = 4{,}5$, d'où $MN \times \dfrac{4{,}5}{\frac{1}{2}} = 4{,}5 \times \dfrac{2}{1} = 9$.

CORRIGÉS

On cherche dans ce même triangle le côté NP. On peut utiliser le sinus.

$$\sin\widehat{M} = \frac{\text{côté opposé à } \widehat{M}}{\text{hypoténuse}} = \frac{NP}{MN}.$$

Remarque
Dans le tableau, on lit $\sin 60° = \frac{\sqrt{3}}{2}$.

D'où $\sin 60° = \frac{NP}{9}$.

Par produit en croix, on a :

$$NP = 9 \times \sin 60° = 9 \times \frac{\sqrt{3}}{2} = \frac{9\sqrt{3}}{2}.$$

On en déduit que **les longueurs du triangle *ABC* sont égales à celles du triangle *MNP*.**

Remarque
De tels triangles sont appelés triangles isométriques.

8 **1.** • L'aire de la piscine est A_p est celle d'un rectangle :

A_p = longueur × largeur = 9 × 6 = 54 m²

• L'aire des panneaux solaires doit correspondre à 30 % de l'aire de la piscine :

$$A_S = \frac{30}{100} \times A_p$$

$A_S = 0{,}3 \times 54$

$A_S = 16{,}2 \text{ m}^2$

Pour chauffer la piscine, 16,2 m² de panneaux solaires sont nécessaires.

2. Un panneau solaire a pour aire 4,5 m². Il faut couvrir 16,2 m².

$$\frac{16{,}2}{4{,}5} = 3{,}6$$

4 panneaux solaires (au moins) sont nécessaires pour le chauffage de la piscine.

Remarque
3 panneaux solaires ne suffiront pas à couvrir les 16,2 m² (car 3,6 > 3). Aussi comme le nombre de panneaux est un entier, il en faut 4.

3. Dans le triangle ABC rectangle en B :

$AC = 1{,}80$ m et $\widehat{BAC} = 55°$.

$$\sin\widehat{BAC} = \frac{\text{côté opposé à } \widehat{BAC}}{\text{hypothénuse}} = \frac{BC}{AC}$$

$$\sin(55°) = \frac{BC}{1{,}8}$$

$BC = 1{,}8 \times \sin(55°)$

$BC \approx 1{,}47$ (valeur arrondie au centième)

La hauteur h cherchée mesure environ 1,47 m.

4. a) • En utilisant la figure, il vient :

$\beta + 20 = \gamma$

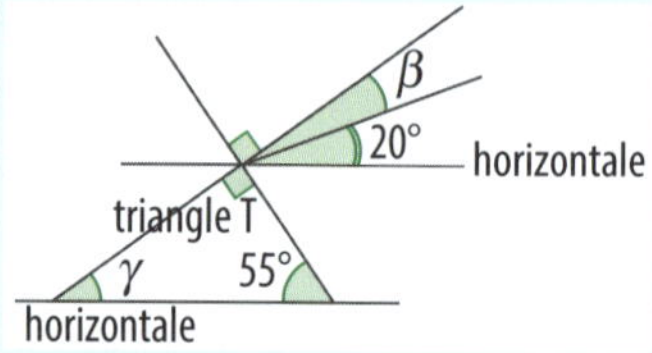

• Dans le triangle T la somme des trois mesures des angles vaut 180°.

$\gamma = 180 - 55 - 90 = 35$

• On revient à :

$\beta + 20 = 35$

$\beta = 35 - 20$

$\beta = 15°$

b) On en déduit le rendement r du panneau solaire :

$r = \cos \beta$

$r = \cos(15°)$

$r \approx 0{,}97$ soit 97 %

Le panneau solaire a un rendement d'environ 97 %.

Rappel

Deux angles correspondants ont même mesure.

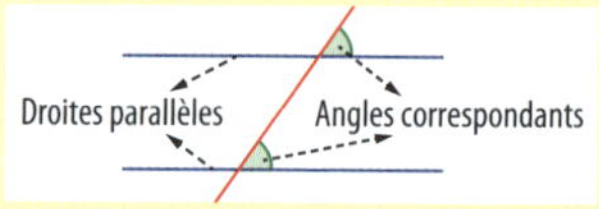

Gagnez des points

– Pour arrondir au % près, on prend une valeur décimale à 2 chiffres après la virgule.

– $r \approx 0{,}965\ldots$

Comme le chiffre après le 6 est un 5, on arrondit au-dessus à 0,97.

Vers le brevet

9 **1. Programme de construction**

• On trace le segment [CA] de 5 cm.

• On trace la perpendiculaire à (CA) passant par C.

• À l'aide du rapporteur, on repère un angle de 40° en A.

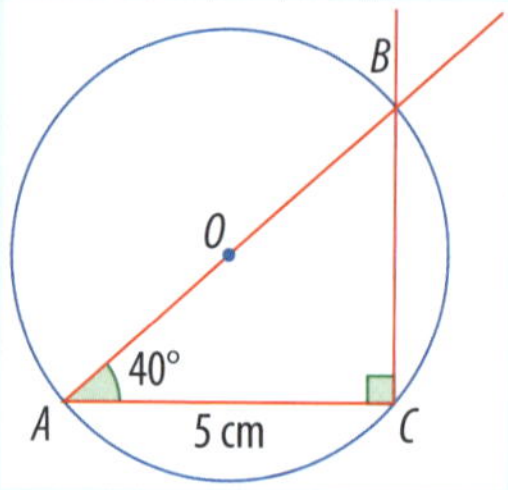

2. Dans le triangle ABC rectangle en C, on connaît l'angle $\widehat{A}$ et le côté adjacent à cet angle. On cherche le côté opposé. On utilise donc la tangente.

$$\tan \widehat{A} = \frac{\text{côté opposé à } \widehat{A}}{\text{côté adjacent à } \widehat{A}} = \frac{BC}{AC}.$$

D'où $\tan 40° = \dfrac{BC}{5}$.

Par produit en croix, on obtient : $BC = 5 \times \tan 40° =$ 4,2 cm.

À savoir

Quand l'unité est le centimètre, la valeur arrondie au millimètre est donnée avec un chiffre après la virgule. Pour déterminer cet arrondi, on regarde le deuxième chiffre après la virgule. S'il est égal à 0, 1, 2, 3 ou 4, on garde le deuxième chiffre, sinon, on l'augmente d'une unité.

Ici, par exemple, l'arrondi de 4,19 est 4,2 car le deuxième chiffre est 9.

3. a) Le triangle ABC est rectangle en C, donc C est un point du cercle de diamètre $[AB]$. On en déduit que **le centre du cercle circonscrit se situe au milieu de $[AB]$.**

b) Le triangle BOC est isocèle, car OC et OB sont des rayons du cercle et sont donc égaux.

On en déduit que $\widehat{OBC} = \widehat{OCB}$. Or (en se plaçant dans le triangle ABC) :

> **Rappel**
> Dans un triangle isocèle, les angles à la base sont égaux.

$\widehat{OBC} = 180 - 90 - 40 = 50°$.

Par conséquent, $\widehat{OBC} = \widehat{OCB} = 50°$, d'où $\widehat{BOC} = 180 - 50 - 50 = \boxed{80°}$.

10 **1. a)** Dans le triangle AHC,

$\widehat{ACH} + \widehat{AHC} + \widehat{HAC} = 180$,

$\widehat{ACH} + 90 + \widehat{HAC} = 180$

$\widehat{ACH} = 180 - 90 - \widehat{HAC} = 90 - \widehat{HAC}$.

> **Rappel**
> Dans un triangle rectangle, la somme des angles aigus fait 90°.

b) On a $\widehat{BAH} + \widehat{HAC} = \widehat{BAC}$. L'angle $\widehat{BAC}$ est rectangle, donc il mesure 90°. On en déduit $\widehat{BAH} = 90 - \widehat{HAC}$.

c) Les angles $\widehat{BAH}$ et $\widehat{ACH}$ sont tous les deux égaux à $90 - \widehat{HAC}$, on en déduit qu'**ils sont égaux**.

2. a) Dans le triangle ACH rectangle en H,

$$\tan \widehat{ACH} = \frac{\text{côté opposé à } \widehat{ACH}}{\text{côté adjacent à } \widehat{ACH}} = \frac{AH}{CH}.$$

$$\text{D'où } \tan \widehat{ACH} = \frac{4,8}{6,4} = \frac{48}{64} = \frac{3 \times 16}{4 \times 16} = \boxed{\frac{3}{4}}.$$

b) Dans le triangle BAH rectangle en H,

$$\tan \widehat{BAH} = \frac{\text{côté opposé à } \widehat{BAH}}{\text{côté adjacent à } \widehat{BAH}} = \frac{BH}{AH}.$$

$$\text{D'où } \tan \widehat{BAH} = \boxed{\frac{BH}{4,8}}.$$

3. D'après la question **1. c)**, on sait que $\widehat{BAH} = \widehat{ACH}$, donc $\tan \widehat{BAH} = \tan \widehat{ACH}$.

On en déduit l'égalité : $\frac{3}{4} = \frac{BH}{4,8}$.

> **Remarque**
> Si deux angles sont égaux, alors leurs tangentes sont égales.

Par produit en croix, $BH \times 4 = 3 \times 4,8$, soit $BH = \frac{3 \times 4,8}{4} = \boxed{3,6 \text{ cm}}$.

4. On a $\tan \widehat{ACH} = \frac{3}{4}$, d'où $\widehat{ACH} = \tan^{-1}\left(\frac{3}{4}\right)$. On obtient $\widehat{ACH} \approx \boxed{37°}$.

CORRIGÉS

Exercices d'approfondissement

11 **1.** • Dans le triangle OMH rectangle en H, $\cos x = \dfrac{OH}{OM} = \dfrac{OH}{1}$.

Par produit en croix, $\cos x = OH$.

• Dans le triangle OMH rectangle en H, $\sin x = \dfrac{HM}{OM} = \dfrac{HM}{1}$.

Par produit en croix, $\sin x = HM$.

• Dans le triangle OHM rectangle en H, d'après le théorème de Pythagore,

$OH^2 + HM^2 = OM^2$ soit $\boxed{\cos^2 x + \sin^2 x = 1}$.

Remarque
$(\cos x)^2 = \cos^2 x$ et
$(\sin x)^2 = \sin^2 x$

2. a) On utilise l'égalité précédente avec $\cos x = 0{,}5$.

On obtient : $\left(\dfrac{1}{2}\right)^2 + \sin^2 x = 1$ ou $\sin^2 x = 1 - \dfrac{1}{4} = \dfrac{3}{4}$

$\sin x = \sqrt{\dfrac{3}{4}}$ ou $\sin x = -\sqrt{\dfrac{3}{4}}$

$\sin x = \dfrac{\sqrt{3}}{2}$ ou $\sin x = -\dfrac{\sqrt{3}}{2}$

Remarque
Si $a > 0$, l'équation $X^2 = a$ a deux solutions $\sqrt{a}$ et $(-\sqrt{a})$.

Mais $\sin x$ est un nombre compris entre 0 et 1, on en déduit que $\boxed{\sin x = \dfrac{\sqrt{3}}{2}}$.

b) Avec la relation $\tan x = \dfrac{\sin x}{\cos x}$, on déduit $\tan x = \dfrac{\frac{\sqrt{3}}{2}}{\frac{1}{2}} = \dfrac{\sqrt{3}}{2} \times \dfrac{2}{1} = \boxed{\sqrt{3}}$.

12 Traçons la hauteur issue de B comme l'illustre la figure ci-dessous.

• Dans le triangle ABH rectangle en H, $\sin \widehat{A} = \dfrac{BH}{AB}$, soit $\sin \widehat{A} = \dfrac{BH}{c}$.

On en déduit par produit en croix, $BH = c \sin \widehat{A}$.

• Dans le triangle CBH rectangle en H, $\sin \widehat{C} = \dfrac{BH}{BC}$,

soit $\sin \widehat{C} = \dfrac{BH}{a}$.

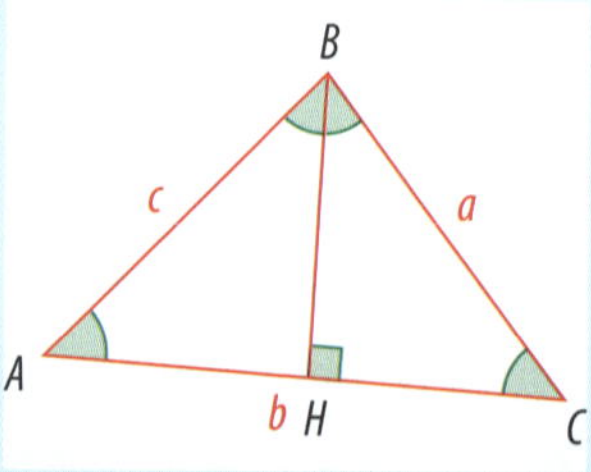

On en déduit par produit en croix, $BH = a \sin \widehat{C}$.

Par conséquent, $a \sin \widehat{C} = c \sin \widehat{A}$,

d'où $\boxed{\dfrac{a}{\sin \widehat{A}} = \dfrac{c}{\sin \widehat{C}}}$.

CHAPITRE 12

Théorème de Thalès. Agrandissement/Réduction. Homothétie

DE QUOI S'AGIT-IL ?

Dans des configurations précises, le théorème de Thalès permet de calculer des longueurs. Ces mêmes configurations sont liées à des agrandissements/réductions de triangles ou des transformations par homothétie. La réciproque du théorème de Thalès sert à étudier un éventuel parallélisme de droites.

1 Thalès

1 Le théorème de Thalès

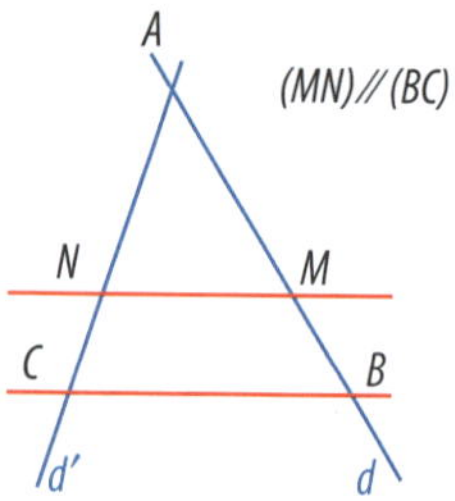

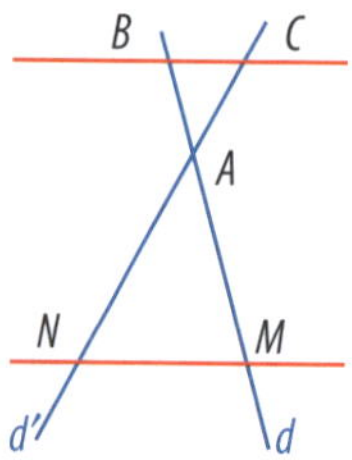

L'astuce du prof
Ces deux figures sont des figures clefs associées au théorème de Thalès.

Vidéos
Appliquer le théorème de Thalès (1) et (2)

Si d et d' sont deux droites sécantes en A,
B et M deux points de d,
C et N deux points de d',
et que les droites (MN) et (BC) sont parallèles,
alors : $\dfrac{AM}{AB} = \dfrac{AN}{AC} = \dfrac{MN}{BC}$.

Remarque
Aux numérateurs des trois quotients, figurent les côtés du triangle *AMN* ; aux dénominateurs, les côtés du triangle *ABC*.

2 Réciproque du théorème de Thalès

Remarque
L'ordre des points est important !

Si d et d' sont deux droites sécantes en A,
B et M deux points de d,
C et N deux points de d',
que les points A, B et M d'une part, les points A, C et N d'autre part sont alignés dans le même ordre,
et que $\dfrac{AM}{AB} = \dfrac{AN}{AC}$,
alors les droites (MN) et (BC) sont parallèles.

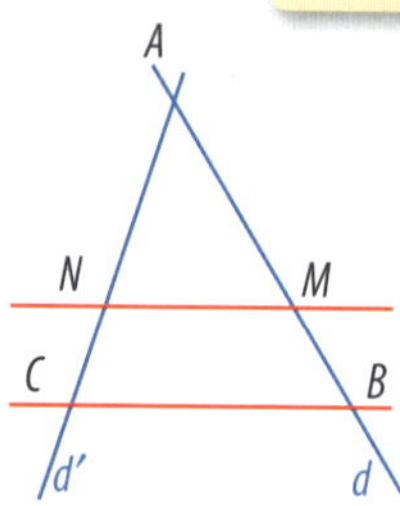

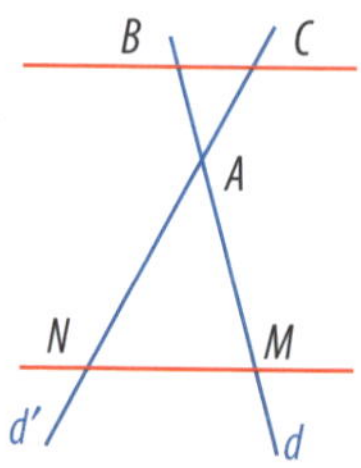

Vidéo
Appliquer la réciproque du théorème de Thalès

→ Bien comprendre
- Le théorème de Thalès permet de calculer des longueurs.
- La réciproque du théorème de Thalès sert à démontrer que deux droites sont parallèles.

2 Agrandissement/Réduction

1 Définitions

Soit k un nombre positif.

Lors de l'agrandissement ou de la réduction de rapport k d'une figure (ou d'un solide), les longueurs sont multipliées par k.

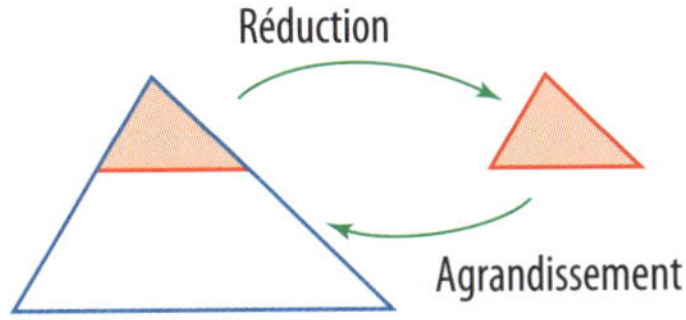

- $k < 1$ dans le cas d'une réduction ; k est appelé coefficient de réduction.
- $k > 1$ dans le cas d'un agrandissement ; k est le coefficient d'agrandissement.

Exemples

- Le triangle AMN est une réduction du triangle ABC de coefficient $\dfrac{AM}{AB} = \dfrac{2}{3}$.
- Le triangle ABC est un agrandissement du triangle AMN de coefficient $\dfrac{AB}{AM} = \dfrac{3}{2}$.

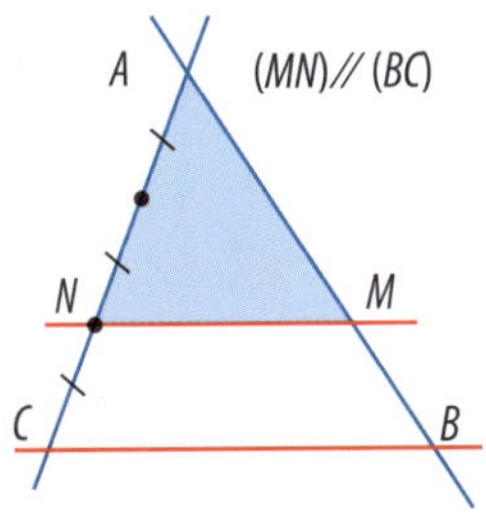

Remarque

Les configurations de Thalès mettent en œuvre des agrandissements ou des réductions de triangles.

Bien comprendre

Si une figure $\mathcal{F}'$ est un agrandissement (respectivement une réduction) d'une figure $\mathcal{F}$ de coefficient k, alors $\mathcal{F}$ est une réduction (respectivement un agrandissement) de $\mathcal{F}'$ de coefficient $\dfrac{1}{k}$.

2 Propriétés

- Dans un agrandissement ou une réduction, les angles sont conservés.

Bien comprendre

Une figure agrandie ou réduite a la même forme que la figure de départ.

- Dans un agrandissement ou une réduction de rapport k :

– les aires sont multipliées par k^2,

– les volumes sont multipliés par k^3.

Exemple : Dans l'exemple précédent, $\mathcal{A}(AMN) = \left(\dfrac{2}{3}\right)^2 \times \mathcal{A}(ABC)$.

COURS

3 Triangles semblables et homothéties

1 Triangles semblables

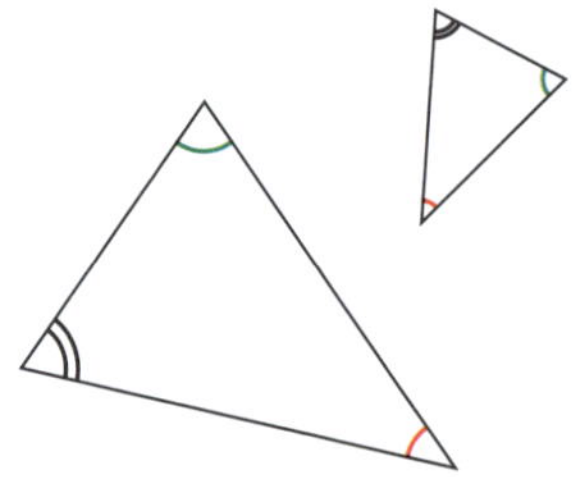

- Deux triangles sont semblables ou de même forme si les angles de l'un sont égaux aux angles de l'autre.
- Deux triangles sont semblables si et seulement s'ils ont leurs côtés deux à deux proportionnels, autrement dit, si l'un est l'agrandissement/réduction de l'autre.

Bien comprendre

Comme la somme des mesures des angles d'un triangle vaut 180°, si deux triangles ont deux angles de même mesure, alors ils sont semblables.

Vidéo
Démontrer que des triangles sont semblables

2 Homothéties

a. Définition

On appelle homothétie de centre O et de rapport k la transformation du plan notée $h(O\,;k)$ qui à tout point M du plan associe le point M' tel que :

- si $k > 0$: M' est du même côté que M par rapport à O et $OM' = kOM$.

Exemple :

L'homothétie de centre O et de rapport 1,5 transforme M en M'.

$M' \in [OM)$ et $OM' = 1{,}5\ OM$.

- si $k < 0$: M' est de l'autre côté de M par rapport à O et $OM' = (-k)OM$.

Exemple :

L'homothétie de centre O et de rapport −0,5 transforme M en M'.

$M' \in [MO)$ et $OM' = 0{,}5\ OM$.

b. Propriétés

- L'homothétie de centre O et de rapport −1 est la symétrie centrale de centre O.

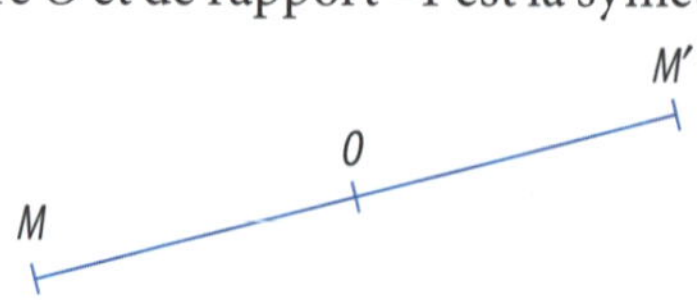

Vidéo
Utiliser les homothéties

- Le centre de l'homothétie *O*, un point *M* et son image *M'* sont alignés.
- Les homothéties conservent le parallélisme (et donc les angles), mais pas les distances. Ainsi, par une homothétie, les images des figures de référence (triangle, parallélogramme, carré, losange…) restent des figures de même nature.

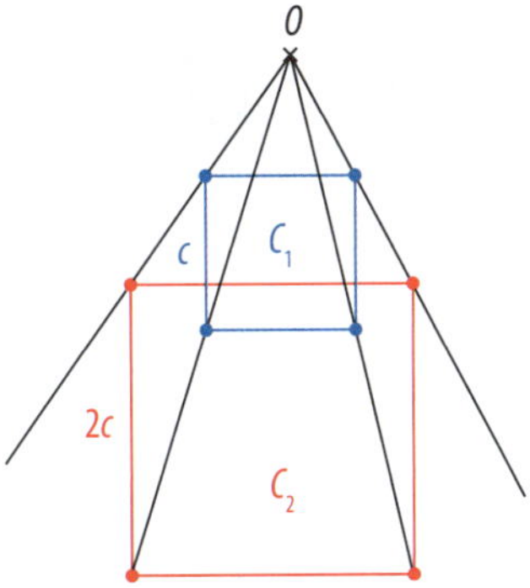

Exemple :

Par l'homothétie de centre *O* et de rapport 2, le carré C_1 de côté *c* est transformé en un carré C_2 de côté *2c*.

3 Liens avec les configurations de Thalès

- Les triangles *ABC* et *ADE* sont semblables.
- Le triangle *ADE* est une réduction du triangle *ABC* de rapport *k* (si $k > 0$) et $-k$ (si $k < 0$).
- Le triangle *ADE* est l'image du triangle *ABC* par l'homothétie de centre *A* et de rapport *k*.

Configuration n° 1

$$k = \frac{AD}{AB} = \frac{2}{3} \ (k > 0)$$

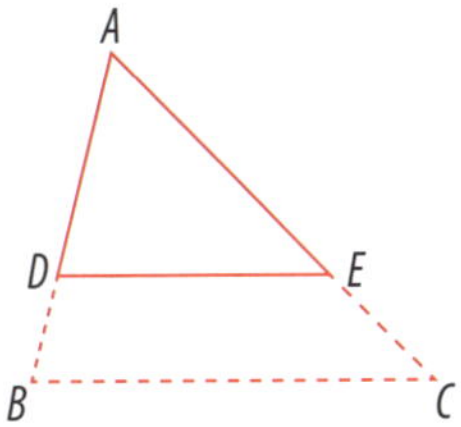

Configuration n° 2

$$k = -\frac{AD}{AB} = -\frac{2}{3} \ (k < 0)$$

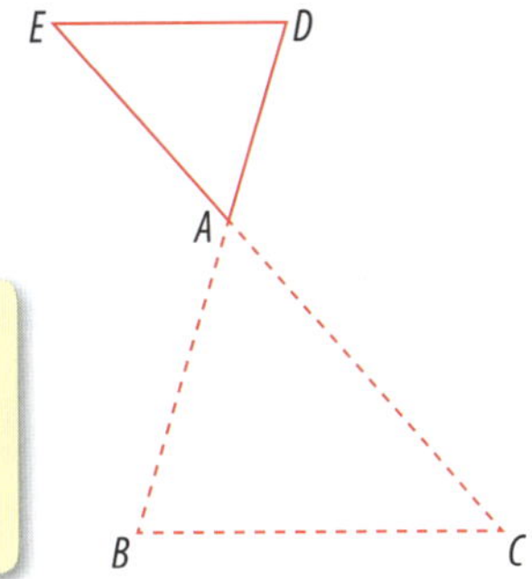

Remarque

- Quand $k > 1$ (ou $k < -1$), on parle d'agrandissement.
- Quand $-1 < k < 1$, on parle de réduction.

QCM

1 Des choix à faire

➔ Corrigé p. 276

Cochez la (ou les) réponse(s) correcte(s).

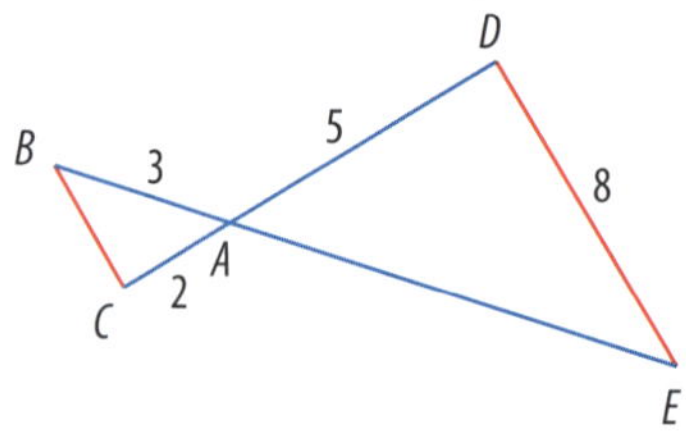

Les droites (BC) et (DE) sont parallèles.

1. D'après le théorème de Thalès :

a) ☐ $\dfrac{AB}{AE} = \dfrac{AC}{AD}$ **b)** ☐ $\dfrac{AB}{AD} = \dfrac{AC}{AE}$ **c)** ☐ $\dfrac{BA}{BE} = \dfrac{CA}{CD}$

2. AE est égale à :

a) ☐ 6 **b)** ☐ 7,5 **c)** ☐ 9

3. BC est égale à :

a) ☐ $AC \times \dfrac{DE}{AD}$ **b)** ☐ $\dfrac{AB \times DE}{AE}$ **c)** ☐ 3,2

4. Le triangle ABC est :

a) ☐ un agrandissement du triangle ADE.

b) ☐ une réduction du triangle ADE.

c) ☐ ni un agrandissement ni une réduction du triangle ADE.

2 Vrai ou Faux ?

➔ Corrigé p. 277

Cochez la bonne réponse.

Dans le triangle ABC, I et J sont les milieux de $[AB]$ et $[AC]$.

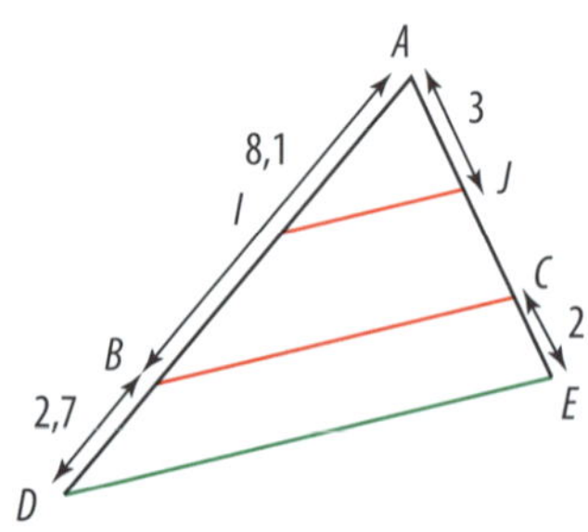

1. $(IJ) // (BC)$ ☐ V ☐ F

2. $(BC) // (DE)$ ☐ V ☐ F

3. $\dfrac{AI}{AB} = \dfrac{AJ}{AC}$ ☐ V ☐ F

4. $\dfrac{AD}{AB} = \dfrac{AE}{AC}$ ☐ V ☐ F

5. $\mathscr{A}\,(AIJ) = 0{,}5 \times \mathscr{A}\,(ABC)$ ☐ V ☐ F

Exercices d'entraînement

3 Calculs de longueurs

15 min ➔ Corrigé p. 278

1. Les droites (AB) et (DE) sont parallèles.

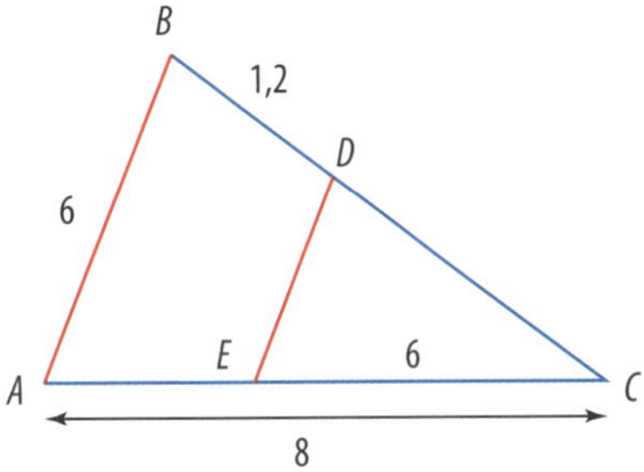

Calculez CD et DE.

2. Les droites (AB) et (DE) sont parallèles.

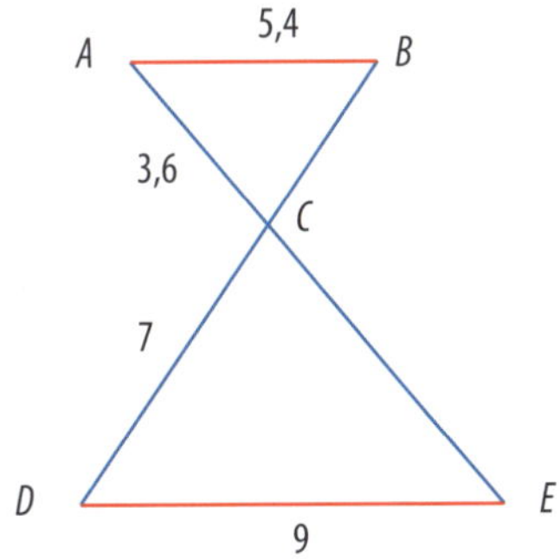

Calculez CE et BC.

➔ Méthode

1. On repère une configuration de Thalès : deux droites sécantes et deux droites parallèles.

2. On cite le théorème utilisé, puis on écrit l'égalité des trois quotients.

3. On remplace dans ces quotients les valeurs connues.

4. En utilisant une égalité entre deux quotients, on calcule (avec un produit en croix) la longueur cherchée.

4 Parallèles or not parallèles ?

15 min ➔ Corrigé p. 279

Les droites (BD) et (CE) sont elles parallèles ?

1.

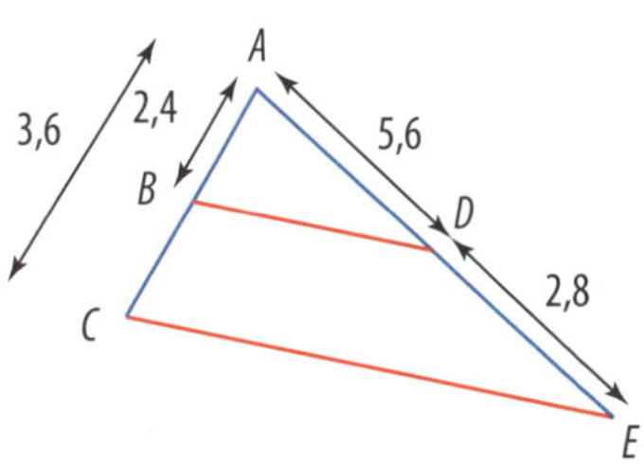

2.

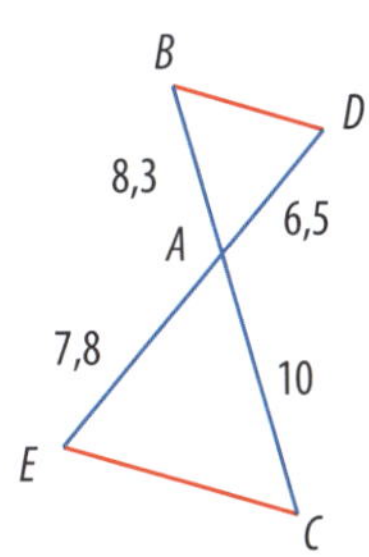

Méthode

1. On repère deux droites sécantes en un point.

2. On indique les points alignés sur ces deux droites en précisant l'ordre.

3. On calcule les quotients en les écrivant soit sous forme décimale exacte, soit sous forme de fraction irréductible.

4. On compare les deux quotients :
- s'ils sont égaux, les droites sont parallèles d'après la réciproque du théorème de Thalès ;
- s'ils ne sont pas égaux, les droites ne sont pas parallèles.

5 Les triangles en famille

15 min Corrigé p. 279

Les triangles T_1, T_2 et T_3 sont-ils obtenus à partir d'un agrandissement ou d'une réduction du triangle T ? Précisez alors le coefficient d'agrandissement/réduction.

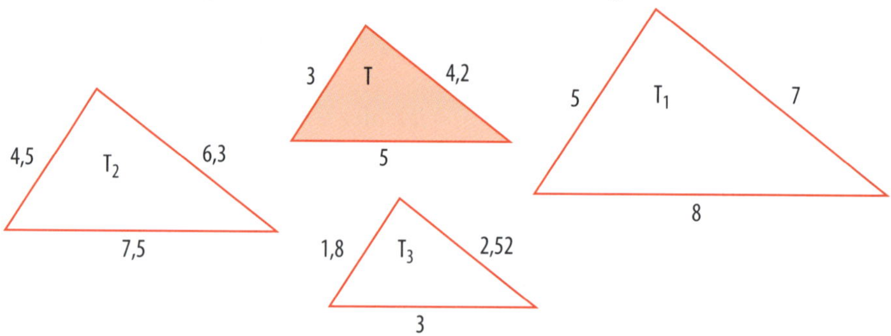

6 Triangle et quadrillage

20 min Corrigé p. 280

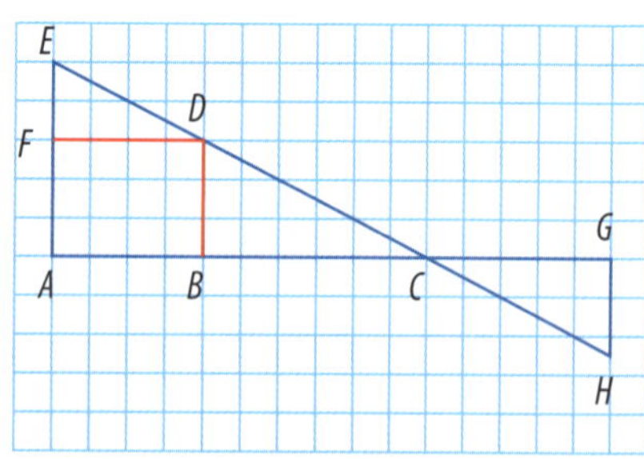

1. Déterminez la valeur exacte des quotients :

- $\dfrac{CA}{CB}$ • $\dfrac{ED}{EC}$ • $\dfrac{CH}{CD}$

2. Dans chaque cas, précisez s'il s'agit d'un agrandissement ou d'une réduction et le coefficient correspondant à la transformation de :

a) *BCD* en *ACE* **b)** *ACE* en *DEF* **c)** *BCD* en *CGH*

3. Complétez les coefficients *a*, *b* et *c* manquants :

- Aire (*ACE*) = $a \times$ Aire (*BCD*)
- Aire (*DEF*) = $b \times$ Aire (*ACE*)
- Aire (*BCD*) = $c \times$ Aire (*CGH*)

7 Semblables ou pas ?

15 min ➔ Corrigé p. 281

On considère trois triangles T_1, T_2 et T_3, dont les longueurs des côtés sont :

- T_1 : 8,1 – 10,2 – 5,7
- T_2 : 23,8 – 13,1 – 18,9
- T_3 : 51 – 28,5 – 40,5

1. T_1 et T_2 sont-ils semblables ?

2. T_1 et T_3 sont-ils semblables ?

3. Que peut-on en déduire pour T_2 et T_3 ?

➔ Méthode

On commence par ordonner les longueurs des côtés de chaque triangle. Puis on calcule les quotients des côtés correspondants. Si les trois quotients sont égaux, les triangles sont semblables.

8 Homothéties et constructions

10 min ➔ Corrigé p. 282

Construisez l'image du point M par l'homothétie de centre O et de rapport :

a) 2,5 **b)** $\frac{3}{4}$ **c)** $-\frac{3}{2}$ **d)** $-\frac{1}{2}$

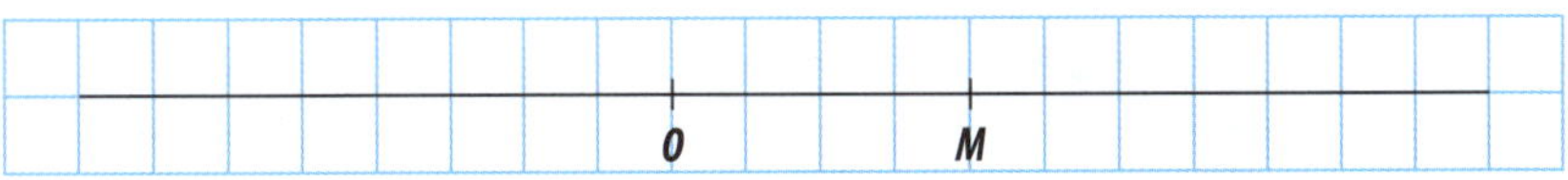

9 Rapports d'homothéties

10 min ➔ Corrigé p. 282

Déterminez le rapport de l'homothétie de centre O qui transforme M en :

a) M_1 **b)** M_2 **c)** M_3 **d)** M_4 **e)** M_5

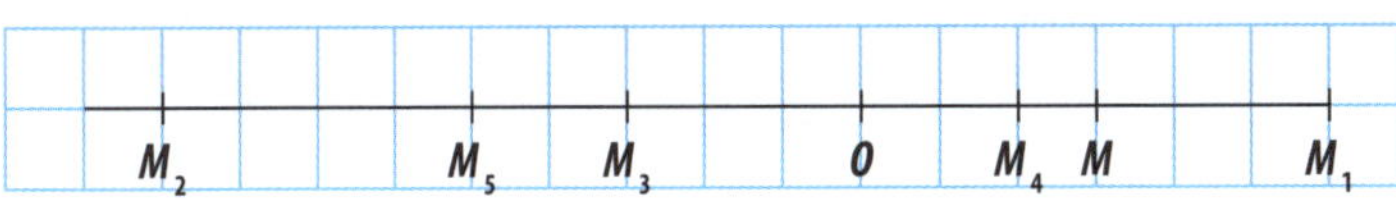

➔ Méthode

1. On commence par déterminer le signe du rapport k de l'homothétie.

Si M et son image M' sont du même côté par rapport à O, k est positif.

Si M et son image M' sont de part et d'autre de O, k est négatif.

2. On calcule le quotient $\frac{OM'}{OM}$ en utilisant le quadrillage.

3. On conclut quant à la valeur de k : $+\frac{OM'}{OM}$ ou $-\frac{OM'}{OM}$ (selon le signe de k).

Problèmes

10 Un triangle dans le triangle

20 min Corrigé p. 283

ABC est un triangle tel que $AB = 5$ cm, $AC = 3$ cm et $BC = 7$ cm.

E est le point du segment $[AB]$ tel que $AE = 1{,}5$ cm.

La parallèle à (AC) passant par E coupe $[BC]$ en F.

1. Construisez une figure.

2. Calculez les longueurs BF et EF.

3. Le triangle EFC est-il isocèle ? Justifiez.

11 Constructions

20 min Corrigé p. 284

Voici une droite graduée :

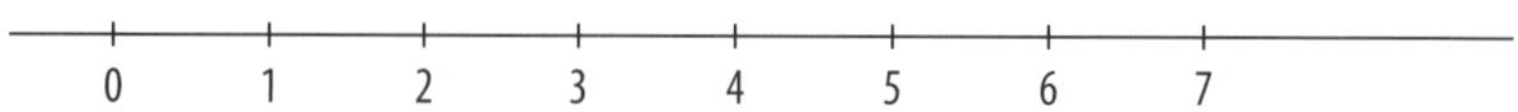

Placez sur cette droite graduée (sans mesurer) le point M d'abscisse $\frac{8}{3}$.
Justifiez la construction.

Comment résoudre ce problème

On trace une droite d passant par O sur laquelle on place des points espacés régulièrement depuis 0 en se servant du compas.

Puis on place les deux points N et D respectivement aux graduations 8 et 3.

Reste à relier le point A d'abscisse 1 au point D par une droite δ. Puis en traçant la parallèle à δ passant par le point N, on obtient le point M cherché, intersection de δ et de la droite graduée.

12 À la recherche du centre perdu

★ 10 min Corrigé p. 285

Construisez le centre O de l'homothétie qui transforme A en B et C en D.

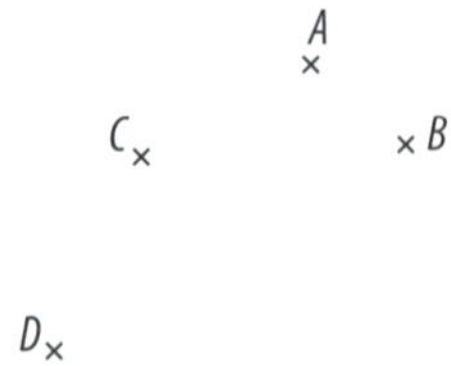

Vers le brevet

13 Le tout-en-un

20 min ➔ Corrigé p. 285

La figure ci-après n'est pas en vraie grandeur ; on ne demande pas de la reproduire.

Les droites (AM) et (BN) sont sécantes en O.

Les dimensions sont en centimètres. On donne :
$OA = 3$; $OB = 2,5$; $OM = 5,4$; $ON = 4,5$.

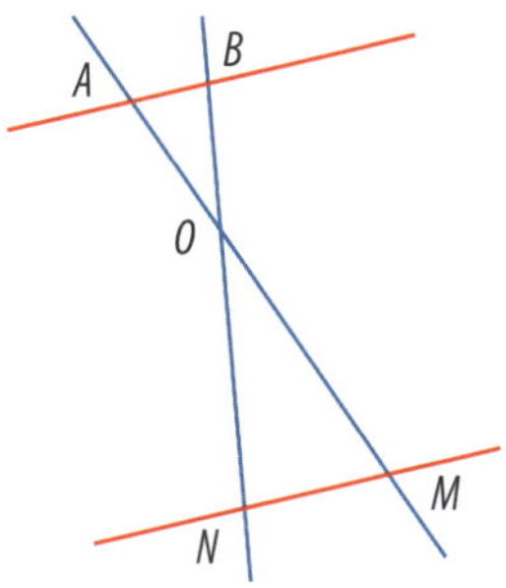

1. Montrez que les droites (AB) et (MN) sont parallèles.

2. On suppose que $AB = 1,2$.

a) Le triangle OAB est-il rectangle ? Justifiez.

b) Calculez la distance MN.

3. Choisissez parmi les quatre nombres suivants celui qui est égal à $\dfrac{\text{aire du triangle } OMN}{\text{aire du triangle } OAB}$:

a) 0,55 **b)** 1,8 **c)** 3,24 **d)** 3,6

Indiquez ce nombre (sans justification).

4. Caractérisez (en donnant son centre et son rapport) l'homothétie h qui transforme OAB en OMN.

14 Dans l'espace

20 min ➔ Corrigé p. 286

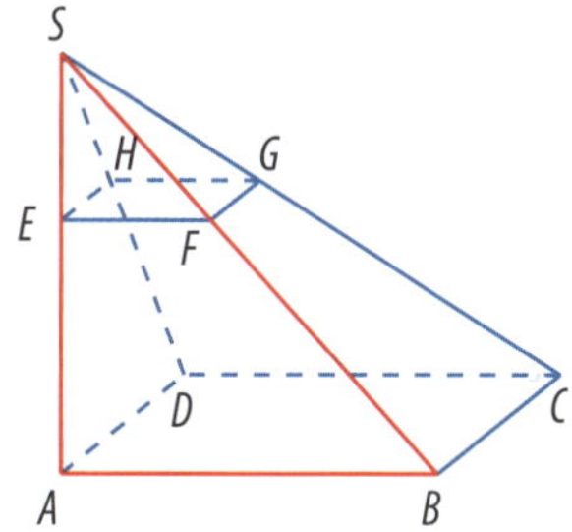

Sur la figure ci-dessus, $SABCD$ est une pyramide à base carrée de hauteur $[SA]$ telle que $AB = 9$ cm et $SA = 12$ cm. Le triangle SAB est rectangle en A.

Partie A

$EFGH$ est la section de la pyramide $SABCD$ par le plan parallèle à la base et telle que $SE = 3$ cm.

1. Calculez *EF*.

2. a) Calculez le volume de la pyramide *SABCD*.

b) Donnez le coefficient de réduction permettant de passer de la pyramide *SABCD* à la pyramide *SEFGH*.

c) Déduisez-en le volume de *SEFGH*. On donnera une valeur arrondie à l'unité.

Partie B

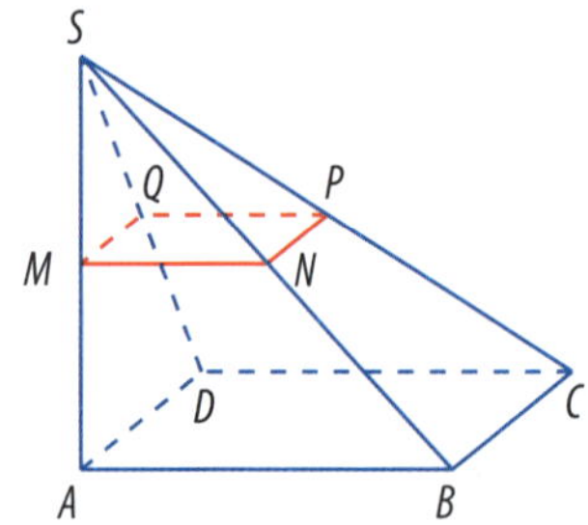

Soit *M* le milieu de [*SA*] tel que $SM = x$ cm, où x est compris entre 0 et 12. On appelle *MNPQ* la section de la pyramide *SABCD* par le plan parallèle à la base passant par *M*.

1. Montrez que $MN = 0{,}75x$.

2. Soit $\mathscr{A}(x)$ l'aire du carré *MNPQ* en fonction de x. Montrez que $\mathscr{A}(x) = 0{,}562\,5\,x^2$.

3. Complétez le tableau suivant.

x : longueur de *SM* (en cm)	0	2	4	6	8	10	12
$\mathscr{A}(x)$: aire du carré *MNPQ* (en cm²)							

4. Placez dans un repère les points d'abscisse x et d'ordonnée $\mathscr{A}(x)$ donnés par le tableau.

5. L'aire de *MNPQ* est-elle proportionnelle à la longueur *SM* ? Justifiez à l'aide du graphique.

15 Semblables par différentes méthodes

★ 30 min ➲ Corrigé p. 288

Démontrez dans chacun des cas suivants que les triangles proposés sont semblables.

1. *ABC* et *DEF*

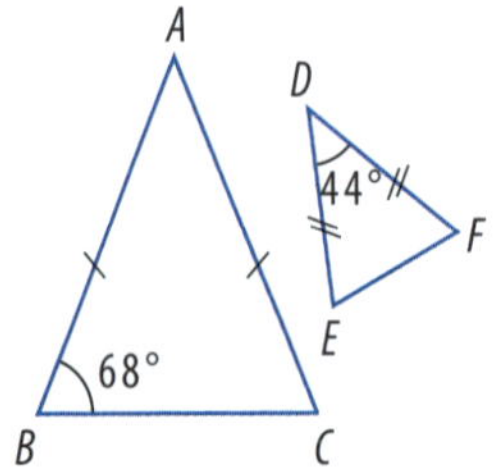

2. *GHI* et *IJK*

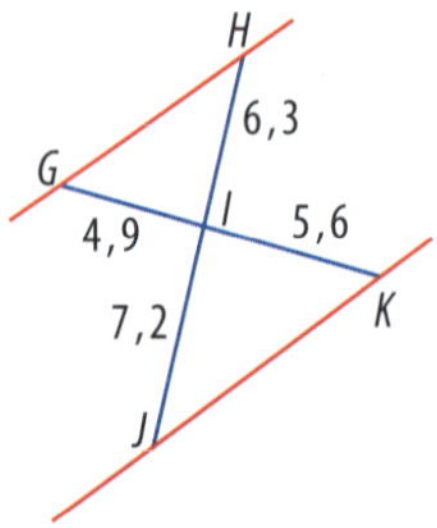

3. *LMN* et *LON*

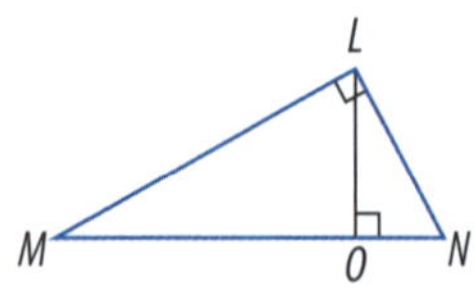

Exercice d'approfondissement

16 Thalès à gogo !

20 min ➔ Corrigé p. 289

Les droites (CE) et (DF) sont parallèles, de même que les droites (BF) et (CG). Montrez que les droites (BE) et (DG) sont parallèles.

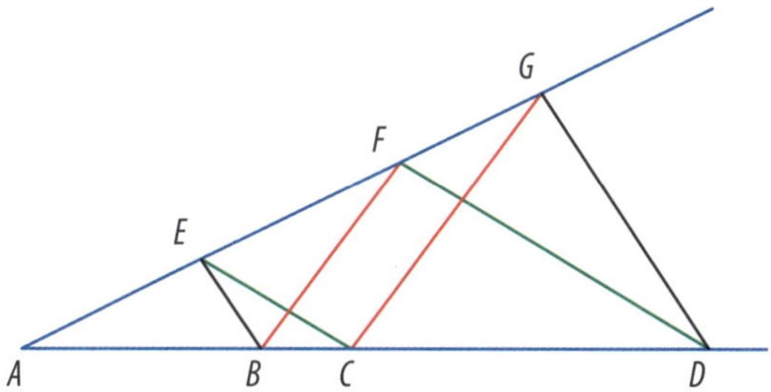

QCM

1 **1.** Les droites (CD) et (BE) sont sécantes en A. De plus, $(BC) /\!/ (DE)$. D'après le théorème de Thalès :

$$\frac{AB}{AE} = \frac{AC}{AD} = \frac{BC}{DE}.$$

Réponse : **a)** $\frac{AB}{AE} = \frac{AC}{AD}$.

L'astuce du prof
- Aux numérateurs : les côtés du triangle ABC.
- Aux dénominateurs : les côtés du triangle ADE.

2. L'égalité des quotients de la question **1** s'écrit aussi : $\boxed{\frac{3}{AE} = \frac{2}{5}} = \frac{BC}{8}$.

De l'égalité encadrée, on déduit par produit en croix :

$2 \times AE = 3 \times 5$

$AE = \frac{15}{2} = 7{,}5$

Méthode
Remplacez dans les quotients toutes les longueurs connues.

Réponse : **b)** 7,5.

3. D'après le théorème de Thalès : $\frac{AB}{AE} = \frac{AC}{AD} = \frac{BC}{DE}$.

• De $\frac{AC}{AD} = \frac{BC}{DE}$, on déduit $AD \times BC = AC \times DE$,

soit $BC = AC \times \frac{DE}{AD}$ (réponse **a)**).

Méthode
Effectuez un produit en croix : si $\frac{a}{b} = \frac{c}{d}$, alors $a \times d = b \times c$.

Soit encore $BC = 2 \times \frac{8}{5} = \frac{16}{5} = 3{,}2$ (réponse **c)**).

• À partir de $\frac{AB}{AE} = \frac{BC}{DE}$, on déduit $AB \times DE = AE \times BC$.

Soit $\frac{AB \times DE}{AE} = BC$ (réponse **b)**).

Réponses : **a)** $AC \times \frac{DE}{AD}$, **b)** $\frac{AB \times DE}{AE}$ et **c)** 3,2.

4. Les triangles ABC et ADE sont en configuration de Thalès. Ainsi, le triangle ABC est une réduction du triangle ADE de coefficient $\frac{AC}{AD} = \frac{2}{5} = 0,4$.

> **Rappel**
> Coefficient de réduction $= \frac{\text{longueur réduite}}{\text{longueur initiale}}$.

Réponse : **b)** une réduction du triangle ADE.

2 **1. Vrai** → Dans le triangle ABC, I et J sont les milieux des côtés $[AB]$ et $[AC]$. Or la droite passant par les milieux de deux côtés est parallèle au troisième côté. On conclut que $(IJ) /\!/ BC)$.

> **Remarque**
> C'est le théorème de la droite des milieux.

2. Vrai → Les droites (AD) et (AE) sont sécantes en A. Les points A, B et D d'une part et les points A, C et E d'autre part sont alignés dans le même ordre.

De plus,

$$\left.\begin{array}{l} \frac{AB}{AD} = \frac{8,1}{8,1+2,7} = \frac{8,1}{10,8} = 0,75 \\ \frac{AC}{AE} = \frac{2\times 3}{2\times 3+2} = \frac{6}{8} = \frac{3}{4} = 0,75 \end{array}\right\} \frac{AB}{AD} = \frac{AC}{AE}.$$

> **Méthode**
> Pour comparer des quotients, utilisez les valeurs exactes.

D'après la réciproque du théorème de Thalès, $(BC) /\!/ (DE)$.

3. Vrai → I étant le milieu de $[AB]$: $\frac{AI}{AB} = \frac{1}{2}$.

De même, J est le milieu de $[AC]$: $\frac{AJ}{AC} = \frac{1}{2}$.

D'où $\frac{AI}{AB} = \frac{AJ}{AC}$.

4. Vrai → D'après la question **2.**, $\frac{AB}{AD} = \frac{AC}{AE}$.

> **Remarque**
> Si $\frac{a}{b} = \frac{c}{d}$, alors $\frac{b}{a} = \frac{d}{c}$.

Cette égalité s'écrit aussi $\frac{AD}{AB} = \frac{AE}{AC}$.

5. Faux → Le triangle AIJ est une réduction du triangle ABC de coefficient $\frac{1}{2} = 0,5$.

> **Rappel**
> Quand les longueurs sont multipliées par k, les aires sont multipliées par k^2.

On en déduit : $\mathcal{A}(AIJ) = 0,5^2 \times \mathcal{A}(ABC)$.
Soit $\mathcal{A}(AIJ) = 0,25 \times \mathcal{A}(ABC)$.

CORRIGÉS

Exercices d'entraînement

3 **1.** Les droites (AE) et (BD) sont sécantes en C. De plus, $(AB) /\!/ (DE)$.

D'après le théorème de Thalès : $\frac{CE}{CA} = \frac{CD}{CB} = \frac{DE}{AB}$, soit $\frac{6}{8} = \frac{CD}{CD + 1{,}2} = \frac{DE}{6}$.

• $\frac{6}{8} = \frac{CD}{CD + 1{,}2}$

$6 \times (CD + 1{,}2) = 8 \times CD$

$6CD + 6 \times 1{,}2 = 8CD$

$6CD + 7{,}2 = 8CD$

$7{,}2 = 8CD - 6CD = 2CD$

$$CD = \frac{7{,}2}{2} = 3{,}6$$

Méthode
On résout une équation du premier degré d'inconnue la longueur *CD*.

• $\frac{6}{8} = \frac{DE}{6}$

$8 \times DE = 6 \times 6$

$$DE = \frac{36}{8} = 4{,}5$$

2. Les droites (AE) et (BD) sont sécantes en C. De plus, $(AB) /\!/ (DE)$.

D'après le théorème de Thalès : $\frac{CA}{CE} = \frac{CB}{CD} = \frac{AB}{DE}$, soit $\frac{3{,}6}{CE} = \frac{CB}{7} = \frac{5{,}4}{9}$.

• $\frac{3{,}6}{CE} = \frac{5{,}4}{9}$

$CE \times 5{,}4 = 3{,}6 \times 9$

$$CE = \frac{32{,}4}{5{,}4} = 6$$

Méthode
Prenez un quotient dans lequel figure la longueur cherchée *CE*, et un autre quotient connu.

• $\frac{CB}{7} = \frac{5{,}4}{9}$

$CB \times 9 = 7 \times 5{,}4$

$$CB = \frac{37{,}8}{9} = 4{,}2$$

4 **1.** Les droites (BC) et (DE) sont sécantes en A. Les points A, B, C d'une part et les points A, D et E d'autre part sont alignés dans le même ordre.

De plus,

$$\frac{AB}{AC}=\frac{2,4}{3,6}=\frac{24}{36}=\frac{\cancel{12}\times 2}{12\times 3}=\frac{2}{3}$$

$$\frac{AD}{AE}=\frac{5,6}{5,6+2,8}=\frac{5,6}{8,4}=\frac{56}{84}=\frac{28\times 2}{\cancel{28}\times 3}=\frac{2}{3}$$

Il vient $\frac{AB}{AC}=\frac{AD}{AE}$. D'après la réciproque du théorème de Thalès, **les droites (BD) et (CE) sont parallèles.**

Méthode
On ne compare que des valeurs exactes. C'est pourquoi on écrit ici les quotients sous forme de fraction irréductible.

2. Les droites (BC) et (DE) sont sécantes en A. Les points A, B, C d'une part et les points A, D et E d'autre part sont alignés dans le même ordre.

De plus,

$$\left.\begin{array}{l}\frac{AB}{AC}=\frac{8,3}{10}=0,83\\ \frac{AD}{AE}=\frac{6,5}{7,8}=\frac{65}{78}=\frac{5}{6}\end{array}\right\}\frac{AB}{AC}\neq\frac{AD}{AE}$$

Les quotients n'étant pas égaux, **les droites (BD) et (CE) ne sont pas parallèles.**

Piège à éviter
$\frac{AB}{AC}=0,83$ et $\frac{AD}{AE}\approx 0,833$.
Les deux quotients sont très proches, mais pas égaux !

5 • Le triangle T_1 est un agrandissement ou une réduction du triangle T lorsque les mesures de ses côtés sont proportionnelles à celles du triangle T.

Vérifions si le tableau suivant est un tableau de proportionnalité.

Triangle T	5	4,2	3
Triangle T_1	8	7	5

$\frac{8}{5}=1,6$; $\frac{7}{4,2}=\frac{70}{42}=\frac{5}{3}$; $\frac{5}{3}$.

Les quotients ne sont pas tous égaux. On en déduit que **le triangle T_1 n'est pas un agrandissement ou une réduction du triangle T.**

Méthode
Dans ce tableau, écrivez les unes en dessous des autres les longueurs correspondantes des côtés des deux triangles : le plus grand côté en premier, le plus petit en dernier.

• On procède de même avec le triangle T_2.

Triangle T	5	4,2	3
Triangle T_2	7,5	6,3	4,5

$\frac{7,5}{5}=1,5$; $\frac{6,3}{4,2}=1,5$; $\frac{4,5}{3}=1,5$.

Remarque
Quand les divisions « tombent justes », vous pouvez écrire les valeurs décimales pour les comparer.

Les trois quotients sont égaux : **le triangle T_2 est bien un agrandissement du triangle T de coefficient 1,5**.

• Enfin avec le triangle T_3 :

Triangle T	5	4,2	3
Triangle T_3	3	2,52	1,8

$\frac{3}{5} = 0{,}6$; $\frac{2{,}52}{4{,}2} = 0{,}6$; $\frac{1{,}8}{3} = 0{,}6$.

Les trois quotients sont égaux : **le triangle T_3 est une réduction du triangle T de coefficient 0,6**.

6 **1.** • À l'aide des quadrillages, on lit $CA = 10$; $CB = 6$.

D'où $\frac{CA}{CB} = \frac{10}{6} = \frac{5}{3}$.

• Les droites (FD) et (AC) étant parallèles, les triangles EDF et ACE sont en configuration de Thalès.

D'après le théorème de Thalès :

$\frac{EF}{EA} = \frac{ED}{EC} = \frac{FD}{AC}$.

À l'aide des quadrillages, on lit $EF = 2$; $EA = 5$.

D'où $\frac{EF}{EA} = \frac{2}{5}$.

On en déduit $\frac{ED}{EC} = \frac{2}{5} = 0{,}4$.

Méthode

Les longueurs demandées ne « tombent pas justes ». Utilisez le théorème de Thalès pour se servir d'un autre quotient dont les longueurs seront lisibles directement avec le quadrillage.

• Les droites (BD) et (GH) étant parallèles, les triangles CGH et BCD sont en configuration de Thalès.

D'après le théorème de Thalès :

$\frac{CG}{CB} = \frac{CH}{CD} = \frac{GH}{BD}$.

À l'aide des quadrillages, on lit $CG = 5$; $CB = 6$.

D'où $\frac{CG}{CB} = \frac{5}{6}$.

On en déduit $\frac{CH}{CD} = \frac{5}{6}$.

L'astuce du prof

Pour écrire les quotients, commencez par le sommet commun aux deux triangles (ici *C*).

2. • Le triangle *BCD* est transformé en *ACE* par un **agrandissement** de coefficient $\frac{CA}{CB} = \frac{5}{3}$.

• Le triangle *ACE* est transformé en *DEF* par une **réduction** de coefficient $\frac{ED}{EC} = 0,4$.

• Le triangle *BCD* est transformé en *CGH* par une **réduction** de coefficient $\frac{CH}{CD} = \frac{5}{6}$.

> **Rappel**
> Coefficient d'agrandissement-réduction $= \frac{\text{longueur finale}}{\text{longueur initiale}}$

3. • $\text{Aire}(ACE) = \left(\frac{5}{3}\right)^2 \times \text{Aire}(BCD)$. On en déduit $a = \left(\frac{5}{3}\right)^2 = \frac{5^2}{3^2} = \boxed{\frac{25}{9}}$.

• Aire(*DEF*) $= 0,4^2 \times$ Aire(*ACE*). On en déduit $b = 0,4^2 = \boxed{0,16}$.

• Le triangle *CGH* est une réduction du triangle *BCD* de coefficient $\frac{5}{6}$.

On en déduit que le triangle *BCD* est un agrandissement du triangle *CGH* de coefficient $\frac{1}{\frac{5}{6}} = \frac{6}{5}$.

D'où $\text{Aire}(BCD) = \left(\frac{6}{5}\right)^2 \times \text{Aire}(CGH)$.

Finalement, $c = \left(\frac{6}{5}\right)^2 = \frac{6^2}{5^2} = \boxed{\frac{36}{25}}$.

> **Rappel**
> Quand un triangle T est une réduction d'un triangle T′ de coefficient k, alors T′ est un agrandissement de T de coefficient $\frac{1}{k}$.

7 **1.** Étudions si T_1 et T_2 sont semblables.

T_1	10,2	8,1	5,7
T_2	23,8	18,9	13,1

On calcule pour cela les quotients des côtés associés :

$\frac{23,8}{10,2} = \frac{238}{102} = \frac{7}{3}$ $(\approx 2,33)$

$\frac{18,9}{8,1} = \frac{189}{81} = \frac{7}{3}$ $(\approx 2,33)$

$\frac{13,1}{5,7} = \frac{131}{57}$ $(\approx 2,29)$

> **L'astuce du prof**
> Dans un tableau, mettez en correspondance les côtés de chaque triangle par ordre décroissant de longueurs par exemple.

> **Remarque**
> Pour étudier si T_1 et T_2 sont semblables, vous pouvez calculer : $\frac{\text{côtés de } T_1}{\text{côtés de } T_2}$ ou $\frac{\text{côtés de } T_2}{\text{côtés de } T_1}$.

CORRIGÉS

Les trois quotients ne sont pas égaux, donc les triangles **T_1 et T_2 ne sont pas semblables.**

2. On procède de la même façon pour T_1 et T_3.

T_1	10,2	8,1	5,7
T_3	51	40,5	28,5

Calculons les quotients pour étudier la proportionnalité des longueurs des côtés :

$$\frac{51}{10,2}=5\ ;\ \frac{40,5}{8,1}=5\ ;\ \frac{28,5}{5,7}=5$$

Remarque

On trouverait $\frac{\text{côtés de } T_3}{\text{côtés de } T_1}=\frac{1}{5}=0,2.$

Les trois quotients sont égaux : les triangles **T_1 et T_3 sont donc semblables.**

3. T_1 et T_3 sont semblables, c'est-à-dire qu'ils ont leurs côtés deux à deux proportionnels ou leurs angles deux à deux égaux.

T_1 et T_2 ne sont pas semblables.

Donc **T_2 et T_3 ne sont pas semblables.**

8

a) Le rapport k est positif, donc M_1 est du même côté que M par rapport à O. De plus, $OM_1 = 2,5 \times OM$.

b) k est positif, donc sur ce croquis, M_2 est « à droite de O ». Et $OM_2 = \frac{3}{4} \times OM$.

c) k est négatif, donc M_3 est de l'autre côté de O par rapport à M et $OM_3 = \frac{3}{2}OM$. La longueur OM_3 est une fois et demie plus grande que celle de OM.

d) k est négatif, donc M_4 est « à gauche » du point O et $OM_4 = \frac{1}{2}OM$.

Méthode

Commencez par trouver de quel côté du point O se situe M'. Ensuite, reportez la longueur cherchée.

L'astuce du prof

Utilisez le quadrillage pour placer le point M'.

$OM = 4$ (petits carreaux).

Donc $OM' = 4 \times \frac{3}{2} = 6$.

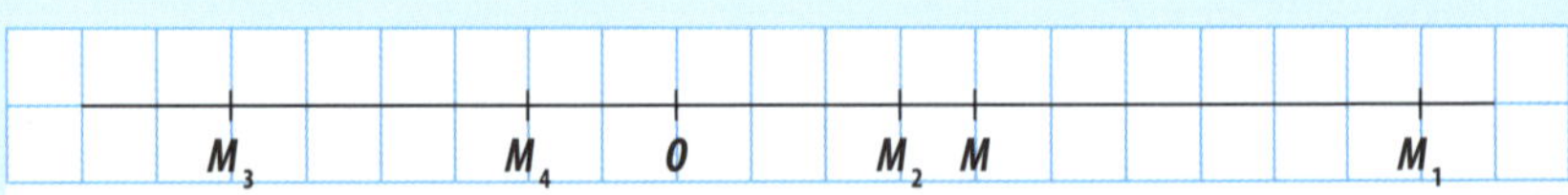

9 On note k_1, k_2, k_3… le rapport de l'homothétie de centre O transformant respectivement M en M_1, M_2, M_3…

a) M_1 est du même côté que O par rapport à M, donc $k_1 > 0$.

De plus, $OM_1 = 6$ et $OM = 3$. Soit $OM_1 = 2 \times OM$.

En conclusion, $\boxed{k_1 = 2}$.

b) M_2 est de l'autre côté de O par rapport à M, donc $k_2 < 0$.

$OM_2 = 9$ et $OM = 3$. On en déduit : $OM_2 = 3 \times OM$.

D'où $\boxed{k_2 = -3}$.

c) M_3 est de l'autre côté de O par rapport à M, donc $k_3 < 0$.

$OM_3 = 3$ et $OM = 3$. Soit $OM_3 = OM$.

On conclut : $\boxed{k_3 = -1}$.

d) M_4 est du même côté que O par rapport à M, donc $k_4 > 0$.

$OM_4 = 2$ et $OM = 3$.

Soit $k_4 = \dfrac{OM_4}{OM}$. D'où $\boxed{k_4 = \dfrac{2}{3}}$.

e) M_5 est de l'autre côté de O par rapport à M, donc $k_5 < 0$.

$OM_5 = 5$ et $OM = 3$. Soit $k_5 = \dfrac{OM_5}{OM}$.

Il vient finalement $\boxed{k_5 = -\dfrac{5}{3}}$.

L'astuce du prof

Utilisez le quadrillage pour le calcul des longueurs.

Remarque

Une homothétie de centre *O* et de rapport –1 est une symétrie centrale de centre *O*.

CORRIGÉS

Problèmes

10 **1.**

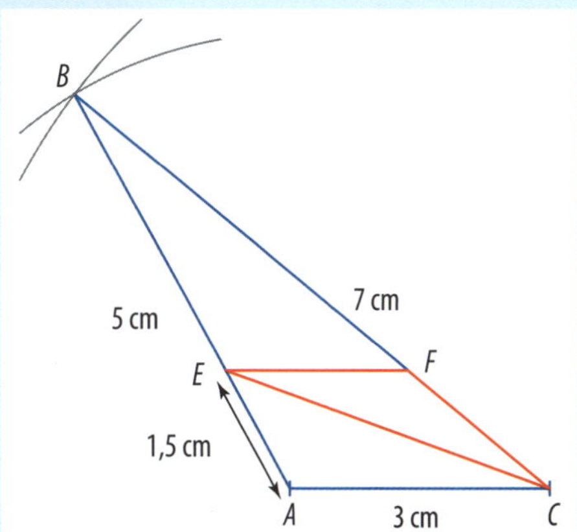

Méthode

Le triangle *ABC* se construit à la règle et au compas.

2. Les droites (AE) et (CF) sont sécantes en B. De plus, les droites (EF) et (AC) sont parallèles par construction de F.

On applique alors le théorème de Thalès :

$$\frac{BE}{BA} = \frac{BF}{BC} = \frac{EF}{AC}, \text{ soit } \frac{5-1{,}5}{5} = \frac{BF}{7} = \frac{EF}{3}.$$

• De l'égalité $\frac{3{,}5}{5} = \frac{BF}{7}$, on déduit :

$5 \times BF = 3{,}5 \times 7.$

$BF = \frac{24{,}5}{5} = \boxed{4{,}9 \text{ cm}}$

• De l'égalité $\frac{3{,}5}{5} = \frac{EF}{3}$, on déduit $5 \times EF = 3{,}5 \times 3$.

D'où $EF = \frac{10{,}5}{5} = \boxed{2{,}1 \text{ cm}}$.

3. Dans le triangle EFC, $EF = 2{,}1$ cm.

De plus $FC = BC - BF = 7 - 4{,}9 = 2{,}1$ cm.

On remarque que $EF = FC$: **le triangle *EFC* est isocèle en *F*.**

> **Rappel**
> Un triangle isocèle a deux côtés de même longueur.

11 On construit une droite d passant par O sur laquelle on porte des graduations régulières avec le compas.

Sur d, on place les points N et D d'abscisses respectives 8 (le numérateur) et 3 (le dénominateur).

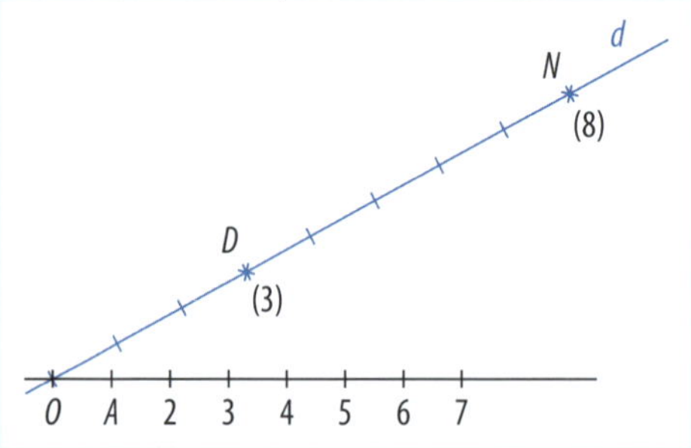

> **Méthode**
> À 3 graduations sur la droite d correspond 1 graduation sur la droite graduée.
> Cela permet d'obtenir les $\frac{1}{3}$.

Puis on trace la parallèle à la droite (AD) passant par N : elle coupe la droite (OA) en M tel que $OM = \frac{8}{3}$.

En effet, les droites (AD) et (MN) sont parallèles. D'après le théorème de Thalès :
$\frac{ON}{OD} = \frac{OM}{OA}$, soit $\frac{8}{3} = \frac{OM}{1}$.

Par produit en croix, on obtient :
$OM = \frac{8}{3}$.

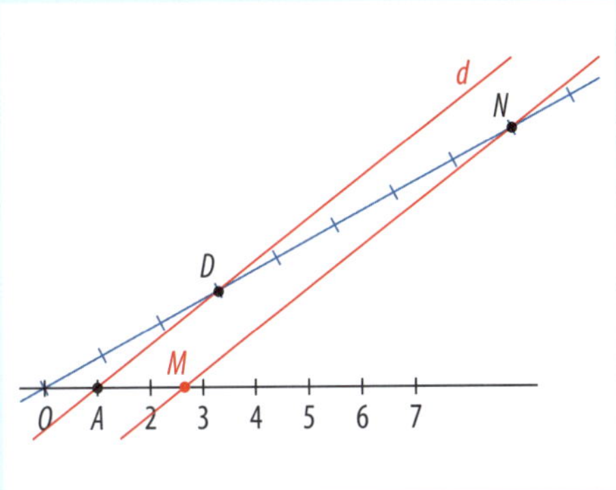

12 Dans une homothétie, le centre, un point et son image sont alignés.

L'homothétie de centre O transforme A en B : les points O, A et B sont alignés.

Par un raisonnement analogue, l'homothétie de centre O transformant C en D, on déduit que les points O, C et D sont alignés.

En conclusion, on peut construire le centre O de l'homothétie, comme point d'intersection des droites (AB) et (CD).

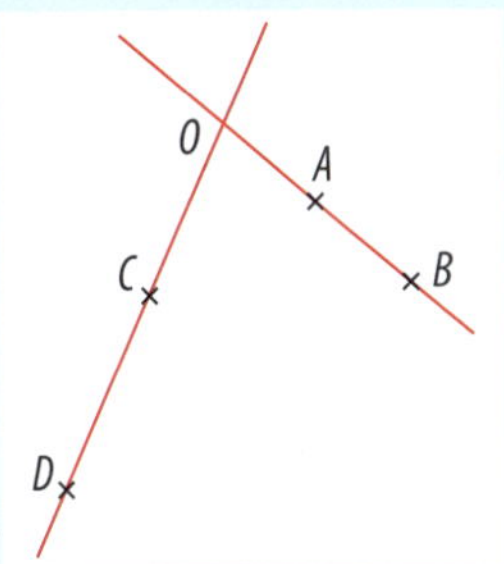

Remarque

De par la configuration des points, vous pouvez aussi préciser que le rapport k de l'homothétie étudiée est supérieur à 1.

Vers le brevet

13 **1.** Les droites (AM) et (BN) sont sécantes en O.

Les points A, O et M d'une part et B, O et N d'autre part sont alignés dans le même ordre.

De plus, $\left.\begin{array}{l} \frac{OA}{OM} = \frac{3}{5{,}4} = \frac{30}{54} = \frac{6 \times 5}{6 \times 9} = \frac{5}{9} \\ \frac{OB}{ON} = \frac{2{,}5}{4{,}5} = \frac{25}{45} = \frac{5 \times 5}{5 \times 9} = \frac{5}{9} \end{array}\right\}$ donc $\frac{OA}{OM} = \frac{OB}{ON}$.

D'après la réciproque du théorème de Thalès, **les droites (AB) et (MN) sont parallèles.**

2. a) Dans le triangle OAB où $[OA]$ est le plus grand côté, on écrit :

$$\left.\begin{array}{l} OA^2 = 3^2 = 9 \\ OB^2 + AB^2 = 2{,}5^2 + 1{,}2^2 = 7{,}69 \end{array}\right\} OA^2 \neq OB^2 + AB^2$$

D'après la contraposée du théorème de Pythagore, **le triangle *AOB* n'est pas rectangle**.

> **Méthode**
> Comparez le carré du plus grand côté à la somme des carrés des deux autres côtés.

b) Les droites (AM) et (BN) sont sécantes en O.
De plus, les droites (MN) et (AB) sont parallèles.

D'après le théorème de Thalès, $\dfrac{OA}{OM} = \dfrac{OB}{ON} = \dfrac{AB}{MN}$.

Soit $\dfrac{3}{5{,}4} = \boxed{\dfrac{2{,}5}{4{,}5} = \dfrac{1{,}2}{MN}}$.

En utilisant l'égalité encadrée, on obtient :

$MN \times 2{,}5 = 4{,}5 \times 1{,}2$

$MN = \dfrac{4{,}5 \times 1{,}2}{2{,}5} = 2{,}16$

MN mesure 2,16 cm.

> **Remarque**
> Vous pouviez aussi utiliser : $\dfrac{3}{5{,}4} = \dfrac{1{,}2}{MN}$

3. Le triangle ONM est un agrandissement du triangle OAB.

Le coefficient d'agrandissement est $\dfrac{OM}{OA} = \dfrac{5{,}4}{3} = 1{,}8$.

Dans un agrandissement de coefficient 1,8, les aires sont multipliées par $1{,}8^2 = 3{,}24$.

On en déduit Aire $(OMN) = 3{,}24 \times$ Aire (OAB)

Soit $\dfrac{\text{Aire}(OMN)}{\text{Aire}(OAB)} = 3{,}24$. C'est la réponse **c)**.

> **Rappel**
> Dans un agrandisssement/réduction de coefficient k, les aires sont multipliées par k^2.

4. L'homothétie h qui transforme le triangle OAB en OMN est l'homothétie de centre O et de rapport $-\dfrac{OM}{OA} = -1{,}8$.

> **Piège à éviter**
> Dans une configuration de Thalès « en papillon », le rapport de l'homothétie est négatif.

14 Partie A

1. Les droites (EA) et (BF) sont sécantes en S. $(EF) /\!/ (AB)$. D'après le théorème de Thalès :

$\dfrac{SE}{SA} = \dfrac{SF}{SB} = \dfrac{EF}{AB}$.

> **Remarque**
> On est dans l'espace. On se place sur la face SAB (donc dans un plan) pour utiliser le théorème de Thalès.

Soit $\boxed{\frac{3}{12}} = \frac{SF}{SB} = \boxed{\frac{EF}{9}}$.

En utilisant les quotients encadrés, on déduit $12 \times EF = 3 \times 9$,

soit $EF = \frac{27}{12} = \boxed{2{,}25\,\text{cm}}$.

2. a) Le volume $\mathscr{V}$ de la pyramide $SABCD$ est :

$\mathscr{V} = \frac{1}{3} \times \text{Aire}(ABCD) \times SA$.

Rappel
Le volume d'une pyramide est :
$\frac{1}{3} \times$ surface de la base $\times$ hauteur.

$ABCD$ est un carré de côté 9 cm.
De plus $SA = 12$ cm.

D'où $\mathscr{V} = \frac{1}{3} \times 9^2 \times 12 = \boxed{324\,\text{cm}^3}$.

b) Le coefficient de réduction vaut :

$\frac{SE}{SA} = \frac{3}{12} = \frac{1}{4} = 0{,}25$.

c) $\mathscr{V}_{SEFGH} = \left(\frac{1}{4}\right)^3 \times \mathscr{V}_{SABCD}$

$\mathscr{V}_{SEFGH} = \frac{1}{64} \times 324$

$\boxed{\mathscr{V}_{SEFGH} \approx 5\text{ cm}^3}$ (résultat arrondi à l'unité).

Rappel
Dans un agrandissement ou une réduction de rapport k, les volumes sont multipliés par k^3.

Partie B

1. Les droites (AM) et (BN) sont sécantes en S. $(MN) /\!/ (AB)$.

D'après le théorème de Thalès :

$\frac{SM}{SA} = \frac{SN}{SB} = \frac{MN}{AB}$.

Soit $\boxed{\frac{x}{12}} = \frac{SN}{SB} = \boxed{\frac{MN}{9}}$.

Par produit en croix, on obtient : $x \times 9 = MN \times 12$.

D'où $MN = \frac{9 \times x}{12} = \frac{9}{12}x = \boxed{0{,}75x}$. C'est le résultat annoncé.

2. L'aire $\mathscr{A}$ du carré $MNPQ$ de côté $0{,}75x$ est :
$\mathscr{A} = (0{,}75x)^2 = 0{,}75^2x^2 = \boxed{0{,}562\,5x^2}$. C'est le résultat annoncé.

Rappel
L'aire d'un carré de côté c est c^2.

CORRIGÉS

3.

x : longueur de SM (en cm)	0	2	4	6	8	10	12
$\mathscr{A}(x)$: aire du carré $MNPQ$ (en cm^2)	0	2,25	9	20,25	36	56,25	81

4.

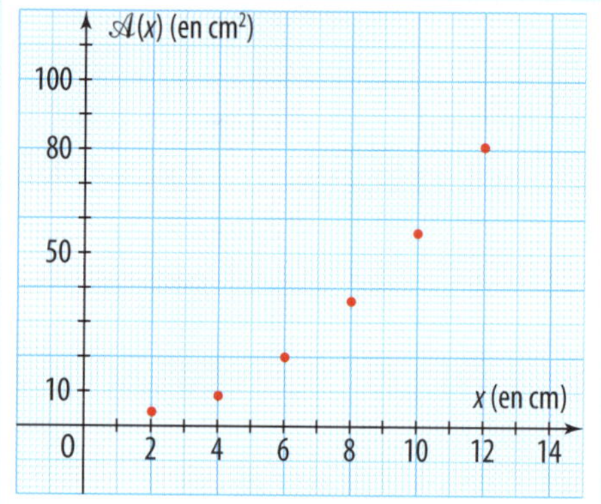

> **Rappel**
> Une situation de proportionnalité se représente graphiquement par une droite passant par l'origine O du repère.

5. Les points placés dans le repère ne sont pas alignés. En conclusion, **l'aire de *MNPQ* n'est pas proportionnelle à la longueur *SM*.**

15 **1.** • Le triangle ABC est isocèle en A. Ainsi, on déduit $\widehat{B} = \widehat{C} = 68°$.

La somme des angles d'un triangle vaut 180°.

On déduit : $\widehat{A} = 180 - \widehat{B} - \widehat{C} = 180 - 68 - 68 = 44°$.

• Le triangle DEF est isocèle en D. Ainsi, $\widehat{E} = \widehat{F}$.

La somme des angles d'un triangle valant 180°, on déduit :

$\widehat{D} + \widehat{E} + \widehat{F} = 180°$.

Soit $\widehat{D} + 2\widehat{E} = 180°$.

$2\widehat{E} = 180 - \widehat{D} = 180 - 44 = 136°$.

D'où : $\widehat{E} = \dfrac{136}{2} = 68°$.

• Les triangles ABC et DEF ont leurs angles deux à deux égaux : **ils sont donc semblables**.

> **Rappel**
> Deux triangles semblables ont leurs angles deux à deux égaux.

2. Les triangles IJK et GHI sont en configuration de Thalès.

$$\frac{IG}{IK} = \frac{4,9}{5,6} = \frac{49}{56} = \frac{\cancel{7} \times 7}{\cancel{7} \times 8} = \frac{7}{8}$$

> **Remarque**
> Le triangle GHI est l'image du triangle IJK par l'homothétie de centre I et de rapport $-\dfrac{7}{8}$.

$$\frac{IH}{IJ}=\frac{6{,}3}{7{,}2}=\frac{63}{72}=\frac{7\times\cancel{9}}{8\times\cancel{9}}=\frac{7}{8}$$

D'après la réciproque du théorème de Thalès, les droites (GH) et (JK) sont parallèles.

Le triangle IGH est une réduction du triangle IJK de rapport $\frac{7}{8}$. **Les triangles IJK et GHI sont bien semblables.**

3. On se place dans les triangles LMN et LON.

• Le triangle LMN est rectangle en L, donc $\widehat{MLN}=90°$.

Le triangle LON est rectangle en O, donc $\widehat{LON}=90°$.

$\widehat{MLN}=\widehat{LON}$.

• Le point O étant sur la droite (MN), les triangles LMN et LON ont en commun l'angle $\widehat{N}$.

Ainsi, $\widehat{LNO}=\widehat{LNM}$.

• Or la somme des angles d'un triangle vaut 180°.

Ainsi, dans le triangle LMN :

$\widehat{LMN}=180-\widehat{MLN}-\widehat{LNM}$.

De même, dans le triangle LON :

$\widehat{OLN}=180-\widehat{LON}-\widehat{LNO}$.

De par les égalités $\widehat{MLN}=\widehat{LON}$ et $\widehat{LNM}=\widehat{LNO}$,

on conclut : $\widehat{LMN}=\widehat{OLN}$.

• En conclusion, les triangles LMN et LON ont leurs angles deux à deux égaux : **ils sont donc semblables.**

L'astuce du prof

Comme la somme des angles d'un triangle vaut 180°, si deux triangles ont deux angles de même mesure, ils sont semblables.

Remarque

Deux triangles rectangles ayant en commun un angle aigu sont semblables.

Exercice d'approfondissement

16 Les droites (BC) et (FG) sont sécantes en A. De plus, (BF) // (CG).

D'après le théorème de Thalès : $\boxed{\frac{AB}{AC}}=\boxed{\frac{AF}{AG}}=\frac{BF}{CG}$.

Méthode

Appliquez deux fois le théorème de Thalès.

• Les droites (CD) et (EF) sont sécantes en A. De plus, (CE) // (DF).

D'après le théorème de Thalès : $\boxed{\frac{AE}{AF}}=\boxed{\frac{AC}{AD}}=\frac{EC}{FD}$.

• Les droites (*BD*) et (*EG*) sont sécantes en *A*.

Les points *A*, *E*, *G* et *A*, *B*, *D* sont alignés dans le même ordre.
De plus :

$$\frac{AE}{AG} = \frac{AE}{AG} \times \underbrace{\frac{AF}{AF}}_{1} = \boxed{\frac{AE}{AF}} \times \boxed{\frac{AF}{AG}}$$

$$\frac{AB}{AD} = \frac{AB}{AD} \times \underbrace{\frac{AC}{AC}}_{1} = \boxed{\frac{AB}{AC}} \times \boxed{\frac{AC}{AD}}$$

Les quotients en vert étant égaux, de même que les quotients en bleu, on déduit $\frac{AE}{AG} = \frac{AB}{AD}$.

La réciproque du théorème de Thalès permet alors de conclure que **les droites (*BE*) et (*DG*) sont parallèles**.

CHAPITRE 13

Représenter l'espace

DE QUOI S'AGIT-IL ?

Ce chapitre présente l'étude de la nature des sections de solides de référence par des plans particuliers. À ces solides connus vient s'ajouter le cas de la sphère dont l'étude de la Terre est un exemple.

1 Sections planes

Quand on coupe un solide par un plan, on obtient une surface plane. Cette surface est appelée **section du solide par le plan**.

1 Section d'un parallélépipède rectangle

• La section d'un parallélépipède par un plan parallèle à l'une de ses faces est un rectangle de mêmes dimensions que la face.

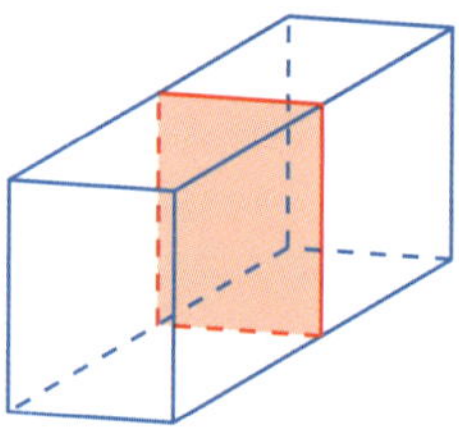

• La section d'un parallélépipède par un plan parallèle à une arête est un rectangle dont l'un des côtés a la longueur de l'arête.

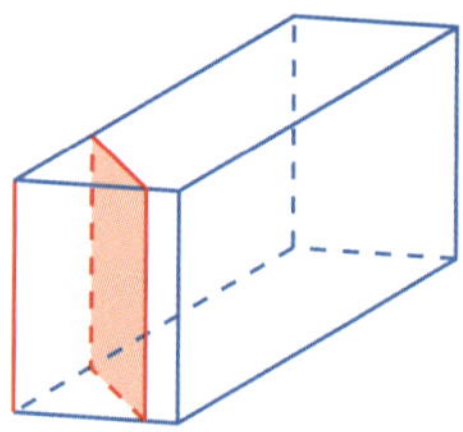

Remarque

Un cube est un cas particulier de parallélépipède. Sa section par un plan parallèle à une face est un carré.

2 Section d'un cylindre de révolution

• La section d'un cylindre par un plan parallèle à sa base (et donc perpendiculaire à son axe) est un cercle de même rayon que le cercle de base.

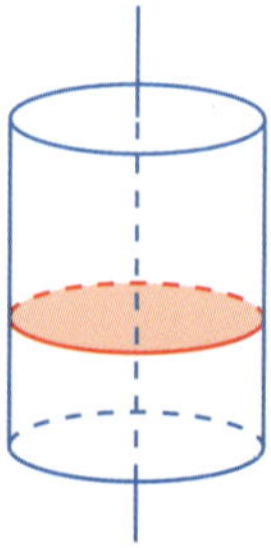

• La section d'un cylindre par un plan parallèle à son axe de révolution est un rectangle dont l'un des côtés a pour longueur la hauteur du cylindre.

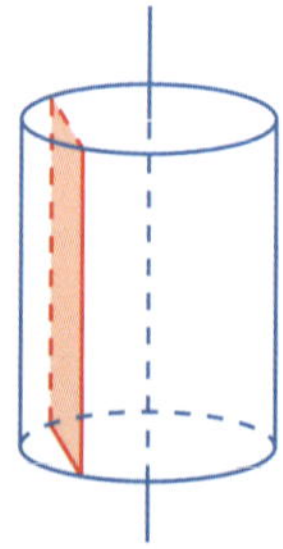

3 Sections d'un cône de révolution et d'une pyramide

• La section d'un cône par un plan parallèle à sa base (*D*) (et donc perpendiculaire à son axe) est un cercle (*D*′). C'est une réduction.

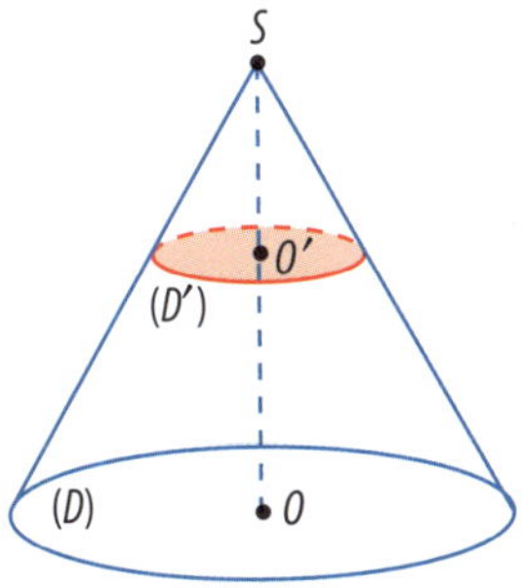

Remarque

Le solide de sommet *S* et de base (*D*′) est une réduction du cône de sommet *S* et de base (*D*).

Le rapport de réduction est donné par $\frac{SO'}{SO}$.

• La section d'une pyramide par un plan parallèle à sa base est un polygone (*R*′) de même forme que le polygone (*R*) de base. C'est une réduction.

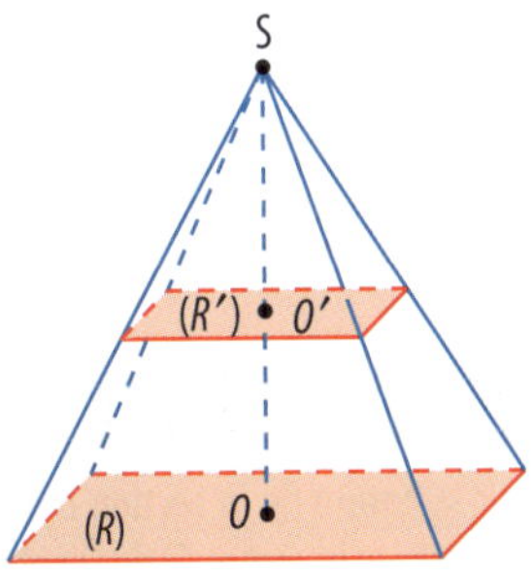

Remarque

Le solide de sommet *S* et de base (*R*′) est une réduction de la pyramide de sommet *S* et de base (*R*).

Le rapport de réduction est donné par $\frac{SO'}{SO}$.

2 La sphère

1 Définition

Une **sphère** de centre *O* et de rayon *R* est l'ensemble de tous les points de l'espace qui sont situés à la même distance *R* du point *O*.

On a $R = OE = OG = OF$.

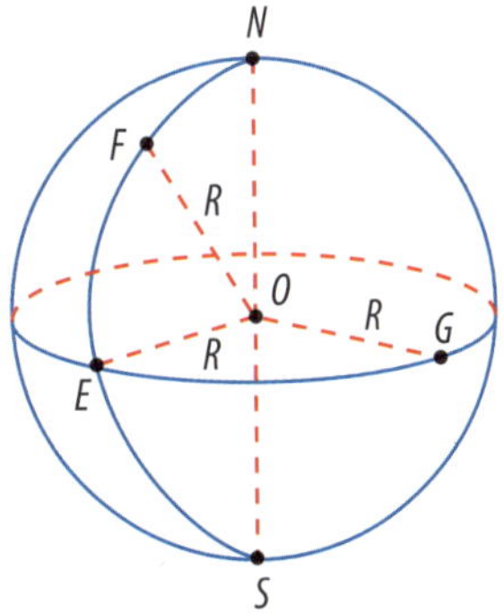

Bien comprendre

La boule est un solide. Elle englobe à la fois la surface et l'intérieur du solide. La sphère quant à elle désigne la surface du solide.

COURS

2 Section d'une sphère par un plan

- Si $OH < R$: la section de la sphère par le plan perpendiculaire à (OH) passant par H est un cercle.
- Si $OH = R$: le plan et la sphère sont tangents. Ils n'ont qu'un point en commun (H).
- Si $OH > R$: le plan et la sphère n'ont aucun point commun.

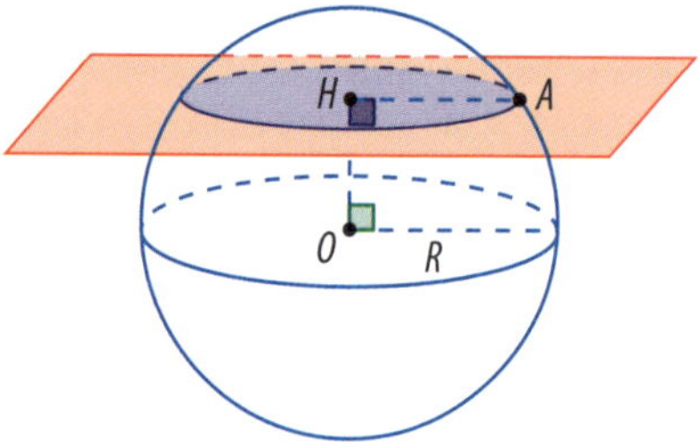

Sur cette figure, $OH < R$.

→ Bien comprendre

Pour établir la nature de la section d'une sphère par un plan, on compare le rayon de la sphère à la distance qui sépare le centre O de la sphère au plan (la distance OH).

3 Repérage sur la sphère

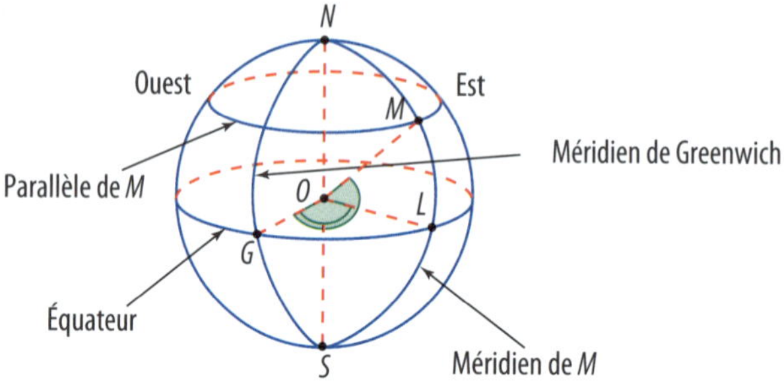

Remarque

Le méridien de Greenwich est le méridien qui sert de référence pour la longitude.

Vidéo

Se repérer sur la Terre : longitude, latitude, parallèle, méridien de Greenwich

- L'équateur est le grand cercle situé dans le plan perpendiculaire à l'axe (NS) qui passe par le centre O de la sphère.
- Un méridien est un demi-grand cercle.
- Un parallèle est l'intersection de la sphère terrestre avec un plan parallèle au plan de l'équateur.
- La latitude du point M est la mesure en degrés de l'angle $\widehat{MOL}$ suivie de l'indication Nord ou Sud.
- La longitude du point M est la mesure en degrés de l'angle $\widehat{GOL}$ suivie de l'indication Est ou Ouest.

QCM

1 Des choix à faire

Corrigé p. 300

Cochez la (ou les) réponse(s) correcte(s).

ABCDEFGH est un pavé droit. *I* est le milieu de [*AB*], *J* celui de [*AE*] et K celui de [*AD*].

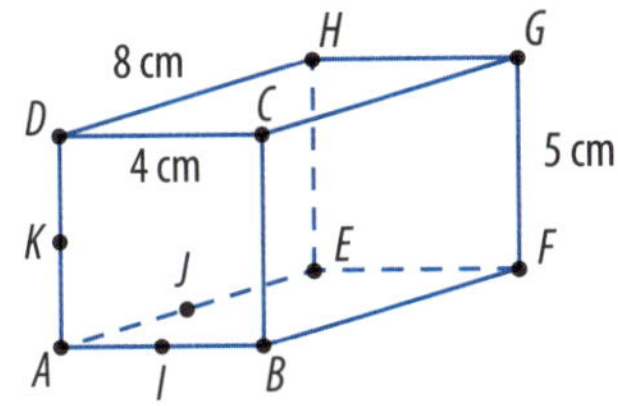

1. La section du pavé par un plan parallèle à la face *DCGH* est :

a) ☐ un carré

b) ☐ un rectangle d'aire 40 cm^2

c) ☐ un rectangle d'aire 32 cm^2

2. La section du pavé par un plan parallèle à l'arête [*AD*] qui passe par *I* et *J* est :

a) ☐ un carré **b)** ☐ un rectangle **c)** ☐ un losange

3. Le triangle *AIJ* est :

a) ☐ rectangle en *A* **b)** ☐ rectangle en *I* **c)** ☐ isocèle

4. *CHEB* est :

a) ☐ un rectangle **b)** ☐ un carré **c)** ☐ un losange

5. *IJ* est égal à :

a) ☐ $\sqrt{20}$ cm **b)** ☐ $\sqrt{12}$ cm **c)** ☐ $\frac{1}{2}$EB

2 Vrai ou Faux ?

Corrigé p. 301

Cochez la bonne réponse.

On coupe une sphère de centre *O* et de rayon 3 cm par un plan $\mathcal{P}$ perpendiculaire à (*OH*) tel que *OH* = 2 cm.

1. La section de la sphère par le plan $\mathcal{P}$ est un cercle. ☐ V ☐ F

2. *OA* < 3 cm. ☐ V ☐ F

3. *OHA* est un triangle rectangle. ☐ V ☐ F

4. *AH* = 2,5 cm ☐ V ☐ F

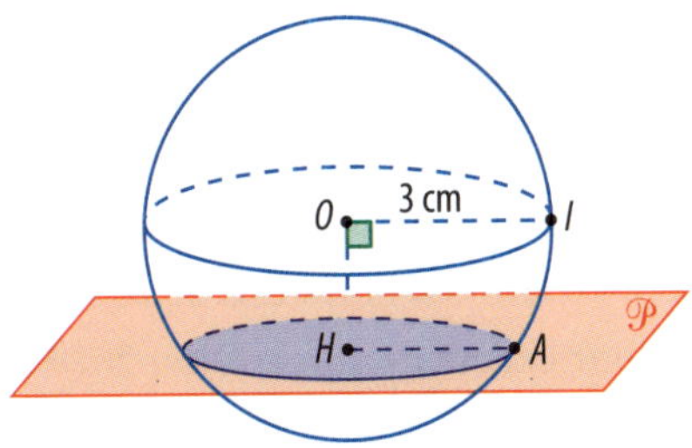

Exercices d'entraînement

3 Dans une pyramide

10 min ➔ Corrigé p. 301

On considère une pyramide régulière dont la base $ABCD$ est un carré de centre I.

Calculez la longueur de l'arête latérale sachant que $AC = 4$ et $SI = 6$.

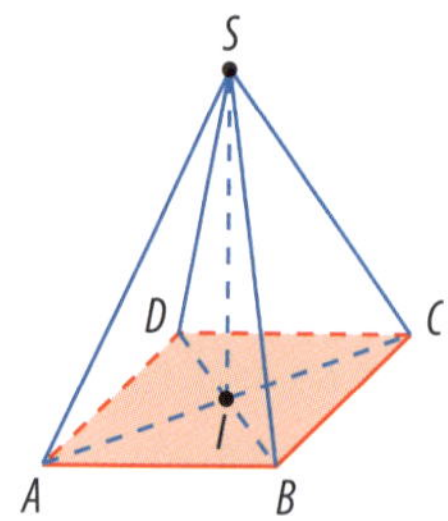

➔ Méthode

1. On recherche sur la figure un triangle rectangle dans lequel deux longueurs sont connues.

2. On utilise le théorème de Pythagore pour déterminer la troisième longueur.

4 La section d'un cône

10 min ➔ Corrigé p. 302

Soit un cône de révolution de sommet H tel que $OH = 6$ cm. On coupe le cône par un plan parallèle à sa base passant par T tel que $HT = 2$ cm.

Déterminez la nature de la section, puis montrez que la valeur exacte de son aire est π cm^2.

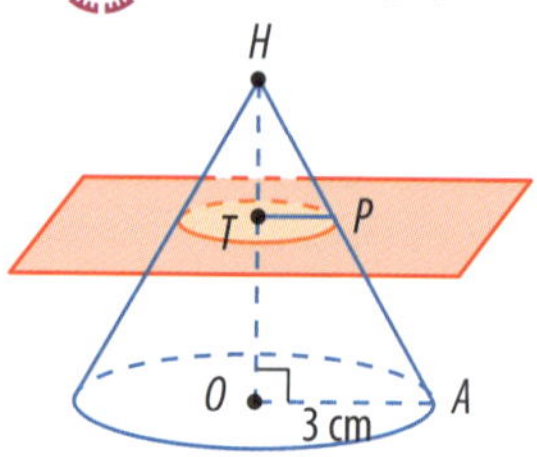

5 La section d'un cylindre

15 min ➔ Corrigé p. 302

Soit un cylindre de révolution de rayon 4 cm et de hauteur 10 cm. On coupe le cylindre par un plan parallèle à l'axe tel que $OH = 2{,}5$ cm.

1. Dessinez en vraie grandeur le triangle OUR.

2. Déterminez la nature de la section, puis montrez que la valeur exacte de son aire est $20\sqrt{9{,}75}$ cm^2.

3. Calculez l'arrondi au degré de l'angle $\widehat{OUR}$.

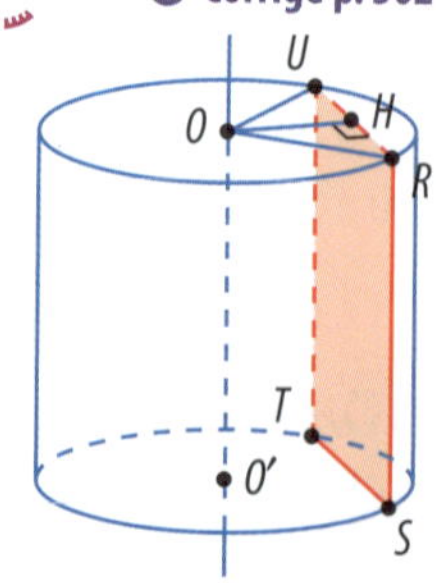

6 Se repérer dans un parallélépipède rectangle

10 min ➔ Corrigé p. 303

Un point M est repéré par trois nombres appelés coordonnées de M : son abscisse (x), son ordonnée (y) et son altitude ou sa côte (z). On écrit $M\,(x\,;y\,;z)$.

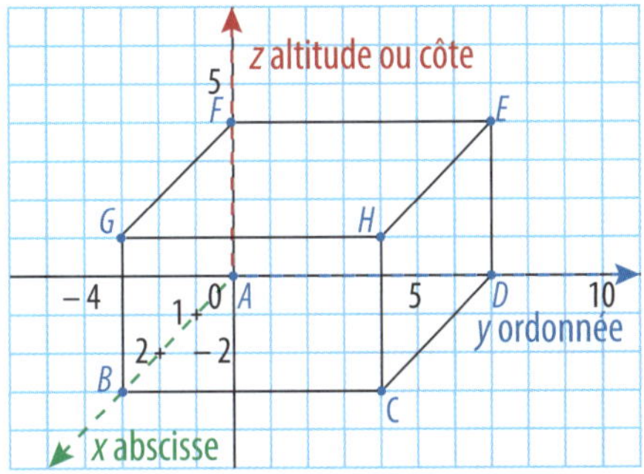

1. Quelles sont les trois coordonnées des points D, F, G et H ?

2. Placez les points M et N dont les coordonnées sont : $(3\,;7\,;1)$ et $(3\,;5\,;4)$.

➔ Bien comprendre

1. On lit sur l'axe des abscisses, la première coordonnée, sur l'axe des ordonnées, la deuxième et sur l'axe des côtes, la troisième. On écrit alors les coordonnées de point dans l'ordre (abscisse ; ordonnée ; côte).

2. Pour placer un point, on commence par placer un point de même abscisse et ordonnée que le point qu'on veut placer, puis on finit par la côte.

Vidéo
Savoir trouver les coordonnées d'un point sur un pavé droit

Problème

7 La section d'une pyramide

15 min ➔ Corrigé p. 303

$SABCD$ est une pyramide à base rectangulaire, de sommet S et de hauteur $SA = 7$ cm.

On coupe la pyramide par un plan passant par A', milieu de $[SA]$ et parallèle à sa base. La section est le quadrilatère $A'B'C'D'$.

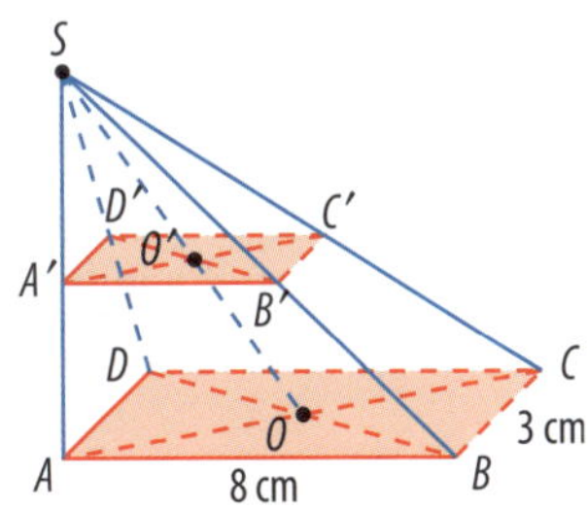

1. Quelle est la nature du quadrilatère $A'B'C'D'$? Justifiez.

2. Calculez la longueur $B'C'$.

3. Soit $\mathcal{V}'$ le volume de la pyramide $SA'B'C'D'$ et $\mathcal{V}$ celui de $SABCD$.
Écrivez $\mathcal{V}'$ en fonction de $\mathcal{V}$. Déduisez-en la valeur de $\mathcal{V}'$.

Méthode

1. La section de la pyramide est de même nature que sa base.

2. On recherche le coefficient de réduction en calculant un quotient.

3. Dans une réduction, si les longueurs sont multipliées par k, les volumes sont multipliés par k^3.

Vers le brevet

8 La section d'un cône

20 min Corrigé p. 304

Le cône ci-dessous a pour base un disque de rayon 6 cm et la génératrice [SA] mesure 10 cm. (Les figures ne sont pas à l'échelle.)

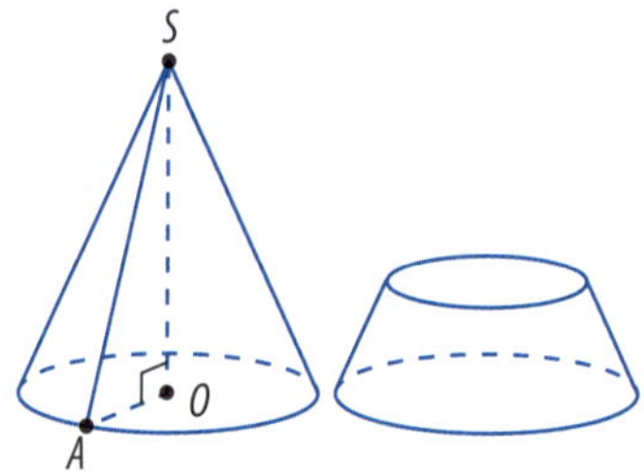

1. Calculez la longueur de la hauteur [SO].

2. Calculez la mesure, arrondie au degré près, de l'angle $\widehat{ASO}$.

3. Montrez que la valeur exacte, en cm³, du volume $\mathcal{V}_1$ du cône est $96\,\pi$.

4. On enlève la partie supérieure du cône en le coupant par un plan parallèle à la base et passant par le milieu de la hauteur. On rappelle que la partie enlevée est une réduction du cône initial.

a) Quel est le coefficient de réduction ?

b) Montrez que la valeur exacte, en cm³, du volume $\mathcal{V}_2$ de la partie enlevée est $12\,\pi$.

c) Déduisez-en la valeur exacte, en cm³, du volume $\mathcal{V}'$ du tronc de cône restant.

9 Et voici… la sphère !

10 min Corrigé p. 305

Sur le dessin ci-dessous, la sphère a pour centre O.

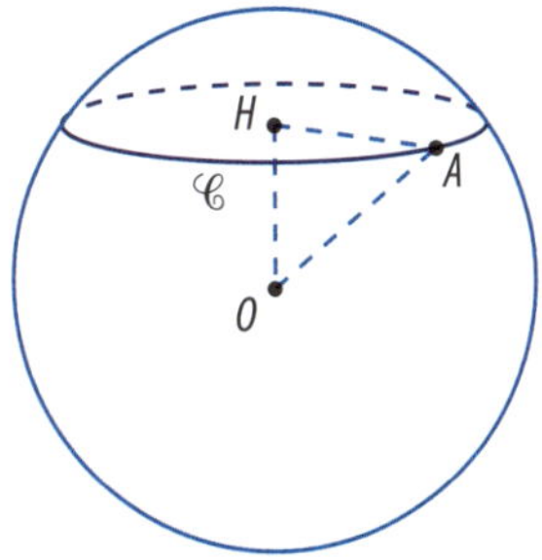

Un plan coupe cette sphère selon un cercle $\mathscr{C}$ de centre H et de rayon 4,5 cm ($HA = 4{,}5$ cm).

1. Sachant que $HO = 2{,}2$ cm, dessinez le triangle OHA en vraie grandeur.

2. Calculez la longueur OA à 1 mm près.

Exercice d'approfondissement

10 Où est le cône ?

10 min Corrigé p. 305

Voici le patron d'un cône de révolution. Déterminez le rayon du disque de base.

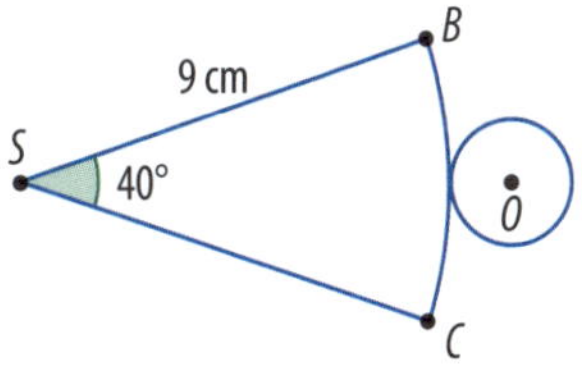

QCM

1 **1.** La section d'un parallélépipède par un plan parallèle à une de ses faces (ici *DCGH*) est un rectangle.

Rappel
Les faces d'un pavé droit sont des rectangles.

Ses dimensions sont les mêmes que celles de la face *DCGH*.
L'aire du rectangle *DCGH* est $8 \times 4 = 32\ \text{cm}^2$.

Réponse : **c)** Un rectangle d'aire $32\ \text{cm}^2$.

2. La section d'un parallélépipède par un plan parallèle à une arête (ici [*AD*]) est un rectangle dont l'un des côtés a la longueur de l'arête, soit 5 cm.

Remarque
La section n'est pas un carré, car les longueurs *IJ* et *AD* ne sont pas égales.

Réponse : **b)** Un rectangle.

3. La face *ABFE* est un rectangle. On en déduit que le triangle *AIJ* est rectangle en *A*. Il n'est pas isocèle, car $AJ \neq AI$.

Rappel
Dans un pavé droit, les faces sont des rectangles.

Réponse : **a)** Rectangle en *A*.

4. *CHEB* est la section du parallélépipède par le plan parallèle à l'arête [*AD*] passant par *C* et *H*. C'est donc un rectangle.

Réponse : **a)** Un rectangle.

5. • Dans le triangle *AIJ* rectangle en *A*, d'après le théorème de Pythagore, on écrit :

$$AI^2 + AJ^2 = IJ^2$$
$$2^2 + 4^2 = IJ^2$$
$$4 + 16 = IJ^2$$
$$IJ^2 = 20$$
$$IJ = \sqrt{20}$$

Remarque
$AI = \frac{1}{2} \times 4 = 2$ cm et
$AJ = \frac{1}{2} \times 8 = 4$ cm

• Dans le triangle *AEB*, *I* est le milieu de [*AB*] et *J* celui de [*AE*]. On en déduit que la droite (*IJ*) est parallèle à la droite (*EB*) et $IJ = \frac{1}{2}EB$.

Remarque
Il s'agit du théorème des milieux.

Réponses : **a)** $\sqrt{20}$ et **c)** $\frac{1}{2}EB$.

2 **1. Vrai** ➜ $OH < 2$ cm, donc la section de la sphère par le plan perpendiculaire à (OH) passant par H est un cercle.

2. Faux ➜ La sphère de centre O et de rayon 3 cm est l'ensemble de tous les points situés à 3 cm du point O.

A est situé sur la sphère, donc $OA = 3$ cm.

Remarque

Un point B vérifiant $OB < 3$ serait à l'intérieur de la sphère.

3. Vrai ➜ La section est faite par un plan perpendiculaire à (OH). On en déduit que le triangle OHA est rectangle en H.

4. Faux ➜ Dans le triangle OHA rectangle en H, d'après le théorème de Pythagore,

$$OH^2 + AH^2 = OA^2$$
$$2^2 + AH^2 = 3^2$$
$$4 + AH^2 = 9$$
$$AH^2 = 5$$
$$AH = \sqrt{5} \approx 2{,}24 \neq 2{,}5.$$

Pensez-y !

A est sur la sphère, donc $OA = R = 3$ cm.

Exercices d'entraînement

3 Dans une pyramide régulière, les arêtes latérales sont toutes de même longueur.

De plus, SI est la hauteur, elle est donc perpendiculaire à la base $ABCD$.

On peux donc calculer SB (par exemple) dans le triangle SIB rectangle en I.

Pensez-y !

Dans une perspective cavalière, les angles ne sont pas conservés : des droites perpendiculaires ne le sont pas forcément sur le dessin.

Dans le triangle SIB rectangle en I, d'après le théorème de Pythagore, on a :

$$SI^2 + IB^2 = SB^2$$
$$6^2 + 2^2 = SB^2$$
$$36 + 4 = SB^2$$
$$SB^2 = 40$$
$$SB = \sqrt{40}$$

Remarque

Dans un carré, les diagonales sont de même longueur et ont le même milieu, donc :

$IB = \dfrac{1}{2} \times AC = \dfrac{1}{2} \times 4 = 2\text{cm}.$

La longueur de l'arête latérale de la pyramide est $\sqrt{40}$ cm.

4 La section d'un cône par un plan parallèle à sa base (et donc perpendiculaire à son axe), est un **cercle**.

> **Rappel**
> Le cercle obtenu est une réduction de celui de la base.

Le cercle de centre T est une réduction du cercle de centre O ; le coefficient de réduction est donné par $\frac{HT}{HO} = \frac{2}{6} = \frac{1}{3}$.

Cela signifie que les longueurs sont multipliées par $\frac{1}{3}$. On en déduit que le rayon du cercle de centre T est $3 \times \frac{1}{3} = 1\,\text{cm}$.

L'aire de la section est donnée par $\pi \times TP^2 = \pi \times 1^2 = \boxed{\pi\ \text{cm}^2}$.

5 **1.** Le triangle OUR est isocèle, car $OU = OR = 4$ cm. De plus, sa hauteur est $OH = 2{,}5$ cm.

Programme de construction

- On trace le segment $[OH]$.
- On trace la perpendiculaire à (OH) passant par H.
- À l'aide du compas, on place les points U et R sur la perpendiculaire tels que $OU = OR = 4$ cm.

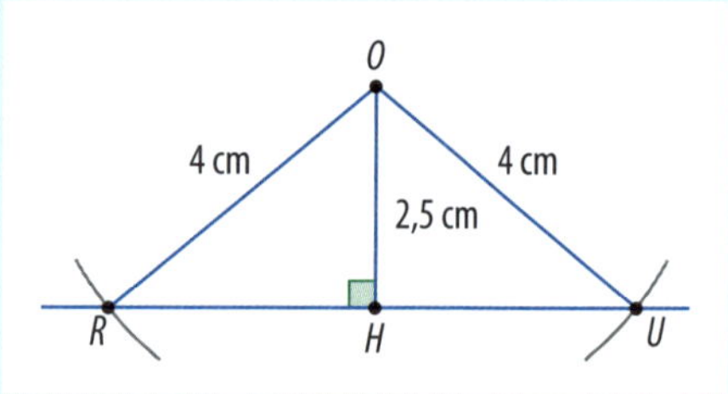

2. La section du cylindre par un plan parallèle à son axe est un **rectangle**. Sa longueur est $SR = 10$ cm, et sa largeur est donnée par UR.

Calculons HR afin d'en déduire UR.

Dans le triangle OHR rectangle en H, d'après le théorème de Pythagore, on obtient :

$$\begin{aligned} OH^2 + HR^2 &= OR^2 \\ 2{,}5^2 + HR^2 &= 4^2 \\ 6{,}25 + HR^2 &= 16 \\ HR^2 &= 16 - 6{,}25 \\ HR^2 &= 9{,}75 \\ HR &= \sqrt{9{,}75} \end{aligned}$$

> **Rappel**
> Dans un triangle isocèle, la hauteur issue du sommet principal passe par le milieu du côté.

On en déduit $UR = 2 \times HR = 2\sqrt{9{,}75}\,\text{cm}^2$.

L'aire du rectangle $STUR$ est $UR \times SR = 2\sqrt{9{,}75} \times 10 = \boxed{20\sqrt{9{,}75}\,\text{cm}^2}$.

3. Dans le triangle OUH rectangle en H, on connaît le côté opposé à $\widehat{OUR}$ qui est $[OH]$ et l'hypoténuse $[OU]$. On utilise donc le sinus.

> **Pensez-y !**
> $\widehat{OUR} = \widehat{OUH}$

$$\sin\widehat{OUR} = \frac{\text{côté opposé à } \widehat{OUR}}{\text{hypoténuse}} = \frac{OH}{OU} = \frac{2{,}5}{4} = 0{,}625$$

D'où (avec la calculatrice) $\widehat{OUR} = \sin^{-1}(0{,}625) \approx \boxed{39°}$.

> **Rappel**
> Pour utiliser la trigonométrie, placez-vous dans un triangle rectangle.

6 **1.** • *D* se situe sur l'axe des ordonnées. Donc son abscisse et son altitude sont nulles.

D a pour coordonnées (0 ; 7 ; 0).

• *F* se situe sur l'axe des côtes : son abscisse et son ordonnée sont nulles.

F a pour coordonnées (0 ; 0 ; 3).

• *G* a la même abscisse que *B* et même côte que *F* . Son ordonnée est nulle (comme tous les points de la face *AFGB*).

G a pour coordonnées (3 ; 0 ; 4).

• *H* a pour abscisse celle de C et donc de *B*, pour ordonnée celle de C et donc de *D* et pour altitude, celle de *G* donc de *F*, soit 4.

H a pour coordonnées (3 ; 7 ; 4).

2. • *M* a même abscisse et ordonnée que *C*. Son altitude est 1, il est donc à une unité de côte de *C*.

• Pour placer *N*, on commence par placer *Q* de coordonnées (5 ; 3 ; 0). L'altitude de *N* étant 4, *N* est à 4 unités d'altitude de *Q*. *N* est donc un point de la face *EFGH* (dont tous les points ont une altitude de 4).

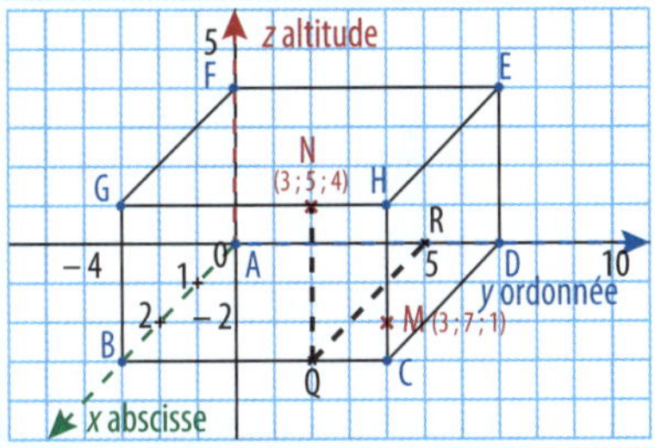

Problème

7 **1.** La section d'une pyramide par un plan parallèle à sa base est un polygone de même forme que le polygone de base (c'en est une réduction). On en déduit que ***A'B'C'D'* est un rectangle**.

2. *A'* est le milieu de [*SA*], donc le coefficient de réduction est $\frac{1}{2}$, et $B'C' = \frac{1}{2} \times BC = \frac{1}{2} \times 3 = \boxed{1{,}5\,\text{cm}}$.

> **Rappel**
> Le coefficient de réduction est donné par $\frac{SA'}{SA} = \frac{1}{2}$.

3. La pyramide *SA'B'C'D'* est une réduction de la pyramide *SABCD*. Le coefficient de réduction est $\frac{1}{2}$.

On obtient donc le volume de la pyramide $SA'B'C'D'$ en multipliant celui de $SABCD$ par $\left(\frac{1}{2}\right)^3$, soit $\frac{1}{8}$. Donc $\boxed{\mathcal{V}' = \frac{1}{8}\mathcal{V}}$.

Rappel
Le volume d'une pyramide est $\frac{1}{3} \times \mathcal{B} \times h$ avec $\mathcal{B}$, l'aire de la base et h la hauteur de la pyramide.

Le volume de la pyramide $SABCD$ est :

$$\frac{1}{3} \times \underbrace{(3 \times 8)}_{\text{aire de ABCD}} \times \underbrace{7}_{\text{hauteur}} = 56\,\text{cm}^3.$$

Le volume de la pyramide $SA'B'C'D'$ est donc $\frac{1}{8} \times 56 = \boxed{7\,\text{cm}^3}$.

Vers le brevet

8 **1.** Dans le triangle ASO rectangle en O, d'après le théorème de Pythagore,

$$OS^2 + OA^2 = SA^2$$
$$OS^2 + 6^2 = 10^2$$
$$OS^2 = 100 - 36$$
$$OS^2 = 64$$
$$OS = \sqrt{64} = 8$$

La hauteur [*SO*] mesure 8 cm.

2. Dans le triangle ASO rectangle en O, on peut utiliser le sinus.

$$\sin\widehat{ASO} = \frac{\text{côté opposé à } \widehat{ASO}}{\text{hypoténuse}} = \frac{OA}{SA} = \frac{6}{10} = 0{,}6.$$

D'où (avec la calculatrice) $\widehat{ASO} = \sin^{-1}(0{,}6) \approx \boxed{37°}$.

Remarque
Dans le triangle *ASO*, on connaît les trois longueurs.
On pouvait aussi utiliser le cosinus ou la tangente.

3. Le volume d'un cône est donné par la formule : $\frac{1}{3} \times \mathcal{B} \times \text{h}$ avec $\mathcal{B}$ l'aire de la base et h la hauteur du cône.

Pensez-y !
Les formules du volume d'une pyramide et d'un cône sont identiques.

L'aire du disque de la base est :

$\pi \times R^2 = \pi \times 6^2 = 36\pi\ \text{cm}^2$.

On en déduit :

$$\mathcal{V}_1 = \frac{1}{3} \times 36\pi \times 8 = \frac{3 \times 2 \times \pi \times 8}{3} = \boxed{96\pi\ \text{cm}^3}$$

Pensez-y !
On veut une valeur exacte du volume. On ne donne donc pas de valeur approchée de l'aire de la base.

4. a) Le plan passe par le milieu de la hauteur. On en déduit que **le coefficient de réduction est $\frac{1}{2}$.**

b) Le coefficient de réduction étant de $\frac{1}{2}$, le volume de la partie enlevée est $\mathcal{V}_2 = \left(\frac{1}{2}\right)^3 \times 96\pi = \frac{1}{8} \times 96\pi = \frac{12 \times 8 \times \pi}{8} = \boxed{12\pi \text{ cm}^3}$.

c) Le volume du tronc de cône restant est $\mathcal{V}' = \mathcal{V}_1 - \mathcal{V}_2 = 96\,\pi - 12\,\pi = \boxed{84\,\pi \text{ cm}^3}$.

9 **1.** Le triangle *OHA* est rectangle en *H* :

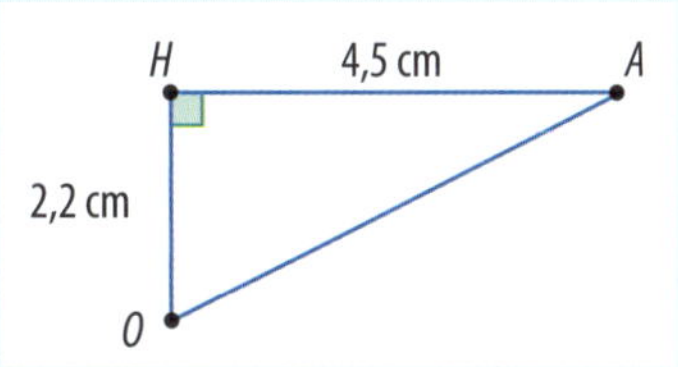

2. Dans le triangle *OHA* rectangle en *H*, d'après le théorème de Pythagore, on écrit :

$$OH^2 + HA^2 = OA^2$$
$$2{,}2^2 + 4{,}5^2 = OA^2$$
$$OA^2 = 25{,}09$$
$$OA = \sqrt{25{,}09} \approx 5{,}0.$$

La longueur *OA* mesure environ 5 cm.

Exercice d'approfondissement

10 On calcule la longueur de l'arc $\widehat{BC}$ en utilisant un tableau de proportionnalité.

Angle (en °)	360	40
Longueur de l'arc (en cm)	18π	x

Pensez-y !
Un angle de 360° correspond au périmètre du cercle, soit $2\pi \times R$.

On en déduit $x = \frac{40 \times 18\pi}{360} = 2\pi$.

L'arc $\widehat{BC}$ mesure 2 π cm. La longueur de cet arc correspond au périmètre du cercle de rayon *R* de la base du cône.

On en déduit l'égalité $2\,\pi\,R = 2\pi$. Donc $R = 1$ cm.

Le rayon du disque de base est 1 cm.

CHAPITRE 14

Algorithmiques et programmes

DE QUOI S'AGIT-IL ?

Les algorithmes se rencontrent dans tous les domaines, de la finance aux jeux vidéo ou aux applications pour *smartphones*. L'étude des algorithmes permet de comprendre le fonctionnement des programmes informatiques qui composent nombre d'objets de notre quotidien.

1 Généralités

Vidéo
Savoir utiliser Scratch

1 Définition

Un **algorithme** est une suite finie d'instructions élémentaires sur des données, à appliquer dans un ordre déterminé, qui permet d'obtenir un résultat.

Exemple

Une recette de cuisine est un algorithme. Les données sont les ingrédients. Les instructions sont les opérations à effectuer sur les ingrédients (mélanger, chauffer…) dans un ordre bien précis. Le résultat est le plat obtenu.

2 Variables

- Dans un algorithme, une variable est désignée par un **nom**. Elle peut prendre différentes **valeurs** : un nombre, un mot (comme triangle), une liste de nombres…

Plusieurs instructions peuvent être effectuées sur ces variables :

– la **saisie** : l'utilisateur entre une valeur ;

– l'**affectation** : dans l'algorithme, on donne à la variable une valeur qui peut être par exemple le résultat d'un calcul ;

Vidéo
Comprendre le principe des variables

– l'**affichage** : la valeur de la variable est affichée.

- Après avoir indiqué les variables mises en jeu dans l'algorithme (on parle de **déclaration des variables**), l'algorithme se décompose en trois parties : **l'entrée des variables** par l'utilisateur et/ou l'initialisation des variables, **le traitement** sur les variables, puis **la sortie**.

Exemple

On veut que l'algorithme affiche le résultat du programme de calcul suivant :

Choisir un nombre
Ajouter 2 à ce nombre
Multiplier par 3 le résultat
Afficher le résultat

Structure de l'algorithme	Algorithme	Instructions sur les variables
Déclaration des variables	x, y, z (nombres)	
Entrée	Saisir x	Saisie
Traitement	y prend la valeur $x+2$	Affectations
	z prend la valeur $3*y$	
Sortie	Afficher z	Affichage

2 Les principales instructions

1 Instruction conditionnelle « SI … ALORS … (SINON …) »

Pour résoudre certains problèmes, on a besoin de tester une condition : si le test est validé, l'algorithme effectue certaines instructions ; sinon, l'algorithme effectue (éventuellement) d'autres instructions.

Remarque
L'instruction SINON n'est pas toujours nécessaire.

Exemple

Un algorithme demande à l'utilisateur son âge. Si cet âge est supérieur ou égal à 18, l'algorithme écrit en sortie « majeur », sinon il écrit « mineur ».

Vidéo
Comprendre le principe des tests (instruction conditionnelle)

2 Boucle itérative « POUR… »

Pour résoudre certains problèmes, on a besoin de répéter une même instruction (ou une série d'instructions) un certain nombre de fois. On appelle cela exécuter une boucle.

Exemple

Pour afficher la liste des carrés des entiers consécutifs allant de 12 à 17, l'algorithme utilise une boucle itérative : POUR N allant de 12 à 17, calculer et afficher N^2.

Vidéo
Comprendre le principe des boucles et des répétitions

3 Boucle « TANT QUE… »

Pour résoudre certains problèmes, on a besoin de répéter une série d'instructions jusqu'à ce qu'une condition donnée soit vérifiée. On dit que l'on teste cette condition.

Exemple

On veut savoir à partir de quelle valeur de x entière $2x + 3$ dépasse 3 488. On fait calculer $2x + 3$ tant que $2x + 3 < 3\,488$. Dès que $2x + 3$ atteint ou dépasse 3 488, l'algorithme affiche la valeur de x.

Le résultat final de l'algorithme est 1 743, car $2 \times 1\,743 + 3 = 3\,489 > 3\,488$ et $2 \times 1\,742 + 3 = 3\,487 < 3\,488$.

COURS

Exercices d'entraînement

1 Échange de valeurs

5 min ➔ Corrigé p. 319

Voici un algorithme :

Complétez les tableaux suivants pour différentes valeurs de x et y, puis expliquez ce que fait l'algorithme.

1.

	x	y	z
Entrées	3	8	☒
Étape 1			
Étape 2			
Étape 3			
Affichage			☒

2.

	x	y	z
Entrées	−2	5	☒
Étape 1			
Étape 2			
Étape 3			
Affichage			☒

3.

	x	y	z
Entrées	a	b	☒
Étape 1			
Étape 2			
Étape 3			
Affichage			☒

2 Le classement

5 min Corrigé p. 319

1. Complétez l'algorithme ci-dessous qui permet d'afficher le plus grand des deux nombres x et y.

2. Modifiez cet algorithme de façon à afficher le plus petit des deux nombres x et y.

3 Un peu de géométrie

10 min Corrigé p. 320

1. Dessinez dans le repère ci-contre le résultat obtenu avec cet algorithme :

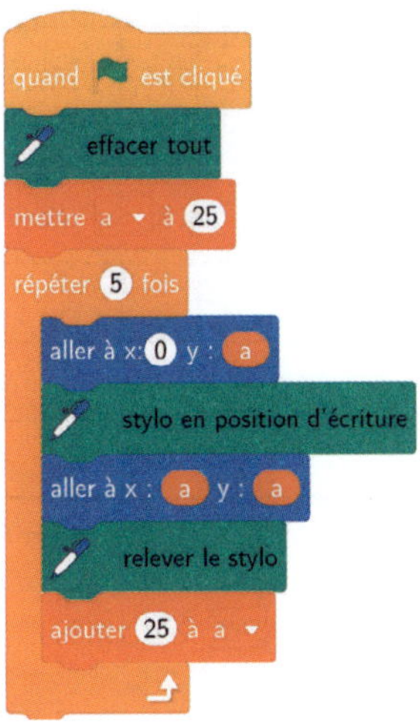

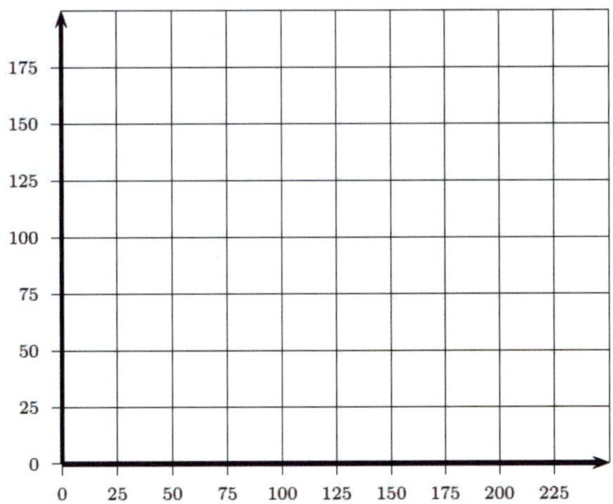

2. Même question avec cet algorithme :

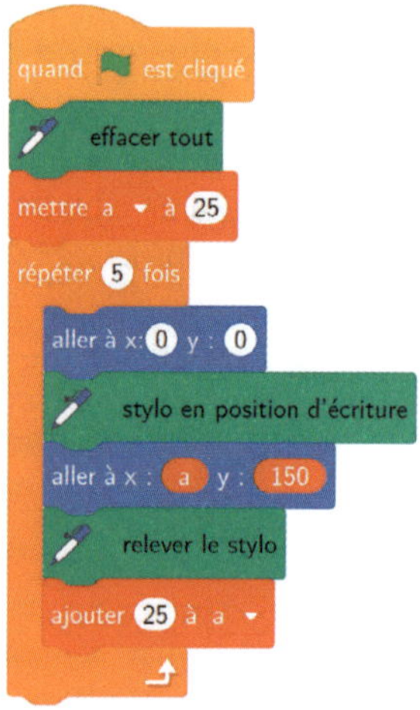

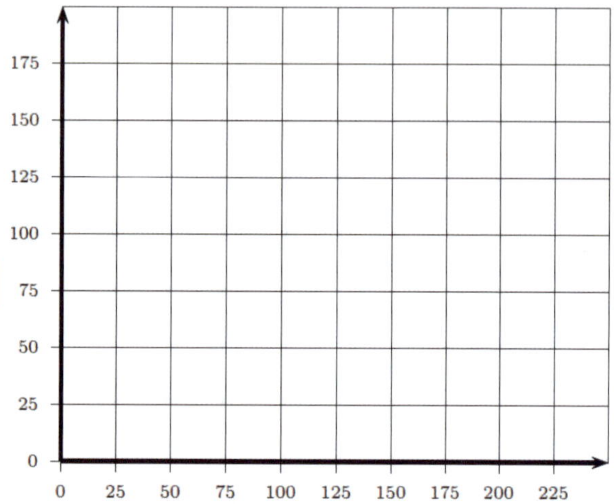

4 Les segments

★ 10 min Corrigé p. 320

Complétez l'algorithme suivant afin qu'il affiche le résultat ci-contre :

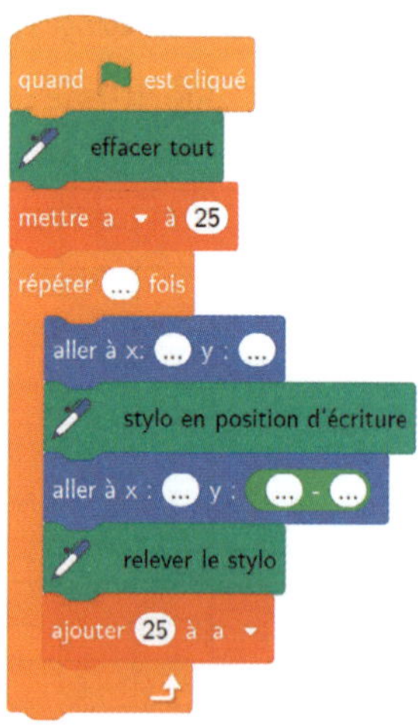

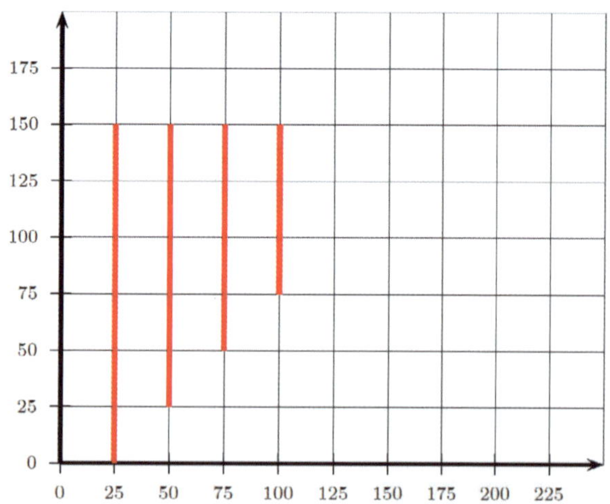

Problèmes

5 On rappelle que « μm » est l'abréviation de micromètre. Un micromètre est égal à un millionième de mètre.

1. La taille d'une bactérie A est 0,8 μm.

Exprimez cette taille en m et donnez le résultat sous la forme d'une écriture scientifique.

2. Lorsque la température de l'eau est 37 °C, cette population de bactéries A double toutes les demi-heures.

Une population de 50 bactéries A est placée dans ces conditions. On a créé la feuille de calcul suivante qui permet de donner le nombre de bactéries A en fonction du nombre de demi-heures écoulées :

	A	B
1	Nombre de demi-heures	Nombre de bactéries A
2	0	50
3	1	
4	2	
5	3	
6	4	
7	5	
8	6	
9	7	
10	8	

a) Dans la cellule B3, on veut saisir une formule que l'on pourra étirer vers le bas dans la colonne B pour calculer le nombre de bactéries A correspondant au nombre de demi-heures écoulées. Quelle est cette formule ?

b) Quel est le nombre de bactéries A au bout de deux heures ?

3. On souhaite connaître le temps qu'il faudra pour que le nombre de bactéries A dépasse 10^6 bactéries.

Pour cela on utilise le programme Scratch (incomplet) ci-dessous :

Programme Scratch

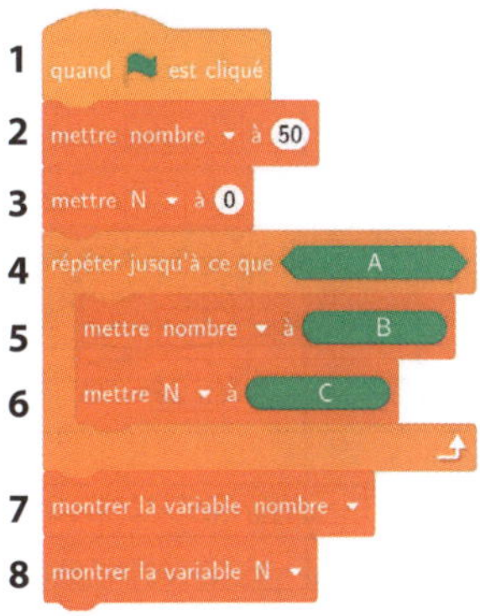

Étiquettes

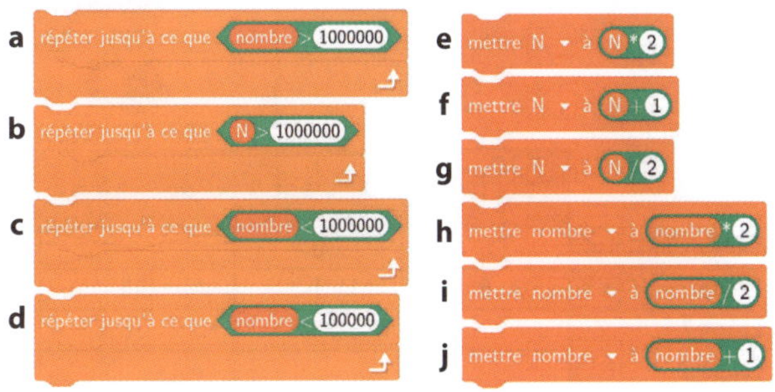

a) Dans ce programme, que représentent les variables *N* et **nombre** ?

b) Complétez, en indiquant le numéro de l'étiquette correspondant aux lignes 4, 5 et 6 du programme.

Ligne 4 : Etiquette.....

Ligne 5 : Etiquette.....

Ligne 6 : Etiquette.....

c) Donnez les valeurs des variables *N* et **nombre** obtenues à la fin de l'exécution du programme.

Vers le brevet

Avec le logiciel Scratch

6 Les diviseurs

15 min Corrigé p. 322

L'opérateur (modulo) renvoie le reste de la division du premier nombre (dividende) par le deuxième nombre (diviseur).

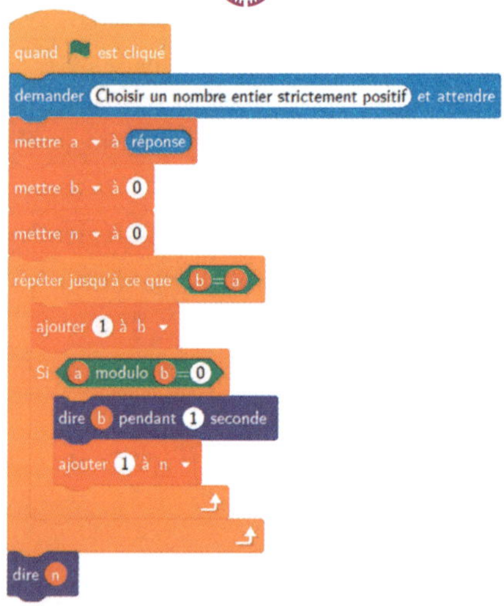

1. On entre 6. Complétez le tableau ci-dessous qui donne les valeurs successives prises par les variables *a*, *b* et *n*, ainsi que les valeurs données pendant 1 seconde au cours de l'exécution de l'algorithme.

	Valeurs de *a*	Valeurs de *b*	*a* modulo *b* = 0	Valeurs de *n*	Valeurs données pendant 1 seconde
Valeurs initiales	6	0		0	
Étape 1	6	1	OUI	1	1
Étape 2					
Étape 3					
Étape 4					
Étape 5					
Étape 6					

2. On entre 48. Quelles sont les valeurs données pendant 1 seconde ? Que représentent-elles pour le nombre entré ? Quelle est la valeur de *n* affichée à la fin ? Que représente-t-elle ?

7 Un tableau à compléter

15 min ➔ Corrigé p. 322

Voici un algorithme.

L'opérateur modulo renvoie le reste de la division du premier nombre (dividende) par le deuxième nombre (diviseur).

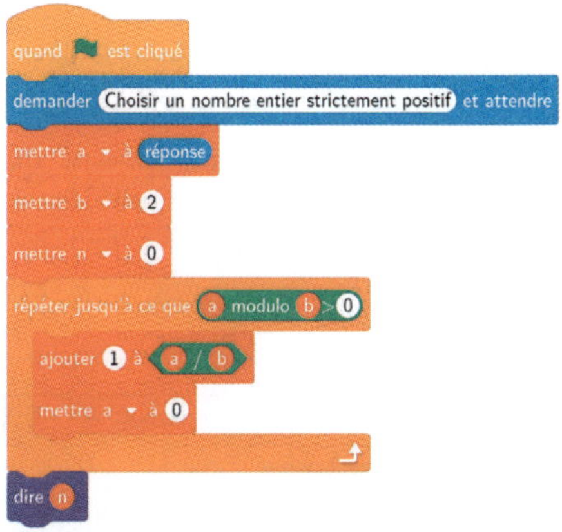

1. On entre 24 comme valeur au départ. Complétez le tableau suivant donnant les valeurs successives des variables *a*, *b* et *n*.

Quelle est la valeur affichée à la fin ?

	Valeurs de *a*	Valeurs de *b*	*a* modulo *b* > 0	Valeurs de *n*
Valeurs initiales	48	2		0
Étape 1	48	2	NON	1
Étape 2				
Étape 3				
Étape 4				
Étape 5				

2. Quelle est la valeur affichée à la fin si on entre 64 comme valeur au départ ? Si on entre 5 ?

3. Quel est le rôle de cet algorithme ?

4. Que fait l'algorithme si on met la variable *b* à 3 au départ ?

8 La cagnotte

★ 15 min ➔ Corrigé p. 323

Dans la tirelire de Louise, il y a 30 euros. La première semaine, Louise décide de mettre dans sa tirelire 2 euros. Puis les semaines suivantes, elle décide d'y mettre 2 euros de plus que la somme qu'elle y a déposée la semaine d'avant.

Ainsi, la deuxième semaine, elle dépose 4 euros, la troisième semaine, 6 euros, etc.

Louise souhaite avoir dans sa tirelire 100 euros.

On donne l'algorithme ci-contre, qui permet de calculer et d'afficher :

• le nombre de semaines qu'il lui faudra pour atteindre cette somme ;

• la somme qu'elle devra mettre dans la tirelire la dernière semaine.

1. Que représentent les variables S, C et I dans cet algorithme ?

2. Complétez le tableau suivant qui donne les valeurs successives de chacune des variables mises en jeu dans l'algorithme :

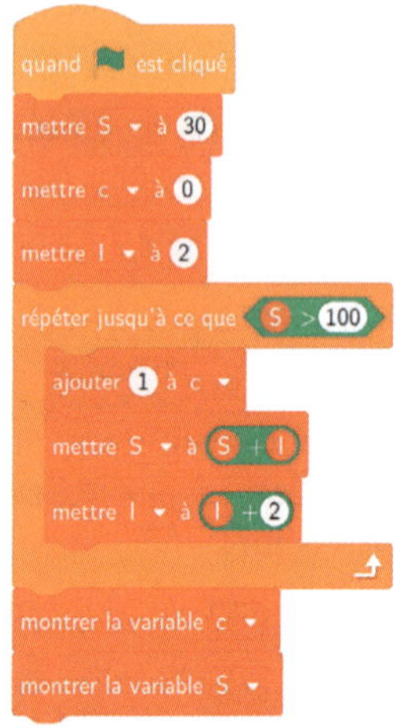

	Valeurs de C	Valeurs de S	Valeurs de I	Condition
Étape 0 (initialisation)	0	30	2	$30 < 100$
Étape 1				
Étape 2				
Étape 3				
Étape 4				
Étape 5				
Étape 6				
Étape 7				
Étape 8				

9 Écriture d'un programme

5 min Corrigé p. 323

Voici un algorithme.

Écrivez le programme de calcul décrit par cet algorithme.

10 Les nombres aléatoires

5 min Corrigé p. 323

La commande [nombre aléatoire entre 1 et 6] renvoie un nombre entier a tel que $1 \leqslant a \leqslant 6$.

On entre 4 comme valeur de N.

Parmi les listes suivantes, lesquelles sont susceptibles d'être données pendant deux secondes par cet algorithme ?

{1, 5, 7, 4}

{0, 4, 3, 6}

{4, 5, 7, 2, 4}

{3, 1, 6, 4}

{1, 1, 1, 1}

{6, 5, 2, 2, 4}

Que fait cet algorithme ?

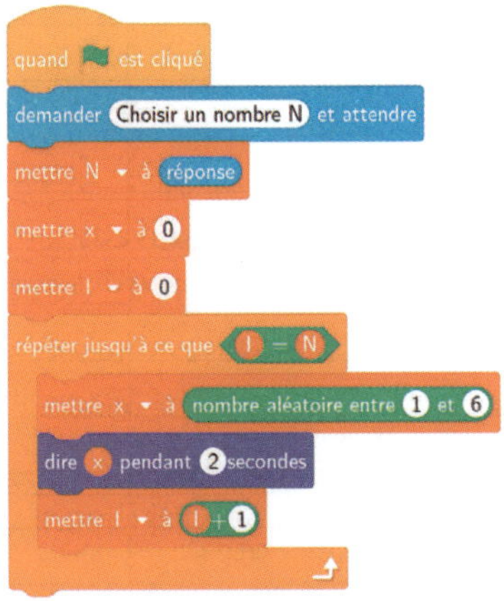

11 La question est posée

★ 15 min Corrigé p. 324

L'algorithme ci-contre répond à une question posée.

L'opérateur [modulo] renvoie le reste de la division du premier nombre (dividende) par le deuxième nombre (diviseur).

On entre 91. Le tableau ci-après donne les valeurs successives prises par les variables x, n et p, ainsi que le reste de la division euclidienne de x par n au cours de l'exécution de l'algorithme.

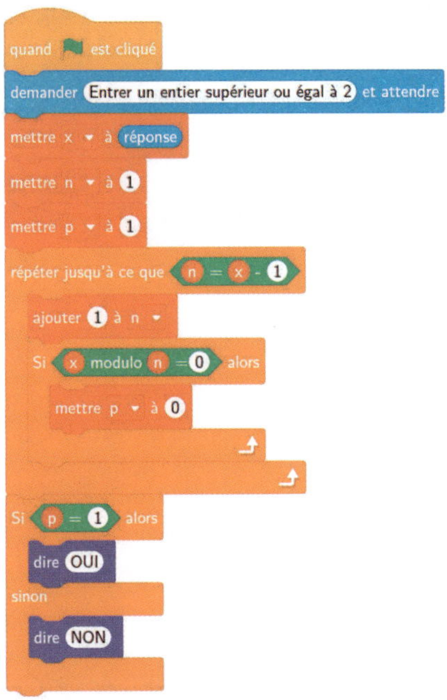

Valeurs de *x*	Valeurs de *n*	*x* modulo *n*	Valeurs de *p*
91	1		1
91	2	1	1
91			
91			
91			
91			
91			
91			
…	…	…	…
…	…	…	…
…	…	…	…
91	89		
91	90		

(Valeurs initiales)

1. Justifiez les valeurs obtenues dans les cases rouge et bleue.

2. Complétez les cases jaunes du tableau.

3. Quel est l'affichage final ?

4. À quelle question répond cet algorithme ?

Exercices d'entraînement

1

1.

	x	y	z
Entrées	3	8	
Étape 1	3	8	3
Étape 2	8	8	3
Étape 3	8	3	3
Affichage	8	3	

2.

	x	y	z
Entrées	−2	5	
Étape 1	−2	5	−2
Étape 2	5	5	−2
Étape 3	5	−2	−2
Affichage	5	−2	

3.

	x	y	z
Entrées	3	8	
Étape 1	3	8	3
Étape 2	8	8	3
Étape 3	8	3	3
Affichage	8	3	

Remarque
À chaque étape, une variable conserve sa valeur précédente en l'absence d'opération sur celle-ci.

Cet algorithme permute les valeurs de x et de y.

2 **1.** Si $x > y$ alors afficher x.
Sinon afficher y.

2. Modifications à apporter pour que l'algorithme affiche le plus petit des deux nombres entrés :
Si $x < y$ alors afficher x.
Sinon afficher y.

3 **1.** Avec cet algorithme, on obtient cinq segments verticaux dont les extrémités ont pour coordonnées :

Pour $a = 1$: (0 ; 25) et (25 ; 25).

Pour $a = 2$: (0 ; 50) et (50 ; 50).

Pour $a = 3$: (0 ; 75) et (75 ; 75).

Pour $a = 4$: (0 ; 100) et (100 ; 100).

Pour $a = 5$: (0 ; 125) et (125 ; 125).

Pensez-y !
Écrivez pour chaque valeur de *a* les coordonnées des points.

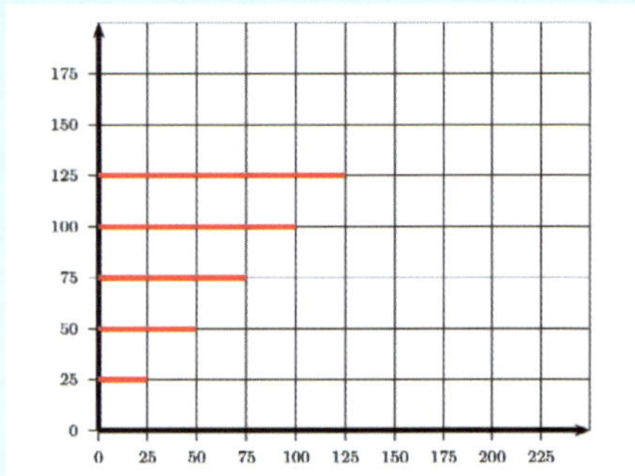

2. Avec cet algorithme, on obtient cinq segments verticaux dont les extrémités ont pour coordonnées :

Pour $a = 1$: (0 ; 0) et (25 ; 150).

Pour $a = 2$: (0 ; 0) et (50 ; 150).

Pour $a = 3$: (0 ; 0) et (75 ; 150).

Pour $a = 4$: (0 ; 0) et (100 ; 100).

Pour $a = 5$: (0 ; 0) et (125 ; 150).

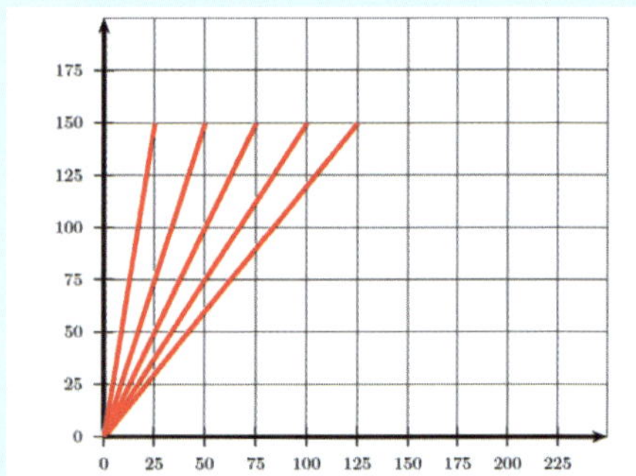

4

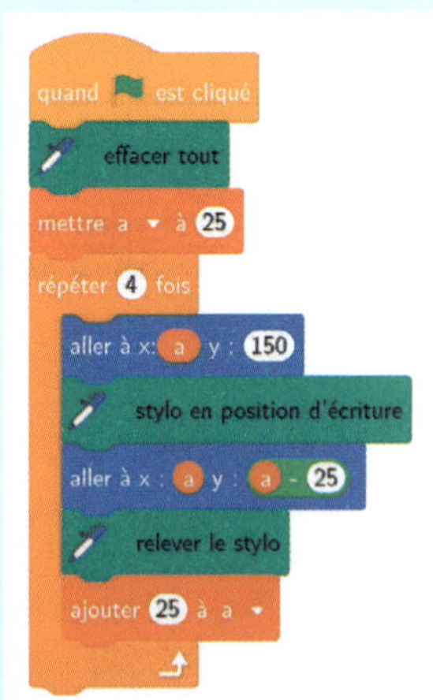

Remarque
Écrivez les coordonnées de chacun des points. Vous devez repérer une coordonnée qui ne varie pas.

Problème

5

1. La taille t de la bactérie est :

$t = 0{,}8\ \mu\text{m}$

$t = 0{,}8 \times 10^{-6}$ m

$t = 8 \times 0{,}1 \times 10^{-6}$ m

$t = 8 \times 10^{-1} \times 10^{-6}$ m

$t = 8 \times 10^{-7}$ m (écriture scientifique)

> **Pensez-y !**
> Utilisez la donnée de l'énoncé :
> $1\ \mu\text{m} = 10^{-6}$ m

2. a) La cellule B3 contient le double du contenu de la cellule B2.

Ainsi la cellule B3 contient la formule : $= 2 \times$ B3

> **Gagnez des points !**
> Le nombre de bactéries double à chaque demi-heure écoulée (donc d'une ligen à l'autre)

b) À l'instant initial, il y a 50 bactéries ;

après une demi-heure, il y a $2 \times 50 = 100$ bactéries ;

après 2 demi-heures (1 h), il y a $2 \times 100 = 200$ bactéries ;

après 3 demi-heures (1 h 30), il y a $2 \times 200 = 400$ bactéries ;

après 4 demi-heures, (2 h), il y a $2 \times 400 = 800$ bactéries.

> **Pensez-y !**
> 2 heures $= 4 \times 30$ min
> 2 heures = 4 demi-heures

3. a) La variable N représente le nombre de demi-heures écoulées depuis l'instant initial.

La variable nombre représente le nombre de bactéries présentes dans l'eau à 37 °C.

b) • Il s'agit de répéter la boucle jusqu'à ce que le nombre de bactéries nombre atteigne 10^6.

D'où : ligne 4 : étiquette a

• Le nombre de bactéries désigné par la variable nombre est à chaque étape multiplié par 2.

D'où : ligne 5 : étiquette h

• Le temps écoulé en nombre de demi-heures est à chaque fois augmenté de 1

D'où : ligne 6 : étiquette f

c) À la fin du programme, la variable N affiche 15 et la variable nombre affiche 1 638 400.

> **Méthode**
> Utilisez la calculatrice et déterminez pour quelle valeur de N le résultat dépasse 10^6.
> Vous pouvez par exemple faire un tableau de valeurs.

Vers le brevet

6 **1.**

	Valeurs de a	Valeurs de b	a modulo $b = 0$	Valeurs de n	Valeurs données pendant 1 seconde
Valeurs initiales	6	0		0	
Étape 1	6	1	OUI	1	1
Étape 2	6	2	OUI	2	2
Étape 3	6	3	OUI	3	3
Étape 4	6	4	NON	3	
Étape 5	6	5	NON	3	
Étape 6	6	6	OUI	4	6

À chaque fois que le reste de la division euclidienne de a par b est 0, le nombre b s'affiche, et le nombre n augmente de 1.

Remarque
« a modulo b » nul signifie que b est un diviseur de a.

Cet algorithme donne (pendant une seconde) les diviseurs successifs du nombre entré au départ. La valeur affichée à la fin est le nombre de diviseurs qui ont été donnés au cours de l'exécution de l'algorithme.

2. Les diviseurs de 48 sont : 1, 2, 3, 4, 6, 8, 12, 16, 24 et 48. Les valeurs affichées pendant une seconde sont donc : 1, 2, 3, 4, 6, 8, 12, 16, 24 et 48.

10 valeurs ont été affichées pendant 1 seconde. La valeur de n affichée à la fin est donc 10.

7 **1.** Tableau complété :

	Valeurs de a	Valeurs de b	a modulo $b > 0$	Valeurs de n
Valeurs initiales	48	2		0
Étape 1	48	2	NON	1
Étape 2	24	2	NON	2
Étape 3	12	2	NON	3
Étape 4	6	2	NON	4
Étape 5	3	2	OUI	4

La valeur de b ne change pas. À chaque fois que a est divisible par 2, la valeur de n augmente de 1.

2. $64 = 2^6$, donc **le résultat affiché est 6.**

Remarque
Dans ce cas, n joue le rôle de compteur.

5 n'est pas un multiple de 2, donc **la valeur de *n* affichée est 0.**

3. Cet algorithme compte le nombre de fois où un nombre est divisible par 2.

4. Si on met la variable *b* à 3 au départ, on compte le nombre de fois où un nombre est divisible par 3.

8 **1.** La variable S donne la somme qu'il y a dans la tirelire.

La variable C donne le nombre de semaines d'économie.

La variable I représente la somme déposée dans la tirelire au cours d'une semaine.

Remarque
Dans un algorithme, il est très important de connaître le rôle de chaque variable.

2.

	Valeurs de C	Valeurs de S	Valeurs de I	Condition
Étape 0 (initialisation)	0	30	2	$30 < 100$
Étape 1	1	$30 + 2 = 32$	4	$32 < 100$
Étape 2	2	$32 + 4 = 36$	6	$36 < 100$
Étape 3	3	$36 + 6 = 42$	8	$42 < 100$
Étape 4	4	$42 + 8 = 50$	10	$50 < 100$
Étape 5	5	$50 + 10 = 60$	12	$60 < 100$
Étape 6	6	$60 + 12 = 72$	14	$72 < 100$
Étape 7	7	$72 + 14 = 86$	16	$86 < 100$
Étape 8	8	$86 + 16 = 102$	18	$102 > 100$

9 Choisir un nombre

Lui ajouter 1

Élever au carré le résultat

Ajouter le nombre de départ

Afficher le résultat

Remarque
Dans l'algorithme, « Réponse » correspond au nombre entré au départ.

10 Cet algorithme donne une suite aléatoire de 4 nombres compris entre 1 et 6 (inclus).

Voici un exemple de suite obtenue avec cet algorithme. Les valeurs données pendant deux secondes sont en rouge.

CORRIGÉS

	Valeurs de *x*	Valeurs de I	Condition I = N
Valeurs initiales	0	0	NON
Étape 1	3	1	NON
Étape 2	1	2	NON
Étape 3	6	3	NON
Étape 4	4	4	OUI

Remarque
Le nombre *N* détermine le nombre de nombres aléatoires à donner.

11 **1.** $91 = 2 \times 45 + 1$.

Dans la case rouge, il y a 1, qui est le reste de la division euclidienne de 91 par 2. p a pour valeur de départ 1 et change si le reste de la division euclidienne de 91 par n est nul, autrement dit, si n est un diviseur (il prend dans ce cas la valeur 0).

Comme le reste de la division euclidienne de 91 par 2 est 1 (non nul), la valeur de p ne change pas et reste à 1.

2. Tableau complété :

Valeurs de *x*	Valeurs de *n*	*x* modulo *n*	Valeurs de *p*
91	1		1
91	2	1	1
91	3	1	1
91	4	3	1
91	5	1	1
91	6	1	1
91	7	0	0
91	8	3	0
…	…	…	…
…	…	…	…
…	…	…	…
91	89	2	0
91	90	1	0

3. L'affichage à la fin de cet algorithme est NON. En effet, la division euclidienne de 91 par 7 est 0 ($91 = 7 \times 13$). Par conséquent, p prend la valeur 0.

Remarque
Un nombre premier est un nombre qui admet exactement deux diviseurs : 1 et lui-même.

4. L'algorithme répond à la question : « Le nombre entré est-il premier ? »

91 admet un diviseur autre que 1 et lui-même, donc il n'est pas premier.

Calcul mental

DE QUOI S'AGIT-IL ?

Ces activités mentales visent à développer des aptitudes pour le calcul réfléchi et à construire des automatismes numériques et géométriques. Munissez-vous d'un stylo et notez vos réponses dans les cases prévues à cet effet. Les calculs intermédiaires et l'utilisation d'un brouillon ne sont pas autorisés.

Le temps maximal pour répondre aux questions d'une activité est de 3 minutes pour les activités de niveau 1 et 4 minutes pour les activités de niveau 2.

Exercices d'entraînement

Activité 1

★ 3 min ➔ Corrigé p. 330

	Questions	Réponses
1	$3 \times 12 =$	....
2	$1 - 1{,}2 =$	....
3	Écrire sous forme décimale $\frac{3}{4}$.	....
4	Quel est le volume en cm^3 d'un cube de 3 cm de côté ?	....
5	Dans une classe de 20 élèves, 10 font du sport. Quel est le pourcentage des élèves de cette classe qui ne font pas de sport ?	....
6	Nabolos a acheté sa voiture à crédit. Il a pris un prêt sur 5 ans. Sa mensualité est de 500 €. Combien va-t-il rembourser au total ?	....
7	J'ai dépensé le quart de mes économies, soit 12 €. Quel était le montant de mes économies ?	....
8	Louise fait fonctionner ce programme en choisissant le nombre 5. Quel résultat s'affiche à l'écran ? 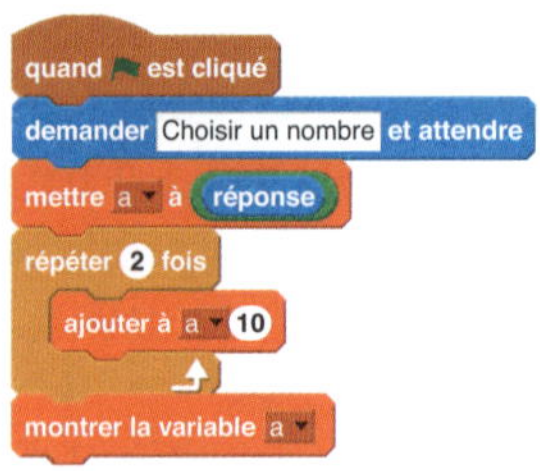	....
9	Sur cette figure, les droites (DE) et (BC) sont parallèles. AB = 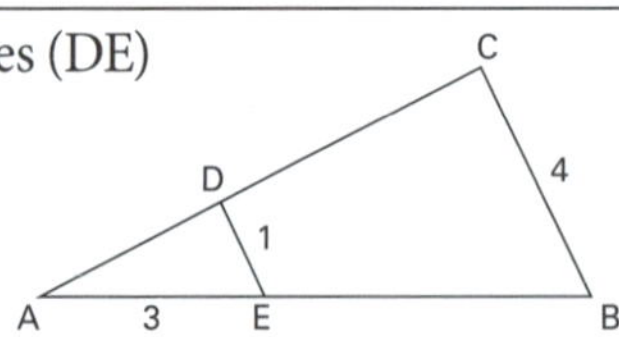	....
10	Quel faut-il ajouter à 5 pour obtenir –7 ?	....

Activité 2

★ 3 min ➲ Corrigé p. 331

	Questions	Réponses
1	$6 \times 7 =$	....
2	$4{,}2 - 2{,}3 =$	....
3	Compléter avec l'entier le plus proche : $\dfrac{2}{3} \simeq \ldots$ %.	....
4	J'ai dépensé dans un premier temps le tiers de mes économies, puis la moitié de ce qui me restait. Mes économies s'élevaient à 60 €. Combien me reste-t-il ?	....
5	Chez le boulanger, j'achète du pain et des croissants pour un total de 6 euros et 35 centimes. Pour simplifier le rendu de monnaie, je donne 10 euros et 5 centimes. Combien doit-on me rendre ?	....
6	Une voiture consomme 6,5 litres d'essence pour 100 km. Le prix de l'essence est 1,50 € le litre. Quel est le coût de carburant pour parcourir 200 km ?	....
7	Les droites (AB) et (MN) sont parallèles. Quelle est la valeur de AN ? 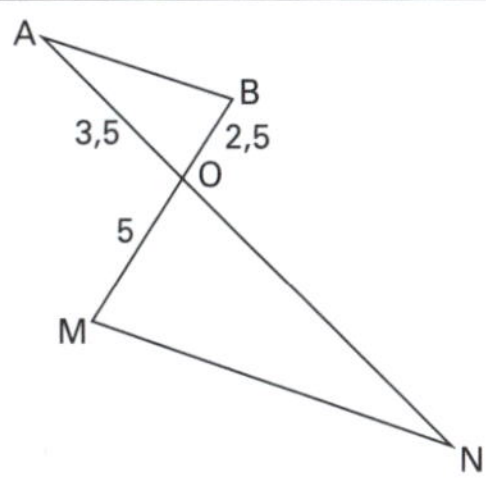	....
8	On lance un dé parfaitement équilibré. Quelle est la probabilité d'obtenir un nombre premier ?	....
9	Par quel nombre doit-on multiplier 5 pour obtenir 3 ?	....
10	Compléter : $\sin \widehat{P} = \dfrac{\ldots}{\ldots}$. 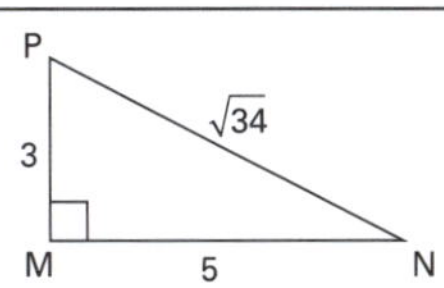	....

Activité 3

★★ 4 min ➔ Corrigé p. 332

	Questions	Réponses
1	$\frac{1}{3}+\frac{1}{5}=$	....
2	Dans un jeu bien battu de 32 cartes, quelle est la probabilité d'obtenir une figure ?	....
3	On considère le programme de calcul suivant : • Prendre un nombre. • Ajouter 2,5. • Multiplier par 3. On obtient comme résultat 12,3. Quel est le nombre choisi au départ ?	....
4	Combien de diviseurs le nombre 18 admet-il ?	....
5	Quel est le volume d'un cube dont chaque face a pour périmètre 20 cm ?	....
6	Donner la valeur exacte de la longueur AC. 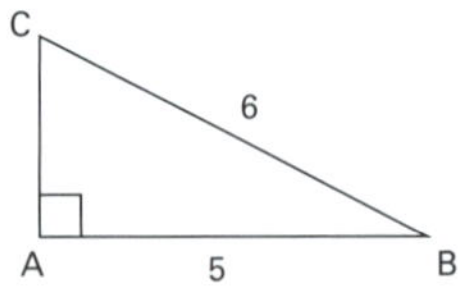	....
7	Développer, réduire et ordonner : $(2x + 5)(x + 1)$.	....
8	Soit la série de nombres : 65 ; 72 ; 108 ; 59 ; 84 ; 79. L'étendue de cette série vaut :	....
9	$\widehat{ACB}$ = ... ° 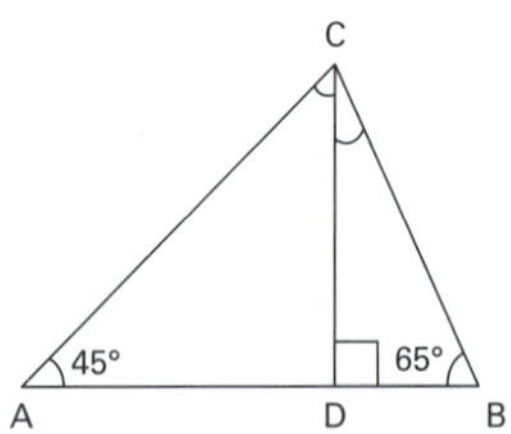	....
10	SEFGH est une pyramide régulière dont la base est un carré de côté 3 cm et de hauteur 5 cm. Quel est son volume v ?	....

Activité 4

★★ 4 min ➔ Corrigé p. 334

	Questions	Réponses
1	$30 \times 1{,}3 =$	....
2	$-2^2 + 1^2 =$	....
3	Factoriser l'expression $x^2 + x$.	....
4	5,3 heures = ... h .... min	....
5	Un club sportif compte 40 adhérents. Son effectif augmente de 30 %. Combien d'adhérents compte alors le club ?	....
6	Encadrer par deux entiers consécutifs : .... $< \sqrt{57} <$	....
7	Le débit d'un robinet est de 100 litres en 30 min. Combien de temps faut-il pour remplir un réservoir de 250 L ?	....
8	Ce solide est constitué de quatre cubes : trois cubes d'arête 2 cm et un cube d'arête 4 cm. Quel est le volume de ce solide ? 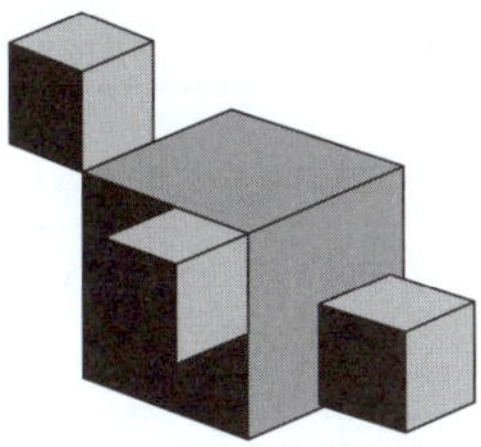	....
9	Exprimer en fonction de x l'aire du domaine hachuré : 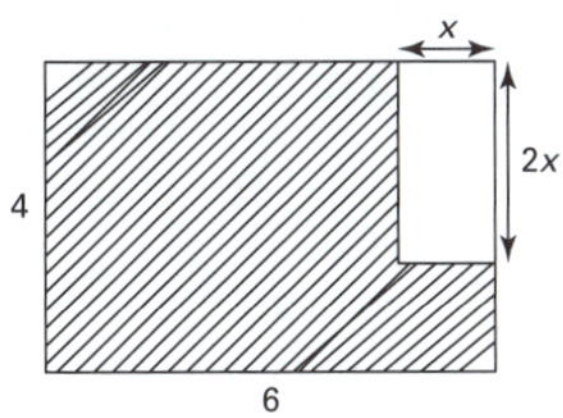	....
10	Le triangle T^1 a pour aire 28. Quelle est l'aire du triangle T^2 ? 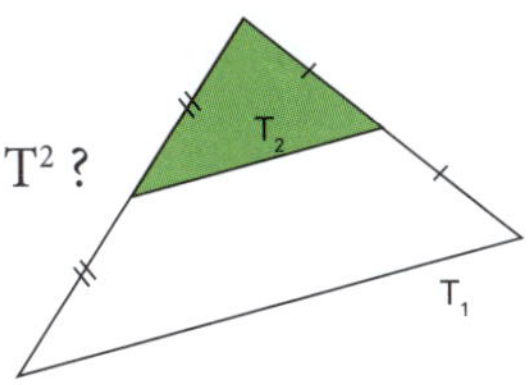	....

Exercices d'entraînement

Activité 1

	Réponses	Méthode	Points
1	36	$3 \times 12 = 3 \times (10 + 2) = 3 \times 10 + 3 \times 2 = 30 + 6 = 36$.	....
2	–0,2	$8 \times 7 = 56$	....
3	0,75	$1 - 1{,}2 = 1 - \underbrace{1 - 0{,}2}_{1 + 0{,}2} = 0 - 0{,}2 = -0{,}2$	....
4	27	Le volume d'un cube se calcule en multipliant la longueur du côté par lui-même trois fois. $3 \times 3 \times 3 = 27$.	....
5	50 %	Si 10 élèves font du sport, 10 n'en font pas. Et 10 est la moitié de 20, soit 50 % de 20. Donc 50 % des élèves ne font pas de sport.	....
6	30 000 €	5 ans = 5×12 mois = 60 mensualités (mois). $60 \times 500 = 60 \times (5 \times 100) = \underbrace{60 \times 5}_{300} \times 100 = 300 \times 100$ $= 30\,000$	....
7	48 €	Le quart de mes économies représente 12 euros, donc pour avoir le montant de mes économies, je dois multiplier par 4. $4 \times 12 = 48$.	....
8	25	À 5, on ajoute 10 une première fois, on obtient 15, puis on ajoute encore 10, on obtient 25.	....
9	12	Dans une configuration de Thalès, le grand triangle est un agrandissement du petit. Comme DE = 1 et BC = 4, les longueurs du grand triangle (ABC) sont 4 fois plus grande que les longueurs du petit (ADE). Ainsi, la longueur AB est 4 fois plus grande que la longueur AE, soit AB = $4 \times 3 = 12$.	....
10	–12	On cherche le nombre x tel que $x + 5 = -7$. En ajoutant –5 dans chaque membre, on obtient $x = -7 - 5 = -12$. On a bien $5 + (-12) = -7$.	....
		Note	...../10

Activité 2

	Réponses	Méthode	Points
1	42	$6 \times 7 = 42$.	....
2	1,9	$4{,}2 - 2{,}3 = \underbrace{4{,}2 - 2}_{2{,}2} - 0{,}3 = 2{,}2 - 0{,}3 = 1{,}9$	....
3	67	$\frac{2}{3} \simeq$ soit 67 %.	....
4	20 €	Dans un premier temps, j'ai dépensé le tiers de mes économies, soit le tiers de 60 = 20 €. Il me reste donc 60 – 20 = 40 €. J'ai dépensé ensuite la moitié de ce qui reste, soit 20 €. Au final, il me reste 20 €.	....
5	3,70 €	On part de 6,35 € pour aller jusqu'à 10,05 €. On commence par les centimes : 6,35 € + 70 centimes = 7,05 €. 7,05 € + 3 € = 10,05 €. On doit me rendre 3 € et 70 centimes.	....
6	19,5 €	Pour les 200 km, la consommation est de 13 litres d'essence ($2 \times 6{,}5 = 13$). 1 litre d'essence coûte 1,50 €, donc 13 litres coûtent $13 \times 1{,}50$ €. $13 \times 1{,}50 = 13 \times (1 + 0{,}50) = 13 + 13 \times 0{,}5 = 13 + 6{,}5 = 19{,}50$. N'oubliez pas que multiplier par 0,5 revient à diviser par 2.	....
7	10,5	On est dans une configuration de Thalès du fait que les droites (AB) et (MN) sont parallèles. Les valeurs 2,5 et 5 montrent que les longueurs du triangle OMN sont le double de celles du triangle OAB. Ainsi, $ON = 2 \times 3{,}5 = 7$ et par suite $AN = 3{,}5 + 7 = 10{,}5$.	....
8	0,5 ou $\frac{1}{2}$	Il y a trois nombres premiers compris entre 1 et 6 : 2 ; 3 ; 5. La probabilité est donc $\frac{3}{6} = \frac{1}{2} = 0{,}5$	....

9	$\frac{3}{5}$	On cherche le nombre x tel que $5 \times x = 3$. En divisant par 5 dans chaque membre, on obtient : $\frac{3}{5}$.	....
10	$\frac{5}{\sqrt{34}}$	On a : $\sin \widehat{P} = \frac{\text{Coté opposé à } \widehat{P}}{\text{Hypothénuse}} = \frac{MN}{PN} = \frac{5}{\sqrt{34}}$	....
		Note	...../10

Activité 3

	Réponses	Méthode	Points
1	$\frac{8}{15}$	Pour additionner deux fractions, on les met au même dénominateur, ici $3 \times 5 = 15$. On multiplie la première fraction au numérateur et au dénominateur par 5, et la deuxième par 3. $\frac{1}{3} + \frac{1}{5} = \frac{1 \times 5}{3 \times 5} + \frac{1 \times 3}{5 \times 3} = \frac{5+3}{15} = \frac{8}{15}$.	....
2	$\frac{3}{8}$	Une figure, c'est un valet, une dame ou un roi. Il y a 4 valets, 4 dames et 4 rois, soit 12 figures au total dans un jeu de cartes. Dans un jeu de cartes bien mélangé, la probabilité p d'obtenir une figure est : $p = \frac{\text{nombre de figures}}{\text{nombre de carte}} = \frac{12}{32} = \frac{4 \times 3}{4 \times 8} = \frac{3}{8}$.	....
3	1,6	Remontez le programme de calcul à l'envers : • le résultat est 12,3 ; • on divise par 3 : $12{,}3 \div 3 = 4{,}1$ (car $12 \div 3 = 4$ et $3 \div 3 = 1$) ; • on soustrait 3 : $4{,}1 - 2{,}5 = 1{,}6$. Le nombre de départ est 1,6.	....
4	6	On écrit 18 comme produit de deux facteurs de toutes les façons possibles : $18 = 1 \times 18 = 2 \times 9 = 3 \times 6$. Les diviseurs de 18 sont donc 1 ; 2 ; 3 ; 6 ; 9 ; 18. Il y en a 6.	....

5	$125\ cm^3$	Les faces du cube sont des carrés de périmètre 20 cm. Le périmètre d'un carré de côté c est $4 \times c$. Donc le côté du carré est $20 \div 4 = 5$ cm. Le volume du cube est $c^3 = 5^3 = 5 \times 5 \times 5 = 25 \times 5 =$ $125\ cm^3$.	………
6	$\sqrt{11}$	Le théorème de Pythagore appliqué au triangle ABC rectangle en A s'écrit : $BC^2 = AB^2 + AC^2$ $6^2 = 5^2 + AC^2$ $36 = 25 + AC^2$ $AC^2 = 36 - 25 = 11$ D'où $AC = \sqrt{11}$ (car $AC > 0$).	………
7	$2x^2 + 7x$ $+ 5$	On développe $(2x + 5) \times (x + 1)$ en utilisant la distributivité. Le terme en x^2 s'obtient comme $2x \times x = 2x^2$. Le terme en x s'obtient comme : $2x \times 1 + 5 \times x = 2x + 5x = 7x$ Le terme constant (sans x) s'obtient comme $5 \times 1 = 5$. D'où la forme développée, réduite et ordonnée cherchée : $2x^2 + 7x + 5$.	………
8	49	L'étendue est la différence entre le plus grand nombre, ici 108, et le plus petit nombre de la série, ici 59 : $108 - 59 = 49$.	………
9	70°	$\widehat{ACB} = \widehat{ACD} + \widehat{DCB}$ La somme des angles d'un triangle vaut 180°. • Dans le triangle ACD : $\widehat{ACD} = 180 - \widehat{ADC} - \widehat{CAD} =$ $180 - 90 - 45 = 90 - 45 = 45°$. • Dans le triangle BCD : $\widehat{DCB} = 180 - \widehat{CDB} - \widehat{CBD} =$ $180 - 90 - 65 = 90 - 65 = 25°$. D'où la mesure cherchée : $\widehat{ACB} = 45 + 25 = 70°$.	………

10	15 cm³	Le volume $\mathcal{V}$ d'une pyramide est $\mathcal{V} = \frac{1}{3} \times S_{base} \times$ hauteur. La base de cette pyramide est un carré de côté EF = 3 cm. Soit $S_{base} = 3^2 = 3 \times 3$ cm². $\mathcal{V} = \frac{1}{3} \times 3 \times 3 \times 5 = 3 \times 5 = 15$ cm³.	....
		Note	...../10

Activité 4

	Réponses	Méthode	Points
1	39	$30 \times 1{,}3 = 30 \times (1 + 0{,}3) = 30 \times 1 + 30 \times 0{,}3$ $30 \times 1 = 30$; $30 \times 0{,}3 = 10 \times 3 \times 0{,}3 = 10 \times 0{,}9 = 9$ $30 \times 1{,}3 = 30 + 9 = 39$	....
2	–3	$-2^2 + 1^2 = -2 \times 2 + 1 \times 1 = -4 + 1 = -3$.	....
3	$x\,(x + 1)$	On factorise $x^2 + x$ en repérant le facteur commun x de part et d'autre du +. $x^2 + x = x \times x + x \times 1 = x \times (x + 1)$.	....
4	5 heures 18 minutes	5,3 heures = 5 heures + 0,3 heure 0,3 heure = 0,3 × 60 minutes = 0,3 × 10 × 6 min = 3 × 6 min = 18 min. Ainsi 5,3 heures = 5 heures 18 minutes.	....
5	52	L'effectif du club est de 40 et augmente de 30 %. 10 % de 40 = 4. Donc 30 % de 40 = 3 × 4 = 12. Le nouvel effectif du club est donc : 40 + 12 = 52.	....
6	$7 < \sqrt{57} < 8$	Il s'agit de trouver les deux carrés parfaits les plus proches de 57. $49 < 57 < 64$, soit $7^2 < 57 < 8^2$. D'où le résultat cherché : $7 < \sqrt{57} < 8$. Le volume d'une balle est $\frac{4}{3} \times \pi \times \text{rayon}^3$ $= \frac{4}{3} \times \pi \times 3 \times 3 \times 3 = 4\pi \times 9 = 36\pi$ cm³.	....

7	1 h 15 min	100 L ↔ 30 min Par proportionnalité du débit et du temps d'écoulement : 200 L ↔ 2 × 30 min = 60 min 50 ↔ 0,5 × 30 min = 15 min Ainsi : 250 L = 200 L + 50 L ↔ 60 min + 15 min = 75 min = 1 h 15 min.	………
8	88 cm³	Le volume $\mathcal{V}$ du solide étudié est : $\mathcal{V} = \mathcal{V}_{\text{grand cube}} + 3 \times \mathcal{V}_{\text{petit cube}}$ $\mathcal{V}_{\text{grand cube}} = 4^3 = 4 \times 4 \times 4 = 16 \times 4 = 16 \times 2 \times 2 = 32 \times 2 = 64\ \text{cm}^3$. $\mathcal{V}_{\text{petit cube}} = 2^3 = 2 \times 2 \times 2 = 4 \times 2 = 8\ \text{cm}^3$. Les 3 petits cubes réunis ont pour volume $3 \times 8 = 24\ \text{cm}^3$. D'où $\mathcal{V} = 64 + 24 = 88\ \text{cm}^3$.	………
9	$24 - 2x^2$	L'aire du rectangle blanc est $x \times 2x = 2x^2$. L'aire du grand rectangle complet est $4 \times 6 = 24$. L'aire du domaine grisé est : $24 - 2x^2$.	………
10	7	Les triangles T_1 et T_2 sont en configuration de Thalès. En utilisant le codage de la figure, on voit que le triangle T_2 est une réduction du triangle T_1 de rapport $\frac{1}{2}$. Ainsi, Aire $T_2 = \left(\frac{1}{2}\right)^2 \times$ Aire $T_1 = \frac{1^2}{2^2} \times 28 = \frac{1}{4} \times 28 = 28 \div 4 = 7$.	………
		Note	……/10

Cahier Spécial Brevet

SUJET

Énoncé France métropolitaine, juin 2021

Toutes les réponses doivent être justifiées, sauf si une indication contraire est donnée.

Pour chaque question, si le travail n'est pas terminé, laisser tout de même une trace de la recherche. Elle sera prise en compte dans la notation.

EXERCICE 1

20 min 20 pts

Cette feuille de calcul présente les températures moyennes mensuelles à Tours en 2019.

	A	B	C	D	E	F	G	H	I	J	K	L	M	N
1	Mois	J	F	M	A	M	J	J	A	S	O	N	D	Moyenne sur l'année
2	Température en °C	4,4	7,8	9,6	11,2	13,4	19,4	22,6	20,5	17,9	14,4	8,2	7,8	

1 D'après le tableau ci-dessus, quelle a été la température moyenne à Tours en novembre 2019 ? **[2 pts]**

2 Déterminez l'étendue de cette série. **[3 pts]**

3 Quelle formule doit-on saisir en cellule N2 pour calculer la température moyenne annuelle ? **[4 pts]**

4 Vérifiez que la température moyenne annuelle est 13,1 °C. **[4 pts]**

5 La température moyenne annuelle à Tours en 2009 était de 11,9 °C.

Le pourcentage d'augmentation entre 2009 et 2019, arrondi à l'unité, est-il de 7 %, 10 % ou 13 % ? Justifiez la réponse. **[7 pts]**

EXERCICE 2

30 min 20 pts

Le Futuroscope est un parc de loisirs situé dans la Vienne. L'année 2019 a enregistré 1,9 million de visiteurs.

1 Combien aurait-il fallu de visiteurs en plus en 2019 pour atteindre 2 millions de visiteurs ? **[2 pts]**

2 L'affirmation « Il y a eu environ 5 200 visiteurs par jour en 2019 » est-elle vraie ? Justifiez la réponse. **[4 pts]**

3 Un professeur organise une sortie pédagogique au Futuroscope pour ses élèves de troisième. Il veut répartir les 126 garçons et les 90 filles par groupes. Il souhaite que chaque groupe comporte le même nombre de filles et le même nombre de garçons.

a. Décomposez en produits de facteurs premiers les nombres 126 et 90. **[3 pts]**

b. Trouvez tous les entiers qui divisent à la fois les nombres 126 et 90. **[3 pts]**

c. Déduisez-en le plus grand nombre de groupes que le professeur pourra constituer. Combien de filles et de garçons y aura-t-il alors dans chaque groupe ? **[3 pts]**

4 Deux élèves de troisième, Marie et Adrien, se souviennent avoir vu en mathématiques que les hauteurs inaccessibles pouvaient être déterminées avec l'ombre. Ils souhaitent calculer la hauteur de la Gyrotour du Futuroscope.

Marie se place comme indiqué sur la figure ci-dessous, de telle sorte que son ombre coïncide avec celle de la tour. Après avoir effectué plusieurs mesures, Adrien effectue le schéma ci-dessous (*le schéma n'est pas à l'échelle*), sur lequel les points A, E et B, ainsi que les points A, D et C sont alignés.

Calculez la hauteur BC de la Gyrotour. **[5 pts]**

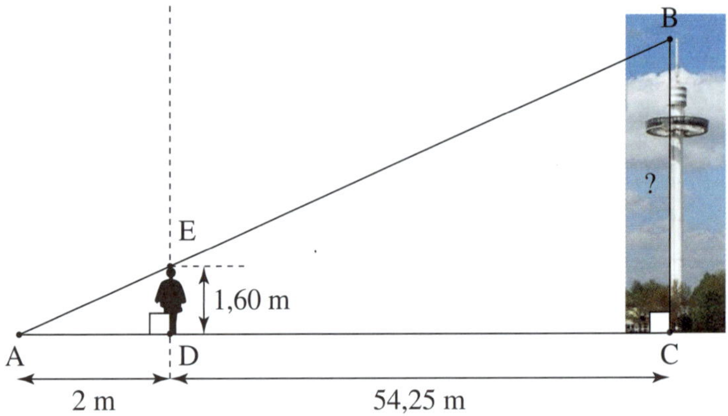

EXERCICE 3

20 min 20 pts

Cet exercice est un questionnaire à choix multiples (QCM). Aucune justification n'est demandée.

Pour chaque question, trois réponses (A, B et C) sont proposées. **Une seule réponse est exacte.**

Partie A

Une urne contient 7 jetons verts, 4 jetons rouges, 3 jetons bleus et 2 jetons jaunes. Les jetons sont indiscernables au toucher. On pioche un jeton au hasard dans cette urne. **[4 pts par réponse]**

Question	Réponse A	Réponse B	Réponse C
1 À quel événement correspond une probabilité de $\frac{7}{16}$?	Obtenir un jeton de couleur rouge ou jaune	Obtenir un jeton qui n'est pas vert	Obtenir un jeton vert
2 Quelle est la probabilité de ne pas tirer un jeton bleu ?	$\frac{13}{16}$	$\frac{3}{16}$	$\frac{3}{4}$

Partie B

On considère la figure suivante, composée de vingt motifs numérotés de 1 à 20, dans laquelle :

- $\widehat{AOB} = 36°$;
- le motif 11 est l'image du motif 1 par l'homothétie de centre O et de rapport 2.

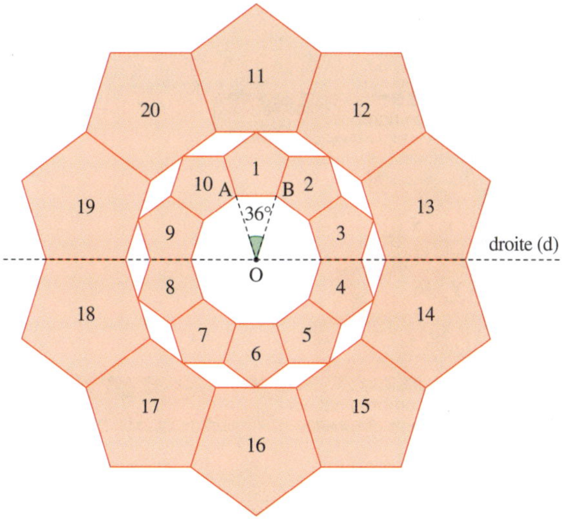

[4 pts par réponse]

Question	Réponse A	Réponse B	Réponse C
1 Quelle est l'image du motif 20 par la symétrie d'axe la droite (d) ?	Le motif 17	Le motif 15	Le motif 12
2 Par quelle rotation le motif 3 est-il l'image du motif 1 ?	Une rotation de centre O et d'angle 36°	Une rotation de centre O et d'angle 72°	Une rotation de centre O et d'angle 90°
3 L'aire du motif 11 est égale :	au double de l'aire du motif 1	à 4 fois l'aire du motif 1	à la moitié de l'aire du motif 1

EXERCICE 4

25 min **20 pts**

Voici un programme de calcul :

- Choisir un nombre.
- Prendre le carré du nombre de départ.
- Ajouter le triple du nombre de départ.
- Soustraire 10 au résultat.

1 Vérifiez que si on choisit 4 comme nombre de départ, on obtient 18. **[2 pts]**

2 Appliquez ce programme de calcul au nombre – 3. **[3 pts]**

3 Vous trouverez ci-après un script, écrit avec Scratch. Complétez les lignes 5 et 6 pour que ce script corresponde au programme de calcul. **[4 pts]**

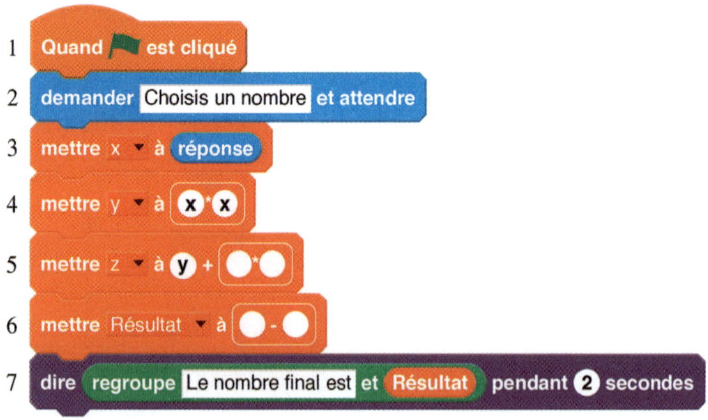

4 On veut déterminer le nombre à choisir au départ pour obtenir zéro comme résultat.

a. On appelle x le nombre de départ. Exprimez en fonction de x le résultat final. **[4 pts]**

b. Vérifiez que ce résultat peut aussi s'écrire sous la forme $(x + 5)(x - 2)$. **[4 pts]**

c. Quel(s) nombre(s) doit-on choisir au départ pour obtenir le nombre 0 à l'arrivée ? **[3 pts]**

EXERCICE 5

25 min **20 pts**

La production annuelle de déchets par Français était de 5,2 tonnes par habitant en 2007. Entre 2007 et 2017, elle a diminué de 6,5 %.

1 De combien de tonnes la production annuelle de déchets par Français en 2017 a-t-elle diminué par rapport à l'année 2007 ? **[4 pts]**

2 Pour continuer à diminuer leur production de déchets, de nombreuses familles utilisent désormais un composteur.

Une de ces familles a choisi le modèle ci-dessous, composé d'un pavé droit et d'un prisme droit (*la figure du composteur n'est pas à l'échelle*). Le descriptif indique qu'il a une contenance d'environ 0,5 m³. On souhaite vérifier cette information.

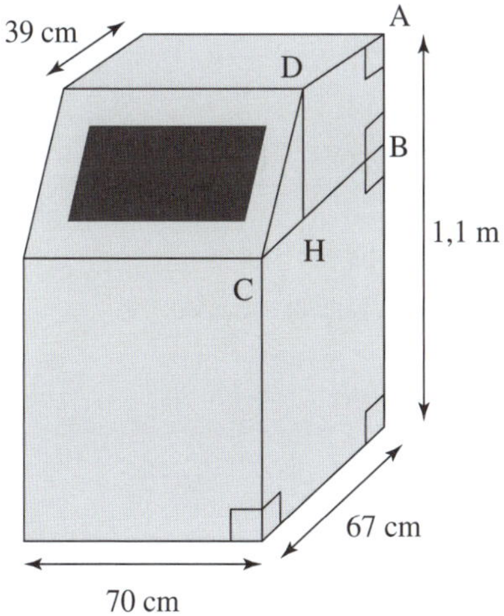

Trapèze ABCD

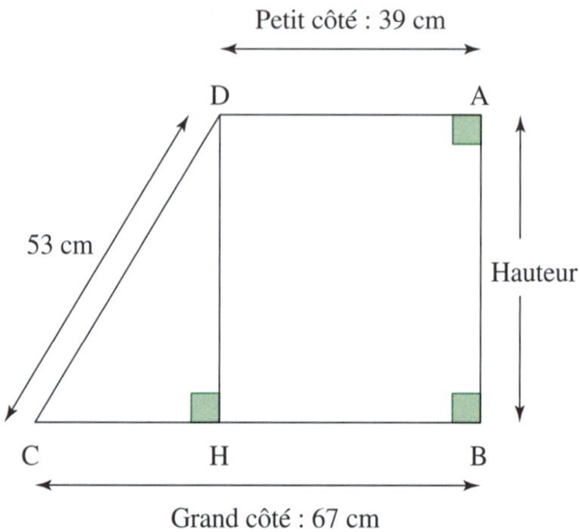

a. Dans le trapèze ABCD, calculez la longueur CH. **[2 pts]**

b. Montrez que la longueur DH est égale à 45 cm. **[4 pts]**

c. Vérifiez que l'aire du trapèze ABCD est de 2 385 cm². **[5 pts]**

d. Calculez le volume du composteur.

L'affirmation « il a une contenance d'environ 0,5 m³ » est-elle vraie ? Justifiez. **[5 pts]**

Rappel

- Aire d'un trapèze $= \dfrac{(\text{Petit côté} + \text{Grand côté}) \times \text{Hauteur}}{2}$
- Volume d'un prisme droit = Aire de la base × Hauteur
- Volume d'un pavé droit = Longueur × Largeur × Hauteur

Corrigé

EXERCICE 1

1 Lecture de données

En novembre 2019, la température moyenne à Tours a été de **8,2 °C**.

2 Étendue de la série

La série des températures s'étend de 4,4 °C (en janvier) à 22,6 °C (en juillet).

22,6 – 4,4 = 18,2.

L'étendue de cette série est 18,2 °C.

Remarque
Il y a 18,2 °C d'écart entre le mois le plus chaud et le mois le plus froid.

3 Formule dans un tableur et moyenne

La température moyenne annuelle se calcule comme la somme des températures mensuelles (de la cellule B2 à M2) divisée par le nombre de mois (12).

Ainsi, la cellule N2 contient la formule :

= MOYENNE (B2 : M2) ou **= SOMME (B2 : M2) / 12**

ou **= (B2 + C2 + D2 + E2+ F2 + G2+ H2 + I2 + J2 + K2 + L2 + M2) / 12**

Remarque
Il y a plusieurs réponses possibles.

4 Calcul de moyenne

La température moyenne annuelle T à Tours en 2019 est :

$$T = \frac{4,4 + 7,8 + 9,6 + 11,2 + 13,4 + 19,4 + 22,6 + 20,5 + 17,9 + 14,4 + 8,2 + 7,8}{12}$$

$$T = \frac{157,2}{12}$$

$T = 13,1$ °C.

C'est bien le résultat annoncé.

Gagnez des points !
Moyenne annuelle = Somme des températures ÷ 12

5 Pourcentage d'augmentation de la température entre 2009 et 2019

La température moyenne annuelle à Tours est passée de 11,9 °C à 13,1 °C.

$$11,9 \times \left(1 + \frac{7}{100}\right) \simeq 12,7$$

$$11,9 \times \left(1 + \frac{10}{100}\right) \simeq 13,1$$

Rappel
Le nombre $1 + \frac{7}{100} = 1,07$ est aussi appelé coefficient multiplicateur et noté CM.

$$11{,}9 \times \left(1+\frac{13}{100}\right) \simeq 13{,}4$$

Le pourcentage d'augmentation entre 2009 et 2019 est donc de 10 %.

Autre méthode

La température est passée de 11,9 °C à 13,1 °C.

Elle a augmenté de $13{,}1 - 11{,}9 = 1{,}2$ °C.

Par rapport à une température initiale de 11,9 °C, cela représente une évolution de $\frac{1{,}2}{11{,}9} \simeq 0{,}1$.

$0{,}1 = \frac{10}{100} = 10$ %.

Cela correspond alors à une augmentation de 10 %.

EXERCICE 2

1 Visiteurs manquants pour atteindre le seuil de 2 millions

2 000 000 – 1 900 000 = 100 000

Il aurait fallu 100 000 visiteurs de plus en 2019 pour atteindre 2 millions de visiteurs.

Pensez-y !
1 million = 10^6 = 1 000 000

Autre méthode

Si on effectue le calcul en millions :

$2 - 1{,}9 = 0{,}1$.

Il a manqué 0,1 million de visiteurs, soit 100 000 visiteurs, pour atteindre la barre des 2 millions.

2 Étude d'une affirmation

On s'intéresse au nombre quotidien de visiteurs du Futuroscope.

- L'année 2019 a enregistré 1,9 million, soit 1 900 000 visiteurs, sur une période de 365 jours. Si l'on calcule la moyenne du nombre de visiteurs correspondante :

$\frac{1\,900\,000}{365} \simeq 5205$ (résultat arrondi).

Ainsi, l'affirmation selon laquelle « il y a eu environ 5 200 visiteurs par jour en 2019 » est vraie en moyenne.

Piège à éviter
Il faut préciser « en moyenne » pour que l'affirmation soit vraie.

• En revanche, sans la notion de valeur moyenne, cette affirmation est fausse. En effet, il est inexact de dire que le parc a réalisé environ 5 200 entrées quotidiennes durant l'année 2019. **Le nombre réel d'entrées est fluctuant chaque jour et n'est pas exactement de 5 205 par jour.**

Gagnez des points !
L'affirmation est vraie ou fausse selon vos arguments.

3 a. Décomposition en produit de facteurs premiers

126	2
63	3
21	3
7	7
	1

$\mathbf{126} = 2 \times 3 \times 3 \times 7 = \mathbf{2 \times 3^2 \times 7}$

90	2
45	3
15	3
5	5
	1

$\mathbf{90} = 2 \times 3 \times 3 \times 5 = \mathbf{2 \times 3^2 \times 5}$

b. Recherche de diviseurs communs

$126 = 2 \times 3 \times 3 \times 7 \quad 90 = 2 \times 3 \times 3 \times 5$

Les diviseurs communs à ces deux nombres sont tous les produits de 1, 2, 3 et 3 :

$1 ; 2 ; 3 ; 2 \times 3 = 6 ; 3 \times 3 = 9 ; 2 \times 3 \times 3 = 18.$

126 et 90 ont 6 diviseurs communs : 1 ; 2 ; 3 ; 6 ; 9 ; 18.

Piège à éviter
Dans la liste des diviseurs communs, n'oubliez pas 1 !

c. Nombre et répartition des groupes

• Le plus grand nombre de groupes répartissant les 126 garçons et 90 filles correspond alors au diviseur commun le plus grand des nombres 126 et 90. D'après la question 1 b., c'est 18.

Le professeur pourra constituer 18 groupes.

• $\mathbf{\frac{126}{18} = 7}$ **et** $\mathbf{\frac{90}{18} = 5.}$

Chaque groupe d'élèves sera composé de 7 garçons et 5 filles.

Remarque
18 est appelé PGCD (plus grand commun diviseur) des nombres 126 et 90.

4 Calcul de la hauteur de la Gyrotour

- Les droites (DE) et (CB) sont toutes deux perpendiculaires à la droite (CD). Ainsi, (DE) et (CB) sont parallèles.
- Les points A, E, B et les points A, D, C sont alignés dans le même ordre.
- (DE) et (CB) étant parallèles, on applique le théorème de Thalès :

$$\frac{AE}{AB} = \frac{AD}{AC} = \frac{DE}{BC}$$

$$\frac{AE}{AB} = \frac{2}{2 + 54{,}25} = \frac{1{,}60}{\mathrm{BC}}$$

De l'égalité encadrée, on déduit par produit en croix :

$2 \times \mathrm{BC} = 56{,}25 \times 1{,}60$

$$\mathrm{BC} = \frac{56{,}25 \times 1{,}60}{2}$$

$\mathrm{BC} = 45$

La Gyrotour mesure 45 m de haut.

Piège à éviter
Il faut justifier que (DE) // (CB), car ce n'est pas une donnée de l'énoncé.

Gagnez des points !
Comme A, D et C sont alignés, AD + DC = AC.

EXERCICE 3

Partie A

1 Évènement correspondant à une probabilité donnée

On cherche l'évènement associé à une probabilité de $\frac{7}{16}$.

L'urne contient 7 jetons verts pour un total de :

$7 + 4 + 3 + 2 = 16$ jetons.

Le quotient $\frac{7}{16}$ correspond donc à $\frac{\text{Nombre de jetons verts}}{\text{Nombre total de jetons}}$.

C'est la probabilité d'obtenir un jeton vert.

Réponse C.

Autre méthode

On calcule la probabilité de chaque évènement proposé.

- La probabilité d'obtenir un jeton rouge ou jaune est : $p_1 = \dfrac{4+2}{7+4+3+2} = \dfrac{6}{16} \uparrow \dfrac{7}{16}$
- La probabilité d'obtenir un jeton qui n'est pas vert est : $p_2 = \dfrac{4+3+2}{16} = \dfrac{9}{16} \uparrow \dfrac{7}{16}$.
- La probabilité d'obtenir un jeton vert est $p_3 = \dfrac{7}{16}$. C'est la probabilité proposée.

2 Calcul d'une probabilité

L'urne compte 3 jetons bleus parmi 16 jetons au total. Il y a 16 – 3 = 13 jetons qui ne sont pas bleus. La probabilité de ne pas tirer un jeton bleu vaut alors : $\dfrac{13}{16}$.

Réponse A.

> **Méthode**
> Comptez les jetons « non bleus » et déduisez-en la probabilité cherchée.

Autre méthode

- La probabilité de tirer un jeton bleu est : $\dfrac{3}{16}$.

La probabilité de ne pas tirer un jeton bleu est l'évènement contraire du précédent : $1 - \dfrac{3}{16} = \dfrac{16}{16} - \dfrac{3}{16} = \dfrac{13}{16}$.

- La probabilité de ne pas tirer un jeton bleu est aussi la probabilité de tirer un jeton vert, rouge ou jaune, soit : $\dfrac{7}{16} + \dfrac{4}{16} + \dfrac{2}{16} = \dfrac{13}{16}$. C'est la probabilité proposée.

Partie B

1 Image par une symétrie axiale

L'image du motif 20 par la symétrie d'axe la droite (d) est le motif 17 (voir couleur bleue).

Réponse A.

2 Caractérisation d'une rotation

Le motif 3 est l'image du motif 1 par la rotation de centre O et d'angle $\widehat{AOC} = 2 \times 36° = 72°$ (voir couleur rouge).

Réponse B.

> **Pensez-y !**
> Sans précision, la rotation s'opère dans le sens direct (sens des aiguilles d'une montre).

3 Aire d'un motif

Le motif 11 est l'image du motif 1 par l'homothétie de centre O et de rapport 2.

Les longueurs du motif 11 sont donc le double de celles du motif 1.

> **Remarque**
> Le motif 11 est un agrandissement du motif 1 de coefficient 2.

L'aire du motif 11 s'obtient donc comme l'aire du motif 1 multipliée par $2^2 = 2 \times 2 = 4$.

Réponse B.

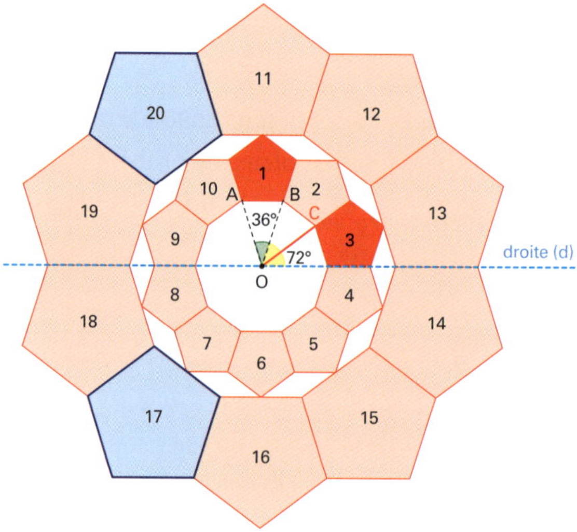

EXERCICE 4

1 Calcul d'une valeur avec le programme de calcul

- Le nombre choisi est 4.
- Prendre le carré du nombre de départ : $4^2 = 16$.
- Ajouter le triple du nombre de départ : $16 + 3 \times 4 = 28$.
- Soustraire 10 au résultat : $28 - 10 = 18$.

Le résultat obtenu est bien 18.

2 Calcul d'une valeur avec le programme de calcul

- Le nombre choisi est -3.
- Prendre le carré du nombre de départ :

$(-3)^2 = 9$.

- Ajouter le triple du nombre de départ : $9 + 3 \times (-3) = 0$.
- Soustraire 10 au résultat : $0 - 10 = -10$.

Quand on applique le programme de calcul au nombre –3, le résultat obtenu est –10.

> **Pensez-y !**
> Si vous écrivez -3^2 (donc sans parenthèses), vous ne mettez pas –3 au carré.
> $-3^2 = -3 \times 3 = -9$
> et $(-3)^2 = (-3) \times (-3) = 9$.

3 Script Scratch complété

Le script retranscrit le programme de calcul :

- Ligne 3 : la variable x contient le nombre choisi au départ ;
- Ligne 4 : la variable y contient le carré de x ;
- Ligne 5 : la variable z contient la variable y augmentée du triple du nombre de départ, c'est-à-dire la variable y augmentée de 3 fois la variable x ;
- Ligne 6 : la variable *Résultat* contient le résultat final du programme, c'est-à-dire la variable z diminuée de 10.

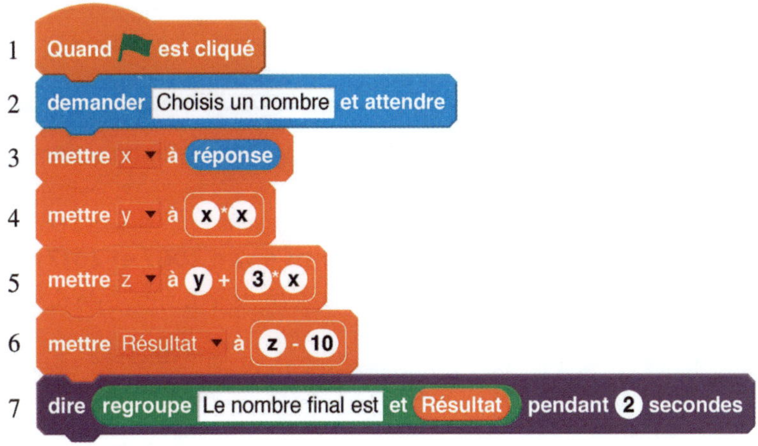

4 a. Résultat du programme avec x

- Le nombre choisi est x.
- Prendre le carré du nombre de départ : x^2.
- Ajouter le triple du nombre de départ : $x^2 + 3 \times x = x^2 + 3x$.
- Soustraire 10 au résultat : $x^2 + 3x - 10$.

Le résultat obtenu en fonction de x est : $x^2 + 3x - 10$.

> **Remarque**
> Cette écriture est une forme développée (somme de trois termes).

> **Remarque**
> Cette écriture est une forme factorisée (produit de deux termes).

b. Autre écriture du résultat

En developpant l'expression donnée, on obtient :

$$(x + 5)(x - 2) = x \times x - 2 \times x + 5 \times x - 5 \times 2$$
$$= x^2 - 2x + 5x - 10$$
$$= x^2 + 3x - 10$$

On reconnaît l'expression obtenue en **4** a.

Quel que soit le nombre x choisi au départ, on obtient au final comme résultat : $(x + 5)(x - 2)$.

c. Nombres à choisir pour obtenir 0

On cherche les nombres x qui verifient :

$x^2 + 3x - 10 = 0$

soit : $\underbrace{(x + 5)(x - 2)}_{\text{produit}} = \underbrace{0}_{\text{nul}}$

$x + 5 = 0$ ou $x - 2 = 0$

$x = -5$ ou $x = 2$

On peut choisir −5 ou 2 pour obtenir le nombre 0 à l'arrivée.

> **Pensez-y !**
> $x^2 + 3x - 10 = 0$ est une équation qu'on ne sait pas résoudre en Troisième. C'est pourquoi on utilise la forme factorisée. On dit que les équations $x^2 + 3x - 10 = 0$ et $(x + 5)(x - 2) = 0$ sont équivalentes.

EXERCICE 5

1 Nombres de tonnes de déchets en moins entre 2007 et 2017

Entre 2007 et 2017, la production annuelle de déchets a diminué de 6,5 %. Elle était de 5,2 tonnes en 2007.

Elle a donc baissé de 6,5 % de 5,2 tonnes entre 2007 et 2017.

$$6{,}5\ \%\ \text{de}\ 5{,}2 = \frac{6{,}5}{100} \times 5{,}2$$
$$= 0{,}065 \times 5{,}2$$
$$= 0{,}338.$$

La production de déchets annuelle a baissé de 0,338 tonne, soit 338 kg entre 2007 et 2017.

> **Gagnez des points !**
> Même si la conversion de 0,338 tonne en kilogrammes n'est pas demandée, vous pouvez l'écrire dans la conclusion.

2 a. Calcul de la longueur CH

D'après la figure, on a :

CH = Grand côté – Petit côté

$CH = 67 - 39$

$CH = 28$

La longueur CH est égale à 28 cm.

b. Calcul de la longueur DH

Le triangle CHD est rectangle en H. D'après le théorème de Pythagore, on a :

$CD^2 = CH^2 + DH^2$

$53^2 = 28^2 + DH^2$

$2\,809 = 784 + DH^2$

$DH^2 = 2\,809 - 784$

$DH^2 = 2\,025$

$DH = \sqrt{2\,025}$ (car $DH > 0$)

$BD = 45$

La longueur BD est bien égale à 45 cm.

Remarque
Il est hors de question de trouver une valeur autre que 45. L'énoncé est clair.

c. Calcul de l'aire du trapèze

On utilise la formule de l'aire du trapèze donnée dans l'énoncé :

$$\text{Aire du trapèze} = \frac{(\text{Petit côté} + \text{Grand côté}) \times \text{Hauteur}}{2}$$

$$= \frac{(AD + BC) \times DH}{2}$$

$$= \frac{(39 + 67) \times 45}{2}$$

$$= \frac{4\,770}{2}$$

$$= 2\,385.$$

L'aire du trapèze est donc égale à 2 385 cm².

Autre méthode

Le trapèze est composé d'un rectangle et d'un triangle rectangle. On calcule son aire en effectuant la somme des aires de ces deux figures :

- $\text{Aire}_{\text{rectangle ABHD}} = AD \times DH = 39 \times 45 = 1\,755.$
- $\text{Aire}_{\text{triangle CHD}} = \frac{CH \times BH}{2} = \frac{28 \times 45}{2} = 630.$
- $\text{Aire}_{\text{trapèze ABHD}} = \text{Aire}_{\text{rectangle ABHD}} + \text{Aire}_{\text{triangle CHD}} = 1\,755 + 630 = 2\,385\ \text{cm}^2.$

L'air du trapèze ABHD est bien 2 385 cm².

Cahier spécial brevet

d. Volume du composteur

Le composteur est composé d'un pavé droit et d'un prisme droit.

Son volume est donc la somme des volumes de ces deux solides.

- Volume du pavé droit = Longueur × Largeur × Hauteur
  = 304 850

Le volume du pavé droit est 304 850 cm^3.

- Volume du prisme droit = Aire de la base × Hauteur

$$= \underbrace{70}_{\text{Longueur}} \times \underbrace{67}_{\text{Largeur}} \times \underbrace{(110 - 45)}_{\text{Hauteur}}$$

= Aire du trapèze × DH

= 2 385 × 70

= 166 950

Le volume du prisme droit est 166 950 cm^3.

- Le volume du composteur est donc :

304 850 + 166 950 = **471 800 cm^3**.

471 800 cm^3 = 471,800 dm^3 = 0,471800 m^3.

Ce résultat est assez proche de 0,5 m^3.

On peut considérer que l'affirmation est vraie.

Remarque
La hauteur du pavé est donnée par la différence de la hauteur du composteur (1,1 m = 110 cm) avec la hauteur du prisme (45 cm).

Pensez-y !
La hauteur du prisme n'est pas la hauteur du trapèze.

Remarque
0,5 – 0,4718 = 0,0282.
La différence est de 0,0282 m^3, soit 28,2 litres.

IMPRIM'VERT
Votre imprimeur agit pour l'environnement

Ce livre est imprimé sur du papier issu de forêts gérées durablement.

N° de projet : 10290703 - Dépôt légal : Juillet 2022
Achevé d'imprimer en janvier 2023 par Vincenzo Bona S.p.A. à Turin, Italie